What A Woman Needs
by Caroline Linden

子爵が結婚する条件

キャロライン・リンデン
斉藤かずみ［訳］

ライムブックス

WHAT A WOMAN NEEDS
by Caroline Linden

Published by arrangement with Kensington Books,
an imprint of Kensington Publishing Corp.,New York
through Tuttle-Mori Agency, Inc.,Tokyo

子爵が結婚する条件

主要登場人物

シャーロット・グリフォリーノ……………………………グリフォリーノ伯爵夫人
スチュアート・ドレイク……………………………ベルメイン子爵の孫
スーザン・トラッター……………………………シャーロットの姪
ルチア・ダ・ポンテ……………………………シャーロットの友人。イタリアのオペラ歌手
ピエロ・デ・グリフォリーノ……………………………シャーロットの亡夫
アンガス・ホイットリー……………………………スチュアートの友人
テランス・ドレイク……………………………スチュアートの父親
アメリア・ドレイク……………………………スチュアートの母親
ウェア公爵（ジャック・リンドヴィル）……………スチュアートの友人
フィリップ・リンドヴィル卿……………………………スチュアートの友人。ウェア公爵の弟
ジェレミー・ハイド・ジョーンズ……………………………シャーロットのかつての恋人
ダニエル・アルブライト（ダンテ・ダルバリーニ）………スーザンの駆け落ち相手

1

スチュアート・ドレイクは花嫁が平凡な容姿でもかまわなかったが、あまり醜いのはごめんだった。とびきり賢い女性を望んだりはしていないが、ばかな女は願いさげだった。持参金の額によっては多少の欠点にも目をつぶるつもりでいるものの、あまりがみがみと口うるさい女では耐えられない気がした。絶対に譲れない条件はただひとつ、金持ちであることだ。背が高かろうと低かろうと、見てくれが地味だろうと派手だろうと、性格がよかろうと悪かろうと、とにかく財産を持っていてくれさえすればいい。超のつく大金持ちなら、なお歓迎だ。どうせ金のために結婚せざるをえないのであれば、額が多いに越したことはない。

さほどの苦もなく花嫁は見つかるだろうと、スチュアートは高をくくっていた。こちらから妻に与えてやれるものだって、決してつまらないものではない。祖父と父が亡くなり次第スチュアートが継ぐことになっている、イングランドではもっとも古く由緒正しき子爵の称号だ。もちろん、彼の妻がベルメイン子爵夫人としてバロウフィールドの屋敷に住めるようになるまでには、あと何年もかかるだろう。だが、彼のほうが親より先に死んでしまわない限り、将来は確実に約束されているわけだし、爵位を正式に継いだあかつきには、いかなる女性にも満足してもらえるだけの地位と財産が手に入る。

幸いにもスチュアートは、ここケントの田舎町ではいちおう〝舞踏会〟で通っている社交の場で、おあつらえ向きの女性に出会うことができた。ミス・スーザン・トラッター。彼女の所有財産は一万八〇〇〇ポンド。彼にとっては、まさに理想の花嫁だった。しかも彼女は、美貌《びぼう》に関してはあまり芳しくない定評のあるイングランド女性にしては美しく、付添役の目を盗んでひとりでこっそりテラスへ抜けだせる程度には知恵がまわり、それでいて充分すぎるほどの金持ちだった。おまけに、出会ったとたんに向こうから彼にひと目惚《ぼ》れしてくれたのだから、まったくもって文句のつけようがない。

求婚するにあたっての唯一の障害は、彼女の後見人だった。スーザンの実の叔母でもある後見人のシャーロットは、人生に喜びをいっさい求めない女性らしい。スーザンいわく、叔母さまは若いころ大陸じゅうを旅してまわったのに、わたしのことはロンドンへも連れていってくれない。昔は何人もの男性と浮き名を流したこともあるくせに、わたしが男性と午後の遠出に出かけることさえ許してくれない。それになにより悔しいのは、叔母さま自身は年齢や未亡人という立場をわきまえずに好きなものをお召しになるくせに、わたしにはまるで垢《あか》抜けない子供っぽい服ばかり着せたがること。そんなシャーロットが雇い人に姪《めい》の付き添いを任せて町を出ているのは、スチュアートにとってまたとない幸運と言えた。鬼の居ぬ間に親身になってスーザンの話を聞いてやり、同情を示してやったおかげで、すぐにでもプロポーズを受けてもらえそうなところまで近づきになれたからだ。

それはそれで困ったことなのかもしれないがと、ある晩、スチュアートは考えていた。ここまでほとんどなんの苦労もなく事が運んでしまったが、あまりにも簡単にいきすぎると、かえって信じられなくなる。幸福の裏になんらかの不幸がひそんでいる気がしてならないからだ。スーザン・トラッターを落とした今、自分が本当に彼女を妻として迎えたいと望んでいるかどうかも疑わしく思えてきた。状況からいって、喜ばしいことなのは間違いない。父親に手当を打ち切られ、勘当を申し渡されたスチュアートが、銀行の信用を得るに足るだけの金を短期間に稼ぐことなど、事実上不可能だった。たとえ職を持ってはいても。それより、どこかの女相続人と結婚することこそが、今の自分が抱えている金銭的問題をもっとも手っとり早く簡単に解決してくれる――少なくとも彼はそう思っていた。

　スチュアートはため息をつき、キルデア家の図書室のなかをふたたびうろつきはじめた。本当なら今ごろ、勝利の気分に浮かれていてもおかしくはないのだが。やっと町に戻ってきたシャーロットに今夜いよいよ会い、せいぜい愛想を振りまいて、姪御との結婚の許しを乞《こ》う。そして明日にでもスーザンが正式に求婚を受け入れてくれれば、ひと月もしないうちにぼくは裕福な夫となり、父親から口うるさく指図されたり、ちまたで面白おかしいゴシップの種にされたりすることもなくなるだろう。成人して以来初めての経済的安定を手に入れ、それなりに満足のいく生活を送れるようになるはずだ。スーザンはいい子だし、ふたりならきっとうまくやっていける。だがそれでもスチュアートの心には、なにかが……間違っている、という言いしれない不安がわだかまっていた。

ここへ来て二の足を踏むなんて、どうかしているぞ。計画どおりに事が運んでいるのを喜びこそすれ、計画そのものに今さら疑問など抱くべきではない。こんなふうに話が進んでいなかったとしたら、はたしてこれは正しいことなのかどうか、もっとも安易な道を選んだにすぎないのではないか、などと思い悩む贅沢《ぜいたく》すら味わえないのだから。スチュアートが心のなかの疑念を脇《わき》に押しやったとき、背後でドアが開く音がした。

スーザンが両手をもみしだきながら、急いで駆け寄ってくる。「ああ、ミスター・ドレイク！」彼女は涙声で訴えた。「ねえ、これからどうすればいいの？」

「おやおや、かわいい人」スチュアートは驚いたように言って、彼女の手をとった。「いったいどうしたんだい？」

「シャーロット叔母さまよ」スーザンが嘆き悲しみながら、濡《ぬ》れた瞳で彼を見あげる。「叔母さまはきっとわたしたちの結婚を許してくださらないわ、決して！　だって叔母さまったら、年寄りでしわくちゃの魔女みたいに意地悪なんだもの！」

スチュアートは眉を吊《つ》りあげた。「ぼくはまだ正式に結婚を申しこんでもいないんだよ。彼女が反対するなんて、どうしてわかる？」

「そういうことになるかもしれないって、わたし、それとなく話してみたの。そしたら叔母さま、絶対に許しませんよ、って言ってたもの。おまけにあなたのこと、さんざん悪く言うのよ――会ったこともないくせに、すべてお見通しみたいに。だからお願い、ミスター・ドレイク、このまま駆け落ちしましょう！　今夜、わたし、あなたについていくから！」

「駆け落ちなんかしたら、きみの評判に傷がつくじゃないか」スチュアートは言った。「きみをそんな目に遭わせたくないんだ」

「わたしはちっともかまわないのに！」スーザンが首に飛びついてきて、声をあげて泣きだした。スチュアートは彼女の背中をやさしく撫《な》でさすりながら、ため息を押し殺した。スーザンもひとりで勝手に暴走するのではなく、ぼくにすべてを任せてくれればいいのに。厳しい後見人である叔母に結婚話を唐突に打ち明けたところで、うまくいくわけがない。最悪だ。おかげで向こうは実際に会う前から、ぼくに対して心を閉ざしてしまったに違いない。それでもまだ彼には、シャーロットを説得できる自信があった。年配のご婦人というものは概して爵位に弱いし、ロンドンの社交界ではぼくもそれなりに名を知られている。とはいえ、こちらのペースで話を切りだしたほうが、はるかに勝算はあっただろう。

「そろそろ落ち着いたかい？」スーザンの泣き声がおさまりかけたのを察して、スチュアートは言った。首に巻きついている彼女の腕をそっと外す。「さあ、明るい顔をして、パーティーに戻らないと」

スーザンははなをすすり、彼の差しだしたハンカチで顔を拭《ふ》いた。「顔なんてどうでもいいわ。だけど父はまったくなにを考えていたのかしら、あの叔母さまをわたしの後見人に指名するなんて」

「今となってはどうしようもないことなんだから、ぼくらはぼくらにできることを頑張るしかないよ。ほら、今夜はぼくを叔母さまに紹介してくれる約束だっただろう？　面と向かって話をしてみれば、案外気が合って、ぼくへの疑いも解けるかもしれないし」

「ああ、ミスター・ドレイク」スーザンはひくひくとしゃくりあげた。「叔母さまを魅了できる人がいるとしたらあなただけだと思うけれど、そのあなたをもってしても、石のような叔母さまの心を溶かすのはきっと難しいわ」

「ぼくごときの魅力では、石には歯が立たないと？」彼が冗談めかして言うと、スーザンは目に星を浮かべて微笑《ほほえ》んだ。

「さあ、どうかしらね。それじゃ、あなたを紹介しに行きましょうか。もしも今夜、叔母さまが承諾してくださらなかったら、明日駆け落ちすればいいもの」

スーザンの手前、スチュアートは声をあげて笑いながら、内心そうはいくものかと思っていた。持参金なしの彼女と結婚するわけにはいかないし、万が一そんなことになればふたりが貧困にあえぐのは目に見えている。スーザンがためらいがちに少しだけ顔を近づけてきて、おずおずと唇を突きだした。スチュアートは不意をつかれて思わず後ずさりしそうになったが、はっと気をとりなおして、おでこに軽くキスをした。すると彼女は不満げに口をへの字に曲げた。「妻になるまではお預けだよ」彼はささやいた。「節度は守らないと」

たちまちスーザンの顔が輝く。スチュアートはまたしても悪い予感が胸をよぎるのを感じた。こんなにもあっけなく彼にひと目惚れし、そのことを隠そうともしないスーザンを見ていると、正直、気が引けてしまう。彼女の若さと純粋さを思い知らされるからだ。

やっぱりだめだ。契りを交わしてしまったわけではないのだから、今ならまだ身を引くこともできる。スーザンは傷つき、真実を悟ってだまされたと思うだろうが、それでもまだぼくは自由の身だ……そうして、自分の持てるものすべてがてのひらからこぼれ落ちていくのを、ただ指をくわえて眺めているつもりか？　スチュアートは心のなかで自分を叱《しか》りとばした。オークウッド・パークが利益を生むようになるまで、せいぜいあと一年か二年だ。可能な限りの手を打ってみることもなしに、今ここで手放してしまうわけにはいかない。

あの慎《つつ》ましい土地を見つけたのは昨年春のことだった。建物は完全に打ち捨てられており、屋根は雨もりするし、東棟は崩れ落ちていたものの、なおどこかしら魅力的なたたずまいを見せていた。きちんと改修してやればかなり居心地のよい邸宅になるだろうと、スチュアートは直感した――それにはもちろん、けっこうな額の資金も必要なのだが。なかでもいちばんの魅力は、土地そのものだった。ゆるやかにうねる丘、青々と茂る森、かつて見たこともないほど豊かな土壌。敷地はさして広くはないが、しかるべく管理運営すれば、維持費をまかなって余りある収益が見こめそうだ。購入代金はそっくり友人から借り受け、四日後にスチュアートはその地所を手に入れた。その後、買った土地を抵当に入れて銀行からさらに金を借り、友人への返済と当座の運転資金にあてた。あれから一年以上かけて、彼はありったけの私財をオークウッド・パークに注《つ》ぎこんできた。そうするにつれて、その土地やそれが自分の人生にとって意味するものに対し、ますます愛着がわいてきた。スチュアートは父親の思いどおりに操られるだけの人生に辟易《へきえき》していた。こうして自分の土地を持てば、領地を持つ一人前の立派な紳士として認められるはずだ。だがあいにく、農場が利益を生みはじめるまで借金返済のために金を工面しつづけねばならない状況で、スチュアートは唯一の収入源だった父親からの仕送りを突然打ち切られた。だから、ここでスーザンとの結婚をとりやめるのであれば、誰か別の大金持ちの女性と結婚するほかないだろう。それでは実質、なにも変わらない。スーザンを口説くのに費やした時間が無駄になるだけだ。となると、どうしても今さらあとには退《ひ》けない。

スチュアートはポケットに手を突っこんだ。この指輪を渡してしまえば、婚約したも同然だ。「悲しそうな顔をしているきみを見るのはつらいんだ。もしかしたらこれで……」彼はてのひらを開いて指輪を見せ、ささやいた。「きみも笑顔をとり戻せるんじゃないかな。明日にはこれがきみのものになる。必ずや、ぼくは叔母さまを説得してみせるよ」

スーザンはブルーの目を大きく見開き、はっと息をのんだ。「ああ、ミスター・ドレイク……。本当に?」スチュアートはうなずいた。彼女は指輪をおそるおそる手にとり、さも大事そうにてのひらのなかで眺めた。「なんてきれいなの」涙に潤んだ目で彼を見あげる。スチュアートは指を一本、彼女の唇にそっとふれた。

「さあ、きみはそろそろ大広間へ戻ったほうがいい。どこへ消えたかと、叔母さまが心配なさっているよ」

スーザンは微笑み、指輪を胸もとで握りしめた。「叔母さまもきっと賛成してくださると思うわ。でももし反対されたら、すぐに駆け落ちしましょう。あなたと一緒になるためなら、わたし、なんだってやるつもりよ」

「ほら、早く」スチュアートはやさしく促した。「ただし、その指輪のことは明日になるまでふたりだけの秘密だよ。叔母さまはお気に召さないかもしれないからね。彼女の祝福を得るために、ぼくらはできるだけ慎重に振る舞わないと」

スーザンはうなずき、ふたたび彼の腕のなかに飛びこみたいような顔を見せてから、くるりと背を向けてドアをすり抜けていった。笑顔で彼女を見送ったスチュアートは、ドアが閉まったとたんに真顔になり、手近な椅子にどさりと腰をおろした。

なんだか自分が情けなく思えて仕方なかった。心も体も丈夫で健康な大人の男でありながら、社交界にデビューしたばかりの年端もいかない娘をたぶらかすほど落ちぶれてしまったとは。だがそこで彼は思いなおした。もしもぼくがすでに爵位を受け継いでいたなら、若い娘たちは富める者もそうでない者も列を成して、ぼくの気を引こうと躍起になっていたことだろう。そして世間も、見事ぼくを射とめた女性に拍手喝采《かっさい》を送るに違いない。だから、ぼくの行動におかしな点はひとつもないのだ。スチュアートは自分に無理やりそう言い聞かせた。心のなかでは、本当は大いに違いがあることを認識しながら。単に金持ちの女性と結婚するのと、そうしなければ身の破滅が待っているからあえて金持ちを選んで結婚するのとでは、雲泥の差がある。こんなふうに追いつめられるのは、スチュアートとしても本意ではなかった。

だがもう、賽《さい》は投げられた。ぼくははっきり結婚の意思を伝えてしまったし、生活費やオークウッド・パークの維持費に困ったときでさえ絶対に売らなかった母親の指輪をスーザンにあげてしまった。ある意味、指輪よりも大切ななにかを、たった今売り飛ばしてしまったようなものだ。

彼は椅子から身を乗りだし、テーブルに置かれていたデキャンタを手もとへ引き寄せた。気難しいシャーロット叔母さまとやらに拝謁して愛想を振りまく前に、一杯飲まずにはいられない。もしかしたら二杯。

「彼女はもう行ったかしら？　まったくあの子ったら、本当に芝居がかっているんだから」笑いを含んだハスキーな声が聞こえ、スチュアートは飲んでいたブランデーを噴きそうになった。ぱっと振りかえって、戸口の陰に目を凝らす。

「立ち聞きなさっていたんですか、マダム？」

「そんなつもりはなかったんですけれどね」低い笑い声をあげながら、女性がなかへ入ってきた。「少し考えごとをしたくて、静かな場所を探していたのよ。図書室なら誰もいないかと思ったんだけど」女性が明かりのもとに姿を現した瞬間、スチュアートはたちまち目を奪われた。

カールした黒髪が蠟燭《ろうそく》の明かりを受けてマホガニー色に輝き、髪に飾られたダイヤモンドもきらめいている。その肌は、身にまとっているドレスと同じ金色で、あたかも生地が透けているように見えた。実際、透きとおっていたようだ。彼女がランプの明かりが届くところまで来ると、シルクの下の女らしい体の線がくっきりと浮かびあがった。肩にかけている長くて細いショールはふっくらした魅惑的な胸もとへと流れており、その下の細くて華奢《きゃしゃ》なウエストは胸の豊かさとヒップの丸みを引き立たせ、いっそうなまめかしく見せている。彼女はランプの前で立ちどまり、テーブルにそっと寄りかかった。両手をヒップの両脇に突いて、彼のほうへ首をかしげてみせる。ふと気づくと、スチュアートはいつのまにか立ちあがっていた。

微笑みが彼女の顔をぱっと輝かせる。ただでさえ美しい面立ちだが、いたずらっぽく笑うとなお麗しく魅力的だ。

「お目にかかるのはたしか初めてですよね」彼は五感に刺激を受けながら言った。こういう女性こそまさに自分の好みだ。

またしても謎《なぞ》めいた微笑み。「ええ、お会いするのは初めてよ、ミスター・ドレイク」

しばらく彼女に見とれてから、スチュアートはグラスを置いた。「ぼくごときの名前を知っていてくださったとは光栄です。こちらもそれにお応《こた》えできればよかったんですが」

「まあ、いずれどこかでお会いしていたでしょうけれどね。この時季、ケントで社交の場に顔を見せる人間は限られていますから」どこか思わせぶりな口調だった。スチュアートは耳を疑った。

「そんなに悪いことではないと思いますがね。ぼくなどはときどき、誰かひとりとだけつきあっていられたらいいのに、と願うこともありますよ」

彼女は眉を吊りあげ、男心をそそるように頭をわずかに傾けた。「そうなの？　なんとも退廃的だこと」

興奮が血管を駆けめぐるのを感じつつ、スチュアートは少しだけ女性に近づいた。彼女は身を引こうとはしなかった。「退廃的な男はお嫌いですか？」

喉の奥から笑い声を立てながら言う。「若いころはわたしも、そういう男性とおつきあいしたことはあるわ。けれど、あなたの婚約者がこのことを知ったら、どう思うかしら？」

彼はしばし面食らったのち、スーザン・トラッターのことを思いだした。「彼女とはまだ正式に婚約したわけではありません」

「でも、結婚なさるおつもりなんでしょう？」謎めいた女性は肩にかかったひと筋の髪を指に巻きつけた。

「この場でお話しするような事柄ではありませんから」スチュアートは彼女に並ぶようにしてテーブルに寄りかかった。今は結婚の話などしたくない。女性はふくよかな胸を強調するような姿勢で立っていて、彼はどうしてもそこから目が離せなかった。

ふたたび彼女が首をかしげ、あだっぽい笑みを浮かべる。「ちょっと気になっただけ。彼女は当然結婚してもらえるものと思いこんでいるみたいだったでしょう。でも、駆け落ちしようという誘いにやすやすと乗らなかったあなたの思慮深さには感心するわ」

スチュアートは微笑んだ。今となってはもう、話題などなんでもかまわなかった。見知らぬ女性を出会ったその場で口説くことなどめったにないが、向こうがその気なら、こちらとしても異論はない。謎めいた美人の誘惑に乗れば、今宵《こよい》の憂鬱《ゆううつ》な気分も多少は晴れようというものだ。この都落ち生活に、俄然《がぜん》、光明が差してきたように感じられた。こんな麗人との逢瀬《おうせ》が待っていると思えば、マダム・ドラゴンと称される老女に会ってうまく言いくるめることくらい、恐ろしくもなんともない。この女性は未亡人か、それとも誰かの夫人なのだろうか？　どうして今まで見かけたことがなかったのだろう？「お名前をうかがっても？」

女性の笑みが消えた。「そんなこと、どうだっていいでしょう」

なにか言いたげな彼女の視線を、スチュアートはまっこうからとらえた。「ぼくは知りたいんです」

「名前だの身分だのって、ときには邪魔なだけじゃないかしら？　なによりも大切なのは心の奥底にある情熱ではなくて？」黒い瞳に真剣な表情を宿して彼女はささやいた。

しばらくのあいだ、ふたりはじっと動かなかった。女性をこれほど意識したのはいつ以来だろう、とスチュアートは考えていた。一〇分前までは見かけたこともなかった女性に、こうも熱い思いをかきたてられるなんて。彼女が欲しくてたまらない。かつて出会ったどの女性に対するよりも強くそう感じた。しかも、彼女のあらゆるしぐさや態度を読み違えているのでなければ、向こうもぼくを欲しがっているはずだ。「ええ」スチュアートはささやき、そっと身を寄せた。「ときには名前など、たいして意味もないものですね」

唇がふれあおうとした瞬間、彼女はぱっと顔をそむけた。よく磨かれたテーブルを指でなぞりつつ、ゆっくりと彼から離れていく。「あなたがあの子になにを求めているのか、気になるの。あの子はあまりにも……無邪気でしょう？」女性の肩からショールがずり落ちそうになった。スチュアートは魅せられたようにあとを追い、部屋の暗がりへと近づいていった。

「男性がああいう子供のどこに魅力を感じるのか、わたしにはさっぱりわからないわ。むしろ嫌悪感すら覚えるほどよ」

スチュアートはショールの端をつかんで彼女の歩をとめ、あらわになったその肩にそっとふれた。イングランド女性が好んで振りかけるローズウォーターなどとは違って、かぎ慣れない異国風の香りがふっと漂う。この香りと同じように、彼女自身の味もあたたかくてスパイシーなのだろうか？　突然、彼はそれを確かめたくてたまらなくなった。「あなたは子供ではないでしょう」

女性はやわらかい笑い声をあげた。「もちろんですとも」振り向くことなく、さらに一歩前へ進む。スチュアートが一方の端をつかんだままだったので、ショールは静かな衣《きぬ》ずれを立てて肩からするりと滑り落ちた。

「なんて美しいドレスなんだ」彼女がまた一歩遠ざかる。するとショールが彼女の体に巻きついて、女らしい曲線にスチュアートの目は釘《くぎ》づけになった。彼が手を放すと、ショールは床に垂れ落ちた。彼女は肩越しにこちらを振りかえり、瞳をきらきらと輝かせた。

「ありがとう。ショールはお気に召さないようだから、外しておくわね」

「ぜひそうしてください」スチュアートは低い声でささやいた。一本の指で彼女のうなじにふれ、そこからつーっと背筋をおりていき、ドレスのボタンにたどり着く。早くも彼は、並んだボタンを外すことを考えていた。「そんなもの、目に入るだけ邪魔ですから」女性がかすかに肩を震わせると、たぎるように熱い欲望が怒号をあげて彼の全身を駆けめぐった。スチュアートは両のてのひらで彼女の腕を撫であげ、やがてその手を背中にまわして、女性を胸に抱きしめようとした。

しかし彼女は素早い身のこなしで彼の手から逃れ、そのままソファーのほうへ三歩ほど離れていった。「婚約者があなたを待っているのではなくて?」からかうような口調で言う。

スチュアートは肩をすくめた。女性がこの話をどこへ導こうとしているかなど、気にもならなかった。「ぼくらはまだ正式に結婚の約束をとり交わした仲ではないんですよ」

女性は口もとに意味ありげな笑みを浮かべて、彼をまじまじと見た。「彼女の心を傷つけることになるわ」

彼は立ちどまり、深呼吸した。「それは仕方のないことです」

「やっぱりね」女性はすべてを悟ったようにうなずき、しなやかな動きでソファーに腰をおろすと、肘掛けの部分に寄りかかって片腕をあげ、黒いカールを頭の上でくるくるともてあそんだ。「要するに、あなたは彼女を愛してはいないのね。欲望に突き動かされて彼女に近づいたまでのことで」

欲望なら、今まさにスチュアートのなかで渦巻いていた。その目に浮かぶ誘いに応じてすぐさま彼女にのしかかれと、頭のなかで声がわめいている。「いや、そういうわけではなくて」

女性がさっと脚を組んだ。ドレスの裾《すそ》から片方の足首がちらりとのぞく。彼女はその足をぶらぶらさせて、彼の視線を両脚に引きつけた。薄いシルクの生地越しに、くっきりと形の浮きでた脚に。もしかしてこの女性は下着をいっさい身につけていないのだろうか？　スチュアートはソファーに歩み寄り、彼女の横に並んで座った。「ぼくに声をかけていらしたとき、いったいなにを考えておいでだったんです？」

ちゃめっけたっぷりの笑顔で女性が答える。「あなたに会ってみたかったの」

ますます好都合だ。スチュアートは片手を彼女の頭に添え、ぐっと顔を近づけてささやいた。「では、もっとお近づきになりましょうか」

「でもわたし、あなたのことならとっくに知っているのよ」鈴を転がすような声で女性が言った。スチュアートは彼女の唇をとらえようとしたが、その代わりに頬をかすめただけだった。「あなたはやはり、わたしの思っていたとおりの人だったわ」

彼は笑いながら彼女の髪に顔を埋め、耳もとに鼻をすり寄せた。「夜はまだ始まったばかりですよ」こぼれたカールを肩の後ろへとやさしく払い、そこからドレスの襟ぐりまで、なめらかな線を指でたどっていく。そこで彼女が彼の手をつかんでとめた。

「わたしもあなたが聞いていたとおりの人間だったかしら、スチュアート？」

スチュアートははっと動きをとめた。てのひらの下では彼女の胸がせわしなく上下していたが、その声にはもう、からかうような響きはなくなっていた。「こちらはあなたの正体を知りませんから」彼もいささか冷めた口調で応じた。「ぼくのことをどんなふうにお聞きになっていたのだろうかと、気にはなりますが」

「あなたはわたしの名前すら知らないまま抱くつもりだったのでしょう？　もしもわたしが

あそこでとめていなかったら。違う？」スチュアートがなにも答えずにいると、彼女は彼の硬くなった股間にヒップをすり寄せてきた。「沈黙は言葉よりも雄弁ね」

「あなたはいったい誰なんです？」スチュアートはくるりと体を入れ替えて女性に覆いかぶさり、語気鋭く問いただした。ほんの一瞬、彼女の瞳は大きく見開かれたが、すぐにまた険しい目つきに戻った。女性は動こうとしなかった。彼女の体の感触が、彼の全身を勢いよく駆けめぐる欲望をなおいっそうかきたてる。だがスチュアートはそれを無視した。遅まきながら、いくつもの疑念がわいてくる。この女性はいったい誰なんだ？　なにが目的でこの図書室に現れ、わざわざ思わせぶりな態度を見せたんだ？　「具体的にぼくのなにを知ってらっしゃるんですか？」

「まあ、スチュアート」彼女がやわらかい声で言った。「あなたがわたしについていろいろ耳にしているのと同じくらいは、わたしもあなたのことを聞いているのよ。あなた、わたしを抱きたいんでしょう？　いったん事が終わったあとでも、名前を知りたいと思ってくれるのかしら？　それともまたパーティーの席に戻って、別の女性に粉をかけるつもり？」

「粉をかけてきたのはそちらでしょう」スチュアートは声に凄《すご》みを利かせた。「いったいなんのゲームなんです？」

「だから言ったでしょう」女性はふたたび、ちゃめっけたっぷりの笑顔になった。「あなたには一度会ってみたかったのよ。そして、考えごとをしようと図書室へ来てみたら、たまたまそこにあなたがいたの。いずれにしろ、今夜お目にかかる予定になっていたんだけれどね。

スーザンからそう聞かされていたでしょう?」

スチュアートは凍りつき、女性を見かえした。彼女は満面に笑みをたたえて、ささやいた。

「わたしはシャーロット・グリフォリーノよ。意地悪で、しわくちゃで、石のようにかたくなな心を持つ、年寄りの魔女。そして、スーザン・トラッターの後見人でもあるわ」

彼は思わず女性の手を放した。「そんなことがあるものか。スーザンの叔母上はもっとご年配のはずだ」

シャーロットが片方の肩をすくめてみせる。「スーザンの目には年寄りに映るんでしょうね。今年の春にはわたしも三〇の大台に乗ってしまったから」

スチュアートは言葉を失っていた。それじゃあ、ぼくより二歳も若いじゃないか。激しい憤りが胸にこみあげてきた。スーザンはぼくをだまし――恐ろしい老婆みたいな叔母さまが聞いてあきれる――当の叔母自身も正体をごまかして、ぼくをだまし討ちにした。これで、スーザン・トラッターとの結婚話は露と消えたわけだ。彼女の財産を手に入れることも叶《かな》わない。スチュアートは勢いよく立ちあがって言った。

「さぞやご満足でしょうね」

「どういう意味で? わたしの姪が遊び人の手に落ちたのではないかという疑念を突きとめることができたから? ロンドンでお金持ちの若いお嬢さんをふたりも傷つけた男が、わたしの保護下にある兄の娘にもちょっかいを出そうとしていたと? いいえ、ちっとも満足なんかしていないわ」

「まんまとぼくをだましたじゃないか!」スチュアートは彼女の顔に指を突きつけた。

シャーロットは片方の眉をあげた。「ミスター・ドレイク、わたしはただのひとことも、あなたをそそのかすようなせりふは口にしていないわよ」

あまりの怒りに、スチュアートの体はわなわなと震えた。こちらの正体を知っていながら、それとなく色目を使ってきてその気にさせ、わざとぼくを罠《わな》にはめようとしたのは、彼女のほうだ。「ぼくが誰かを知っていたくせに!」

シャーロットがばかにしたように笑う。「だから、そう言ったはずよ」スチュアートは目にもとまらぬ速さで、彼女の腕をつかんだ。その体を激しく揺さぶって、こらしめてやりたい。その一方で、今なお彼女を抱きたくてたまらなかった。それでも、体を揺さぶってやるだけにとどめようとはしたのだが、気がつくと彼は腕のなかへ彼女を引き寄せていた。

蔑《さげす》むような目でシャーロットが見かえす。「力ずくで女をものにするつもり?」

スチュアートはただちに彼女を放した。「ぼくは女性を力ずくでものにしたことなど一度もない。誘いをかけてきたのはそっちでしょう」

嘲《あざけ》るように、彼女の眉が吊りあがった。「そうだったかしら? ミス・イライザ・ペニーワースがロンドンからドーヴァーまで遠出に連れていってほしいと誘ったみたいに? ミス・アン・ヘイルがおばあさまのお屋敷の庭で火遊びしましょうと誘ったみたいに?」

スチュアートは声を荒らげた。「あのふたりの身に起こったことなど、あなたはなにもご存じないはずだ。ぼくは彼女たちを傷つけたりはしていないぞ」

「ええ、ええ、そうでしょうとも。おふたりの不名誉な噂話《うわさ》が風の便りでここケントの田舎町まで届いたのも、ただの偶然というわけね」

スチュアートはいきりたった。実際には、たまたま不幸なタイミングで――わずか数日の違いで――起こったふたつの出来事が混同されて伝わり、ぼくはひどい濡れ衣を着せられただけだ。そのゴシップのせいで父の怒りを買い、勘当まで言い渡された。なのにこの女性は、まるでぼくが純情なうら若い乙女たちをもてあそんだかのように思いこんでいる。「これ以上、話すことはない」彼はくるりと背を向けて、部屋を出ていきかけた。

「こちらとしてもありがたいわ」シャーロットが背後で言った。「せめて少しは良識あるところを見せて、スーザンには会わずに帰ってくださるわね」

ドアノブに手をかけたところで、スチュアートは足をとめた。言われたとおりにするべきだ。このままドアを開け、誰とも、とくにスーザンとは言葉を交わすことなく、さっさとこの場を去るべきだ。しかし彼には、別れの挨拶《あいさつ》もせずに立ち去ることなどできなかった。こういう場合は無言を貫くのが最良だと理性ではわかっていても、自分を律することができたためしがなかった。気が立っているときはなおのこと。ここでこの女性をなじるような言葉を吐いて得することはひとつもない……が、しかし……。「わたしを連れて逃げてと懇願してきたのは彼女のほうですよ」

背後でシャーロットが肩をすくめる気配がした。「あなたが同意なさるわけないわ」どこか相手を見下しているような尊大な口調が、スチュアートの気にさわった。自分の父親そっくりの口調だ。だが今は、彼女だからこそ、余計に腹が立つ。

ドアノブをつかんだまま、彼はゆっくりと振りかえった。薄暗い明かりのなかで、シャーロットは黄金色に輝いて見えた。今の今まで恋人に抱かれていたかのように、わずかに髪が乱れている。はけ口のない欲望と怒りというのは、危険なとりあわせだった。「ご自分の意見にずいぶんと自信をお持ちのようですね」

シャーロットは小首をかしげ、彼をじろじろと眺めまわした。「ええ。というより、あなたのような男の本性を見抜くことには自信があると言ったほうがいいかしら」

「ほう？」スチュアートは軽く扱われたり、適当にいなされたり、〝あなたのような男〟などと十把ひとからげに片づけられたりするのが、なによりも嫌いだった。「それはまたどうして？」彼は訊《き》いた。

彼女の口もとに蔑むような笑みが浮かぶ。「だってあなた、スーザン本人にはこれっぽっちも興味がないんでしょう？　自分は本気で愛されているとあの子に信じこませることには成功したようだけれど。あなたが狙《ねら》っているのは彼女のお金なのに、駆け落ちなんかしたら、一シリングも手に入らないのよ。そのことはわたしが保証するわ」

「ぼくを困らせるだけのために、自分の姪からも財産をとりあげて、快適な生活を奪うわけですか。なんとも慈悲深いお方ですね、シャーロット叔母さま」

その皮肉に彼女は肩をすくめた。「いったいなにを期待しているの？　姪を思うやさしい心につけこめば、あなたの思惑どおりに事を運ぶ許可が得られるとでも？　わたしはそれほど甘くはないわよ。二度とそんなふうに見くびらないで。わたしの心は大理石のように冷たくて硬いの。もしもあなたがスーザンを妻にしたら、わたしはその日にあの子の財産を一ポンド残らず長期的な投資にまわしますからね。たとえ一生かかっても、あなたには手出しできないところに」

「彼女の財産は彼女のものですよ」スチュアートは釘を刺した。

シャーロットは床からショールを拾いあげ、肩にふわりとかけて、その端を肘に巻きつけた。「わたしに託されているのよ、あの子の父親の遺言で。ジョージもきっと、わたしの決断に心から賛成してくれるわ。兄は財産狙《フォーチュン・ハンター》いの男をこの世の屑《くず》と呼んで、忌み嫌っていたから。若い乙女の夢や希望をまんまと利用し、その心を踏みにじって評判をずたずたに傷つけても、なんとも思わないような男を。相手の女性の人生なんて、彼らにとってはなんの意味もない。すべては壮大な妄想に駆られてのことで、そういう男は、なんの苦労もなく大金を手中におさめるやいなや、たちまち妻に愛想をつかすのよ」

スチュアートは拳《こぶし》を握りしめた。「ぼくに対して、かなり厳しいご意見をお持ちのようですね。でもあなたの姪御さんは、自分の心の問題についても、自分の意見を言うことは許されないのですか?」

「あの子の心があなたを選んだのだとしたら、それはとんでもない間違いよ。いつかあの子も、過ちを未然に防いだわたしに感謝する日が来るわ」シャーロットはそばのテーブルに置いてあった扇をとり、ひと振りで開いて顔をあおいだのち、音を立てて閉じた。「たしかあなた、もうお帰りになるおつもりだったのではなくて？」

スチュアートは荒々しく息を吐いた。彼女の言うとおりだ。とっとと帰ったほうがいい。今夜ここへ来たのはスーザンの叔母上にお目通り願って結婚の許しをもらうためだったのだが、今となってはもう話にならない。ゴールまであとほんの少しだったのに、という苦い思いがこみあげてくると、スチュアートは女性に心惑わされた自分を呪《のろ》いたくなった。スーザンとの結婚にどんな不安があったにせよ、これまでに出会った女性のなかでは彼女がいちばんいい子で、条件にもかなっていたことは間違いないのに。

「ええ、そうです」彼はついに言った。「だからといって、今後いっさいお目にかからないとは限りませんから」

ショールを直しつつ、シャーロットは彼に一瞥《いちべつ》をくれた。「そんなことどうだってかまわないわ、ミスター・ドレイク」

「こちらはかまうんですよ」彼はつぶやいた。「大いにね」


そのさりげない脅し文句を、シャーロットは聞かなかったことにした。彼が出ていってドアが閉まると、彼女はやおらショールを外して、フリンジのもつれを解きほぐした。

「あんな形で彼を引っかけるなんて、あなたも人が悪いわね」暗がりから女性の声がした。

シャーロットは肩をすくめた。「自業自得よ。礼儀正しい紳士なら、あんなふうによこしまな考えを抱いて誘いに飛びつくはずがないもの」

「あら、カーラ、あれで誘いに乗らないのは血の通っていない男くらいよ」

シャーロットはルチアの言葉を無視して、ショールをいじくりつづけた。大いなる不幸に見舞われかけているのはルチアの姪ではないのだから、シャーロットのとった行動に関してルチアは批判すべき立場にはない。「だとしても、彼はやっぱりわたしの想像していたとおりの男だったってことが、これではっきりしたでしょ。あの人、スーザンのことや、あの子の気持ちなんか、まったく気にしていないのよ。そうでなきゃ、あの子の目を盗んでほかの女を抱くようなまね、できるはずがないもの」

テラスへ抜けるドアにかかっているカーテンの隙間《すきま》から、細い煙がふわりと立ちのぼった「あんまりいい考えではなかったんじゃない？　ああいう人って、あんなふうにばかにされて、おとなしく引きさがったりしないものよ」

「そうやって煙草《たばこ》を吸うのも、あまりいい考えとは言えないわよ、ルチア」シャーロットはぴしゃりと言いかえした。「声のためにもよくないわ。さて、わたしはスーザンの顔を見に行かないと。あなたも一緒に来る？」

「いいえ、やめておくわ」ルチアはさらに煙を吐きだした。シャーロットはさも煙たそうに片手を振りながら、ドアのほうへ歩きはじめた。「あの人、あなたが言っていたような男じゃないと思うわよ」シャーロットがドアノブに手をかけたとき、ルチアが言った。「あんまり彼を侮らないほうがいいわ」

シャーロットは立ちどまった。たしかに、スチュアート・ドレイクは想像以上に男前だった。内に秘めたエネルギーと向こう見ずな一面が、もともと魅力的な笑顔や立ち居振る舞いをよりいっそう魅力的に見せる。一見紳士的なあの仮面の下には、どんな顔がひそんでいるのだろう？　あれは仮面に違いない、とシャーロットは確信していた。天使を装った悪魔なら、数えきれないくらい見てきた。スチュアート・ドレイクの天使の輪はいかにもうさんくさげな光を放っている。あんなふうに、いきなり大胆に体を重ねてきたりして……。女性のなかには——若い娘のなかにも——ああいう男に惹《ひ》かれる人もいるだろうけれど、わたしは違う。

「いいえ、彼もそこいらにいる男と同じよ」シャーロットはひとりごとを言うかのように、最後にそっとつけ加えた。「ありがたいことにね」

そのまま部屋を出て廊下を進み、大広間へと向かった。そこでは、ほかの招待客たちが今宵の女主人役をとり囲んで談笑していた。レディー・キルデアも輝くような笑みを浮かべている。シャーロットのようにスキャンダラスで、スーザンのように大金持ちの客をもてなせるのは、願ってもない喜びなのだろう。そのふたりが出席するならと、結婚相手にふさわしい紳士たちも大勢集まってくれるからだ。未婚の娘を三人も抱えているレディー・キルデアにとっては、どんな犠牲を払ってでも呼び集めたい客のはずだった。

シャーロットは部屋の戸口で立ちどまり、スーザンを捜すふりをしながら、ミスター・ドレイクの姿もそれとなく捜した。別の紳士のほぼ真後ろに隠れる位置にいたのに、なぜか彼のほうが先に目についた。最初に受けた印象よりも若く、ハンサムであることは認めざるをえない。黒っぽい髪やダークブルーの瞳、すらりと背が高く、引きしまった体を目にするだけで、今もシャーロットの背筋に奇妙な震えが走った。〝それは、あの男が図書室であなたにいきなり襲いかかってきたせいでしょ〟と、彼女は自分に言い聞かせた。ちょうどそのとき、そばにいた紳士の肩越しに、スチュアートがこちらへ視線を投げてよこした。シャーロットはその場に立ちつくし、微笑みかえすこともなければ、鼻をふんと鳴らすことも、わざと大げさにそっぽを向くこともしなかった。相手を恐れるそぶりはいっさい見せず、ただじっと見つめかえす。彼のまなざしは暗くてどこか不機嫌そうではあったが、挑戦的な感じではなかった。ふたりとも視線を外そうとしなかったので、やがて互いの激しい感情がぶつかりあって、空気中に火花が散りそうになった。

「シャーロット叔母さま?」声をかけられて振り向くと、スーザンが横に立って、ショールのフリンジを引っぱっていた。

「あら、なにかしら?」シャーロットはにこやかな笑みを姪に向けた。「舞踏会はどう? 楽しんでいる? わたしはちょっと外の空気を吸いに行ってきたんだけれど」

「そうよね、しばらくお姿が見えなかったもの」スーザンはいささか後ろめたげな顔をしていた。それも当然だ。この場をこっそり抜けだして、不埒《ふらち》な男と会っていたのだから。「ルチアはもう帰ってしまったの?」

シャーロットは笑った。「とんでもない。彼女なら、レディー・キルデアのお庭を煙草の煙で汚染しようとしているところよ」

スーザンが鼻にしわを寄せる。「いやね、胸が悪くなりそう」そう言ってけらけら笑いだしたかと思うと、急にあたりをはばかるように部屋のなかを眺めまわした。「ごめんなさい、失礼なことを言って」

「まあ、真実というのは往々にして失礼なものですからね」シャーロットはスーザンの腕に手をかけた。「さて、シャンパンでも飲みに行きましょうか」

「いいの？　本当に？」姪がはしゃいだ声をあげる。「なにか特別なときでもない限り、パパは絶対に飲ませてくれなかったのに」

今夜はその特別なときにあたるだろう、とシャーロットは感じていた。「たまにはこういう贅沢もいいじゃないの」彼女がそう言うと、スーザンがうれしそうにうなずく。ふたりは連れ立って、飲み物が置かれているテーブルへ向かった。

叔母のひいき目かもしれないけれど、シャーロットはスーザンのことをかなりかわいらしい女性だと思っていた。つややかな小麦色の髪は自分のような癖っ毛とは違ってまっすぐで、瞳の色も透きとおるようなブルーだ。その一方でシャーロットは、世間的には姪が美人と称されることはないだろうと認識してもいた。それでもスーザンには、彼女の幸せを自分の幸せと同じくらい大切に考えてくれる男性と結婚してもらいたい。

ふたりでシャンパンを飲みながら、大広間のフロアがダンス用に片づけられていくのを見守っているとき、ついにスーザンが意を決して口を開いた。いつこの話題を持ちだそうかと、ひと晩じゅう機会をうかがっていたに違いない。先ほど盗み聞きしてしまった会話の断片だけでなく、ここ数日のスーザンのぎこちない様子からも、シャーロットはある程度察していた。〝すばらしい男性に出会ったから、結婚したいの。そうすれば叔母さまも喜んでくれるでしょう?〟まだよく理解できない面も多々あるスーザンだが、この件に関しては、心が透けて見えるようだった。

「ねえ、シャーロット叔母さま、話したいことがあったらなんでも遠慮なく話していいって、いつも言ってくださるわよね」スーザンが普段よりも高めの声でしゃべりはじめた。「実はその……ちょっとお話があるんだけど」

「もちろんよ。いったいどんな話かしら?」シャーロットは視界の片隅で、こちらへ近づいてくるスチュアートの姿をとらえていた。やはり、あのまま黙って立ち去る気はなかったようだ。スーザンは彼のほうへ何度も目を走らせつつ、シャンパンをごくりと飲んでから、一気にまくしたてた。

「わたしはもう子供じゃないわ。もうじき一八になるんですもの、自分の心が欲しているこ とくらいは充分に理解できる年よ。それでね、わたし、この人と結婚したいと思える男性に出会ったんだけど」

「あら、そう」

穏やかなその口調に、スーザンは一瞬、拍子抜けしたようだった。「お願いだから、邪魔立てはしないで。わたし、彼を愛しているの。結婚したいのよ。パパはわたしに幸せになってほしいと思っていたはずだけれど、ミスター・ドレイクならきっとわたしを幸せにしてくれるから」

「スーザン、そういう話がしたいなら、時と場所をわきまえたほうがいいわ」シャーロットはやさしく諭した。どうしてあの卑劣な男はおとなしく立ち去ってくれないのだろう？　そうしてくれれば、スーザンは傷つくかもしれないけれど、少なくとも大勢の人の前で醜態をさらさずにすむ。万が一レディー・キルデアの舞踏会で愁嘆場などくり広げたら、スーザンは恥をかくだけでなく、その心もずたずたになってしまうだろう。

「お願い、彼に会って、シャーロット叔母さま」スーザンが正面に立ちはだかり、大きな目に真剣な色をたたえ、姿勢をしゃんと正して、両手をぎゅっと握りしめながら言った。「彼自身の口から話を聞いてほしいの」

シャーロットは沈む心を穏やかな表情の下に隠した。「あなたがそう言うなら」そしてふたたび、彼女はスチュアートと相対した。先ほどと同じように背が高く、どうしようもないほどハンサムで、厄介なくらい魅力的だ。シャーロットはなぜか動揺を覚えつつ、彼を見あげた。図書室で会ったときよりここで見るほうが、はるかに大きく堂々としているように感じられる。おそらく光の加減だろう。

「ミスター・スチュアート・ドレイクを紹介させて」スーザンが言った。「ミスター・ドレイク、こちらがわたしの叔母の、グリフォリーノ伯爵夫人よ」

「どうぞよろしく」シャーロットが会釈すると、彼は恭しくお辞儀をした。

「ミスター・ドレイク、ちょうど今、叔母さまに、わたしたちがお互いを好きになったことをお話ししていたところなのよ」スーザンはいっそうおどおどした様子で言った。「それでわたしたち、結婚したいと思っているって」

スチュアートがいかにも柔和な笑顔になったので、シャーロットは思わず信じてしまいそうになった。「そうだね、ぼくがいちばん言いたかったことを先に言われてしまったな」

スーザンがくすくすと笑う。彼の横に立っていると、なんだかとても幼くて、無垢《むく》で傷つきやすく見える。シャーロットは決意を新たにした。わたしの目の黒いうちは、絶対にこんなならず者を純情可憐《かれん》な姪と結婚などさせるわけにはいかない。彼女は冷ややかでよそよそしい笑みを浮かべた。できればこの場で、男の化けの皮をはいでやりたい。恥も外聞も気にならなかった。

「一曲おつきあい願えませんか？」スチュアートが片手を差しだしながら言った。「姪御さんの夫となるにふさわしい体力があることを、証明させていただきたいんですが」

シャーロットは彼の手を見おろしてから、顔を見つめた。魅力的な笑みは相変わらず顔に張りついているが、その目は笑っていない。ふたたびこの男性の腕のなかに引き寄せられたらどうなってしまうのか、自分でもよくわからなかった。スーザンは彼のかたわらで、哀願するように両手を組みあわせている。「そういうことでしたら、うちへいらしたときのほうがいいんじゃありません？」シャーロットは言った。「明日なら、ふたりとも家におりますから」

「いいえ、ぜひここで踊らせてください。正直、明日まで待ちきれないんですよ。できるだけ早くお返事いただきたいんです」

「いいでしょ、シャーロット叔母さま?」

希望に満ちたスーザンの声を聞くと、いっそう彼が憎らしく思えた。〝返事ならとっくにしたはずよ〟と、心のなかでささやく。それでも結局は根負けして、シャーロットはスーザンにグラスを手渡した。「どうしてもとおっしゃるなら。スーザン、ちょっと待っていてくれる?」

「ええ、もちろん!」姪がたちまち顔をほころばせる。シャーロットが彼のてのひらに手を重ねると、すぐに指が巻きついてきてしっかりと握りしめられ、次の曲を待ってカップルが集まりはじめたフロアの中央へと連れだされた。

「時間の無駄よ」シャーロットはショールがずり落ちないように直し、曲が始まるのを待った。スチュアートは無言のまま、彼女の手をとって自分の腕のなかへと引き寄せた。彼女ははっと息をのんだ。「なにを――?」

「次の曲はワルツですからね」スチュアートはそう言って、彼女が身を引こうとするのを許さなかった。まわりをとり囲む人々が、けげんそうにふたりの様子をうかがっている。楽隊の演奏はまだ始まっておらず、田舎の舞踏会でワルツがかかることはめったになかったからだ。

「そんなはずないわ。ここはケントよ、ロンドンじゃなくて」シャーロットの体に巻きついた彼の腕は鉄のように硬かった。人目を気にしつつも、ぐっと力をこめて押しかえしてみたけれど、びくともしない。誰もがふたりに好奇の目を注いでいたので、どんなに彼とぴったり寄り添うのがいやでも、ダンス・フロアの真ん中でじたばたもがくわけにはいかなかった。仕方なく、彼の親指の内側をぎゅっとつねるだけで我慢した。

スチュアートは狼《おおかみ》のごとく無慈悲な笑みを浮かべ、彼女が抵抗するのをやめるまで、手を強く握りしめた。「レディー・キルデアも、ロンドンでは少なくとも一曲くらいはワルツを演奏させるのが流行《はや》っていることくらい、ご存じですよ。そういう流行には遅れたくないでしょうからね、いくら田舎に住んでいるとはいえ」

「レディー・キルデアに無理を言ってワルツを奏でてもらうことに成功したからって、わたしのなかでのあなたの評価はあがらないわよ」ほどなく楽隊が本当にワルツを演奏しはじめた。一年以上も踊っていなかったのでシャーロットは少々不安だったが、そんなことは問題ではないとすぐにわかった。スチュアートはダンスの名手で、軽やかにステップを踏みながら力強くリードしてくれたからだ。でもそれがシャーロットには気に入らなかった。彼女のほうはほとんどなんの力もいらず、ふたりは完璧《かんぺき》にひとつになって動いていた。「そんなに激しくターンしなくていいわ」彼女は小声で嚙《か》みついた。「わたしだってステップくらい知っているんだから」

彼の片眉がぴくりとあがる。「これは失礼。あなたもリードなさりたかったんですか?」

「ミスター・ドレイク」シャーロットは冷ややかに言った。「わたしはそもそも踊りたくなどなかったのよ。求婚に対するお返事なら、もうとっくに差しあげたはずでしょう。こんなやり方でスーザンをそそのかしてその気にさせたら、あなたが姿を消したとき、あの子は余計につらい思いをするだけだわ」

「あなたにちょっとにらまれただけで、ぼくのような男はそそくさとしっぽを巻いて逃げだすと、確信していらっしゃるようですね」

シャーロットは意外な言葉に、思わず笑ってしまった。「にらまれる、ですって？　その程度ですむとでも？　わたし、なにか誤解していたのかしら。あなた、本当はスーザンを愛しているの？」

「いいえ。そんなふうに公言したことはありませんよ、彼女自身にさえも」スチュアートはまだ微笑んでいる。なんと見さげはてた男だろう。「誰もがわざと自分の本心を偽るわけではありませんからね」

「わたしだってそんなことはしていないわ。あなたが勝手に早合点しただけでしょう」彼の顔色がかすかながらも意味ありげに変化すると、シャーロットはさらに体の自由を失った気がした。片手はしっかりと握りしめられ、腰には彼の腕が巻きついている状態で、フロアをなめらかに動きまわり、くるくると回転させられてしまう。自ら進んでステップを踏むことを完全にやめてしまっても、このままワルツを踊りつづけられそうだった。

「普通の男なら誰もが思うことを思ったまでですよ。それはあなたもご存じでしょう。それとも、男を誘惑するのは初めてだったんですか？」

「あなたを誘惑した覚えはないわ」シャーロットはさも軽蔑《けいべつ》したようにささやき、つかまれている手を振りほどこうとした。しかし彼はそれを許さず、彼女の心を乱す炎をその目に燃えあがらせた。

「では、いたずらに男をからかうものではないということを学ぶべきです。誤解されるかもしれないんだから」

「ああ、そうだったわね！」彼女は顔をしかめた。「まともな神経の持ち主ならすぐに察してくれることでも、あなたには理解できないかもしれないって、わきまえておくべきだったわ。それなら、はっきり言わせてもらいましょうか。いかなる事情があろうとも、あなたがスーザンと結婚することなどありえないわ。フォーチュン・ハンターなんて、尊厳のかけらもない最低の人間よ。わたしはこの意見を曲げる気はないわ」

「女性は心変わりしやすいものですけどね。たとえ、しわくちゃの老いぼれた魔女であっても」

シャーロットは力任せに手を引き抜こうとしたが、いっそう強くつかまれただけだった。

「あなたなんて、女のことなんかなにひとつわかっていないくせに」

スチュアートが声を立てずに笑う。「女性に関しては、これでもいろいろと知っているつもりですがね」

「男はみんなそう思いこんでいるのよ。ばかなんだから、誰もかも」

「ばかなくらい女性に目がないと？　そりゃそうですよ。その意見に反対する人はほとんどいないでしょう。ぼくも何度それで痛い目を見てきたことか。でも、自分でもどうしようもないんですよ。好きにならずにいられないんですから」

「大金持ちの女はとくに、でしょう?」

またしても、意地悪そうな笑顔が彼女を見おろした。こんなふうに微笑むときの彼は、悪魔のように魅力的だ。「もちろんですよ。それはある意味、女性としていちばんの美点ですからね」

シャーロットも蔑むような笑みを返した。「当然よね。女性にそれしか求めていないなら、お金がなによりも重要ということになるわ」

「でも、それがどれほど欠点を補ってくれるか、考えてみるといい。性格の悪さ、気の短さ、寄る年波で衰える見目形」スチュアートが片手を動かし、彼女の容姿を確かめるように、上から下へと眺めおろす。シャーロットは硬直した。

「放してちょうだい、今すぐ」ぐっと食いしばった歯の隙間から言う。

「あなたは……」彼の声は危険なほどにやわらかく穏やかだった。「偽善者だな。ぼくがいかに堕落した人間かを明らかにするためにわざと自分を見せびらかしておきながら、こっちがその気になったとたん、暴行を受けた生娘のように身をこわばらせる。それでいて、あなたは生娘でもなんでもない」シャーロットはショックのあまり、はっと息をのんだ。彼が顔を耳もとに近づけてきてささやく。「ぼくはまだあきらめていませんよ。戦いは始まったばかりですからね」

周囲からどう見られるかも顧みず、シャーロットは靴のヒールでスチュアートの爪先を思いっきり踏みつけると、うっと息をつまらせて痛みをこらえる彼の腕からするりと抜けだした。楽隊の演奏はまだ続いており、ほかのカップルもフロアに残ってはいたものの、客のほとんどがふたりの様子を遠巻きに眺めていた。ケントの上流社会に属する八〇名ほどの人々の視線を浴びながら、シャーロットはスチュアート・ドレイクにくるりと背を向け、怒った足どりで歩み去った。

2

その後ただちに、シャーロットは姪を連れて舞踏会をあとにした。スーザンはショックで声を失っていた。ほかの客たちは、たった今目の前でくり広げられたおもしろい光景をさかなに、喜々として語っていた。ここは所詮《しょせん》、ケントの田舎町だ。これほどおいしいゴシップの種にありつけることなど、めったにない。スーザンがスチュアート・ドレイクに投げかける、当惑と切望の入りまじったまなざしに気づきながらも、シャーロットはいっさい時間を無駄にせず、姪を急《せ》き立てて大広間を出た。彼の視線を痛いほど感じつつ。せめて別れの挨拶だけでも交わそうと、レディー・キルデアが急ぎ足で駆け寄ってくる。今宵の女主人役が事情を知りたがっているのは明らかだった。シャーロットは、明日あらためてご挨拶にまいりますからと約束して、レディー・キルデアを振り切った。自分たちの名誉を傷つけずにすむもっともらしい言い訳をそれまでに思いつくよう祈りながら。ありがたいことに、ふたりの乗る馬車が素早く玄関まで迎えに来てくれたので、口論が始まる前にふたりは帰途に着くことができた。

だが家に戻るやいなや、スーザンの金切り声がとまらなくなった。「どうしてわたしにあんなひどい仕打ちを？　彼に対しても！　あんなふうにわたしたちに恥をかかせて！」

「スーザン、いい子だから」シャーロットは言った。「あれはいいかげんな男よ。あなたももう少し大人になればわかるわ」

「もう、やめて！」スーザンが両手を振りまわす。顔はみるみるピンクに染まり、声はさらに高くきんきんしてきた。「大人になったらって、なによ！　今のわたしは、そんなにばかで世間知らずだってこと？　もしかしたらそうなのかもしれないわね。わたしの選んだ男性にあんな失礼な態度をとった叔母さまの言いつけにもおとなしく従うと思われている理由すらわからないんだから。ドレスはこの色しか着てはだめとか、男性と何曲しか踊ってはいけないとか、そんなくだらない決まりばっかり！」

「侮辱してきたのは彼のほうよ」シャーロットは抑揚のない口調で言った。「あんな無礼なまねをして」

「彼はそんな人じゃないもの！」スーザンは涙をこらえるようにしゃくりあげ、胃のあたりを片手で押さえた。「誰に対しても愛想がよくて礼儀正しい人よ、わたしにだけじゃなくて。もしも彼が無礼な態度をとったとしたら、きっとそれは叔母さまのほうがなにか余計なことを言ったせいよ！」

「わたしが嘘《うそ》をついていると？」シャーロットは憤った。「彼は放蕩《ほうとう》者よ。どうしようもない男だわ。あなたにふさわしい人ではないのよ」

「そんなことないわ！」これぞ悲嘆の極みといった面持ちで、スーザンが泣き叫ぶ。「わたし、彼を愛しているのに！」

「スーザン、わたしはただ――」

「叔母さまの考えていることくらい、わかるんだから！　わたしの幸せをぶち壊したいだけでしょ。そうして、自分と同じようにみじめな人生を送ればいいと思ってるんだわ！」

スーザンがヒステリーを起こしているのはわかっていても、その言葉は胸にぐさりと突き刺さった。シャーロットは顎をあげ、強く言いかえしたい気持ちをこらえた。

「けど、そうはいきませんからね！　ひとりで寂しく世間の荒波を乗り越えていくような人生なんて、わたしはまっぴら！　わたしは絶対、なにが幸せかをわかっていて人生を楽しむことのできる人と結婚するんだから！」

「あなたには確実に幸せになってほしいからこそ言うのよ。あの男はただのフォーチュン・ハンターなんですからね。あなたの相続した財産をあの男に全部使いこまれてしまったら、どんなに苦しい生活が待っていることか」

「叔母さまは焼きもちを焼いてるだけでしょ！」スーザンが涙に打ち震えながら、シャーロットを激しくののしった。「ハンサムですてきな彼が自分には目もくれないから、わたしに嫉妬《しっと》してるんだわ！　彼がわたしとの結婚を望んでいるのが、そんなにいやなの？　叔母さまをうっとりと見つめてくれる男性以外は認めないってこと？」

「そういうわけではなくて、スーザン――」シャーロットの言葉はさえぎられてしまった。

「聞きたくない、そんな話！　わたしし、彼をあきらめませんからね。いくら叔母さまに嫌わのなら、叔母さまが許してくださらないのなら、後見人の許可なんて必要ない時期が来るまでふたりで待つだけよ！」

〝そんなこと、できるはずがないのに〟と、シャーロットは思った。「それまでの三年間、あなたに対する彼の献身が変わらなかったら、そのときはわたしもいっさい文句は言わないつもりよ。でも、あの男がそれだけ待てるかしら？」姪に余計な希望を持たせないよう、あえてきつい言い方をする。「たぶん、今週中にも姿を消すでしょうね。あなたの財産が今すぐには手に入らないと知ったら」

「彼はわたしのお金が欲しいわけじゃないわ！」スーザンは心底驚いたように見えた。「叔母さま自身がお金のために結婚したからって、誰もがそうとは限らないんだから！」

その言葉にシャーロットは痛烈な打撃を受けたが、それを顔には出すまいとした。怒りにわれを忘れてひどいことを口走った姪を責めるわけにはいかない。

「さあ、もうおやすみなさい。この話の続きは明日の朝にしましょう」たちまち、姪の顔がくしゃくしゃになる。シャーロットは揺れ動く感情をコントロールしようとしながら、腕を組んだ。「あなたを傷つけたのなら申し訳ないけれど、あの男の真の姿をあなたも知っておくべきなのよ」

すると今度はスーザンが両手に顔を埋め、肩を震わせて泣きはじめた。シャーロットはそんな姪を不憫《ふびん》に思い、肩にそっと手を置いた。

「いつかはきっと、これでよかったと思える日が来るから」

やさしくなだめる叔母の手を、スーザンは振り払った。「叔母さまにとっていいというだけでしょ」声をつまらせながら言いかえす。「自分の人生が終わっているからといって、わたしの人生までめちゃくちゃにするなんて！」

「いいかげんになさい！」シャーロットは厳しくたしなめた。「もう充分よ」

「叔母さまなんて大っ嫌い！」スーザンは泣きじゃくっていた。「二度と口も利きたくないわ！」

返事も待たずに、スーザンは部屋から飛びだしていった。シャーロットは落胆と不安の入りまじる思いで、姪の後ろ姿を見送ることしかできなかった。あの子はいったいどうしてしまったのだろう？　少しでも常識のある人間なら誰でもわかることが、今のスーザンには見えていない。スチュアート・ドレイクは紛《まご》う方なきフォーチュン・ハンターだ。彼自身もそれは認めたように。彼はスーザンを愛してはいない、あの子のお金が欲しいだけだ。それなのにスーザンは、あの人ならきっとわたしを幸せにしてくれる、という道理に合わない思いにとらわれてしまっている。〝ああ、スーザン……〟シャーロットはソファーに沈みこんだ。怒りがすうっと溶けていく。どうすれば、あのならず者があの子の心をずたずたにしてしまう前に、スーザンにものをわからせることができるだろう？

あなたの愛するミスター・ドレイクは、あなたの叔母であるこのわたしを口説こうとしたのよ、と教えてやるべきだろうか？　でも、あの男は間違いなく自分に都合のいいように話しをねじ曲げ、わたしを悪者に仕立てあげるだけだ。かわいそうなあの子は完全にあの男に丸めこまれてしまっているから、今は彼についてこれ以上なにも言わないほうがいいだろう。でももし、スーザンがもっと自分にふさわしい紳士に出会ったら？　わたし自身はこのところ、ロンドンの社交界にはすっかり縁遠くなっているけれど、スーザンを連れてバースかブライトンにでも出かければ……。

いいえ。うまくいくはずがない。あの男はなんとしてもスーザンとその財産を手に入れようと追いかけてくるだろうし、スーザンはスーザンで、愚かにも愛してしまった男性から無理やり引き離すようなまねをする叔母を恨み、怒りを向けてくるだけだろう。姪を守るためならどんなことでもする覚悟でいるけれど、生涯スーザンに嫌われるようなことになったら耐えられそうにない。

玄関のドアが開いて、閉まり、ほどなくルチアが薔薇《ばら》とトルコ煙草の芳香を漂わせて部屋に入ってきた。「ああ、疲れたわ」陽気に言って、ふかふかの大きな椅子に腰をおろし、靴を蹴《け》り捨てる。「なんだかつまらないパーティーだったわね。ここの人たちはけっこう魅力的でおもしろかったけれど」

シャーロットは曖昧《あいまい》に微笑んだ。ルチアはかつて、ミラノの輝けるスターだった。ソプラノ歌手としてヨーロッパじゅうに令名を馳《は》せたころの明るく澄んだ歌声はさすがに出なくなってしまったが、短期間の滞在中に、この町でもその名が知られるようにはなっていた。ナポレオンとの戦争が終わり、イングランド内でもあらゆる大陸文化への需要が高まったおかげで、音域が半分ほどに狭まってしまったオペラ歌手にもそれなりの出番があるからだ。

「それよりあなたよ、カーラ！　かなり華々しい幕引きだったじゃないの！」ルチアはバッグから短い煙草を一本とりだした。「イングランド人があれほど熱くなっている場面は、初めて見たわ」

衣擦れの音をさせてシャーロットは立ちあがり、窓辺から暖炉へと近づいていった。「スーザンは、二度とわたしと口を利きたくないって」

「まさか」ルチアは手近な蠟燭で煙草に火をつけ、深々と煙を吸いこんだ。「しばらく放っておけばいいのよ。ふくれっ面して口をとがらせたところで、今はなんの助けにもならないけれど、いつかそれが役に立つこともあるでしょうからね、男相手に……」ルチアはうなずき、煙草を持ったまま手をひらひらと動かした。「で？　彼はなんて言ったの？」

シャーロットは眉をひそめ、ルチアに灰皿を手渡した。「そうやって煙草を吸いつづけていたら、あなたの声は永遠に戻ってこないわよ」

ルチアがふうっと細い煙を吐きだす。「わたしは声を失ってなんかいないもの、詩神《ミューズ》を失っただけで。それが見つかれば、声も戻ってくるわ」

これ以上言っても無駄だ。ルチアはいつだって、自分のやりたいように気ままに過ごしてきたのだから。性的な満足が得られれば声は自然と戻ってくるというルチアなりの信念をとやかく言っても始まらない。「あの男、スーザンのお金が目あてだということを否定しようともしなかったわ。それどころか、多額の財産を持っていることは女性としていちばんの美点だ、なんて言って」

「それは男にも言えることよね」ルチアが話の腰を折り、またうなずいた。「真実を口にしたからといって、その人を責めることはできないわ。ほかには？」

シャーロットは窓辺に戻り、カーテンを引いた。「姪との結婚を許可するわけにはいかないとはっきり言ってやったら、ひどく侮辱的な言葉を返されたわ。わたしがスーザンの後見人としての適性に欠けるかのような」

「へえ」ルチアは大いに興味を引かれたようだ。「具体的にどう言われたの？」

「偽善者だって。それと、あなたは生娘じゃないって」

「あら、どっちも本当のことじゃない。そうでしょう？」シャーロットがぎろりとにらみかえすと、ルチアは肩をすくめた。「でも、どこの男が生娘なんかに興味を持つの？」

シャーロットは鼻を鳴らした。「イングランドの男性はそうなのよ。少なくとも、女性がお金を持っている場合はね」そして、ふっとため息をつく。「たしかにわたしは偽善者なのかもしれないわ――お金のためにピエロと結婚した、という面もあるもの――でもわたしは、過ちから学んだ。だからこそ、スーザンには同じ過ちをくりかえしてほしくないのに」

「あなたがピエロと結婚したのは、守ってほしかったからでしょう？　もちろん、彼がお金持ちだってことも大きかったでしょうけれど、彼のほうがあなたを妻にした理由を考えてみなさいよ。孫と言ってもおかしくないくらい年の離れた嫁をもらうなんて。向こうだって、若くてきれいな女をそばに置いておきたかったってことよ。でもそのスチュアート・ドレイクって男は、スーザンになにを与えてくれるわけ？　すてきな彼自身のほかに？」

「彼のおじいさまが子爵なのよ」シャーロットは窓の外を見るともなく見つめて、つぶやいた。その事実だけをとりだして考えてみれば、さほど悪い組みあわせでもない。正式な貴族の称号を持たない一介のジェントルマンを父に持つ娘にとって、いずれは爵位を受け継ぐことになるハンサムな男性は格好の結婚相手だ。ただしそれ以外の枝葉の部分が、醜い真実を明らかにしていた。

「つまり、スーザンはいずれ子爵夫人になれるし、彼のほうは今すぐ金持ちになれるってことね。結婚の理由として、それ以上に健全なものもないんじゃない？」ルチアはゆっくり煙草を吸い、熱弁を振るった。「それにしても、イングランドの女性は気の毒よね。結婚しなければ男性と楽しむことすらできないと思いこんでいるんだから。世界にはこれだけ男があふれているのに、どうしてたったひとりに束縛されなきゃいけないのかしら」

「スーザンにあなたの意見を聞かせるわけにはいかないわね」シャーロットはそっけなく言った。「どっちみち、今あの子はひとりの男性しか目に入らないみたいだけれど」

ルチアが笑った。こうやって笑うときだけ、ルチアの失われた声は輝きをとり戻す。それを聞くたびにシャーロットは、ルチアをトルコの王子に引きあわせたことを後悔した。その王子がルチアに煙草という中毒性の高い嗜好《しこう》品を紹介してしまったからだ。そのせいで、もったいなくも、ルチアの声はがらがらになった。「でもまあ……」ルチアが思わせぶりに目配せしながら言った。「少なくとも、彼は目の保養にはなるわね」

シャーロットはそのことを話題にするのを拒んだ。ルチアがどう思っていようと、スチュアート・ドレイクは危険な男だ。スーザンはまだ愛にロマンティックな夢を抱いている純情可憐な乙女であって、男の本性を知りつくしている世慣れた女ではない。「無理やり距離を置いてしまえば、あの子の熱も一週間ほどで冷めるとは思うんだけれど」

「恋愛なんてそんなものよ」ルチアはそこで突然顔を輝かせ、ぱっと身を起こした。「ねえ、あなたが彼を誘惑したくないなら、わたしがしてあげましょうか？　そうすればうまくいくと思わない？　もちろん、スーザンのために、よ」

「やめて！」彼の熱い唇がルチアの喉もとに吸いつき、その長い指がルチアの体を撫でまわすところなど、想像したくもない。彼が首筋に指をふれてきたときの感触を思いだすだけで、シャーロットはやけに落ち着かない気分になった。でもあの男は、スーザンに結婚の約束をしたその舌の根も乾かぬうちに、わたしを抱こうとしてきたのよ。あんな男、誘惑してやる価値もない。撃たれて当然の男よ。

「だめよ、ルチア、うまくなんかいかないわ。それにあの人、あなたの好みよりは年が上すぎるもの」

「あらそう？　彼、いくつなの？」

「わたしよりも上のはずよ」シャーロットはきっぱり言い放った。三〇歳はもう死にかけの年寄りだとスーザンは思っている、と言ってやったときの彼の表情から察するに、それは間違いないだろう。ルチアは少しがっかりしたような顔をして、椅子に座りなおした。シャーロットはなおも怒りをたぎらせながら、ふたたび部屋のなかを行ったり来たりしはじめた。

スーザンの主張とは裏腹に、シャーロットは自分が一七歳で恋をしていたころのことをよく覚えていた。もちろんそののち世の中を知り、男性のこともいろいろと学んできたから、今ではスチュアート・ドレイクのような金目あての礼儀知らずな男においそれとスーザンを嫁がせるわけにはいかないとわかっている。その後に待っているのは心の傷と身の破滅だけだと、痛いほどわかっているからだ。

でもその一方、誰かに結婚を邪魔立てされたらスーザンが恨みを抱くだろうこともわかっていた。邪魔立てしたのがシャーロットであればなおさら。となると、ミスター・ドレイクに行方をくらましてもらうほかない。それもできれば自らの意志で。よそからなんらかの圧力がかかって、ケント州の保養地タンブリッジ・ウェルズでは彼はもはや歓迎されていないということを、彼自身に思い知らせてくれればいいのだけれど。おそらくこの町の人々のなかには、シャーロットが彼を遠ざけたいと願っている理由に深く共感し、彼女自身はためらわれるようなやり方で、スーザンのために行動を起こしてくれる人がいるはずだ。

そんなふうに考えて、ようやくかすかに安堵《あんど》の息をもらし、シャーロットは歩きまわるのをやめた。「心配しないで、ルチア。あのすてきなミスター・ドレイクをどうあしらうかについては、すばらしい案を思いついたから」

スチュアートは昨夜と同じく、朝からみじめな気分にさいなまれていた。第一に、今日は家賃の支払い日だ。大家は取り立てには厳しい人で、今日も朝食の前までに持ってくるよう言い渡されていた。スチュアートは苦しげなため息をつきつつ手持ちの金を勘定しながら、蓄えがどんどん減っていることは考えまいとした。計画では今ごろとっくに裕福な花嫁を手に入れているはずだった。それがだめでも、せめて裕福な婚約者を。そうなっていれば、タンブリッジ・ウェルズの疑《うたぐ》り深い商人や金貸したちからも、ある程度の信用を得られていただろう。だがもし、昨日よりもさらにスチュアートの支払い能力はさがったという噂が広まれば、そうした連中もこぞって前払いを要求してくるかもしれない。

第二の憂鬱の種は、母親からまたしても手紙が届いたことだった。スチュアートは母親を深く敬愛してはいるものの、その手紙は彼にとって恐怖でしかなかった。彼を責めるような言葉は決して書いてこないのだが、それがかえって、不出来な息子で申し訳ないという罪の意識を深く抱かせる。父親の気に入るような息子になるのは無理だとずいぶん前に気づいてからは、そのための努力もやめてしまい、そのことに母親は胸を痛めていた。父親に評価されるかどうかはもう気にならなくなっていたが、母親の期待を裏切ってしまったことは今も後悔していた。スチュアートは手紙にさっと目を通し、母親が年に二カ月だけ滞在する時期をわざわざ選んでロンドンを離れてしまったことに後ろめたさを覚えつつ、手紙と罪悪感をしまいこんだ。

そして第三は、シャーロット・グリフォリーノへの募る思いが今朝になっても消えていないことだった。ワルツの途中、人前であんなふうに侮辱されたにもかかわらず、だ。あれからひと晩じゅう、スチュアートは彼女のことを考えつづけた。おもに、完璧な形をしたあの丸いヒップに、いかにして礼儀を叩《たた》きこんでやろうかと。同じように完璧な形をしている彼女の体のほかの部分はなるべく思いだすまいと無駄な努力をしていたのだが、朝の乗馬に出かけている最中に彼女を見かけた瞬間、彼は闘いに負けた。

スチュアートは手綱を引き、キルデア邸の前で馬車を降りて石段をのぼっていくシャーロットを眺めていた。身のこなしはゆうべと同じくセクシーで優美だったが、今日の服装は妖《よう》艶《えん》な美女というより、お堅い家庭教師のような感じだ。紫がかった灰色のドレスは襟が高く、長くて腕にぴったりした袖《そで》と、飾り気のないスカートがついたもので、その下には明らかにペティコートをはいている。淡いブルーの質素なボンネット帽が顔を縁どるさまはまるで天使のように見え、手袋をはめたその手には祈禱書《きとう》が抱えられているのではないかと、スチュアートはなかば期待した。ゆうべ、暗い図書室で彼を誘惑してきた女性とは、似ても似つかない雰囲気だ。

スチュアートは眉をひそめた。どうしても違和感がぬぐいきれない。おそらくあれは、彼女が普段から着慣れているスタイルではないはずだ。借りた金の最後の一ファージングを賭《か》けてもいい。屋敷のなかへと通されるシャーロットを陰から眺めているうちに、スチュアートのなかで、とある確信がふくらんでいった。彼女はなにかよからぬことをもくろんでいるようだ。どうしてそんなふうに思うのかは自分でも答えられないが、彼女がなにを企《たくら》んでいるのか突きとめなければいけないという衝動に駆られた。あの女性とかかわることはできるだけ避けるべきなのだが、どうしたわけか、そうせずにはいられなかった。気がつくと彼は手綱をゆるめ、馬の脇腹を撫でていた。

キルデア邸の向かいにある公園の木陰に馬をつなぎ、帽子を少し斜《はす》にかぶって、彼女の馬車へと近づいていく。御者は座席でうとうとしかけていたが、スチュアートが声をかけると、ぱっと目を覚ました。「つかぬことをうかがうが、こちらの馬車はマダム・グリフォリーノのものでは？」

「ええ」御者は好奇心をおくびにも出さずに答えた。

「ちょうど今からご自宅をお訪ねしようと思っていたんだが、外出されているとは残念だ」スチュアートは落胆してみせた。「このあと、さらにどこかへお立ち寄りになるのかい？」

「そいつはわかりませんね、だんな」この男はおそらく今季だけ雇われている臨時の御者だろう。スチュアートはそう踏んだ。彼自身、臨時雇いの召使いを何人か使っているので、見ればわかる。耳もとでささやく悪魔の誘惑に負け、スチュアートは御者になにがしかの金をやって口を割らせようとした。

「たぶん、ここだけのはずですよ」御者は慣れたしぐさで硬貨を受けとった。「ここで待っているようにと仰せつかりましたんで」

スチュアートは通りの左右を見渡した。人々が他家を訪問するのに好ましい時間帯が近づき、徐々に道がこみはじめている。「馬をずっと日向《ひなた》に立たせておくのはあまりよくないんじゃないか？」

「そりゃそうですがね、命令だから仕方ありませんよ」スチュアートがもう一枚硬貨を投げてやると、御者は目にもとまらぬ速さでそれをポケットにしまい、座席の上で姿勢を正した。「たしかに、ずっとこのままここで待たせておくわけにはいきませんな。交通の邪魔にもなりますし」

「そうだろうとも」スチュアートは言った。「公園の角を曲がったあたりに、ちょうどいい木陰があるはずだよ」

「では、ごきげんよう、だんな」御者は帽子を少しだけ持ちあげて会釈したのち、手綱を打ち鳴らして馬に合図した。走り去る馬車を見送るスチュアートの顔に、かすかな笑みが広がった。はたして彼女はこちらの期待どおりの反応を見せてくれるだろうか？　今払ったなけなしの二シリングが無駄にならなければいいのだが。スチュアートはキルデア邸の石段の脇に陣どり、待つことにした。

「レディー・キルデア」応接間へと通されたシャーロットは、おどおどした笑顔を女主人に向けた。「ゆうべ、あんな失態をお見せしてしまったあとですから、会っていただけないんじゃないかと覚悟しておりましたのよ」

「いえ、そんな、とんでもない」レディー・キルデアが素早く駆け寄ってきて、打ち沈んだ様子のシャーロットを真剣なまなざしで見つめた。「ご気分がすぐれないのではなくて？　どうぞおかけになって、お茶をいただきましょう」シャーロットをソファーへと導き、自分もそばの椅子に腰をおろすと、カップに紅茶を注いでくれる。

シャーロットはぱちぱちとまばたきしながら、カップを受けとった。「ありがとうございます。わたし……ゆうべのことを謝りたくて。あんなお見苦しいところをお見せするつもりではなかったんですけれど――」そこでぐっと声をつまらせ、ハンカチを口もとにあてて嘆いてみせる。深く息を吸ってから女主人のほうに向きなおると、レディー・キルデアは椅子の縁にごく浅く腰かけ、好奇心もあらわに身を乗りだしていた。

「まあまあ、伯爵夫人《コンテッサ》！」レディー・キルデアがそっと片手を差しのべてくる。「なにかお心を乱すようなことがおありだったんでしょう？　でもどうか、お気になさらないで。ゆうべのささいな一件は、誰もたいしたことだとは思っていませんから」真っ赤な嘘だ。けれどもシャーロットは素直にうなずき、レディー・キルデアの手にふれた。

「そんなふうにおっしゃっていただけるだけでありがたいですわ。皆さまにも大変ご無礼をしてしまって。でも、あのミスター・ドレイクは……。わたし、あの方がすばらしい紳士として受け入れられていることは知っております。それも当然ですわ、だって誰もあの方の正体をご存じないんですもの。でも、レディー・キルデア、もしもあの男にまつわる話をお聞きになったら――！　しかも、わたしの大切な姪のスーザンが、あの男にいいようにだまされて名誉を傷つけられようとしているとわかったら……。わたしには耐えられなかったんです。それであんなふうに理性を失ってしまって。どうかお許しください」シャーロットは、とまどいの表情を浮かべているレディー・キルデアに、すがるような目を向けた。

「どういうことですの、コンテッサ？」レディー・キルデアは咳払《せきばら》いをした。「いったいなにをおっしゃってるのかしら？　もしかしてミスター・ドレイクは……？」

　その名を聞くだけで不快感がこみあげるというように、シャーロットは目を閉じ、すうっと息を吸いこんだ。レディー・キルデアがそれを察して、はっと口をつぐむ。シャーロットは一瞬の間を置いてから、重々しくうなずいた。

「そうなんです。わたし、この二週間はロンドンのほうにいて、イタリアとやりとりしなければならなかったんです。わたし自身の用だけでなく、マダム・ダ・ポンテのためにも。それに、亡くなった主人の所領地などに関しても、片づけるべき用事がたくさんあって。ですから、社交の場へはあまり顔を出せなかったんですが、知人との限られたおつきあいのなかでも、ミスター・ドレイクにまつわる話はそれなりに耳に入ってきまして……」

　そこでシャーロットがふたたび言いよどむと、レディー・キルデアは同情するように相づちを打ち、紅茶を勧めてくれた。不安な面持ちの女主人をしばし待たせ、シャーロットはおもむろに紅茶で喉を湿らせた。今のところ、首尾は上々だ。

「その話というのが、なんともひどいものばかりで。あの男は性根の卑しいならず者だとか、賭け事に深くはまっていていつも借金にまみれているとか、ろくでもない噂の持ち主たちと交流があるとか。なかでも最悪なのは……。いえ、やっぱり、わたしの口からはとても申しあげられませんわ」シャーロットは首を振り、涙をこらえるかのように唇を噛みしめた。レディー・キルデアがすっくと立ちあがって近づいてくる。

「でも、あの方のご家族は……有力なご親戚《しんせき》などもいらっしゃって、それはそれはご立派なご一家のはずよ!」

「そのご家族に……」シャーロットはレディー・キルデアの言葉をさえぎった。「彼は勘当されているんです。お父さまが彼をロンドンから追放なさって、手当も打ち切られたとか。町じゅう、その話で持ちきりでした。つまりあの方にはなんの後ろ盾もなく、ほぼ一文なしというわけなんです。財産を相続する日が来るまでは。それもはたして何年後のことになるか——おじいさまもお父さまも、まだまだご健在ですからね」

「まさか」レディー・キルデアは息をのみ、両目を見開いた。「わたしたち、あの方はてっきり……」

「結婚相手にふさわしい紳士だと?」シャーロットはうなずいた。「みんなにそう思いこませるのが彼の手なんです。お金持ちの花嫁をつかまえるために。でも、お父さまが彼を勘当なさるに至った理由をお知りになれば、良家の子女にはとうてい似つかわしくない男であることがわかるはずですわ」

「本当に?」レディー・キルデアはまばたきひとつせず、目を見開いたままだった。

シャーロットはふたたび紅茶のカップを手にした。「ええ。わたしがそばにいて適切な助言を与えて守ってやらなかったばっかりに、姪の身にどんな危険が降りかかろうとしていたかを考えると、それだけでわたしはもう耐えられなくて」

「お察ししますわ」レディー・キルデアはさりげなく咳払いをした。「でもその、具体的にはどういう……?」

シャーロットはためらってみせた。いったん開きかけた口を閉じ、視線をそらす。そしてレディー・キルデアが息を吸ってしゃべりだそうとした瞬間を見計らって、シャーロットは身を乗りだし、秘密を打ち明けるように声を落としてささやいた。

「若いお嬢さんがおふたり――どちらも跡とりの娘さんなんですけれど――ミスター・ドレイクに狙われていたようなんです。おひとりはお気の毒なことに、彼女のおばあさまのお屋敷のお庭で彼にストッキングを脱がされかけているところを見つかって。ご両親は不面目をつくろうために、慌てて彼女を田舎へ送ってしまわれたの。もうひとりのお嬢さんは、彼の本性をご存じなかったせいでしょうけれど、一緒に遠出をする約束をして――親御さんがいくら目を光らせていても、わからないことはあるものですわね、レディー・キルデア！――それで、ふたりの帰りが遅くなったのを心配したお兄さまが捜しに行かれたんです。そうしたらふたりはすでにドーヴァー付近まで行っていて、そこから先あの男がどこまで連れていくつもりだったのかは神のみぞ知るですわ！　こちらのお嬢さんには幸いにも、その程度の不名誉な噂は気にしない求婚者がいらして、そのあとすぐに結婚なさいましたけれど。それでもミスター・ドレイクは懲りずにそんなことをくりかえしていたんですが、ついにお父さまの堪忍袋の緒が切れて、ロンドンから追いだされてしまったというわけなんです」

レディー・キルデアはあんぐりと口を開けたが、声は発しなかった。シャーロットは椅子に深く座り、悲しげにかぶりを振った。「スーザンが手紙に書いてきた男性と同じ人物だとは、知りもしませんでした。もちろんあの子は、あの男が見せるいい顔しか知りません。真の姿は知らないんです」

「けれどもあなたは……。彼はそれほどまでに不道徳な男だと？」

シャーロットはぐっと喉をつまらせ、ふたたびハンカチに手をのばした。「レディー・キルデア、おそらく彼はとりかえしのつかないことをしでかしていたと思いますわ！　もしもそうなっていたら姪の人生は……」息を震わせながら、ハンカチを胸もとで握りしめる。「わたしがすべての責任を負うしかないところでした。手遅れになる前に真実を知ることができたのは、不幸中の幸いでした。ああ、考えるだけでぞっとしますわ！」しゃべり終えたときには、流れる涙をハンカチでぬぐっていた。泣いたのは芝居のつもりだったが、スーザンがとんでもない災難に身を投じようとしていたことをあらためて思うと、芝居とばかりも言えなかった。姪はあのならず者に、駆け落ちしようと、自分のほうから話を持ちかけていたのだから。もしもわたしがロンドンにあと一日か二日長く滞在していたら、スーザンの身にどんな不幸が降りかかっていたことか！

レディー・キルデアはしばし呆然《ぼうぜん》としていたが、われに返るなり、シャーロットの横へ移った。「まあまあ、なんてこと！　でも、あなたには知りようがなかったんですもの。先ほどご自分でおっしゃったとおり、イングランドに戻ってきたばかりだったんでしょう？　なにもご存じなくてあたりまえだわ。ずっとこちらにいたわたしたちでさえ、なにも知らなかったんですから」自分が口にした言葉の意味するところを嚙みしめるように、レディー・キルデアはふっと黙りこんだ。シャーロットはハンカチを鼻にあてて泣くまねをし、相手に考える時間を与えた。ここまでは、こちらの望んだとおりに事が運んでいる。レディー・キルデアの思考は、シャーロットがさりげなく導こうとしている方向へと流れていった。

「つまり、わたしたちみんながだまされていたのね」しばらくすると、レディー・キルデアが口を開いた。徐々に声がうわずってくる。「だってあの方、とても魅力的で真摯《しんし》なお人柄に見えたんですもの！　タンブリッジ・ウェルズでも上流のご家庭に客人として招かれていたし。とくに、結婚適齢期のお嬢さんがいるご家庭に。その間ずっと、彼は虎視眈々《こしたんたん》と相手の財産を狙っていたというわけね！　ああ、マダム・グリフォリーノ、彼の本性を教えてくださってありがとう。大きな借りができましたわ」

「とんでもない」シャーロットは目もとをぬぐい、背筋をのばした。「そんなふうに考えたことはなかったんですけれど——でも、彼が今後スーザンに会うことをわたしがきっぱりと禁じた以上、彼が今度はどなたに目を向けるかわかりませんものね。資金ぐりにかなり困っている様子でしたから、さっさと次の獲物を口説き落としにかかることになんのためらいもないかもしれませんし」

　レディー・キルデアは憤慨して、立ちあがった。「恐れることはありませんわ。わたしたちで、彼の不実ぶりを公にしてやればいいんです。この町ではどこへ行っても、二度とあたたかく迎え入れられることのないように」

「けれども彼は、スーザンとの結婚を認めたくないわたしが彼を誹謗《ひぼう》中傷しているだけだ、と言い張るかもしれません。それに、かわいそうな姪はこの件でまだ深く傷ついているんです」シャーロットは反論した。「ですからわたしとしては、できればこれ以上あの男とかかわりたくないんですけれど」

女主人がおつに微笑むのを見て、シャーロットは安堵の胸を撫でおろした。「ええ、もちろんですとも、わかりますわ。今あなたからうかがったお話は内緒にしておきますからね」

〝ゴシップ好きのおしゃべり雀《すずめ》に、そんなまねができるかしら〟と、シャーロットは心のなかでつぶやいた。レディー・キルデアの左手は右手の秘密さえもらしかねないのに。

今はそれがかえってありがたいほどだ。シャーロットは立ちあがり、ふたたびレディー・キルデアに手を差しだした。「いくらお礼を言っても言い足りないくらいですわ。親身に話を聞いていただけて、わたしも心の重荷をおろせました。この町のご婦人方に、ミスター・ドレイクの悪巧みにはくれぐれも気をつけるよう、どうか警告なさってください」

「いえ、いえ」レディー・キルデアがシャーロットの手をとってぽんぽんと叩きながら、玄関まで見送ってくれる。「お礼を言うべきなのはこちらのほうですもの」

シャーロットは微笑みかえした。「ありがとうございます」

レディー・キルデアが最後にぎゅっと手を握ってくる。シャーロットはそれを、今シーズン最高のおいしいスキャンダルを届けてくれてありがとう、という意味に受けとった。あらためて大仰に感謝の意を述べたのち、シャーロットはキルデア家をあとにした。これで、今週の末までには、スチュアート・ドレイクは大嘘つきのならず者だという話にさらに尾ひれのついた噂が広まってくれるだろう。シャーロットに罪があるとすれば、もれ聞いたゴシップを少しばかり劇的に脚色して伝えたことだけだ。レディー・キルデアに話した内容はすべて、彼女が実際に耳にしたことばかりだった。だからスチュアート・ドレイクとしては、そういう行動をとってしまった自分を責める以外にないはずだ。噂の半分だけでも本当なのであれば、言語道断というほかないのだから。誰にも受け入れてもらえなくなれば、さしもの彼もこの町を出ていかざるをえないだろう。そうなればスーザンも、彼の愛情がいかに薄っぺらいものだったかわかるに違いない。

かわいそうなスーザン。あの男の本性を知ったとき、あの子が傷つかずにすむ方法があればいいのだけれど。そうだ、スーザンをお買い物に連れていってあげよう。服の色も自分で選ばせてあげてもいい。ドレスを何着か新調したところで、心の痛みは癒《いや》せやしないけれど、せめて少しは気が紛れるだろうし、シャーロットが姪と新たな関係を築こうと努力していることの証《あかし》にはなるかもしれない。そう、新しくやりなおすのよ。シャーロットは心に決めた。今度こそそばにいて、不幸の芽が花開いてしまう前にきちんと摘みとってやらなければ。

スーザンの信頼と愛情を勝ちとるためにどうすればいいかを考えるのに夢中で、シャーロットはキルデア邸の前から馬車がいなくなっていることに気づかないまま、歩道までおりてきてしまった。そこではたと立ちどまって眉をひそめ、通りの左右に目を走らせた。

「なにかお探しですか？」背後から聞こえた低い声に驚き、シャーロットはぱっと振りかえった。スチュアート・ドレイクが真後ろに立っていた。あまりに近すぎて、彼女のほうが頭を後ろへ反らさなければ相手の顔も見えないほどに。

それにしても、なんと美しい顔だろう。ゆうべは、スーザンを狙う彼の計画をつぶすのに必死だったせいか、彼がハンサムなことはいちおう認識していたものの、ここまで整った顔立ちだとは気づかなかった。ダークブルーの瞳に、髪と同じ漆黒できれいなアーチ状の眉。頬骨はさほど高くなく、鼻はわずかに長すぎる気もするけれど、肉感的な口がそれを補って余りある。身だしなみは非の打ち所がなく、服も体にぴったり合っていて、つめものを入れたりどこかを帯や紐《ひも》で縛ったりしている様子はない。シャーロットの思い描くならず者にありがちな放蕩者めいた雰囲気は、まるで感じられなかった。イングランドで最高の仕立屋に服をつくらせているか、あるいは、ゆうべ彼女が身をもって感じたとおり、本当にがっしりとした筋肉質の体をしているのだろう。

それを思いだして顔が赤くなり、シャーロットは彼にくるりと背を向けて、馬車を捜して通りを眺め渡した。ここで待つようにと御者にはっきり言っておいたのに、彼はどこかへ行方をくらましてしまっていた。「ごきげんよう、サー」彼女はスチュアートのほうを振りかえることなく、冷ややかな口調で言った。

「ありがとう」彼の声には笑いがにじんでいた。「目玉をえぐりとられることも半分覚悟していましたからね」

スチュアートが横へ来ると、シャーロットは目の端で彼をにらみつけた。「半分だけ？ご期待に副《そ》えなくて残念だわ」

「あとの半分は、あなたがまたぼくに身を投げだしてくれるのではないかと期待していたんですが、まさかそうは言えないでしょう？」

シャーロットは怒りに歯を食いしばった。「そんなこと、した覚えはありません」

彼は片手をさっと振った。「どっちでもかまいませんよ。ぼくは和平の申し出に来たんです。溝を埋め、ひび割れた関係を修復するために。ゆうべの出会いは最悪でした――というより、出会い方はよかったものの、思わぬ方向へ事態が急転したというべきか。あなたを怒らせてしまったのなら謝ります。そんなつもりはなかったんですから」

彼女は鼻であしらった。「わたしたちのあいだに関係なんてそもそも存在しませんわ、サー。これからもずっと。あなたがなにを意図していたかはわかっているんですよ。ちょっと謝られたくらいでは足りません」

スチュアートは恥知らずにも笑顔を向けてくる。「心変わりをしたのはあなたのほうでしょう。夜には魅力を振りまく妖女《セイレーン》でありながら、昼間は高潔な聖人になってしまう。そんなあなたなら、罪を犯した男のことも許してくださるのでは？」

「ミスター・ドレイク。もっとほかにするべきことがおありでしょう？」

彼がわざとらしく通りの左右を見渡す。シャーロットは、自分を見捨てて消えてしまい、その結果こんな状況に追いこんだ御者に怒りを感じ、わなわなと身を震わせた。このまま歩きだそうかとも思ったが、家までずっとこの男についてこられるのも迷惑だ。「困っていらっしゃるご婦人を置き去りにして、ですか？　とんでもない」

「わたしが困っているのはあなたのせいよ」シャーロットは指摘した。

　スチュアートは声をあげて笑いながら、彼女の横顔を盗み見た。あらためて近くで見ても、通りの向こうから見かけたときに感じたとおり、隙のないお堅い雰囲気の装いなのだが、どういうわけか、それがむしろ魅力的に映る。くすんだ色合いのドレスも、胸のふくらみやヒップの曲線を隠すことはできない。この服を少しずつめくっていったら……。いや、だめだ。彼は自分を戒めた。まんまと罠にかけられたことを忘れるな。いくら彼女が女神のごとき肉体を持っていようと関係ない。もっと大事な問題があるのだから。

「敵対関係を終わりにしたいんですよ」スチュアートは言った。「姪御さんと結婚させてほしいという申し出に同意していただけないのは残念ですが――」

「そちらとしてはそうでしょうね」辛辣《しんらつ》な言葉が返ってくる。

「でも、あなたは明らかにダンスの途中で――」

「謝罪の言葉を聞きたいのなら、いつまでも待ってもらうことになるわよ」

「ですから、これでおあいこということにさせてもらえませんか」スチュアートは彼女にさえぎられたことを無視して続けた。「タンブリッジ・ウェルズは戦争を起こすには小さすぎる町ですし――」

「その点には同意するわ」シャーロットが振りかえって微笑んだ。唇をきゅっと引き結んだとり澄ましたその微笑に、スチュアートは目を奪われた。欲望と疑念が同時にわきあがってくる。「たしかにここは狭すぎる町よ。あなたもそうお思いなら、獲物を狙うのはどうぞどこかよそでやってちょうだい」

「は？」スチュアートはまだ、彼女の明るい笑顔に気をとられていた。聖職者の妻のようにすべてのボタンをきちんととめていても、息をのむほど美しい。

「それがあなたの目的よね？　女性の財産を狙っているんでしょう？」そこへ、先ほどの馬車が音も高らかに近づいてきて、ふたりの横でとまった。「でもこれからは、そう簡単には獲物に近づけなくなると思いますけれどね」シャーロットが言い添える。スチュアートはいぶかるような目で見かえした。彼女は、素早く台座から飛び降りた御者の手を借りて馬車に乗りこみながら、満足げに微笑んだ。「ごきげんよう、ミスター・ドレイク」

スチュアートは無言のまま、走り去る馬車を見送った。こみあげる懸念と不安を抱え、通りの脇にたたずむ。羊の皮をかぶった雌狼のようないでたちで、彼女はいったいレディー・キルデアになにを話したのだろう？　獲物を狙うのはどこかよそでやったほうがいいとは、どういう意味だろうか？　彼としては、ケントを出ていくつもりなどまるでなかった。タンブリッジ・ウェルズは鉱泉保養地として人気の場所だ。シーズンをここで過ごす大富豪の一家もかなりいる。なにもスーザン・トラッターだけが、町で唯一の女相続人というわけではない。彼の名前と将来性をもってすれば、まだまだスチュアートは結婚相手にふさわしい紳士として通用するはずだった。

誰かが故意に、彼の名声を汚すような悪評を立てでもしない限り。

その恐れはすぐに確信へと変わった。その日が暮れるまでに、スチュアートは少なくとも五軒の名家の女性から出入りを断られた。翌朝には、公園で出会う人々にもあからさまに無視されるようになり、以前は向こうから文字どおり身を投げだすようにして群がってきた若い女性たちも、恐ろしいものを見るような目で遠くからにらみつけてくるありさまだった。なにが原因で自分が社会のつまはじき者にされてしまったのかは、ほんのつかのま戯れの恋を分かちあった未亡人に確認するまでもない。

スーザン・トラッターへの求婚を拒絶されるだけならこちらとしても我慢できたし――心の片隅ではどこかほっとしていたくらいだ――シャーロット・グリフォリーノとの和解を望んだのも本心だった。彼女に嫌われてしまったことや、向こうの作戦にうまく乗せられてとんだばかを見たことも、仕方がないとあきらめはつく。結局のところ、相手の策略にまんまと引っかかった自分が悪いのだから。だが、この社会的排斥の裏に彼女の働きかけがあったことは疑いようがなく、それだけは断じて許せなかった。もともと寒かった懐具合はそのせいでますます深刻な状態となり、近いうちにそれを改善できるかもしれないというわずかな希望もほぼ絶たれてしまった。彼女はぼくを困らせたくてわざとそうしたに違いないが、それならこっちも、どうにかして、きっちりと借りを返すまでだ。

恋愛においては……戦争と同じく、いかなる手段も正義となりうるのだから。

3

その質素なタウンハウスは、ケントでは高級な住宅街の静かな裏通りに面していた。トラッター家の莫大《ばくだい》な財産を管理している女性が借りて住むには、いささか地味な家だ。彼女くらいセクシーでエキゾティックな美貌を誇る女性には、いかにもイングランド風のこういうタウンハウスは似合わない。だが、自分がここへ来た目的を思いだせば、この家が警備の手厚い要塞《ようさい》のごとき城ではなかったことに、スチュアートは感謝すべきだった。

不面目にも茂みの陰に身をひそめ、手ごわい敵が家から出てくるのをじっと見守る。シャーロットは、首にかけているサファイアのネックレスと同じブルーのドレスを身にまとっていた。その横では、もう少し淡い色合いのブルーの服を着たスーザンがうつむいている。馬車に乗りこむふたりの様子をうかがいながら、スチュアートは心のなかでスーザンに謝罪した。今回の件では、彼女にはなんら非はない。渡したのが母親の指輪でさえなかったら、彼もこのまますべてを水に流すところだ。だがあいにく、スチュアートがスーザンに渡したのは母親からもらった指輪だった。母親はそれを息子の花嫁になる女性にあげてほしいと願っていたはずだし、彼自身も同じように考えていた。そのことは自分でもやや意外ではあったが。いずれにしろ、こうなってはもうスーザン・トラッターと結婚することはありえないのだから、スチュアートとしてはその指輪を返してほしかった。

　そんな言い分がまかりとおるものでないことは、もちろん承知のうえだ。あの指輪は彼が自ら進んでスーザンに贈ったのであって、今さらそれを返してくれなどと言うのは、いささかしみったれた行為であることも。だからスチュアートは、彼女の感情と自分の良心をこれ以上傷つけないために、なけなしの金を無理やりかき集めてその指輪の代わりとなるささやかな記念の品を手に入れ、どうか一度わが家を訪ねてきてほしいという手紙を送った。シャーロット・グリフォリーノが話のわかる女性であれば、スチュアートは率直に事実を説明して理解を得るつもりだった。だが、こちらの丁重な要求を記した手紙は封も切らずに送りかえされ、ならばと家を訪ねていくと、二度とお立ち寄りくださいますなと従僕《フットマン》に追いかえされてしまった。公正なる手順を踏んだ接触の試みが失敗に終わり、プライドも手伝って我慢の限界を超えたスチュアートは、ついに不正な手段に打って出ることにした。すなわち、指輪をこっそり盗みかえすのだ。

　馬車が三人のレディーたち——スーザンと、叔母と、同居しているイタリア人歌手——を乗せて走り去ると、スチュアートはフラスクのウイスキーをごくりとひと口飲んだあと、意を決して茂みから飛びだし、体を斜めにして角をまわりこみ、家の裏庭へと忍びこんだ。

　なかに入るやいなや、暗い窓が並ぶ建物へと脇目も振らずに進む。レディーたちが外出したので、今夜は召使いたちも早めに屋根裏部屋か厨房《ちゅうぼう》に引きあげただろうから、メイン・フロアには誰も残っていないはずだ。ほどなくスチュアートは施錠されていない窓を見つけ、そこから屋内へ滑りこんだ。そのまま四つん這《ば》いになり、じっと耳を凝らしてみたが、なんの物音も聞こえない。彼はゆっくりと用心深く立ちあがって周囲を見まわし、部屋の暗さに目を慣れさせた。

　そこは図書室だが、普段あまり使われていないようだった。部屋じゅううっすらと埃《ほこり》をかぶっており、床にくっきり足跡が残ってしまうことに気づいたスチュアートは、声を殺して悪態をついた。窓は開けたままにしておき、絨毯《じゅうたん》の上を忍び足で進んでいくと、たちまち大きな箱にどすんとぶつかった。

「くそっ！」音を立てずにののしりの言葉を吐き、膝頭を押さえる。こんな部屋のど真ん中に、いったいなにが置かれているんだ？　手探りしながら慎重にその箱をまわりこんだところ、部屋にはほかにもたくさんの箱やトランクが置かれているのがわかった。一ダースはあると思われるそうした荷物が、ことごとく彼の行く手をさえぎるように並んでいる。手をのばしてそれらにふれようとしたとき、足もとに転がっていたなにか丸いものにつまずいた。痛む膝を床について正体を確かめたところ、それは巻かれた敷物だった。そのまま這うようにして進んでいくと、今度は金属の目板で補強されたトランクに頭をごんと打ちつけてしまい、なにやら重い毛皮のようなものが上から落ちてきて頭にかぶさった。

「なんなんだ！」一瞬パニックに陥り、スチュアートは叫んだ。もしかして誰かに見つかったのか？　つかまってしまったのか？　やみくもにもがいているうちに、かぶさっていた覆いがとれ、スチュアートは素早く両足で立った。心臓はどきどきと激しく打ち、頭の毛も逆立っている。この家はそこらじゅうに罠でも仕掛けてあるのか？ 哀れなこそ泥に備えて？ それからしばらくかかったが、彼はようやく、そこまで怯《おび》える必要はないと自分を納得させた。このまま窓から逃げだすべきだろうかと考える。室内に侵入してかれこれ一時間は経《た》った気がするが、いまだにこの部屋のドアすら見つかっていない。そうまでして盗む価値のある指輪か？ これまで幾度となく母親を悲しませてきたことを思いだし、スチュアートは忍び足で窓辺へと引きかえした。息をひそめ、カーテンをそっと持ちあげて、月光で室内を照らしだす。先ほど頭の上に落ちてきたのは、どうやら虎《とら》の毛皮のようだった。スチュアートはそれに目を引かれ、憎々しげに見つめた。こんなものを家に置いておくなんて、いったいどういう女性なんだ？

彼はやれやれと頭を振った。今は、シャーロット・グリフォリーノの人格に疑問を投げかけている場合ではない。自分のものだった指輪をとりかえし、一刻も早くここを去らなければ。彼はカーテンをおろすと、今度はもっとしっかりした足どりで部屋を抜け、廊下へと滑り出た。

ドアのそばにランプがひとつだけ灯《とも》っていた。思ったとおり、廊下に人影はない。スチュアートはスーザンの部屋がすぐに見つかることを期待しつつ、足音を忍ばせて階段をあがった。階段のてっぺんまで来ると、立ちどまって耳を澄ます。部屋づきのメイドがまだ室内を片づけたりしているかもしれない。だが、あたりはしんと静まりかえっていた。それを確かめてから、彼は部屋を順ぐりに見てまわることにした。

三つめの部屋のドアノブに手をかけたとき、声が聞こえた——くすくすと笑いながら女性たちが階段をのぼってくる。スチュアートはとっさに部屋のなかに滑りこみ、音を立てないようにドアを閉めた。そしてドアに張りつくようにして、息を殺しつつ聞き耳を立てる。やがて女性たちの声が近づいてきて、彼のいる部屋のすぐ前でとまった。ひとりの女性がもうひとりに向かって自分の好きな男の話をしているのが、心臓の激しい鼓動音越しにかすかに聞こえた。〝彼ね、仕立屋の助手をしてて、いつもぱりっとした服を着てるのよ〟とひとりが言うと、〝へえ、なかなかすてきそうな感じじゃない？〟ともうひとりが答えた。ふたりはおしゃべりを続けながら徐々に遠ざかっていったが、話し声が完全にやむことはなかった。とはいえ、彼女たちがこの部屋へ入ってくる心配はなさそうだ。

スチュアートはゆっくり壁に額を押しつけ、ふうっと息を吐いた。だがまだ油断はできない。つかまったわけではないものの、閉じこめられたも同然だし、ここは明らかにスーザンの部屋ではない。室内をあらためてよく見まわして、スチュアートはここが誰の部屋か悟った。記憶に深く刻まれているあたたかな異国風の香り、大胆な色使いのファブリック……。ここは紛れもなくシャーロット・グリフォリーノの寝室だ。スチュアートは一瞬、自分の置かれている危うい立場を忘れた。

暖炉の火は細々と燃えているだけだったが、それでも充分に室内の様子がわかるくらいの明るさだった。部屋自体はごく普通の造りなのだが、置かれている私物はきらびやかなものばかりだ。ベッドは青と緑の布で彩られている――上物のリネンだ、とスチュアートはキルトに手をふれて思った。部屋の隅にはライティング・デスクが、暖炉のそばには寝椅子が置かれている。そのどちらにもさまざまな衣服が投げだしてあって、シャーロットのちょっぴりだらしない一面が垣間《かいま》見えたことに、スチュアートは奇妙な喜びを感じた。立ちどまって耳を澄ましてみたが、廊下でのおしゃべりは相変わらず続いている。となると、ぼくもまだこの部屋から出られないわけだ。であれば、せいぜいここでくつろがせてもらおう。

寝椅子に山積みになっている衣服を眺めているとき、なにかがスチュアートの目を引いた。おやおや……。山のなかから上等なローン地のシュミーズを引っぱりだし、そっとふれてみる。これを着た彼女を、ぜひ見てみたいものだ。いや、こっちのもいいな。両脇にスリットの入ったブルーのシルクのネグリジェを眺めながら思った。大いに好奇心をかきたてられて、シルクのストッキングや、レース地のドレッシングガウン、さらには――なんと――真っ赤なサテンのコルセットなどを目で追っていく。すべてをいったん身につけたあと、全部脱ぎ捨てていったかのようだ。もしかするとそれは、じきにメイドがこの部屋を片づけに来ることを意味しているのかもしれない。スチュアートは素早く窓から外を見渡し、ここから逃げだす足がかりになりそうなものはないかと探したが、あいにく窓の下はまっ平らな壁だった。

逃げだすことは早々にあきらめて、ふたたび部屋のなかをゆったりと歩きまわる。座れそうな場所はベッドしか見あたらなかったので、スチュアートはそこに腰をおろし、ふかふかのマットレスの感触を堪能《たんのう》した。ここには彼女の香りがもっとも強く残っている。リネンから立ちのぼるかぐわしい匂《にお》いが空気を満たし、彼の鼻に届いた。スチュアートは上体を後ろへ反らし、胸いっぱいに息を吸いこんで、甘くささやかな復讐《ふくしゅう》の味に——いや、香りに——酔いしれた。

こうして彼女のベッドに座り、その芳香に鼻をくすぐられながら、自分と彼女がベッドをともにする場面を思い浮かべずにいることなど、もちろんできやしなかった。考えただけで体が勝手に反応してしまう。だが、この点に関してスチュアートは一度手痛い目に遭っているので、そうした衝動には二度と流されまいとした。体を起こして座り、物音に耳を傾ける。メイドたちはまだ廊下で延々とおしゃべりを続けていた。なにをそんなに話すことがあるんだ？　彼はいらいらしながら思った。シャーロット・グリフォリーノの下着をじっくり眺められるのは恐悦至極だが、ここへ忍び入った目的を果たすことのほうが大事だ。この家にとどまる時間が長くなればなるほど、つかまる危険も増してしまう。

腿の上で指を打ち鳴らしつつ、ふたたび部屋のなかをぐるりと見まわした。ベッド脇のテーブルにのっている小さな宝石箱が目にとまり、なにげなくそのふたを開けてみて、そこにしまわれていたきらびやかな宝飾品にあっと息をのんだ。これは……。スチュアートは箱を手にとり、中身を指で探ってみて仰天した。これほど高価な宝石類が、ろくに戸締まりもしていないこの家の、こんなテーブルの上にぽんと投げだしてあるなんて。

そのとき、すぐ近くのドアが閉まる音が聞こえ、スチュアートは跳びあがるほど驚いた。その拍子に、中身がいくつか箱からこぼれ落ちた。彼の手や腿に、そしてキルトの上にも。

慌ててそれらを拾って箱に放《ほう》りこみ、箱をテーブルに戻したあと、部屋を横切ってドアへと駆け寄る。おしゃべりはもうやんでいて、誰かが鼻歌を歌っているのがかすかに聞こえた。足音が廊下を行ったり来たりしている。スチュアートはとうとう見つかってしまうのかと覚悟して身をこわばらせたが、やがて足音は完全に消えた。

ノブを静かにまわし、ドアをほんの一インチほど開けてみる。しばらくじっと耳を澄ましたのち、彼は廊下へ滑り出た。あたりに人気はなく、しんと静まりかえっている。彼は廊下を見渡し、まだなかを確かめていないドアを名残惜しそうに見つめたものの、これ以上ここにとどまっては危険だと判断した。今回は潔く失敗を認め、もっと安全な方法を考えるべきだ。明らかにぼくは泥棒には向いていない。

音を立てずに素早く階段を駆けおり、窓を開けたままにしておいた図書室へと戻った。部屋に入って後ろ手にドアを閉めたとき、スチュアートは大きな間違いを犯したことに気づいた。ここは先ほどの図書室ではない。たくさんの箱やトランクが雑然と並べられ、ところどころ天井まで積みあげられたりもしていたが。シャーロットは引っ越しの準備でもしているのだろうか？　それとも、届いた荷物を開けるのが面倒で放ってあるだけか？　後者だとするなら、どうして彼女はもっと大きな家を借りなかったのだろう？　不思議に思いつつ、スチュアートは手近な木箱のふたを開けてみた。ぎっしりつまった麦藁《むぎわら》に手を突っこんで探ってみると……花瓶だった。かなり大ぶりの花瓶だ。

ふたを元に戻そうとしたとき、かすかな物音がして、スチュアートは凍りついた。ただちに逃げだせるよう、もしくは、必要とあらば相手に飛びかかれるように身構え、目を凝らして暗い室内を見渡す。絨毯敷きの床をこするような音が聞こえたかと思うと、いったん静かになり、またなにやら低い物音がする。誰かがなにかを引きずっているのか？　スチュアートは忍び足で前へ進んだ。何者かはわからないが、向こうもランプは携えていないようだ。念のため、スチュアートはそばの箱に投げこまれていた割れ板を握りしめ、じりじりと近づいていった。

暗い人影は別の箱の上にかがみこんでいた。よく見ると、黒い傘で全体がすっぽり覆われた小さなランタンを手にしている。そこからもれる弱々しい明かりが、開いた箱のなかを照らし、それを持つ人物のぼやけた影を周囲に映しだしていた。スチュアートは二の足を踏んだ。こいつもこそ泥なのか？　やつはなにを狙っているんだ？　ぼくはどうすればいい？

この状況の不条理さに、スチュアートは愕然《がくぜん》とした。明らかに金品を盗む目的でこの家に忍びこんでおきながら、別の侵入者の姿を見かけたとたん、自分のなかのイングランド紳士が目を覚ました。自分がこそ泥に入った家を守らなければという感情を覚えるなんて、なんと偽善的なのだろう。あまりのばかばかしさにわれながらあきれ、彼はかぶりを振った。ここでのんびり自省などしていたらやられてしまう。

箱の上に身をかがめていた人影が突然こちらを向き、腕を振りあげて飛びかかってきた。スチュアートはとっさに割れ板を振りまわしつつ、横に飛びのいた。侵入者に――もちろん相手のことだが――腰のあたりを殴られたせいで、彼はうっと息をつまらせ、後ろに積まれていた箱に敵もろとも倒れこんだ。

男は小柄で細身ながら、屈強な体つきをしていた。手にはナイフを握っており、スチュアートはもう少しで喉を切り裂かれそうになった。それでもふたりは互角に渡りあい、わめきながら床を転げまわった。ばたばたと廊下を走る大きな足音が近づいてくるまで。敵は一瞬凍りついたが、すぐにぴょんと起きあがって、鹿《しか》のような速さで逃げていった。そのついでに、スチュアートのみぞおちにがつんと一発見舞って。

またもや息をつまらせながらも、スチュアートはなんとか立ちあがった。泥棒には逃げられてしまったし、このままこの荒れた部屋にいては自分がつかまってしまう。この場にいる正当な理由など説明しようもないと気づくと、彼は足を引きずりつつ、箱の山の向こうにある窓辺まで行って、窓を開けようとした。

だが、動かない。

ドアが開き、蠟燭の明かりが室内にもれ入ってきた。緊張した面持ちの執事が戸口からなかをのぞきこむと同時に、スチュアートは窓にへばりついた。執事が部屋に一歩入ってきて、ランプを掲げ、震える声で問いただした。「誰だ？」

最後にぐっと力をこめて引っぱると、ギギーッという耳ざわりな音とともにやっと窓が開いた。スチュアートは頭から突っこむようにして外へ飛びだし、忍冬《すいかずら》の茂みの真ん中に落ちた。脚に絡みついたつるを引きちぎり、暗い庭を突っ切って、叫び声や悲鳴が飛び交う家から一目散に離れた。そして数本先の通りまで走りつづけた。

息を切らし、大汗をかき、遅まきながら襲ってきたパニックに身を震わせつつ、壁に寄りかかって息を整える。ああ、危なかった。すでに泥棒に入られていた家へ、あとからのこのこ侵入してしまうなんて。片手で顔をぬぐったとき、指がなぜか単に汗で濡れるよりもべとべとしていることに気づいた。てのひらを見おろし、先ほどの男にナイフで切りつけられた長い傷ができているのがわかると、スチュアートは悪態をついた。ハンカチをとりだそうとしてポケットのなかをまさぐったとき、指先になにやら違和感を覚えた。いやな予感にとらわれつつ、おそるおそるそれをとりだしてみると――なんてことだ！――エメラルドのネックレスだった。宝石箱の中身をこぼしたとき、ポケットに飛びこんでしまったらしい。

スチュアートはそれをポケットの奥に突っこみ、まだ出血している手をハンカチで縛ることに集中した。何千もの目ににらみつけられているかのような、恐ろしい感覚にとらわれながら。まったく、なんということだろう。これでぼくも立派な宝石泥棒だ。自分が罪をかぶることなくネックレスを持ち主に返すには、どうすればいいんだ？　今すぐあそこへ戻るわけにはいかない。傷ついた手をぎゅっと握りしめ、スチュアートは家路を急いだ。シャーロット・グリフォリーノに出会ってしまった日を呪いながら。

「で、いったいなにを盗まれたの？」シャーロットはぐちゃぐちゃに荒らされた音楽室の真ん中にたたずみ、執事のダンスタンに尋ねた。この質問をするのはもう五回めだ。執事は両手を堅く握りしめ、申し訳ございません、とくりかえすばかりだった。シャーロットはため息をつき、ひたすら謝りつづける執事をなだめた。「心配しないで、ダンスタン。あなたに泥棒をつかまえてもらおうなどとは思っていないわ。ただ、彼がなにを盗《と》っていったのか知りたいだけ」

執事は悲しげな顔をして、部屋のなかを見まわした。「いえ、わたくしにはなんとも」

家のなかの捜索を終えた二名のフットマンが戻ってきた。「どこにも怪しい者はおりませんでした、奥さま。すべての部屋や戸棚、人が身をひそめられそうな場所は調べてみたのですが」

「ありがとう」シャーロットはふたりをさがらせ、ダンスタンにはポルト酒を一杯飲むように命じた。それから部屋を出て廊下をたどり、ルチアやメイドたちと身を寄り添わせているスーザンのもとへ行った。「安心していいわ。犯人はもう行ってしまったから」

「ああ、シャーロット叔母さま」スーザンが泣きながら腕を広げて駆け寄ってきて、シャーロットに抱きつく。「考えもしなかったわ！　まさか、よりによってこのケントで泥棒に入られるなんて！　もしもわたしたちが家にいたら、どうなっていたかしら？」

「たまたまいなくてみんな無事だったのだから、いいじゃない」シャーロットはスーザンの頭越しに、少なくとも二本めの煙草をふかしているルチアをちらりと見た。スーザンのそばでは吸わないで、と注意する気にはなれない。ルチアがあんなふうにせわしなく煙草を吸うのは動揺しているときだとわかっていたからだ。「あなたはもうおやすみなさい、スーザン。あとのことはわたしに任せて」

「でも、もし犯人が戻ってきたら？」スーザンが甲高い声で言う。「ベッドのなかでも、わたしたち、安全とは言えないわ！」

シャーロットは姪の赤く泣き腫《は》らした目を見て胸をしめつけられながらも、顎をすっと突きだした。「心配しなくていいのよ」と、やさしくなだめすかす。「ダンスタンひとりでも追い払えた程度の犯人だもの、トムとヘンリーには恐れをなして逃げだすわ。今夜は彼らが玄関ホールで寝てくれますからね。そうしてもらえば安全でしょう？」

「そうね」スーザンの目にふたたび涙がたまっていく。シャーロットは姪を抱きしめ、安心させるように言葉をかけた。そしてスーザンを部屋まで連れていってやり、ふたりで室内をくまなく点検して、すべての窓がしっかり施錠されていることを確かめる。シャーロットはメイドに命じてあたたかいミルクを一杯持ってこさせ、子供を寝かしつけるように姪をベッドに寝かせた。ふたりの心を隔てていたあらゆる意見の食い違いは忘れ去られ、シャーロットが最後におやすみなさいと言ったときには、スーザンもにっこり笑ったほどだった。

シャーロットは階下へおり、ルチアを従えて音楽室へ向かった。煙草のおかげで、ルチアもだいぶ落ち着いたようだ。召使いたちは怯えていて掃除どころではなかったので、片づけるのは明日の朝でいいとシャーロットは言って、みんなをさがらせた。それでも、自分の目で現場をしっかりと確認しておきたい。もしかしたら犯人は、身元のわかるような証拠をなにか残していったかもしれないのだから。

泥棒騒ぎが起こったのは、これが初めてではなかった。初めのうちシャーロットは、まだこの家に慣れていない使用人がうっかりどこかへものを置き忘れただけだろう、と軽く考えていた。だが今回のケースは明らかに、使用人の不注意によるものではない。木箱がいくつも壊され、うちふたつはふたが完全に引きはがされて、中身が物色された形跡があった。散らかった板の破片のなかには、小さなブリキの容器に入った蠟燭の燃えさしも落ちていた。何者かがふたたびこの家に侵入したのは間違いない。なにか特定のものを盗むために押し入ったものの、どうやらその目的は果たせなかったようだ。となると、犯人はきっとまた戻ってくる。シャーロットはそれを確信して恐ろしくなった。

「ずいぶんひどく荒らしていってくれたのね」ルチアが沈黙を破った。「犯人がなにを捜していたか、見当はつくの？」

シャーロットはため息をついた。「いいえ。ここの荷物は先週届いたばかりだし。犯人自身も、特別なにかを捜していたわけじゃないのかもしれないわ」

ルチアは木箱の脇に横倒しになっていた花瓶を爪先で軽く蹴った。花瓶がごろんと転がると、胴体部分に稲妻のようなひび割れが走っているのが見えた。「もしかすると、それがかえって幸いするかもしれないわよ。犯人はいらいらして、なにか過ちを犯していったかもしれないでしょう」

「もしかすると犯人は短気を起こして、今度は白昼堂々ここに押し入り、わたしたちを人質にとって目あてのものを奪うつもりかもしれないわ」シャーロットは花瓶を拾いあげ、絨毯に黒っぽい染みがついているのを見つけて、眉をひそめた。「ねえ、これって血のあとじゃない？」

ルチアが衣ずれの音を立てて、その場所をのぞきこむ。「まあ、それじゃ犯人は怪我《けが》をして、その腹いせに部屋を荒らしていったってこと？」

シャーロットも顔を近づけて見てみた。その可能性はある。犯人は傷を負うか焦るかしてやけを起こし、手あたり次第にものを壊しはじめたのかもしれない。でも、それでは、自らつかまえてくださいと申し出るようなものだ。執事がもう少し若くて敏捷《びんしょう》だったら、今ごろ犯人は目の前にとり押さえられていたかもしれないのだから。この家は過去にも何度か泥棒に入られているが、いずれの場合も犯行はとてもひそかで、痕跡《こんせき》はほとんど残っていなかった。もしかすると犯人は、彼女の目をたびたび盗んで、しょっちゅう出入りしていたのかもしれない。ここに保管してある箱やトランクは、数週間前に届いたほかの部屋の荷物と同様、手つかずのまま置きっぱなしになっていた。つまり、犯人も好きなときにここへ来て、欲しいものを物色できたはずだ。なのになぜ今回は、これだけの痕跡を残していったのだろう？

彼女はふたの割られた木箱をまわりこみ、冷静に現場を見渡した。犯人がどの箱を選んで開けたのかはひと目でわかる。手をつけられていたのはすべて届いたばかりの新しい荷物で、ほかの誰もまだ手をふれていないからだ。ふたつの箱は、いったん開けたあとまた丁寧にふたを閉じた形跡があった。別の箱はふたがずれていて、さらにもうひとつはふたが完全に開いたままになっていた。ひとつひとつ用心深く箱の中身を確認している最中に、犯人が突如として大暴れしはじめたかのようだ。

シャーロットは憂鬱な気分で首を振った。「犯人は、最後に届いたこれらの箱に目あてのものが入っていると思っていたのかもしれないわね。荷物はもうこれ以上届かないから、よかったわ。置くところがないもの」

「だったらどうしてさっさと開けてしまわないの?」ルチアがふたの開いた箱から小さな像をとりだした。「この家って、なにもなくてつまらないのに」

「荷物を全部開けたら、ここは博物館のようになってしまうもの」〝というより、イタリアの家みたいに〟と、シャーロットは心のなかで訂正した。彼女はイタリアを早く忘れたかった。正直に言えば、これらの荷物も受けとりたくはなかった。どう扱えばいいのかわからないからだ。そもそも、ピエロがこれだけのものを自分に遺《のこ》していくとは思っていなかったのだが、彼の遺言状には、彼女への愛情の証として遺す品々はすべて彼女が保管すること、という条項が記載されていた。それを知らされてからは、荷物はまとめて船でイングランドへお送りします、という弁護士の申し出を断れなくなってしまった。もしもルチアが一緒でなかったら、シャーロットは旅の途中で、船に積んである箱を残らず海へ投げ捨てていたかもしれない。そうすれば泥棒も好きなものをいくらでも持っていけただろうに。こんなふうにこの家に押し入って、室内をひどく荒らす代わりに。

「今できることはなにもなさそうだから、わたしたちも寝るとしましょうか」シャーロットはため息をつきながら言った。「それじゃ、明日の朝またね」

「あなた、本当に眠れるの? わたしは無理だわ」ルチアが身を震わせながら、慌ててあとを追ってくる。音楽室を出て二階へあがると、シャーロットはスーザンの部屋をのぞき、姪がぐっすり寝入っているのを確認した。ただしその体は、幼い子供のころよくそうしていたように、小さくぎゅっと丸まっている。その姿を見て、シャーロットは胸がずしりと重くなるのを感じた。後見人として姪をしっかり守ってやらなければと決意してからひと月足らずのあいだに、フォーチュン・ハンターに姪がまんまとだまされるのを許したばかりか、自宅にいながら強盗の恐怖に怯えさせてしまうなんて。そのとき初めてシャーロットは、スーザンのためにはあえてロンドンに居を移したほうがいいのではないかと考えた。これまでずっと、スーザンが正式に社交界にデビューできる年齢になるまで待つべきだと思っていたけれど、もしかしたらそれは間違っていたのかもしれない。眠っている姪の肩に毛布をかけなおしてやってから、シャーロットは自室へと引きとった。

暖炉の火は消えていた。今夜はメイドたちが怖がってしまって、早々に仕事を切りあげてしまったせいだ。シャーロットはため息をつき、火かき棒で灰をつついて燃えさしを集め、そこから蠟燭に火を灯した。それをドレッサーの上に置き、身につけていた宝石類を外して、凝った首筋を手でもんだ。そのときふとベッドに目をやって、彼女はその場に凍りついた。

誰かがここで寝た形跡がある。上掛けがくしゃくしゃになっていて、キルトの真ん中に明らかなへこみができていた。メイドならベッドをこんなふうにしたままにはしない。見知らぬ人間がこの寝室のなかでももっとも私的な所有物であるベッドに横たわっているところを想像して、シャーロットは鳥肌が立ち、呼吸も浅く激しくなった。震えながらそっとベッドに近づいていき、カバーの隅を握って勢いよく引っぱってみる。キルトはなんの抵抗もなく絨毯の上に落ちた。

枕《まくら》をひとつひとつはじき飛ばす。なにもない。シーツをはがし、マットレスの下にも手を入れて探ってみたが、なにも見つからなかった。

シャーロットは膝から崩れ落ち、床の上の寝具にへたりこんだ。安堵と恐怖がみぞおちのあたりでないまぜになる。侵入者の痕跡を二階で発見したのはこれが初めてで、自分の聖域とも言える寝室を荒らされるとは予想だにしていなかった。これまで誰も怪我を負わされたり甚大な被害を受けたりしたことがなかったせいで、泥棒に対する認識が甘くなっていたようだ。少々ものが盗まれるくらいは仕方がないとあきらめている節があった。

彼女は立ちあがって、どこかに不審な点はないか、部屋のなかを順に見まわりはじめた。その結果、犯人はここの衣類を物色したようだが、盗まれたものはとくになさそうだとわかった。騒ぎが起こったときにはメイドはまだこの部屋の片づけをすませていなかったらしく、洗濯物やつくろい物がそのまま残っている。そうした衣服の上に、レディーが口にするのははばかられるようなもの、つまり下着類が何枚か広げてあった。シャーロットはそれらの下着を明日の朝にはすべて捨て去り、新しいものを買おうと決心した。犯人にいじくりまわされたようなものなど、とても身につける気にはなれない。

宝石箱を確認してみて、部屋から唯一紛失していたものがわかると、シャーロットは逆に希望を抱いた。なくなっていたのはエメラルドのネックレスだ。ということは、犯人はただのこそ泥で、今回初めて二階まで足をのばしてみただけなのかもしれない。そうであってくれればいいけれど、と彼女は願った。見知らぬ侵入者がこれまでずっと家のなかをわがもの顔で歩きまわっていたなんて、考えるだけで耐えられない。宝石類なら、好きなだけ持っていってくれてかまわなかった。代わりのものがいくらでも手に入るし、それで犯人の気がすめば、家に押し入るのはこれで最後にしてくれるかもしれないからだ。

シャーロットは侵入者が手をふれた部分の汚れを振り落とすかのように、寝具のひとつひとつを充分にはたいてから元の位置に戻し、ベッドを整えた。そこに横たわってもすぐには寝つけなかったが、やがて彼女は眠りに落ち、大切なプライバシーを侵害した犯人にしてやりたい復讐の夢を見た。

翌朝スーザンと顔を合わせたときには、そんな感情はおくびにも出さなかった。朝食をとりに姪が階下へおりてくると、シャーロットはあたたかく微笑み、なにも心配することはないのよ、という気丈な態度をあえて見せた。泥棒の件は自分ひとりで対処するつもりだ。

「おはよう、スーザン」

「おはよう、シャーロット叔母さま」スーザンが不安げに微笑みかえす。こんなふうに親しげに朝の挨拶をしてくれるのはここ数日で初めてだったので、シャーロットはうれしくなった。兄ジョージの死の知らせを受け、彼の唯一の子供であるスーザンの後見人に指名されてからというもの、シャーロットはスーザンと親密な関係になれることを心ひそかに期待していた。親友のようでもあり、ずっと欲しかった妹のようでもあり、自分は産んだことのない娘のようでもある存在に、スーザンがなってくれるのではないかと。シャーロットがイングランドを離れたとき、スーザンはまだほんの子供だったが、それからの年月、彼女は姪のことをいつも懐かしく思いだしていた。

「今日はお買い物にでも出かけましょうか？　いくつか買いたいものがあるのよ」シャーロットは今朝、下着類を処分するようメイドに言いつけていた。今身につけているのは、昨日から着ているものだけだ。「あなた、黄色のモスリンが好きだと言っていたでしょう？」友好的な雰囲気を盛りあげようとしてつけ加える。「もう一度それを見に行ってみない？」

スーザンが驚いた顔をしてこちらを見た。「本当に？　だって叔母さま、わたしくらいの年の娘には大胆すぎるとおっしゃってたのに」

「ちょっと考えなおしたのよ。じゃあ、そうする？」スーザンが明るい表情でうなずくと、シャーロットも心が軽くなり、朝食の皿に目を落とした。これまでスーザンに厳しくしすぎだったのかもしれない。黄色のドレスは自分の趣味からすると少し野暮《やぼ》ったい気もするけれど、スーザンはもう自分の服の色くらい自分で選んでもいい年齢だ。そうやって、徐々にセンスを磨いていけばいい。ドレスだけでなく、それに合う靴も新調させてやりたいし、帽子や手袋も……。

「失礼いたします、奥さま」執事が食堂に入ってきた。「トムがこんなものを庭で見つけたのですが……」そう言って、銀のフラスクを差しだす。シャーロットはそれを受けとり、意外そうに眉をあげた。いかにも紳士が持つような、ぴかぴかに磨かれた高級なフラスクだ。

「どこにあったの、ダンスタン？」

執事は軽く咳払いした。「忍冬の茂みのなかです、奥さま。音楽室の窓の外の」シャーロットはしげしげとフラスクを眺めた。自分のものではないから、おそらく泥棒のものだろう。泥棒、それとも紳士？

鋭く息をのむ音が聞こえると同時に、銀器が陶製の皿に落ちてがちゃんと派手な音を立てた。驚いてそちらを見やると、スーザンが真っ青な顔をして目を大きく見開き、シャーロットの手のなかにあるフラスクを見つめていた。「それって……それってもしかして……例の侵入者がいたところ？」消え入りそうな声で尋ねる。

シャーロットはフラスクを膝の上に置いた。「心配しなくていいのよ。もう二度と犯人をこの家には入れないから」彼女が合図すると、執事は一礼してさがっていった。

「そんな……」スーザンが唇をなめる。「それ、見せてくださらない？」シャーロットはためらった。「お願いだから」スーザンがしつこく食いさがる。しぶしぶながら、シャーロットはフラスクを姪に差しだした。スーザンはそれを叔母の手からもぎとり、裏返してみて、ふたたびあっと息をのんだ。そのあと素早くナプキンでそれを包み、跳ねるように立ちあがった。「失礼させてもらっていいかしら？」ドアのほうへ歩きだしながら言う。

シャーロットは眉をひそめた。「フラスクを返して、スーザン。治安判事に連絡しなければならないんだから。誰のものかを突きとめるためにも、判事は証拠品をご自分の目で見たいとおっしゃるはずよ」

「いやよ!」スーザンはナプキンに包まれたフラスクを胸に抱き、激しく首を振った。「これは泥棒とはなんの関係もないもの。そうに決まってるわ!」

「スーザン」シャーロットはゆっくり言って片手を差しだした。「返しなさい」

スーザンは息を乱しながら後ずさりした。「いやよ、いや……わたし……たぶんこれ、わたしのものだと思うの……パパが昔、こういうのをくれたことがあったから」

「いいから、見せてちょうだい」シャーロットは立ちあがってテーブルをまわり、スーザンが固く握りしめている指を一本ずつ引きはがすようにして、それをとりあげた。裏も表もよく見てみたが、ごく普通のありきたりなフラスクだ。どうしてスーザンはこんなものを必死に隠したがるのだろう?

そのとき、シャーロットははっとした。フラスクの腹の部分に、優美な書体の〝D〟の文字と、牙《きば》をむくドラゴンの模様が浮き彫りになっていたからだ。正確に言うとドラゴン自体は摩耗して薄くなっていたが、大きな口から吐きだされている炎が、猛獣の正体を如実に物語っていた。シャーロットは姪に目を向けた。「このフラスクは誰のものなの、スーザン?」

スーザンが異常な速さでまばたきする。「だから言ったでしょう、パパにもらったのよ」

「もしかしてこれ、ミスター・ドレイクのものということはない?」シャーロットはできるだけ平静を保とうとしたが、落ち着いた声で話すのは難しかった。スーザンが泣きべそをかきながら首を振る。「じゃあ、いったい誰のものなの、スーザン? あなたのお父さまのものではないはずよ」

スーザンはいったん口を開きかけて、また閉じた。なんとも哀れな表情を浮かべている。だがシャーロットには、そんなことを気にしている余裕はなかった。もしも本当にあの男が犯人なら、この家に押し入り、他人には決して見られたくない彼女の私物を引っかきまわしたのがあの紳士面した卑劣な男なのなら、最低でも彼の頭を槍《やり》で突き刺すくらいのことをしてやらないと気がすまない。よりによって下着を撫でまわすなんて、いったいどういう神経をしているの？

「彼がこの家に忍びこんだりするはずがないでしょう、シャーロット叔母さま」スーザンが泣きつくように言う。「ミスター・ドレイクは紳士だもの！」

「ゆうべあなたが寝たあと、わたしの部屋の宝石箱から消えている品があることがわかったのよ。ミスター・ドレイクはお金にひどく困っていたんじゃなくて？」

「でも、彼がこんなことするはずないわ！」スーザンは叫んだ。

「あなたとの結婚がふいになって、財産も手に入らないとなったら、それくらいのことはするかもしれないわ」スーザンがはっと息をのんだので、シャーロットはあからさまに言いすぎたと後悔した。その言葉を撤回してもっとやわらかい言い方をしようとしたが、時すでに遅し、スーザンはもうドアから部屋の外へと駆けだしていた。

ふたたび手のなかのフラスクを見つめ、シャーロットは怒りを新たにした。スーザンには、あの愛するミスター・ドレイクが泥棒だなんてとうてい信じられないのだろうが、フォーチユン・ハンターとは概してそういうものだ。けれどもあの卑怯者《ひきょう》は、これ以上面目を失う前に黙って町を去るように、というさりげない忠告に耳を貸そうとしなかった。それどころか、本物のこそ泥にまで身をやつすなんて。わたしのネックレスを盗んでいったのは、もしかすると報復のつもり？

シャーロットはいつのまにかぎゅっと握りしめていた指の力を抜き、フラスクをテーブルに置いた。これを持って当局に出向き、彼の逮捕を要請したほうがいい。あるいは、直接彼のもとを訪ねていって、こそこそ家に忍びこんで盗みを働くような男は最低だ、と言ってやるべきかもしれない。それとも、犯罪の現場となったわが家へあえて彼を招待し、拳銃《けんじゅう》を手に迎えてやるべきだろうか？　もちろん、お返しに彼の部屋に忍びこんで、ネックレスをとりかえしがてら彼の私物を引っかきまわすようなまねだけは、するべきではない。

だが、それがシャーロットの選んだことだった。

4

彼の家に忍びこむのは簡単だった。あまりにも簡単すぎて、かえって動揺してしまうほどに。のびすぎた林檎《りんご》の木をよじのぼっただけで、鍵《かぎ》のかかっていない窓からあっけなく侵入できた。押しこみ犯の割には、自宅の防備はまるで気にしていないようね、とシャーロットはズボンの汚れを払いながら思った。

そこは質素な居間で、家具類もどうやら大家が最初から置いておいたもののようだ。背が高くてがっしりしたスチュアート・ドレイクが花柄のチンツ地の椅子に座り、いくつもの小さなクッションに囲まれてくつろごうとしている様子を想像して、シャーロットは思わずにんまりした。こんなフリルひらひらの部屋で我慢するなんて、彼はよほどせっぱつまっていたのだろう。

〝よほどせっぱつまっているからこそ、うちへもこそ泥に入ったんじゃないの〟シャーロットは心のなかでそうつぶやき、さっそく仕事にとりかかった。盗まれたネックレスをとりかえし、皮肉をこめたメモを代わりにそこに残して、時間が許せば、さらに部屋のなかをめちゃくちゃに荒らしていくつもりだ。彼がしていったように。彼の衣服すべてをずたずたに切り刻んでやるくらいの時間はおそらくあるだろう。

ようやく半分ほど探索を終えたころ、錠前に鍵が差しこまれる音がして、シャーロットは血が凍る思いがした。使用人がベッドを整えに来ただけであればいいけれど、と祈りつつ、室内でもっとも暗い隅の壁に張りついて身をひそめる。息をとめて様子をうかがっていると、男性がひとり戸口に姿を現し、うなだれながら手袋を外した。

シャーロットは目を閉じた。運は味方してくれなかったらしい。現れたのはスチュアート・ドレイク本人だった。

部屋に入ってくると、スチュアートは後ろ手にドアを閉めた。がさごそとコートを脱ぎ、火打ち石の扱いに手間どって、小さく舌打ちをする。火花が散ってようやく蠟燭に火が灯ったとたん、彼がその前に立って明かりをさえぎった。頭を傾けてしばしそこにたたずんだのち、窓辺へ行って、彼女が開けっぱなしにしておいた窓を閉める。そこでまた立ちどまり、なにやら考えこんでから、小さく肩をすくめて暖炉のほうへ行った。

シャーロットは自分が窮地に立たされたことを悟った。どうすれば彼に気づかれずにここから逃げだせるだろう？　物音を立てずにあの窓を開けて林檎の木を伝いおりるのは無理だ。彼がもうひとつの部屋へ消えてくれれば、その隙にドアから抜けだすことはできるかもしれないけれど。どうやら彼は、今夜はずっと家にいるつもりのようだ。よくいる放蕩者のように、どこかへ出かけて賭け事に興じたり、ひと晩じゅう飲み明かしたり、商売女と遊んだりはしないのだろうか？

彼は暖炉の火を熾《おこ》し、薪《まき》をくべた。くたびれたため息をつき、彼女のほぼ真正面の椅子の縁に腰かけて、首の後ろをもみはじめる。そして静かに炎を見つめ、物思いに耽《ふけ》りながら、がっくりと肩を落とした。動きをとめ、息もひそめて、事態を見守っていたシャーロットは、ひどく落ちこんでいる様子の彼に、なぜか同情めいたものを覚えた。相手は最低最悪のならず者だとわかっているはずなのに、目の前の彼は心痛と不安にさいなまれてにっちもさっちもいかなくなった気の毒な男性のように映った。おまけに、揺れる蠟燭の明かりのもとで見ると、いまいましいほどの美丈夫だ。

彼女は目を閉じ、そんな考えを頭から振り払おうとした。〝美丈夫ならば、振る舞いもそれらしくあるべきよ〟と自分に言い聞かせる。〝彼がこれまでどんなひどいことをしてきたか、考えてごらんなさい〟だが、その代わりに心に浮かんでくるのは、肩を撫でる彼の手の感触や、耳に心地よく響く低音の魅力的な声、そして、そっとのしかかってくる彼の体の重さ……。

ぱちんと大きな音がして、シャーロットは目を開けた。彼が椅子から立ちあがり、燃える火のなかへと薪を突っこんでいる。炎は次第に明るさを増し、部屋全体がうっすらと見渡せるようになっていた。彼がランプにも火を灯したせいで、シャーロットがひそんでいる暗がりにも光が届く。もしも今、彼が振り向いたら、確実に見つかってしまうだろう。

しかし彼はランプを持って、もうひとつの部屋へ消えていった。彼女は壁にもたれてほっとひと息ついてから、素早くドアのほうへ走った。そしてちょうどノブに手をかけた瞬間、ふたたび室内が明るくなって、彼女はついうっかり振りかえってしまった。「えっ、なぜ——？」心底驚いている彼をちらりと見て、シャーロットは慌てふためきながらドアに突進した。ノブをつかんで、実際ドアをわずかに開けもしたが、すぐにばたんと閉じられてしまい、そこに体ごと叩きつけられた。

「なにが狙いだ？」スチュアートがどすの利いた声で言って、顔を近づけてくる。「貴様はいったい何者なんだ？」シャーロットは純粋な恐怖に心臓をしめつけられた。今の彼は意気地なしの優男にはとうてい見えない。ひと皮むけば、もちろんそうに決まっているけれど。彼女は顔を伏せて身をこわばらせ、少しでも時間を稼ごうとした。けれども彼に襟首と腕をつかまれ、暖炉のほうへと連れていかれた。「家までぼくのあとをつけてきたのか？」スチュアートが低い声で問いつめる。「黙ってないで、なんとか言ったらどうなんだ？」彼はシャーロットを椅子に座らせ、帽子を手ではじき飛ばした。

そして、あっと驚きの声をあげた彼を、シャーロットはとっさに突き飛ばし、急いでドアに駆け寄ろうとした。だが部屋の半分までも行かないうちに、一瞬にしてわれをとり戻したスチュアートにつかまってしまい、床の敷物の上に組み伏せられた。いくらもがいても無駄だった。

「おやまあ」スチュアートが床に膝をついて上体を起こし、にやにやと彼女を見おろす。シャーロットは毒のあるまなざしで彼を見かえした。「これはまた望外の喜びだ」

必死に相手を押しかえそうとするが、びくともしない。彼は彼女に馬乗りになって、両の手首をがっしりと押さえつけていた。「放してよ！」

「そうはいきませんよ」スチュアートが言った。「今はまだね。さて、いったいいかなる理由で、わざわざわが家をお訪ねくださったんですか？　こんなふうにこっそりぼくの部屋に忍びこまなくとも、ドアをノックしてくだされば、快く招き入れましたのに」

「別に部屋に入りたかったわけじゃないわ」シャーロットは怒りをこめてささやいた。「わたしがここへ来た理由なら知っているでしょう――ネックレスを返して！　あなたが盗んだことはわかっているんだから」

そのとたん、彼の顔から笑みが消えた。「どうしてそれが？」

相手のしっぽをつかんだことで、シャーロットはしてやったりと微笑んだ。「あなたは自分で思っているほど賢い泥棒ではないということよ」その言葉を吟味するかのように、彼のまなざしが用心深くなった。「わたしを放して、ネックレスを返してくれるなら、当局には届けないでおいてあげてもいいのよ」

スチュアートがふたたび彼女に焦点を合わせてくる。その顔には笑みが戻り、先ほどよりも邪悪でセクシーな暗いまなざしになっていた。「へえ、そうなんですか？　ぼくはてっきり、根も葉もない噂を流したことをあなたが謝りにいらしたのかと思いましたが」

激しい怒りがシャーロットに力を与えた。身をよじり、歯をむきだしてうなり、彼の拘束から逃れようと必死にもがく。体の重み、その微笑みから。足を蹴りあげ、体を突っぱってはひねり、自分の知っているあらゆる言語で彼を激しくののしったりもしたが、数分後ついに力つき、両腕をとられて頭の上に持ちあげられ、仰向《あおむ》けに床に押さえつけられた。憎々しい卑しむべき男が、上から体重を預けてくる。欲望を高まらせて。

そのことに気づいた瞬間、シャーロットはあらがうのをやめた。長くて硬いものがおなかにぎゅっと押しつけられるのを感じる。普段のようにコルセットやペティコートやドレスで何重にも守られてはおらず、ふたりを隔てているのは薄いズボンと下着のみだ。それを考えただけで体の芯《しん》が熱くなり、そのことにシャーロットはぞっとした。荒い息をつきながらも、彼女はじっと動かなくなった。

だからといって完全に降伏したわけではない。スチュアートにはそれがよくわかっていた。引っかいたり唾《つば》を吐きかけたりして抵抗してくるとは、まったくとんだじゃじゃ馬だ。おかげでこちらも、自分を守るために全体重をかけて相手を押さえこむほかなくなった。今となっては、これもなかなか悪くはないが。彼女を自分の下に組み敷いている感触は、与えられた苦痛にほぼ見合う気がした。あくまでもほぼ、だが。

「さてさて、困ったことになりましたね」スチュアートは言った。彼女は目をすがめたものの、なにも答えようとしない。「当局に連絡して、家宅侵入罪であなたをしょっぴいてもらわなければいけないんだが。明らかに法律違反ですからね、それも重大な」

「さすがに詳しいのね、自分でやったことだから！」

「しかし」彼は続けた。「ぼくはまだあなたを引き渡したくないんですよ。あなたにきっちり借りを返させてもらうまでは」

「そこをどいてくれないなら、喉を噛み切ってやるわよ」シャーロットが低い声で言う。その目は怒りでぎらぎら光っていたが、彼女は動こうとしなかった。惜しいな、とスチュアートは思った。激しくもがいてくれるほうが、むしろ楽しめるのだが。「今すぐ放してちょうだい。そうすれば、あなたがわたしの家に不法侵入したことは、当局には通報しないでおいてあげるから」

「おやおや、そんなふうに命令できる立場ではないでしょう？」スチュアートは哀れむように言った。「言ってみれば、ぼくのほうが立場は上だ。なんなら、このままずっとこうしていてもいいんですよ」半分は、自らの言葉を証明するために、もう半分は、熱くほてった肉体の要求に応えるために、彼はシャーロットの体に腰をぐっと押しつけた。すると小さな声が彼女の口からもれ、それに続いて、彼を悪しざまにののしる言葉が次々と飛びだした。

「気持ちはわかりますがね」ようやく彼女が口を閉じると、スチュアートは言った。「それでは答えになっていませんよ。さて、あなたをどんな目に遭わせてやりましょうか」シャーロットの手首を押さえつけている両手を動かし、今度は片手で両方いっぺんにつかむ。一瞬、彼女は抵抗を試みたが、片手でも充分に押さえこめることを示してやると、すぐにおとなしくなった。スチュアートは空いたほうの手で、シャーロットの顔にかかった黒い乱れ髪を払ってやり、彼女が顔をそむけると、穏やかに笑った。頬の曲線をやさしくなぞり、そのまま喉もとへと指を這わせていく。信じられないほどやわらかい肌だ。彼は身をかがめ、いつもより多少控えめな香りを吸いこんだ。

「なにをしてやりたいか、わかったよ」シャーロットの耳もとにそうささやきかける。彼女は無言のままだったが、息づかいが速くなった。スチュアートは体を動かし、片膝を彼女の両膝のあいだに入れた。すぐにシャーロットは脚を閉じようとしたが、遅かった。彼がゆったりと体を重ね、腿まで深く割り入れると、彼女はあきらめたように首を振った。「このズボンはいいな。とても気に入ったよ」ヒップの丸みにてのひらをあてがうと、彼女はびくんと身を震わせた。

「あなたのこと、誤解していたわ」シャーロットが吐き捨てるように言う。相変わらず目は合わせようとしない。「紳士らしい見てくれや振る舞いで女性を引っかけて金をだましとる、ありふれたジゴロのたぐいかと思っていたけれど、こんなふうに力ずくで女性をものにするような男だったなんて」

「ありふれたジゴロ？」スチュアートは眉をひそめた。「それはどうかな。魅力的な外見やさわやかな立ち居振る舞いの恩恵にあずかっていることは認めるが、だからなにか？　夫を探している女性だって、似たようなことはしているじゃないか。だいいちぼくは、自分の心を偽ったりはしていない。結婚に関しても……ほかのことでも」そこで言葉を切り、彼女の体を上から下へと撫でまわす。シャーロットは唇の内側をぐっと嚙みしめ、いくらふれられてもいっさい反応するまいとした。心とは裏腹に体は勝手に感じてしまうようだ、などと思われたくない。

「にもかかわらず」先ほどと同じような情け深い口調でスチュアートが続ける。「ぼくの意図するところを誤解する人が、今この瞬間もいるようだが。ぼく自身の気持ちは、とてもはっきり伝わっているはずだよ」彼は腰をさらに深く押しつけながら、恐怖に打ち震える彼女に向かって意地悪そうに微笑んだ。「このぼくが、女性を力ずくでものにするって？　ご冗談を。相手がきみなら、なおさらそんなまねはしないさ。そちらが丁寧に頼んでくるなら話は別だが」

「やめてよ、痛いわ！」シャーロットはわざと大声をあげた。こんな男でも、脚のあいだに滑りこまれてぐいぐい押さえつけられたら、ついつい反応しそうになる。彼女自身の体をそんなふうに利用する彼が憎くてたまらなかった。体にぐっと力を入れるべきか、あるいは力を抜くべきなのか、わからない。そこで彼女は相手を蹴ろうとした。すると彼はさっと手をのばして彼女の膝を抱え、両脚を自分の腰にまわさせた。「痛いってば！」シャーロットはそう叫んで抵抗した。実際には痛みを感じるどころか、自分でも驚くほどしっくりくる感じがしたのだが。

スチュアートは腕の力をゆるめ、片手を彼女の腰の下に添えた。「きみがぼくに与えている痛み以上に痛い思いはさせていないはずだが」彼女の頬に熱い息を吹きかけながらささやく。「それに、本気でぼくを恐れていたなら、そもそもきみはここにいないはずだ」

「別に怖がってなんかいないわ」シャーロットは言いかえした。「軽蔑してるのよ、あなたみたいな男の人は全部。世間知らずな若い娘をだまして財産を手に入れることしか考えていない、卑怯者の詐欺師のくせに」すると彼は頭を起こし、口もとをひくつかせて、彼女を見おろした。

「きみは交渉があまりうまくないな」スチュアートは素早く立ちあがり、あっというまに彼女のことも引っぱって立たせた。シャーロットはふたたび抵抗を試み、すねを蹴ったりみぞおちに肘鉄砲を食らわせたりしたものの、たちまち後ろ手をとられて腕をねじりあげられ、爪先立ちにさせられた。

「今のもあんまりお行儀がよかったとは言えないな」彼が息を弾ませながら言う。「こっちへ来るんだ、子猫ちゃん」

苦しげに表情をゆがめながら、シャーロットは彼に引っ立てられて、隣の部屋へ連れていかれた。彼の寝室だ。広いベッドに投げだされて、彼女は気づいた。スチュアートはシルクのクラバットを襟もとからするりと外すと、それで彼女の両手首を縛り、腕をふたたび頭上に持ちあげさせて、クラバットの端をベッドにくくりつけはじめた。

パニックがうねる波のごとくシャーロットを襲った。こんなふうにベッドに縛りつけられて自由を奪われるなんて、なんという屈辱だろう。彼女は必死に束縛から逃れようとしたが、無駄だった。スチュアートは情け容赦ない顔でクラバットをぎゅっと固結びにしたのち、恐ろしげな笑みを浮かべた。シャーロットは緊張のあまり心臓をどきどきさせ、本能的な恐怖に怯えながら、ベッドからおりる彼を見つめていた。

スチュアートはそのまま窓辺へと歩いていって、カーテンをまとめていた紐を外した。ベルベットの布地が垂れ落ちて、室内が暗くなる。「なにも心配しなくていいよ」別の窓へと歩きながら、彼が言った。「傷つけたりはしないから。それどころか、指一本ふれないいつもりだ。きみが泣いてすがりついてくるまで待つほうがいい」シュルシュルッと音がして、二枚めのカーテンが垂れ落ちる。「そうとも」彼はきっぱりと言い、カーテンを引っぱって完全に閉じた。「これだけのことをされたんだから、せめて泣いてすがってもらわないと」

「放して」シャーロットはふたたび訴えた。部屋は今や、完全な闇《やみ》に覆われていた。彼がどこにいてなにをしているのかも見えない。足首を彼に握られた瞬間、彼女は跳びあがるほど驚いた。

「いや」スチュアートが声に笑いを含ませて言う。「まだだよ」シャーロットは文句をぐっとのみこみ、されるがままに両脚を縛られた。もちろん、今度はカーテンの紐で。暗闇は彼にとって、思いがけない贈り物のようなものなのだろう。クリスマスの鵞鳥《がちょう》のように手足を縛られているシャーロットには、彼がどんな行動に出ようとしているのか、見ることも予想することもできなかった。

「指一本ふれないと約束しただろう？」彼の声が耳のすぐそばで響く。シャーロットはびくりとして、声のしたほうにぱっと顔を向けつつ、同時に身を引こうとした。

「こうやって縛りつけることは、ふれるうちに入らないわけ？」相手を蔑む冷ややかな口調がいささかなりとも戻ってきたことを、彼女は内心喜んだ。

「それなら、これ以上は、ということで。では、おしゃべりでもしようか」

「びた一文払う気はないわよ」深く考える前に、言葉が口をついて出た。だが、彼の目あてが金にあることは間違いなく、シャーロットとしては、ほんの一シリングだって恵んでやるつもりはなかった。

スチュアートが低い声で笑う。心底おかしがっている様子なのが、かえってそら恐ろしく感じられた。「お金のことを話したいわけじゃないよ」

シャーロットは懸命に考えをめぐらせた。「あなたについて言ってしまったことは、今さら撤回しようがないわ。レディー・キルデアは、ああいうゴシップをおいそれと忘れてくれる人じゃないもの。でも、あなたが町を出ていってくれるのなら、これ以上あなたの名を汚すような噂を広めるのは慎んであげてもいいけれど」

「つまり、本当はそうするつもりだったってことかい?」またしても静かな笑い声。「なんと意地の悪い。それじゃあ、きみがわが家に忍びこもうと決心してくれたことを、二重に喜ばないといけないな」

落ち着きを失って、シャーロットは次に思い浮かんだことをそのまま口にした。「わたしを手込めにしようと考えているなら、やめたほうがいいわ。後悔するわよ」

「きみを手込めに……?　その件についてなら話してもいいな。というより、話したいことがたくさんあるよ。ぼくがなにをしたいと思っているか、全部知りたいかい?」シャーロットは思わず顔をそむけたが、意味がなかった。両方の耳を同時にふさぐことはできないからだ。「もともときみが蒔《ま》いた種じゃないか」ベルベットのようにやわらかい声で、容赦なく彼が責めたてる。「図書室で出会ったあの晩、ぼくをその気にさせたんだから。たしかきみは、わたしがあそこでとめていなかったらあのまま抱くつもりだったでしょう、って訊いたよね？　答えはイエスだ。その気持ちは今も変わらない。きみに将来をめちゃくちゃにされたうえ、わが家のなかで不意討ちを食らってもなおね」

「スーザンを食い物にしようとしたあなたが悪いのよ！」

「その言い方はあんまりだな。彼女との出会いは礼儀に則《のっと》ったものだったし、それからもずっと完璧な紳士として振る舞ってきた。だがもちろん、そんなことはきみの知ったことではないんだろう。彼女が金を持っていてぼくが持っていないという事実のみに、猛烈な怒りをかきたてられているようだからね。でも、自分の姪には金持ちと結婚してほしくて、ぼくが同じことをしようとしたら邪魔をするというのは、ちょっと矛盾してはいないか？」

「あの子の結婚相手が大金持ちだろうと貧乏人だろうと、わたしは別にかまわないわ」シャーロットはぴしゃりと言いかえした。「ただ、あの子を本気で愛してくれる人と結婚してほしいだけ、彼女の財産に目がくらんだからじゃなくて」

スチュアートがせせら笑うように言う。「なるほど、愛か。たしかにぼくは彼女を愛してはいないと言った。だからといって、いい夫になれないと決まったわけでもない。彼女のおかげで裕福になれたなら、ぼくはそのことに感謝して、彼女を大切にしていたはずだ」

「感謝の念だけでは、いい結婚生活なんて送れないわ」

「ほかのさまざま理由より、はるかにまともだと思うけれどね」彼は冷静に答えた。「良家の血筋とか、家柄とか、領地とか、爵位とか……。そんなものより感謝の念があるほうが、結婚後も夫は妻にやさしく接することができるんじゃないかな。ぼくの欠点を責めるのは勝手だが、忘れっぽいだの恩知らずだのとは言わないでほしい。誰かがぼくのためになにかしてくれたら、ぼくは決してそのことを忘れない」

シャーロットはその主張に脅迫めいた響きを聞きとり、底知れぬ恐怖を覚えた。前にもちらりと目にしたことのある向こう見ずな一面が透けて見え、彼の言っていることは真実に違いないと確信した。すなわち彼は、恩であれ恨みであれ、借りは必ず返す男なのだ。

「でも今は、その話はそれくらいにしておこう」声に深みが増し、あたたかさと冷たさが同時に感じられた。「それより、ぼくらふたりの関係について話しあおうじゃないか、マダム・グリフォリーノ。このあいだの晩、ちょっとした見せ物にされた件については、まだ借りが残っているからね。実に見事なお手前だったよ。あれ以来誰ひとりとして、舞踏晩餐会《ばんさん》の前にぼくを誘惑してこようとしない」

「なぜわたしの家に忍びこんだりしたの？」誘惑の話から彼の気をそらそうとして、シャーロットは問いただした。まさかこの人、このあいだの晩と同じことをしようと考えているわけじゃないでしょうね？　体の自由が利く状態であれば抵抗できる自信はあるけれど、手足を縛られて仰向けに寝かされていては、こちらが優位に立つことはできない。自分の性的魅力の前にはたいていの男性がめろめろになってしまうことをシャーロットは自覚していたし、相手が彼女を欲しがっているのは明らかなのだから、なおさら有利に事を運べるはずだった。けれどもこんなふうに動きを封じられてしまうと、ちょっとしたしぐさや、恥じらいの表情、さりげない笑顔などで、男心をくすぐることもできない。

スチュアートは彼女をとがめるように舌打ちした。「だめだ、質問は受けつけない。きみの手にはもう乗らないからね、シニョーラ」かちっと小さな音がして、蠟燭の炎が燃えあがった。明かりが灯ったことにほっとしつつ、シャーロットはまばたきした。彼が椅子をベッドの横に引き寄せて座る。この部屋の内装はかなり質素で、贅沢な調度品と呼べるものはこのベッドだけだった。

彼女が部屋を眺めまわしているあいだに、スチュアートはシャツのいちばん上のボタンを外し、襟をゆるめた。上着はすでに脱いでおり、今は白いシャツにズボンだけという格好で椅子の背にもたれかかっている。目が合うと、その口もとにまたしても悪魔のように無情な笑みが浮かんだ。

「そんなに敵意むきだしの女性にはお目にかかったことがないな。今にもぼくがきみを陵辱しようとしているみたいじゃないか」

「これは立派な誘拐よ」シャーロットは憎々しげに言い放った。「姪をさらおうと企てただけでなく、家宅侵入に窃盗まで働いたくせに、まだ飽き足らないの？ 今すぐわたしを自由にしてくれなかったら、あとで治安判事にこう証言してやるわよ。考えつく限りもっとも凶悪で残忍な方法であなたに乱暴されました、って」

「なるほど。でも、そういうきみはどうやってこの部屋に入ったんだ？ ぼくには、今夜は午後の一〇時半まで居酒屋で一緒だったと証言してくれる、身元の確かな知人がふたりはいる。そのうちのひとりを今すぐ呼んできて、ぼくがきみの家まで出向いてきみをここへ誘拐してくる暇はなかった、と立証してもらってもかまわないぞ。そうなると、きみが望んでここまで来たか、さもなくば不法な目的で侵入したかのどちらかしかなくなって、きみにとっては不利になるばかりだと思うけどね」

シャーロットはふたたび彼をののしり、クラバットで縛られている手首を腕が痛くなるまで引っぱった。スチュアートはその様子を愉快そうに見守っている。やがて彼女が息切れしてじっと動かなくなると、彼は言った。「そのクラバットを首に巻くたびに、今の光景を思いだすだろうな」

シャーロットは天井を見つめ、怒りをのみこんだ。向こうはこの状況を楽しんでいると気づいたからだ。わたしを怒らせることができる自分に喜びを感じているらしい。なんとかしてそれを邪魔してやりたいけれど、どうすればいいのだろう？　無視すれば、わたしを挑発するために彼がどんなことをしてくるかわからないし、黙っておとなしくしているというのも自分の性には合わない。

「ああ、きっとそうだ」スチュアートが身を乗りだし、彼女の顔をのぞきこんで言った。シャーロットは黒い瞳をきらめかせて彼を見かえした。「きみがぼくのベッドに寝ている光景は、そのクラバットと切っても切れない記憶として、永遠に脳裏に刻まれるはずだ」

彼女はなにも言わなかったが、感情が激しく揺さぶられているのが、スチュアートには手にとるようにわかった。この女性は冷静に自分を律しているときもたいそう美しいが、こうして怒りにわれを忘れているときの彼女は、まさに見ものだ。肌は赤くほてり、コルセットでしめつけられていない胸は息をつくたびに震え、黒い目は妖《あや》しく光っている。彼はベッドに横たわっている彼女の全身をなめるように見つめた。思っていたより細身だが、女らしい丸みに欠けるわけではない。両腕を頭の上にあげさせられているせいで、上着の肩のあたりが引きつれ、襟も顎に引っかかって苦しそうだったので、スチュアートはボタンを外してやろうとした。

「さわらないで！」シャーロットが叫び、彼の手から逃れようと身をよじった。スチュアートはむっとしたが、指先に意識を集中させて、すべてのボタンを外し終えた。彼女が上着の下に身につけているのは薄手のリンネルのシャツ一枚だけのようだ。彼はわざと上着の前を大きく広げた。

「指一本ふれないと約束したから、それは守るよ」蠟燭を近づけながら言う。「見るだけなら、誰も傷つかないだろう？」シャーロットが体をくねらせたので、上着の前がさらにはだけた。スチュアートは微笑んだ。

「でももしふれるとしたら……。どうなってしまうだろうね？　もうわかってると思うけど、ぼくはきみが欲しい。ぼくがどんなふうにきみを歓《よろこ》ばせてやりたいと思っているか、知りたいかい？　もちろんぼくはきみを歓ばせたい。自分が満足するだけのために女性とベッドをともにしたりはしないんでね」彼女のまなざしには紛れもない敵意が輝いていた。スチュアートはマットレスの上に肘をついた。「相手がきみなら、なお挑みがいがある。たぶんきみは、ぼくを悔しがらせるためだけに、たとえ歓びを感じても絶対に態度には現すまいとするだろうし」

「あなたによって歓びを感じるなんて、想像すらできないわ！」シャーロットは、自信ありげな彼の笑顔が憎かった。自分が嘘をついているという後ろめたさと同じくらい。いつだったかピエロに、きみが本当にイングランド人だなんて信じられない、と言われたことがある。これほど情熱的で、しかもそれを隠そうともしないイングランド女性には、会ったことがないと。たぶんピエロはお世辞のつもりで言ってくれたのだろう。きみはもっと大陸的で、イタリア人っぽいという意味で。それを聞いたときシャーロットは、亡くなった父親の最期の言葉を思いだした。言葉も行動もいっさい慎むことを知らない〝自由奔放な娘〟と父は呼んだ。

今この瞬間も、シャーロットの胸のなかではスチュアート・ドレイクに対する熱い思いが渦巻いている。その思いにつけこまれて彼の都合のいいように利用されたらとても困ったことになるのではないか、という不安がぬぐえなかった。「もうなにも聞きたくない」彼女は一方的に宣言した。「あなたみたいな礼儀知らずのならず者の――」

「しーっ」スチュアートは人さし指を彼女の唇につけて、黙らせた。「静かにしてくれないと、このままずっときみを見つめつづけることになるよ」刺すような視線を向けて、つけ加える。「この次きみがなにか言ったら、同意したと解釈するから」

するとシャーロットは口を固く結び、そっぽを向いた。

「きみがぼくを嫌っているのはわかっている」彼はやさしい声で続けた。「ぼくのほうもきみの態度はあまり好きじゃないよ。実に無慈悲で、情け容赦ない。ただし、ベッドの上ではそういう性格のほうが期待が持てる。熱くめらめらと燃えあがってくれそうだからね。きみはおとなしいお嬢さんではなく、雌虎だ、賭けてもいい。かわいい虎が少々爪を見せたとしても、ぼくはかまわないよ」

スチュアートの指が彼女の唇を離れ、顎から喉のほうへと滑っていった。シャツの襟までたどり着いたところで指の感触はすっと消えたが、シャーロットの肌にはぬくもりが残っていた。

「きれいな喉だね」くぐもったやわらかい声でスチュアートがささやく。「とてもなめらかでやわらかい。この奥に鋼のような芯が隠されているなんて、誰も知らないだろうな。とくにこの、喉が肩と出合うところの曲線なんて……」肩にふっと息を吹きかけられて、シャーロットは無意識に身を震わせた。「まるで男の唇にふれてもらうのを待っているかのようだ。男なら誰だって、ここにむしゃぶりつきたくなる」彼が上着の襟をつつくと、彼女は文句を言おうとして乾いた唇を開いたものの、言葉は宙にふっと消えた。

彼の指が喉のすぐ下の胸骨のあたりまでおりてくると、シャーロットはびくっと身を引いた。「指一本ふれないんじゃなかったの?」食いしばった歯の隙間から声を押しだすように言う。彼はしばらく指をゆっくり行ったり来たりさせていたが、やがてそこから離した。

「ああ、そうだね。ついうっかり」今やスチュアートは覆いかぶさるように身をかがめていて、顔が陰になっている。シャーロットに見えるのは、その目の輝きだけだった。「ずいぶん脈が速くなっているみたいだね」彼はやさしい声で言い、喉もとのくぼみにふれるかふれないかの絶妙な距離を保って指さした。「ほら、ここ。ここにキスされたらどうなるかと想像したら、もっと速くなるかな？」彼の顔が近づいてきて、熱い吐息が肌にかかる。体の正直な反応を隠すことすらできない拘束を振りほどこうと、シャーロットは身もだえした。

「やめて」息も絶え絶えに訴える。「お願い！」

「なんて細いウエストなんだ」スチュアートは無慈悲にも続けた。「両手で楽につかめそうじゃないか」着古されたリンネルのシャツをめくり、その生地でシャーロットのおなかを撫でていく。彼は彼女の服を手の代わりにして、直接ふれるよりも刺激的な愛撫《あいぶ》を加えながらささやいた。「きみの腰を持ちあげて、ぼくの上に乗らせてやろうか？　上に乗るのは好きかい、シャーロット？　恋人を仰向けに寝かせて、相手を支配するのは？　男を上から押さえつけて歓びを味わうほうがいいか、自分のすべてをさらけだして男に歓びを与えてもらうほうがいいのか、どっちなんだ？」彼の手が体を這いのぼっていき、シャツをつかんで胸のほうへ引っぱりあげると、シャーロットは小さく息をのんだ。

「なんとなく、きみは上にまたがるほうが好きそうな気がするな。腰はゆっくり動かすほうかい？　それとも速いほうが好みかな？　そうなったらもちろん、ぼくもじっと寝てはいられないが。ほら、乳首が立ってきたぞ、シャーロット」スチュアートはささやきながらシャツを左右に動かし、生地で彼女の胸をこすった。シャツの下にはなにも身につけていないので、摩擦がじかに伝わってくる。シャーロットはぎゅっと目を閉じ、どうにかして気を落ち着けようとした。「目を開けて」彼が言う。「きみの胸がぼくの手にぴったりおさまるのを見てごらんよ」彼女はいっそうきつく目をつぶって首を振った。「ほら……こんなふうに」スチュアートのてのひらが胸のふくらみをそっと包みこむのを感じて、シャーロットは顔をゆがめた。彼が低くうなるように笑う。「きみがぼくの上に馬乗りになったら、この胸を吸ってあげるよ。最初はやさしく……」スチュアートは親指の先で、つんととがった乳首のまわりを丸くなぞった。思わず背中をのけぞらせたくなるのを、シャーロットは舌を噛んでこらえた。「徐々にきつく。きみの腰の動きが速くなればなるほど、ぼくの吸う力も強くなっていく」

　こんな人、雷に打たれてしまえばいいのに、とシャーロットは思った。わたしにも雷が落ちればいい。耳が聞こえなくなるか、気を失うか、あるはただ眠りに落ちるだけでもかまわないけれど、とにかくこの耐えがたい責めから逃れたかった。相手は最低最悪のならず者だと頭ではわかっていながら、心が自分を裏切って、彼の言葉から鮮やかなイメージを描きだし、欲望で体をとろかしてしまう。たくましい裸体を惜しげもなくさらす彼にまたがっている自分が見えるようだった。下から深く突きあげられると同時に、熱く濡れた舌が肌を這っていくのが、ありありと感じられた。

「でもきみには、どっちが主人なのか教えておいてやらないといけないようだ」彼の声がさらにやさしくなった。「きみが上になったあとは、ぼくの番だ。きみを抱きかかえて、壁に押しつけてやりたいな。しがみつけるものはほかにないから、きみはぼくの首に腕を巻きつけ」――あげさせられている腕の下にくすぐったいような感覚が走る――「脚を腰に絡ませるしかなくなる」羽根のように軽く膝のあたりを撫でられ、シャーロットはあっと息をのんだ。彼はまたわたしに指をふれている。それなのに〝やめて〟という言葉は喉に引っかかって出てこなかった。彼にふれられるのは耐えられないけれど、ここでやめられたら爆発してしまいそう。「そして、ぼくはきみを抱きしめる。こことか……」彼の手が腿の上をすうっと滑っていく。「ここも……」もう一方の手がヒップを撫でた。「きみはもう、されるがままだ。いちばん感じやすいところにもふれてあげるよ。ぼくがきみの奥深くまで入ったとき、きみの指が肌に食いこむのを感じたい」シャーロットは小さなあえぎ声をあげた。その場面を想像するだけで、大切な部分がしっとりと濡れてくるのがわかる。「そのまま最後までいかせてあげるよ。背中を壁に押しつけられ、両脚をぼくの腰に巻きつけた格好でね。そのときは必ず声を聞かせてほしいな」

彼の指が踊るように腿の内側を動いていくと、シャーロットは慎みを忘れて思わず腰を浮かせた。彼を憎いと思う気持ちに、出会った瞬間からどうしようもなく感じていた性的な反応が入りまじり、お願いだからこの緊張からわたしを解き放って、と体が叫んでいた。

それを知っているかのように、スチュアートが彼女の両脚のあいだへと手を這わせていく。狂おしいまでに軽やかに。

スチュアートは鼻から息を吸いこみ、シャーロットの求めに応じて、片手を彼女の両脚の奥まで滑りこませた。彼女はぼくを欲しがっている。受け入れる準備ができている。だが、今の自分の状態では、あっというまに果ててしまいそうだ。そんな短い時間だけで終わりにしたくはない。せっかく彼女を抱くなら、さっき事細かに語って聞かせたように、一から順を追ってひとつひとつの段階に充分に時間をかけたい。彼女に求められていると知って、スチュアートは内心動揺していた。これまでふたりが顔を合わせるたびに散っていた火花は、彼女とはいつかベッドの上で決着をつけることになるだろう、という予感を抱かせるものだった。その彼女が今、ぼくを熱く燃えあがらせているのと同じ夢想に欲望をかきたてられて、ぼくのベッドに横たわっている。

ただし、彼女は縛りつけられている。本当ならこんな形で欲望をかきたてられることを望んではいないだろうし、心の底からぼくを求めてもいないだろう。ぼくとしても、彼女を懲らしめてやれればいいだけで、彼女を腕ずくで奪いたいわけではない。いろいろ欠点はあるにせよ、スチュアートは自分のことを、名誉を重んずる紳士だと考えていた。生まれてこの方、女性の弱みにつけこんで無理やりベッドに連れこむようなまねは、かつて一度もしたことがない。それに、先ほど口にした言葉は本心だった。ベッドをともにするときは、彼女のほうから来てほしい。向こうが望んでそうするのであれば、ひざまずいてもらうのもやぶさかではないけれど。

シャーロットが身じろぎして、彼の手に体を押しつけてくる。スチュアートはジレンマに陥った。朝には激しく彼を憎むであろう女性をこのまま抱いてしまうべきか、それとも、彼女のほうから身を投げだしてくるという唯一無二のこの機会をあきらめるべきか。

結局スチュアートはゆっくりと手を引いた。シャーロットがなまめかしい声をあげ、誘うように身をくねらせると、彼は口のなかがからからになった。彼女はまだ目をつぶっていて、黒い巻き髪が枕の上で躍っている。そこでまたスチュアートはためらった。こんな状態の女性を目の前にして、放っておける男はいない。興奮と欲望の隙間を埋めるには彼女にキスすればいいだけだ、と彼にはわかっていた。

〝仕方ないな〟と自分に言い聞かせる。〝いましめを解いてやるしかない。帰りたいならいつでも自由に帰れる状況にしてやらないと〟それで、五分経ってもまだシャーロットが自分の意志でここに残っていたら、そのときは正々堂々と誘惑してやればいい。彼女の手首を縛っているクラバットに手をのばしつつ、スチュアートは顔をさげて彼女に口づけをした。

5

クラバットの結び目を解こうとした瞬間、大きなノックの音が響いた。スチュアートはクラバットの端を握りしめたまま、動きをとめた。ベッドの上のシャーロットは、今も彼の言葉に夢見心地の状態で、目を閉じて浅い呼吸をしている。こちらの望みどおりだ。スチュアートはノックの音を無視することにした。

だが、明らかに酔った声が聞こえてくると、そういうわけにもいかなくなった。「ドレイク、いるんだろ、ドアを開けろよ！」スチュアートがため息をつくと同時に、シャーロットがぱっと目を開け、ぱちぱちとまばたきしてわれに返る。彼女は胸いっぱいに息を吸いこみ、大声で叫びだそうとした。

「静かに」スチュアートはそれを制した。「彼らはぼくの友人で、いずれも名のある紳士たちだ。きみがおとなしくしていてさえくれたら、今夜ここにいたことは町の誰にもばれずにすむから」シャーロットの表情にいつもの敵意が戻ったが、そのときにはもう、スチュアートは部屋を飛びだしていた。寝室のドアをきっちり閉めてから、ジェイムソンとホイットリーを迎え入れる。

ふたりは折り重なるようにして居間へなだれこんできた。「おやぁ、ドレイク、まさかもう寝てたんじゃあるまいな？」

「疲れてたんでね、ホイット」スチュアートは、ぐでんぐでんに酔っているアンガス・ホイットトリーに手を貸して立たせてやった。「ふたりとも、なんでこんなところへ？」

「馬車に乗ってだよ」ホイットトリーがばか面でにやにや笑う。

「きみの負けだ」

ジェイムソンがあくびをした。「女性たちが皆、きみはどこへ消えたのかと気にしてたぞ。ぼくらなんか、微笑んでももらえなかったのに」

「じゃあ、どっちにしろきみらの負けだな」スチュアートは寝室のほうへ目をやった。あとで先ほどの続きができる望みはなさそうだが、彼女をひとりで放っておくわけにもいかない。今のところは静かにしているものの、考える時間を与えれば与えるほど、彼女が助けを求めて叫びだす危険が増してしまう。スチュアートとしては、どうして彼女がベッドに縛りつけられているのかを友人たちに言い訳するのは気が進まなかった。「今夜は早めにやすみたいんだ。すまないが、ふたりとも家に帰って寝てくれないか」

「ドレイク、こんな田舎暮らしにはうんざりしてるんだろ？」ホイットトリーが暖炉のほうへよろめいていって、葉巻の箱をなぎ落とす。「ロンドンへ行こうぜ。明日」

「ロンドンへは戻れないよ」スチュアートはそっけなく答えた。

「くだらない」ホイットトリーが片手を振りまわしながら言う。「あの気の毒な噂話なら、もうとっくに風化してるはずだ」彼は葉巻の箱を拾いあげた。スチュアートは片手で顔をこすった。ホイットリーが、ゴシップなど気にするな、と言うのは簡単だ。多くの友人たちもそうだった。だが、世間の人々はそう簡単に忘れてはくれないことを、スチュアートは知っていた。彼自身の父親からも、ひとかどの人間になるまでは戻ってくるな、ときつく言い渡されたほどなのだから。だがこれまでのところスチュアートは、ついうっかり宝石泥棒になってしまっただけだ。

「気の毒かどうかはさておき、ぼくとしては余計な波風を立てたく――」スチュアートの言葉はホイットリーの驚きの声によってさえぎられた。

「ドレイク、きさまってやつは！　懐はもうすっからかんだなんて、よくも言えたな！　こんなものを隠し持っていたくせに」ホイットリーはそう言って、シャーロットのエメラルドのネックレスを掲げてみせた。スチュアートは思わず悪態をつきそうになって、口を固く閉じた。どうやってこれを返せばいいか思いつくまでネックレスを葉巻の箱にしまっておいたことを、今の今まですっかり忘れていた。

「それじゃあ、ドレイク、きみに貸しておいた二〇〇ポンド、さっそく返してもらおうじゃないか」ジェイムソンがソファーの上で大の字になりながら、だらしない口調で言う。「それを手に入れるために、誰の首を買ったんだ？」

「野暮なことを訊くなよ」スチュアートは言葉を濁し、ネックレスをとりかえそうとホイットリーに近づいた。「紳士には言えないこともあるんだ」

「なあ、これ、どのくらいすると思う？」ホイットリーがネックレスをジェイムソンに放り投げる。興味深いものが目の前に転がってきたおかげで、ふたりとも酔いが少し醒《さ》めたようだ。このネックレスが自分の手もとにあることは、できれば誰にも知られたくなかったのだが。ホイットリーもジェイムソンもここ数日のあいだにどこかでシャーロットと顔を合わせているはずだから、このエメラルドが彼女のものであることを見破られてしまうかもしれない。スチュアートは苦々しい顔つきで、ホイットリーの手から箱を奪いかえした。

「わかった、わかった、ちょっと気になっただけさ！　ここ数週間ずっと金がなくてかつかつの生活を送っていたと思ったら、突然こんな宝石を持っているから。例の金持ちのお嬢さんへの贈り物ではないんだろう？　そういうのは結婚するまでお預けだものな」

「ああ、そういうことだ。さあ、ネックレスを返せよ、ジェイムソン」スチュアートは片手を差しだした。ネックレスは今すぐシャーロットに返すべきなのだろう。彼女はこれをとりかえすために、わざわざこの家に忍びこんだほどなのだから。ぼくの手もとにあることをどうやって突きとめたのかはわからないが、今さら彼女が治安判事に訴えるとも思えない。それなら、すみやかに返してやるべきだ。

ジェイムソンは眉をひそめ、ネックレスを矯《た》めつ眇《すが》めつ眺めていた。暖炉の前に身を乗りだし、炎の明かりに照らしてみては、宝石を爪で引っかいたりしている。「これ、どこで手に入れたんだ、ドレイク？　評判のいい店かい？」

「いや、まあ、知りあいの知りあいのところでね」スチュアートは曖昧に答えた。ジェイムソンはなおもネックレスを調べている。

「なら、かなり値引きしてもらったんだろうね？」彼はそう言って顔をあげた。「これはたぶん、まがい物だぞ」

スチュアートは目を大きく見開いた。「まさか。嘘だろう？」

ジェイムソンがじっと目を見かえす。しばらくしてから、彼はスチュアートのてのひらにネックレスを落とし、肩をすくめた。「まあ、ぼくの見立てが間違っているかもしれないが。古い石だと、本物でも模造品のように見えることもあるから」

スチュアートは箱のふたをそっと閉じた。室内は薄暗く、宝石商の使うような眼鏡もないうえに、友人は酔っぱらっているのだから、見立て違いということも大いに考えられる。だがしかし……。ジェイムソンは宝石にはかなり詳しく、自分の恋人にもしょっちゅうあれこれ買ってやっている男だ。「どうしてそんなことがわかるんだ？」

「傷がついているんだよ。鉛ガラスはいくら丈夫につくってあっても、強く引っかいたりすれば傷がつく。だが、ここにはルーペもないし、明かりも足りないからね。はっきりしたことは言えないが」

「ぼくはだまされたのかな」スチュアートは静かに言った。

「なら、みんなで確かめに行こうか？」見つけた葉巻に火をつけつつ、ホイットリーが提案した。「この町にも、まともな宝石屋の一軒くらいはあるだろう」

ジェイムソンが肩をすくめる。「きみが決めてくれ、ドレイク。まがい物をつかまされたかもしれないのはきみだし、まがい物を手渡されて文句を言うのもきみの恋人だ」

「もちろん彼だって確かめたいに決まってるさ！」スチュアートがやんわり断ろうとして口を開いた瞬間、ホイットリー・ジェイムソンが大声で宣言した。「そりゃそうだろう？　だって、だまされたかもしれないんだぜ」ジェイムソンに見つめられ、スチュアートは口を閉じた。ここで平然とやりすごせば、怒り狂ってみせるよりも、かえって友人たちに妙に思われる。今のスチュアートにできるのは、自分も真偽を確かめたいというふりをすることだけだった。

シャーロットはこのエメラルドがまがい物であることを知っていたのだろうか？　もしそうなら、どうしてわざわざとりかえしに来たんだ？　そこまでする価値がこのネックレスにあるはずもないのに。だがもし彼女がそのことを知らなければ……。

スチュアートは友人たちに背を向け、寝室へ向かった。部屋に入るやいなや、シャーロットが顔をあげた。「誰が来てるの？」声に不安をにじませてささやく。

「友人だよ。今からちょっと彼らと出かけてくる」スチュアートはベッドの脇に放りだしてあった上着をつかんだ。

「わたしをこのままここに置いていくつもり？」彼女が憤慨したように言って、激しく身をよじる。彼は片手でそれを押しとどめた。

「辛抱してくれ。彼らが向こうの部屋にいるのに、きみをここから出すわけにはいかない」スチュアートは上着を着こみ、袖口のボタンをとめるのに手間どった。「ぼくが戻るまでおとなしく待っていてくれ」

「いやよ！」

大きなささやき声にスチュアートはたじろぎ、ドアのほうをちらりと振りかえった。だが、ジェイムソンとホイットリーの静かな話し声が聞こえてくるだけだったので、スチュアートは彼女の手首に巻いてあるクラバットに手をのばした。

「すぐには部屋を出ないでくれよ」結び目をほどきながら言う。「それと、帰るときは決して裏通りを歩かないように。夜のこの時間、女性がひとりで歩くのは危ない」

「いいから早くほどいてよ！」シャーロットがのたうちながら、声を殺して叫んだ。「自分の面倒くらい自分で見られるから！」スチュアートが手をとめて渋い表情で彼女を見おろすと、きっとにらみかえし、嚙みつくように言う。「お願いだから急いでくれない？」

スチュアートは結び目を見つめて顔をしかめた。彼女が何度も引っぱったせいで、結び目がきつくなってしまったようだ。「これでも急いでるつもりだよ」彼は舌打ちした。「じっとしててくれ――」

「ドレイク？」ドアの向こうからホイットリーの声がしたとたん、スチュアートは飛ぶように部屋を横切り、開きかけた戸口に立ちふさがった。「またベッドにもぐりこむつもりだったんじゃないだろうな？」友人がからかうように言う。

スチュアートはばつが悪そうに笑ってみせた。「そんなわけないだろ、ホイット」そしてシャーロットに目で謝り、部屋を出て後ろ手にドアを閉める。〝覚えておきなさいよ、後悔するはめになるから〟と彼女がささやくのが聞こえた。

宝石屋を探しあてて店主を叩き起こすのに、一時間はかからなかった。店主はぶつぶつ言いながらもネックレスを鑑定してくれ、気の毒だがこれは模造品だ、と告げた。よくできたものではあるが、宝石としての価値はなきに等しい、と。スチュアートは無言でネックレスをポケットにしまい、家まで馬車で送ってやるという友人たちの申し出を断り、歩いて帰ることにした。別れ際、ジェイムソンが探るような目を向けてきたが、結局なにも言わなかった。

歩きながらスチュアートは考えていた。シャーロット・グリフォリーノともあろう女性が、どうしてこんなまがい物を身につけていたのだろう？　もっとも考えられる理由はもちろん、本物を売ってしまったということだ。なんらかの資金が必要になったときなど、女性はよくそういうことをする。精巧な模造品をつくっておいて、本物を売るのだ。夫や恋人の目はたいてい節穴だから、そうやってひそかに金を工面しても、ばれることはまずない。だがなぜ彼女は、他人の家に忍びこむという危険を冒してまで、ほとんど価値のないネックレスをとりかえそうとしたのだろう？　いくらぼくのことが嫌いでも、ただ単に仕返しをするだけのために、あえてそこまでやるだろうか？

スチュアートが唯一納得できそうな説明は、シャーロットは自分がまがい物を身につけていたことを誰にも知られたくなかったのだろう、というものだった。間違ってそれを盗んでいった愚か者にさえも。でも、なぜ？　盗られたものをとりかえしたいとか、盗んだ犯人を懲らしめてやりたいという気持ちなら理解できなくもないが、ぼくにどう思われるかなんて、なぜ彼女が気にする必要がある？

もしもこのネックレスがまがい物であることを彼女が本当に知らないとしたら、それはいったいなぜなんだ？　彼女くらい世慣れた女性であれば、宝石類はきちんと鑑定してもらって保険でもかけておくのが当然じゃないか？　誰かがいったん本物を彼女に贈り、のちに偽物とすり替えたのだろうか？　もしかすると宝石は最初から本物ではなく、彼女が裕福そうに見えるのも、実はうわべだけなのかもしれない。下着類は別として。ダイヤモンドの真贋《しんがん》は見分けられなくとも、スチュアートは女性の衣類を見る目には自信があった。あれらのランジェリーは間違いなく高級品だ。そんなふうに考えてくると、どうにも腑《ふ》に落ちないことばかりだった。考えれば考えるほど、わけがわからなくなってくる。ようやくわが家にたどり着いたとき、彼はなおも頭のなかでパズルを解こうとしていた。

シャーロットは眠っていた。スチュアートはしばしベッドの横にたたずみ、彼女の寝顔を観察した。眠っているときの彼女は愛らしく、穏やかで、醜い女の顔と鳥の体を持つ怪物ハルピュイアのように恐ろしげなところは微塵《みじん》もない。手首には相変わらずクラバットがしっかり巻きついていた。足首のほうは少し動けばすぐほどけるようにわざとゆるめに縛っておいたのだが、こちらもまだそのままになっている。つまり、シャーロットは本気でもがいたりあがいたりはしていないということだ。スチュアートは彼女を起こさないように注意しながら、足首の紐をほどいてやった。

どうしてネックレスの宝石が偽物なのか、シャーロットがその事実を知っているかどうかは、自分にはかかわりのないことだ。誰にでも、他人に知られたくない秘密を持つ権利はある。彼の秘密を積極的に暴こうとした女性にさえも。

スチュアートはベッドの縁に腰かけ、クラバットに手をのばした。とたんにシャーロットが目を覚まし、はっと息をのんだ。彼は結び目を解いてやりながら、静かに微笑んだ。「怯えなくていい。きみを帰してやるだけだから」

「まったくなんて紳士的なのかしら」シャーロットが苦々しく言う。「わたしを縛りつけて出ていったあげく、何時間もほったらかしにするなんて！　うちのメイドが心配して、今ごろとっくに夜警団に通報しているはずよ」

「今夜は男のなりをしてぼくの家に忍びこむとわざわざ言い置いてきたのでなければ、どうしてメイドがきみを探すんだ？　それに、ぼくが外出していたのはほんの一時間ほどだよ」

クラバットがようやくほどけた。彼女は猫のように目を細め、手首をさすりながら、両脚をベッドの横におろした。スチュアートはポケットのなかをまさぐって、ネックレスをとりだした。心のなかでは自分の罪を認めていたが、息もつけないほど驚く彼女を前にすると、なにも言えなくなってしまった。

シャーロットがそのネックレスを引ったくる。スチュアートは彼女が文句を言いだすのをじっと待っていた。これは偽物でしょ？　本物のエメラルドはあなたがすり替えたんじゃないの？

「これだけ？」

スチュアートは眉をひそめた。「それだけだよ。ほかにはなにも盗ってない」

「それなら、音楽室でいったいなにをしていたの？」

ああ、なるほど。音楽室か。「出口を探して迷いこんだのさ。そうしたらそこに先客がいて、ぼくは危うく喉を切り裂かれそうになった」

「誰に？　いったい誰がそんなことを？」シャーロットが即座に問いかえす。

「ぼくが知るわけないだろう？」スチュアートは前髪をかきあげた。「箱を開けてなにかを捜しているようだったが。こっちはなにもしていないのに、いきなりナイフで切りつけてきたんだ。おかげで、すてきな傷が残ったよ」膏薬《こうやく》を貼《は》ってあるてのひらを開いて見せる。

彼女はそれをちらりと見た。「どんな風体の人だった？」

スチュアートは突然疲れを感じ、肩をすくめた。「顔は見えなかった。体つきは小柄だが、がっしりしていたよ」

「なにかしゃべらなかった？　その人の服装は？」

「おしゃべりしている余裕はなかったからね。喉を刺されないように身を守るのが精いっぱいで」スチュアートは立ちあがり、衣装簞笥《だんす》から裾の長いマントをとりだした。「これを着ていくといい。外は冷えてきているし、これなら誰にも正体がばれないだろうから」

「誰がわたしの家にいたのか、教えてちょうだい！」シャーロットが声を大にして訴えた。

「だから言っただろう、ぼくにもわからないよ」彼はマントを彼女に向かって放り投げ、居間へ行って帽子を目深にかぶった。「さあ、行こう。今夜はもうこれくらいで充分だ」

「まだよ。あなたがすべてを話してくれるまでは」シャーロットは、彼の声を聞かされただけで欲望にわれを忘れてうっとりしてしまった自分に、激しい怒りを禁じえなかった。やさしく語りかけるだけで、女性を——それも、経験豊富な大人の女性を——とろけさせてしまう彼のことも、断じて信用できなかった。この人はスーザンの人生をめちゃくちゃにしようとした男だ。だから、その名を汚してやることに、これっぽっちも罪悪感はない。

けれどもシャーロットは、もうひとりの侵入者についてスチュアートが知っていることを、なんとしても聞きだしたかった。自分は一度しか忍びこんでいない、盗ったのはこのネックレスだけだ、という彼の言い分は、どういうわけか信じられる気がした。それならすべてに説明がつくからだ。初めて寝室に物色された形跡があったのはなぜか。音楽室がひどく荒されていたのはなぜか。新しく届いた木箱の中身を確かめる作業が明らかに途中で終わっていたのはなぜか。実のところ、シャーロットはほっとしていた。彼女の寝室に忍びこんだのがスチュアートなのであれば、もうひとりの侵入者の行動は、これまでの泥棒と変わっていない。ということは、今までより危険な凶悪犯の影に怯えなくてもすむわけだ。おまけにスチュアートがもうひとりの犯人を目撃しているのなら、一挙にすべての謎を解くこともできるかもしれない。

そんなわけで、シャーロットは寝室の戸口に立ち、彼がこちらを向くのを待った。スチュアートはため息をつき、両手を腰にあてて振りかえった。「知っていることはもう全部話したよ。やつは小柄な男だった」自分の肩までぐらいの背丈だったと手で示しながら言う。それでもシャーロットよりは一インチほど高そうだが、スチュアートから見れば小柄に見えるのだろう、と彼女は思った。「けっこう細身なのに、悪魔のように強くて、がむしゃらにぼくに体あたりしてきた。ナイフをひらめかしてね。おそらくあれはブーツに仕込んでおく護身用のナイフだと思うが、刃渡り六インチほどで、なんのためらいもなく切りつけてきたよ。やつは小さなランタンを持っていて、その弱い明かりで箱の中身をあさっていたようだ。ただしぼくは、やつがなにかを盗むところも、やつが開けた箱の中身も見てはいない。きみの家の使用人がばたばたと駆けてくる音を聞いて、やつはとっとと姿を消してしまった。さて、これでご満足いただけたかい？」彼は両手を大きく広げた。

「その人、本当になにもしゃべらなかった？」シャーロットは問いただした。

「ああ、ひとことも」

「匂いはどう？　服からなにか異様な匂いがしなかった？」

スチュアートが首を振る。「そんなことまで覚えているものか。なにしろこっちは喉にナイフを突きつけられていたんだから」

「だけど、ほかにもなにか気づいたことがあるはずよ」彼女はしつこく食いさがった。「犯人を目撃したのはあなただけなんだから――」そこまで言って、はっと口をつぐんだ。うつむいていたスチュアートが、がばっと顔をあげたからだ。

「前にも泥棒に入られたことがあるのか？」

シャーロットはマントの前を合わせながら、スチュアートにあれこれ尋ねたことを後悔した。彼はとにかく自分を助けるのに必死で、なにかの役に立ちそうなことなど、いっさい見ていなかったに違いない。「ええ、まあ、二、三回」

「どうして？」スチュアートが目を丸くして彼女を見かえした。

シャーロットは顔をしかめた。「それはわたしにもわからないわよ。いつも家のなかを物色したあとはあるんだけれど、なにも盗っていかないの。少なくともわたしの知る限り」

「治安判事はなんと言ってるんだ？」

口もとがぴくぴくと引きつる。「結局なにもなくなってはいないのよ。本当に誰かが家に不法侵入したという確たる証拠もないし。うちの使用人はうっかり者が多くて、ドアや窓を開けっぱなしにしてあることがしょっちゅうなの。それで治安判事がなんて言うと思う？」

「だったらなぜ、せめて用心棒くらい置いておかないんだ？」

そこまで身の危険を感じてはいなかった、とは言えなかった。言ったらばかに聞こえるだろう。なにしろ彼は、実際にナイフを突きつけられているのだから。「そんなことをしてもどうせ役に立たないと思って」

「だからって損にもならないはずだ。敵はナイフを持っていたんだぞ。もしもやつが今度はきみやきみの姪の前に姿を現したら、どうするつもりだ？」

スーザンの後見人失格だと責められているようで、シャーロットは耳が痛かった。その点について配慮が欠けていたことは認めざるをえない。「考えておくわ。今度はあなたがつかまらないように、気をつけてね」

スチュアートが鼻で笑った。「それなら心配ないさ。二度と忍びこんだりしないから。じゃあ、そろそろ行こうか？　それとも、ひと晩じゅうここにいるつもりかい？」そう言って、くしゃくしゃになった彼女の帽子を指でくるくるとまわしてみせる。シャーロットは大股で彼に近づき、帽子を引っつかんで、頭にかぶった。

「ちょっと待って」彼女がそのまま歩いていってドアを開けようとすると、スチュアートが引きとめた。彼女の帽子をとり、絡まったカールを手で梳《す》いてくれる。そうして髪を整えてから、頭の上にくるりとまとめ、その上に帽子をかぶせてくれた。「これでいい」そう言って、彼はさっとドアを開け、彼女を先に通した。

家までの道のりをたどるスチュアートの足どりは速く、シャーロットはついていくのが精いっぱいだった。後れをとるまいと小走りになりながら、なんとも不思議な気分で歩きつづける。彼を軽蔑する気持ちは少しも変わっていないはずなのに――一歩足を踏みだすたびに自分にそう言い聞かせているのに――なぜか今夜ふたりのあいだに奇妙な絆《きずな》のようなものが芽生えた気がしていた。肉体が惹かれあっているのならあまりいいことではないわ、と彼女は自分をたしなめた。彼がなにも言わずにネックレスを返してくれたことや、髪を梳いて帽子のなかに隠してくれたことは、あえて考えまいとした。

スチュアート・ドレイクというのは謎の多い男性だ。一方で彼は、フォーチュン・ハンターであることを隠そうともせず、金のためにスーザンを手に入れようとしていた。ロンドンにいたころの行状に関する噂は実に驚くべきものだったし、彼がわたしの家に忍びこんでネックレスを盗んだこともまた事実だ。それらの事実だけをもってしても、彼が軽蔑されて当然の人間なのは間違いなかった。でもその一方で、今夜の彼は意外なほどやさしかった。なにをされても文句の言えない立場にあるわたしを、治安判事に突きだそうが、こてんぱんに痛めつけようが、それ以上のことをしようが、向こうの勝手だったはずなのに。それに彼は、わたしをベッドに縛りつけはしたものの、自分の言ったことを守り、手をふれようとはしてこなかった。手首が少々こすれたのとプライドが深く傷つけられたことを除けば、わたしは家を出てきたときとほぼ同じ姿で、こうして無事に帰してもらえるのだ。

〝あくまでも、ほぼ、だけれど〟と、シャーロットは頭のなかで言いなおした。でも、これから先、昼の明るい光のなかで、どんな顔をして彼と会えばいいのだろう？　それはまるで、本当に彼とベッドをともにしてしまったかのように、気まずい感覚だった。シャーロットは昔から、恋人と愛しあった翌朝、相手にどんな言葉をかければいいのかわからなかった。たとえそれが、最初からそういうことを目的としている関係であっても。今度の場合は関係とすら呼べない間柄なのだから、なおさらだ。彼は力ずくで、わたしが彼に惹かれていることを認めさせただけ。かつてはそういうことが、恋人同士の関係へと発展するきっかけにもなったけれど、今は違う。スーザンの後見人になった以上、これからは尊敬される立派な女性になろうと、シャーロットは心に決めていた。

「使用人たちに、寝る前にすべてのドアや窓の戸締まりを確認するように言うんだぞ」突然スチュアートが口を開き、彼女の思考をさえぎった。「もしも誰かが手を抜いているのがわかったら即刻首にする、と脅してやればいい。執事には家のなかの夜まわりも仕事のうちだと命じて、必ずそれを守らせること。タンブリッジ・ウェルズの町は昔ほど栄えてはいないから、彼らが今の仕事を失ったら、おいそれと次は見つからないと言ってやれ」

「それなら何度も言っているのよ」シャーロットがしゃべりはじめると、彼は前を向いて歩きながら首を振った。

「怠けている連中がいるんだよ。このぼくが、鍵のかかっていない窓から簡単に侵入できたくらいだからね。あるいは、誰かが泥棒とぐるになっていて、入りやすいようにわざと開けておくのかもしれないが。不法侵入の証拠はないことが多い、とか言っていたね？」シャーロットは不安げにうなずいた。使用人の誰かが泥棒を家に招き入れているかもしれないとは、考えたこともなかった。「それなら、彼らがきみの言いつけを守ってドアや窓をちゃんと施錠しているかどうか、きみ自身が毎晩見まわって気のすむまで確かめたほうがいい」この通りを渡れば彼女の家というところまで来て、スチュアートはやっと立ちどまり、こちらに顔を向けた。街灯がぼんやりと顔半分を照らし、もう半分は闇に覆われていた。「それと、治安判事にも連絡を」真剣な声だった。「あの男はナイフを持っていた。そして、こっちの正体も確かめずに、いきなり切りつけてきたんだ。この次はきみの召使いか、きみ自身が襲われるかもしれない。やつの背がもう少し高かったら、ぼくだって喉を切られていただろう」

「わかったわ」シャーロットは彼の論理と口調の厳しさに押されて、そう答えた。

「よし」彼が言った。「じゃあ、ここで待っていてくれ。家をぐるりとひとまわりしてくる。どこか不審な点はないか見てくるから」そして彼女に二の句を継がせず、コートの裾を翻して通りを横切っていった。シャーロットは彼が家まで送ってきてくれたことに感謝しつつ、暗がりに身を隠した。今この瞬間、もしもまた泥棒が家にいたら？　なにも考えずに家のなかへ入っていって、ナイフを持った男を驚かせてしまったら？　彼女はマントの襟を引っぱり、耳まで覆った。他人にここまで余計なお節介をされて感謝するというのは、なんとも奇妙な気分だった。

長い長い時間が過ぎたと思えるころ、ようやくスチュアートの背の高いシルエットが庭に戻ってきた。無事な姿で通りを渡ってくる彼を見て、シャーロットは安堵のため息をついた。

「どこにも異状はなさそうだったよ」スチュアートが言った。「メイドたちもさすがに怖くなって、戸締まりをちゃんとするようになったのかもしれない。鍵は持っているかい？」

「門柱の下のほうに隠してきたの」シャーロットは答えた。にわかに彼の表情が険しくなったので、彼女はつけ加えた。「今夜だけよ」

「今夜限りにしておいたほうがいい」スチュアートはほかにもなにか言いたそうだったが、言わなかった。しばしの沈黙のあと、彼は言った。「それじゃ、おやすみ」

「おやすみなさい」シャーロットは通りへ足を踏みだしかけて、ふと立ちどまって振り向いた。「どうしてわたしのネックレスを盗んだりしたの？」

彼がふっと息をつく。「そんなつもりはなかったんだ。謝るよ」

シャーロットは口をあんぐりと開けた。「そんなつもりはなかった？　それじゃあ、たまたまわたしの部屋に迷いこんで、たまたま宝石箱をのぞきこんだら、たまたまネックレスがポケットに入ってしまったとでも？　そんなたわごと、わたしが信じると思う？　わたしの服まで物色したくせに」彼はくっと唇を嚙みしめ、顔をそむけた。「それなら、なぜそもそもわたしの家に忍びこんだわけ？」シャーロットはいつもの冷ややかな口調で問いつめた。

しばらく黙りこんでいたスチュアートが口を開いた。「ミス・トラッターがぼくのものを持っていったと思ったからだ。ぼくの誤解だったみたいだが」そこでまた間を置いてから、彼が尋ねた。「それより、ぼくがネックレスを持っていることはどうしてわかった？」

シャーロットはポケットからフラスクをとりだした。「あなたがこれを庭に忘れていったからよ」それを足もとへ投げつけてやると、彼はフラスクを見おろし、重苦しいため息をついた。「おやすみなさい、ミスター・ドレイク」彼女は冷たく言い捨てた。

「おやすみなさい、コンテッサ」彼がうなだれたまま言葉を返す。

シャーロットはくるりと背を向け、その場をあとにした。隠し場所から鍵をとりだし、後ろを振りかえることなく家のなかに入る。ドアにかんぬきをかけ、階段を駆けあがって自分の部屋に入ってから、スチュアートのマントを着てきてしまったことに気づいた。窓から彼に投げかえそうかとも思ったけれど、明日誰かに届けさせればいいと思いなおす。シャーロットとしては、安心して彼に憎しみを抱いていられる今の状態を変えたくなかった。彼に対する見方が変わってしまうようななにかを、これ以上発見したくはない。

外の通りでは、スチュアートがフラスクを拾いあげ、沈んだ面持ちで見つめていた。それは彼のプライドと同じように、大きくへこんでいた。女性を信用して心を開きかけたとたん、てのひらを返したようにばかにされ、ひどく傷つけられたせいだ。今宵、ほんの数分間だけ、思いが通じた気がしたのに。おそらくシャーロットは今ごろとっくに、ベッドで彼がささやいた言葉などきれいさっぱり忘れてしまっただろうが、あのときはそれなりの敬意を持って耳を傾けてくれていた。そんなふうに感じる正当な理由はなにもないのに、スチュアートは彼女のことが恋しくなりそうな予感がした。欠点もいろいろあるものの、彼女はとても魅力的で、それは肉体に限ったことではない。あのときホイットリーとジェイムソンが訪ねてこなかったらどうなっていただろうと想像しては、これから先もずっと後悔しそうな気がした。

だが、それは仕方のないことだ。彼女の家に忍びこんだのは、人生最悪の判断だった。そのせいで何者かに切りつけられ、もう少しでつかまって逮捕されるところだった。おまけに、その気はなかったとはいえ、エメラルドのネックレスを盗んでしまうなんて。どんなに大切な宝飾品であれ、それほどの目に遭ってまでとりかえす価値はない。スチュアートはそう考え、母親の指輪の件は忘れることにした。シャーロット・グリフォリーノは出会った瞬間から、トラブル以外のなにものをももたらしてはくれていない。ふたたびあの指輪をとりかえそうとして、さらなるトラブルを招くのはごめんだった。

スチュアートは首を振りつつ、静まりかえった通りを歩いて家へ向かった。過ぎてしまったことは忘れ、人生における差し迫った問題、すなわち、これから自分はどうすべきかを考えなければ。以前は朝食のテーブルに山と積まれていた招待状はみるみるうちに減っていき、シャーロットがレディー・キルデアを訪ねていった日から数日後には、一通も届かなくなっていた。たったの一週間で彼は、理想の結婚相手から世間のつまはじき者へと落ちぶれてしまったわけだ。明日の晩にマーティン家で開かれる晩餐会への誘いはすでに受けてしまっていた。もっと誇り高き男であれば、今となってはさすがに出席を見合わせるのだろうが、スチュアートの懐は文字どおりすっからかんだった。晩餐会に出なければ、夕食にありつけるかどうかすら心もとない。どうせケントで過ごす最後の夜になるなら、せいぜい晩餐を楽しんでから、町を去ることにしよう。

もしかしたら運が彼に味方をしてくれて、シャーロットとは顔を合わせずにすむかもしれないのだから。

6

「で、どうだったの？」

興奮ぎみのルチアに催促されて、シャーロットはうめき声をあげながら、ベッドカバーを頭まで引きあげてかぶった。起きるにはまだ早すぎる時間だ。ゆうべの予期せぬ事態について詳しく語って聞かせるなんて、もってのほかだった。けれども友人に無理やり毛布を引きはがされ、シャーロットはしぶしぶ目を開けた。ほんの六インチほどの距離から、ルチアがまじまじと顔をのぞきこんでいた。

「朝からずっと気が張って仕方なかったのよ。ねえ、どうだったの？」

「それを言うなら〝気になって〟よ」シャーロットは訂正した。

ルチアが片手をさっと振る。「話してくれないなら、あなたのカッフェ、わたしが飲んでしまうわよ」

シャーロットはただちに起きあがり、湯気の立つカップに手をのばした。イングランドの屋敷に到着したルチアがいちばん最初にしたのは、厨房へずかずか入っていって、料理人にイタリア流のコーヒーの淹《い》れ方を教えることだった。シャーロットはカップに口をつけながら思った。たとえルチアが生活費をいっさい稼いでくれないとしても、このカッフェを飲めるようにしてくれただけで、好きなだけ滞在してくれてかまわない。

ルチアは椅子をベッドの横に引き寄せてそこに座り、シャーロットがカップを置くまで待った。「さあ、もういいでしょ。うまくいったの？」

「ネックレスはとりかえしたわ」シャーロットは言った。「すごく簡単に忍びこめたのよ。毎晩のように泥棒に入られていないのが不思議なくらい」

「ええ、ええ」ルチアの目がいたずらっぽく輝く。「それで、彼のズボンを鋏《はさみ》で切り刻んでやった？」

シャーロットはもうひと口コーヒーを飲み、目を覚まそうとした。ルチアにはたしかにスチュアート・ドレイクのズボンに大きな穴を開けてやるつもりだと言っておいたものの、彼のズボンと言って今思い浮かぶのは、それをはいていた彼の姿ばかりだ。「いいえ」

「まあ、残念ね」ルチアがふくれっ面をした。「秘密のベールがとり払われるの、楽しみにしていたのに」

「ルチアったら」

「わたしね、ずっと考えていたの。彼、そんなに年寄りじゃないでしょう？　けっこう男らしくてたくましそうだし」

「彼はフォーチュン・ハンターなのよ」シャーロットは指摘した。「彼が欲しがっているのは大金持ちの花嫁なんだから」

「あら、経験だけならわたしだってかなり豊かよ」

「彼は経験よりもポンドのほうが好きだと思うわ」

「それにわたし、彼と結婚したいわけじゃないし」ルチアが続ける。「楽しく浮かれ騒ぎたいだけ」自分の機知に富んだ話に声をあげて笑った。

ベッドから抜けだしてあくびをすると、シャーロットの体は悲鳴をあげた。ゆうべスチュアートと格闘したせいで、全身筋肉痛になってしまったらしい。腕も背中も痛かった。その昔、実家の窓から夜な夜な抜けだし、草原を走って大好きだった恋人に会いに行っていたころのことを思いだす。夜じゅう彼とともに過ごし、夜が明ける少し前にこっそり家に戻ったりしても、ひと晩ぐっすり眠ったかのように翌日は元気に過ごせた。それが今では、ベッドから起きだすのもひと苦労だ。時計を見れば、普段よりもゆっくり睡眠がとれたのは明らかなのに。年をとってきた証拠だ。でなければ、恋の錯覚にはカッフェよりも強力な覚醒《かくせい》作用があるということだろう。

「運がよければ、彼はもうじき出ていってくれそうよ」シャーロットは痛む腕をなんとかのばしてドレッシングガウンに袖を通した。熱いお風呂に入らなきゃ、と思い、ベルを鳴らしてメイドを呼んだ。

ルチアが物憂げにため息をつく。「あら、そうなの。出ていくと言えば、あなたもゆうべは出ていったきりだったじゃない。帰りを待ちくたびれて、わたしは寝てしまったけれど」

「ねえ、スーザンは――?」

「いいえ」ルチアは片手を振った。「まだ起きてこないわよ。というか、わたしには話もしてくれないし。わたしはあの子になにもしていないのに、なぜかあの子、わたしにはつんつんしてるのよね。もしも自分の子供なら、そんな横柄な態度をとったらお仕置きしてやるところなんだけれど」

「お仕置きなんてやめてちょうだい」シャーロットはドレッサーの前の椅子にそろそろと腰をおろした。髪はひどく乱れていて、絡みあったカールがあちこちにはねている。髪をとかそうとブラシをとって腕を頭の上にあげたとたん、彼女は顔をしかめた。「スーザンはまだ父親を亡くした悲しみを乗り越えられていないのよ。わたしとの生活にも慣れていないし。あの子にとってはつらい時期なの」

ルチアは鼻をふんと鳴らしたが、それ以上深くは突っこまなかった。「それより、ネックレスはとりかえしてきたのね？　それで、彼が町を出ていくってことは、あなたとの関係も終わりってこと？」

「そうよ」シャーロットは髪をとかすのをあきらめた。あとでメイドにやってもらおう。

「もっと詳しく聞かせなさいよ」ルチアが叱るように言う。「彼があなたのランジェリーを引っかきまわしていったとかいう話は冗談だったの？　ネックレスはどこで見つけたの？　あなたも彼の下着を引っかきまわしてやった？」

「彼、思っていたより早く帰ってきたのよ」しばらく間を置いてから、シャーロットは言った。「それでわたし、つかまってしまって。言いあいになったんだけど……」下腹部に熱いものが広がっていく。「そのあと、話をしたの」ああ、あのときの彼の話ときたら。「それで、ネックレスは返してもらったわ」

「嘘でしょ！　話をしただけ？」ルチアがカップをがちゃんと置いた。「あなたがイングランド人だってこと、普段は忘れているけれど、あんなハンサムな男性の寝室に忍びこんで話だけして帰ってくるなんて考えられない」

「ネックレスを盗んだかどで逮捕されたくはなかったんじゃないかしら」ノックの音がして、メイドがドアをそっと開け、なかをのぞきこんだ。「ああ、お風呂の用意をしてくれる？」シャーロットは命じた。「お湯はできるだけ熱くして」

「彼はあなたを見つけて怒らなかったの？」

「怒ってたわよ」シャーロットは部屋を横切り、風呂の用意ができるまで待とうと、ふたたびベッドにもぐりこんだ。どうせ時間がかかるに決まっている。

「まさか乱暴されたりしたの、カーラ？　あの人、けっこう大柄だし、腕の力も強そうだったけど。それに、あの手！　昔知りあいだったロシアの伯爵の手を思いだすわ。女性にすばらしい歓びを与えてくれる人だった……！　指がとても長くて――」

「彼ね、もうひとりの侵入者を目撃していたの」シャーロットは話をさえぎった。ルチアのかつての恋人の話も、スチュアート・ドレイクを見ているとその恋人を思いだすという話も、これ以上聞きたくない。今にして思えば、彼の手はたしかにすてきだったけれど。指が長く、がっしりしていて、力強くつかむこともできれば、じらすようにやさしくふれることもできる……。

「もうひとり？」ルチアがとまどいがちに訊きかえす。「泥棒は彼だったんじゃないの？」

「もうひとりいたのよ。ミスター・ドレイクは一度しか忍びこんでいないと主張していて、わたしもそれは本当だと思うの。たぶんあの人、スーザンとの結婚を却下し、ひいては彼が大金を手にするチャンスを奪ったわたしに仕返ししたかったんだと思うけれど、そのことは認めようとしなかったわ。ともかく彼が言うには、音楽室へ行ってみたら、届いたばかりの荷物を物色していたもうひとりの侵入者と鉢合わせしたんですって。そこでもみあいになり、ダンスタンが駆けつけてきたときにふたりとも逃げたらしいのよ」

「じゃあ、相手の顔を見てるのね？　どんな風体だったって？」

シャーロットは首を振った。「いいえ。よくは見えなかったって。はっきりしているのは小柄な男だったということだけ」ルチアに向かって渋い顔をしてみせる。「わたしくらいの背丈だったみたい。わたしって、そんなに小さい？」

ルチアは肩をすくめた。「男だったら小さいほうでしょうね。わたしは背の高い男性のほうが好きだわ。大きな男性のずっしりした重みを感じると、心がとろけそうになって——」

「男がナイフを持っていたこと以外はなにも気づかなかったそうよ」どういうわけか最近の自分は考え方がやけに乙女らしくなってしまったようだ、とシャーロットは思った。ルチアと知りあって三年になるけれど、ふたりはしょっちゅう男性の話をしていて、もしも内容を知られたら男の人が真っ赤になってしまうようなことまで話しあっていたというのに。妙に恥ずかしがったりせず本音で話しあえるのがこの友人のすばらしい一面だ、とシャーロットは高く評価していた。ピエロと結婚してからほぼ男性に囲まれて暮らすなか、唯一親しくつきあっていた女性の友人がルチアだった。イングランドへ帰国しようと決めたとき、ルチアがわたしも遊びに行っていいかしらと尋ねてきたので、シャーロットはただちに彼女を招待した。

もしかしたら、ふたたび故郷へ戻ってきたせいで、この一〇年間ずっとなりをひそめていた自分のなかのイングランド人らしい性格が顔をのぞかせるようになってきたのかもしれない。ルチアがスチュアート・ドレイクの話を持ちだし、彼の容姿がいかに魅力的かを口にするたびに、シャーロットは話題を変えようとした。悪い男に惹かれたことなら——自分にはその方面の才能があると思えるくらい——過去に何度もあったけれど、ルチアと一緒になって相手の男をあれこれ分析する気になれないのは初めてのことだ。ゆうべ彼に本当はどんなことをされたかについては、なにがあろうとルチアには打ち明けたくなかった。レディー・キルデアが無事に使命を果たしてくれていれば、スチュアートが町を出ていくのは時間の問題だ。彼が去ったら、こじれてしまったスーザンとの関係を修復し、この地で新たな人生を踏みだすことに専念できるだろう。

「ナイフ?」ルチアがすっとんきょうな声をあげて椅子から跳びあがった。「ナイフを持った凶悪犯が、自由にこの家を出入りしているってこと? どうしたらいいの?」

「二度と犯人が入りこめないようにするしかないわ」シャーロットは言った。「このあいだの晩から、使用人たちはすっかり用心深くなったみたいで、ゆうべわたしが帰ってきたときも――」シャーロットははっと口をつぐんだ。スチュアートに家まで送ってもらったことは、ルチアには話さないほうがいい。「ドアや窓はすべてしっかり戸締まりしてあったわ。これからは毎晩そうしてもらうし、戸締まりをうっかり忘れるような使用人はすべて首にするつもりよ」

「その男って、ミスター・ドレイクにもナイフで切りつけたの？」

シャーロットはうなずいた。「手を軽く切ったみたい。ミスター・ドレイクのほうがだいぶ大柄だったからよかったものの、そうでなかったら喉を切られていたかもしれないわ」

しばらく沈黙が続いた。ルチアは柄にもなくまじめな顔つきになって、ふたたび椅子に腰をおろした。「犯人は、よっぽど大事なものを狙っていたんでしょうね」

「でも、いったいなにを？」シャーロットはいらだたしげに叫んだ。「欲しいものをメモに書いて置いていってくれたら、話はもっと簡単なのに」

ルチアがぱちぱちとまばたきする。「あれらの箱の中身はわかっているの？」

「だいたいね。ピエロの側仕えが遺品をいっさいがっさいつめて送ってよこしたのよ。まだほとんど開けてないけれど」

「いちおう確かめてみたほうがいいんじゃない？」ルチアの声は真剣そのものだった。「なにか特別なものが入っていないかどうか、すべてを広げて見てみないと。それを手に入れるためなら犯人が殺人をも辞さないほどのなにかが」

「木箱や樽《たる》やトランクで、部屋が三つも満杯なのよ」シャーロットは言った。「そんなに荷物を解きたいなら、どうぞご自由に。わたしは遠慮しておくわ」

「どうしてそんなに悠長なの？　わたしたちの命が危険にさらされているのに」

ルチアの言うことはもっともだったが、シャーロットはまだどうしてもその気になれなかった。「あれらのものをまた眺める気にはなれないのよ。そっくりそのままあげてしまおうかと考えているくらい」

「美術館へ？」

シャーロットはためらった。「いいえ」

「じゃあ、誰に？　どれもこれも値がつけられないほど貴重な芸術作品なんでしょう？」

〝なにも知らないからそんなことが言えるのよ〟とシャーロットは思った。ありがたいことに、そこへメイドが浴槽を持ってやってきて、わかしたての湯で満たしはじめた。ルチアは気を落ち着けるために一服しようと庭へ出ていき、シャーロットはやけどしそうなほど熱い湯につかって、ゆったりとくつろいだ。この家を守るために、男性の使用人をもう少し増やすべきなのかもしれない。もしかしたら彼らが泥棒をつかまえてくれるかもしれないし。わざわざ盗むに値するほどのものはあれらの箱のなかには入っていないとわかっていても、ナイフの一件がシャーロットの不安をかきたてた。いくら箱をあさっても欲しいものが見つからないことに腹を立てた犯人が、今度は二階へあがってきて、彼女やスーザンやルチアに襲いかからないとも限らないからだ。ケントはたいした事件の起こらない安全な土地だから女性が三人で暮らすにはふさわしいと思っていたけれど、どうやらその考えは間違っていたようだ。

でもまあ、この件はもう一日よく考えてみよう。戸締まりがしっかりしてあるのに泥棒がふたたび侵入しようとした痕跡が見つかったら、今度こそ守衛を雇えばいい。それまではとりあえず、スーザンとの約束を守って、また買い物にでも出かけよう。姪はなぜか昨日の朝食のあともむっつり黙りこんでいたけれど、昼間に黄色のドレスを買いに出かけると喜んで、夕食の席ではすっかり機嫌も直っていた。今日は、あのドレスに合う靴を買いに連れていってあげよう。女同士が仲よくなって打ち解けるには、一緒に買い物を楽しむのがいちばんなのだから。


自分が女主人に気まずい思いをさせていることを、スチュアートは知っていた。彼が玄関に姿を現したとき、コーディリア・マーティンは目の玉が顔から飛びだすくらい驚いていた。もっとも、ただちに気をとりなおし、ぎこちない笑顔で迎えてくれはしたが。彼女は彼を招待し、彼はそれを受けた。彼の評判がこれほど地に落ちてしまったのは彼女のせいではないし、かといって彼のせいでもない。

スチュアートはすぐにジェイムソンを見つけた。負け犬のごとくしっぽを垂らしてこそこそ逃げだすような男だと思われるのもしゃくだったが、ひと悶着《もんちゃく》起こして追いだされるのもいやだった。彼が広間へ足を踏み入れたとたん、何人かがさっとこちらに背を向ける。だがジェイムソンはスチュアートに目をとめるなり、にやりと微笑んだ。

「やあ、ドレイク！　今夜会えるとは感激の至りだ」

「よせよ」スチュアートは横を通りかかったフットマンからワインのグラスをもらいつつ、友人に忠告した。「ぼくにとってはケントに別れを告げる夜だからな。道路にうつ伏せになって終わりたくはないんだ」

「試合を途中で投げだすつもりか？」ジェイムソンがチチチッと小さく舌打ちしながら首を振る。「もっと土性骨の座ったやつだと思っていたのに」

「今のぼくに欠けているのは根性じゃないんだ」

「じゃあ、一〇〇ポンド貸してやるからさ」ジェイムソンが気軽に言う。「きみがいなくなったら、ケントは肉抜きの食事みたいに味気なくなっちまう」

スチュアートはほろ苦い笑みを浮かべた。「気持ちはありがたいが、借金は一〇〇〇ポンド以下に抑えておきたいんでね」

「なるほど」ジェイムソンは自分のグラスに目を落とした。「ロンドンへ帰るのか？」

「残念ながら」低い声で答え、スチュアートはグラスのワインを飲み干した。それをフットマンに向かって掲げてみせると、すぐに代わりのグラスを持ってきてくれた。

ジェイムソンは咳払いし、スチュアートの視線を避けるように広間を見まわした。「そうか、幸運を祈るよ」友人の態度がぎこちなくなったのは同情の表れだと、スチュアートにはわかっていた。ジェイムソンには、たった二、三のくだらない噂が本当にスチュアートを破滅に追いやったとは、とうてい信じられないのだろう。どっしりと構えていれば、いずれ逆風はやむはずだ、と彼は言った。しかしスチュアートにはそうは思えなかった——シャーロットはやるとなったら徹底的にやるタイプの女性だ——だがもう、そんなことはどうでもよかった。オークウッド・パークを抵当に入れて借りた金の返済期限はひと月後に迫っている。今から新たな花嫁を見つけるだけの時間はなさそうだ。ここはひとつ潔く負けを認め、ロンドンに戻り、どうにかして父親の寛大な許しを乞うほかないだろう。ひょっとすると、今すぐ行動を起こせば、あの地所だけは手放さずにすむかもしれない。「おや」ジェイムソンが突然口を開いた。「例のお嬢さんがご到着なさったぞ。もう一度、話をしてみたらどうだ？今夜の彼女はものすごくきれいだ」

スチュアートはためらった。だが心とは裏腹に、目の端でシャーロットを盗み見る。彼女は黒いレースのついたグリーンのドレスを身にまとい、ひときわ輝いていた。その横にはミス・トラッターと、今はふたりと一緒に住んでいる背が高くて妖艶なイタリア人の女性が立っている。三人の女性がマーティン家の人々に挨拶するのを眺めながら、スチュアートは言った。「ぼくは彼女の叔母上に完全に嫌われてしまったみたいだからな」

「干からびた口うるさい叔母さんがついてくるとは、きみも予想してなかったんだろう？」

ジェイムソンは興味深げにシャーロットを見つめていた。スチュアートはあえて、彼女と目を合わせることを避けるまいとした。ベッドに横たわっていた彼女の姿を思いだすことも。

「干からびてると言うにはほど遠いよ」スチュアートはそれだけ言った。

「ああ、まあ……」ジェイムソンの声がとぎれた。スチュアートは無理やりシャーロットから目を引きはがした。友人は相変わらず彼女をじっと見つめている。いったいなにがそんなに気になるのかと尋ねようとして口を開きかけたとき、ジェイムソンがなにを見ていたのかわかった。シャーロット自身ではない。グリーンのシルクのドレスに身を包んだ彼女は異国の鳥のようにあでやかだが、友人が見ているのは彼女の首に巻かれているエメラルドとダイヤモンドのネックレスだ。「そのようだな」ジェイムソンはなにやら考えこむようにつぶやき、ちらりとスチュアートに目を向けた。スチュアートはワインをごくごく飲み干しながら、もっと早くロンドンへ発《た》ってしまえばよかった、と思っていた。

「あの手のネックレスはケントではそうそう見ないよな」しばらくしてから、ジェイムソンが言った。

「ああ」スチュアートはそっけなく同意した。

「彼女のような女性なら、遅かれ早かれ必ず宝石を鑑定してもらうはずだが」

「だろうな」スチュアートはワインをもう一杯もらった。本当はウイスキーのほうがよかったのだが。今夜へべれけに酔わずして、いつ酔えばいいのだろう。「ちょっと失礼するよ」

ジェイムソンが、きみはあれが偽物だとわかっていながら彼女に贈ったのか、とか、どうして相手はスーザン・トラッターではなくシャーロット・グリフォリーノなんだ、と問いかけてくる前に、スチュアートは友人のそばを離れた。幸運なことに、ミセス・マーティンは町の住人のほぼ半分を今宵の晩餐会に招いていたので、誰にも気づかれずにこっそり抜けだすのは簡単だった。もちろん、招待されている客のほうも、たとえ彼と間近で顔を合わせても努めて気づかないふりをしていたのだが。彼は庭を見おろすバルコニーへ出て、背後のカーテンをそっと閉めた。人生のなにもかもがこうもことごとくうまくいかないとは、よっぽど女神に嫌われているようだ。

「ドレイク！」スチュアートはしまったというように目をつぶってから、後ろを振りかえった。スーザンが顔を輝かせて駆け寄ってくる。両腕を広げて抱きつかれてしまう前に、スチュアートは彼女の手をとって口もとへ持っていった。「まあ、ものすごく顔色が悪いわ」スーザンが甲高い声で言う。「つらくてたまらなかったんでしょうね。わたしもほとんど眠れなかったのよ、あなたがシャーロット叔母さまにあんなふうに侮辱されて！　あのときから叔母さまったら片ときもわたしのそばを離れようとしなくって。そうでなければ、すぐにでもあなたに会いに行けたのに。わたし、決して叔母さまを許さないわ、絶対に！」

一瞬スチュアートは、スーザンが憤慨しているのはシャーロットが彼の評判を落とすように立ちまわったせいかと思ったが、すぐに、キルデア家でのダンスのことを言っているのだろうと思いなおした。「たしかに大変な一週間だったよ」彼は曖昧に答えた。スーザンが瞳を潤ませてうなずく。

「わたしは何度も、あなたは叔母さまが考えているようなならず者じゃないって言ったのよ。だけどちっとも聞き入れてもらえなくて。しばらくあなたと会えないでいたあいだに、あなたにまつわるとんでもない噂が広がって——」

「ミス・トラッター」スチュアートは話をさえぎろうとした。

「でももちろん、わたしはあんな噂、ひとつも信じてないわ」スーザンが早口でまくしたてる。「あなたは若いお嬢さんを、その方のおばあさまのお宅で開かれた園遊会の席で無理やり口説くようなまねはしないし、ましてや、別のお嬢さんを拉致《らち》してドーヴァーまで連れていくなんてこと、できるはずがないもの！　どうせどっちもそばかすだらけの地味なお嬢さんだったんでしょうけど、万が一あなたがどちらかを傷ものにしていたとしたら、今ごろその人と結婚してたに決まってるわよね。だってあなたは名誉を重んずる紳士だもの」

「園遊会？」スチュアートはいぶかるようにくりかえした。「拉致？」シャーロットはいったいどんなふうに話をでっちあげたんだ？　アン・ヘイルは、ひとりの男では決して満足できない、生まれながらの浮気者だった。公園を散歩しましょうと向こうからぼくを誘ってきたときでさえ、ほかの紳士たちの注意を引きたくてたまらない様子だった。彼女が靴をなくしたとき、ぼくはそれを捜してやって、わざわざ履かせてやった。たしかに、彼女は必要以上にスカートをたくしあげた——恥じらうことを知らない少女だったからだ——が、ロンドンじゅうで飛び交っていた噂とは違って、ぼくは彼女のストッキングにはいっさい指をふれなかった。なのに今では、ぼくは彼女のおばあさんが開いたパーティーの席で、無理やり彼女を奪おうとしたことになっているのか？

それに、イライザ・ペニーワースを拉致しただって？　よく知りもしない女性なのに。もしも彼女がぼくの学生時代の友人だったエイデン・モンゴメリーと恋に落ちていなかったら、会うことすらなかったはずの女性だ。彼女の家族は、娘が彼のもとへ嫁ぐことを許そうとせず、ミス・ペニーワースにとってはいとこにあたる大金持ちの男性との縁談を勝手に進めていた。恋人たちは結婚の夢を絶たれ、駆け落ちを企てた。モンゴメリーがそのために海軍を辞める覚悟までしていたことを知り、スチュアートはたいそう驚いた。海軍将校になることはモンゴメリーの長年の夢であり、ついこのあいだやっと大尉になったばかりだったことを知っていたからだ。友人にすべてを失ってほしくない一心で、スチュアートはミス・ペニーワースをモンゴメリーの船がドック入りしているドーヴァーまで連れていく役を買って出た。ふたりがそこで誰にも知られずすみやかに結婚してしまえば、モンゴメリーは地位を手放さずにすむし、ミス・ペニーワースも家族のもくろみから逃れることができる。ミス・ペニーワースはすぐさまその案に飛びつき、モンゴメリーもスチュアートの手をがっしり握って熱烈な感謝の意を表した。だがすべての計画は、ドーヴァーまであとほんの一〇マイルという地点で彼女の兄に追いつかれたときに水泡に帰した。ミス・ペニーワースはロンドンへと引きずり戻され、とるものもとりあえず、いとこと結婚させられた。モンゴメリーの乗った船は二日後にドーヴァーから出航していき、濡れ衣を着せられるはめになったスチュアートは三人の将来のためを思い、黙ってゴシップに耐えたのだった。

スーザンが首を振り、彼の唇に人さし指を押しつけて黙らせる。「否定なんかしなくていいのよ。わたしは信じていないし、そんなことはどうでもいいの。わたしはまだあなたを愛しているんだから」

スチュアートは彼女の手をそっとつかみ、彼の顔と上着から離した。「ミス・トラッター、そろそろ――」

「駆け落ちする?」明るい希望に満ちた声で訊きかえされると、彼はスーザンを直視できなかった。「なら、一時間で荷物をまとめてくるわ! これでシャーロット叔母さまに思い知らせてやれるわね、わたしを子供扱いしたらどうなるか。ねえ、どこへ行く? スコットランド? それともロンドン? やっぱりロンドンがいいわよね。前に住んでいたけれど、すてきな町だったもの」

「いや、ぼくらはそろそろ真実に目を向けるべきだと思うんだ」スチュアートは静かに訂正した。「きみの叔母さまは、ぼくときみとの結婚を決して認めてはくれないだろう」

「叔母さまなんか放っておけばいいのよ」スーザンが声高に言う。

「でも、ぼくは……」スチュアートは言いよどみ、言葉を選んだ。「ぼくらは離れ離れにされてしまう運命なんだと思う」

スーザンはしばし考えこんでから言った。「でも、駆け落ちすれば……」

彼は首を振った。「たぶん無駄だよ。ぼくらはきっと星まわりの悪い恋人同士なんだ」

「たとえば、ロミオとジュリエットみたいに?」

「ああ」スチュアートはさも悲劇的に重苦しいため息をついてみせた。

「ピュラモスとティスベね」スーザンがうっとりした声で言う。「エロイーズとアベラールだわ!」

スチュアートは軽く咳払いした。「まあ、そんなようなところだ。ぼくにとって唯一の慰めは、きみならぼくよりもっと気高くこの別れに耐えてくれるだろうということさ」

「いいえ」彼女の目にみるみる涙が浮かぶ。「そんなことになったら、わたしはきっと死んでしまうわ」

「だめだよ！」スチュアートは彼女の手にそっとキスをしてから放した。「それじゃぼくがつらすぎる。どうかきみは幸せになると言ってくれ。きみが苦しんでいると思ったら、ぼくは耐えられない」

「じゃあ、幸せになるから」スーザンが声を震わせて約束する。「でもあなたは？　あなたはこれからどうするの？」

スチュアートは目をそらし、暗い庭を見おろした。「わからないよ。今夜より先のことは考えられない」それは真実だ、と自嘲《じちょう》ぎみに思う。現時点で思い浮かぶ選択肢には、心がわくわくするものなどひとつもない。

スーザンは彼の手をとって自分のほうへ引き寄せ、両手でぎゅっと握りしめた。「きっとあなたが恋しくてたまらなくなるわ」小さな声で言う。

「ぼくもだよ」彼は悲しげな笑顔で答えた。厳密に言えばそれは真実ではなかったが、これから先スーザンのことを考えるとき、頭に浮かぶのはいいことばかりだろう。スーザンはいい子だが、今はもう、彼女と結婚する自分が想像できない。たとえ八万ポンドのためであっても、だ。燃えるように情熱的な叔母のことを思うだけで、スーザンとベッドをともにする気は起こらなくなった。だがそのことを彼女に告げるつもりはない。スーザンを悲劇のヒロインに見立てて別れるという妙案を思いついた自分を褒めてやり、母親の指輪はどうやってとりかえそうかと考えていたとき、いきなり背後のカーテンが勢いよく開いた。

「あなたたち、なにをしているの？」シャーロットが静かな敵意をたたえて言った。スーザンは一瞬後ろめたそうな顔をしたが、すぐに顎を突きだした。

「これは運命なのよ」彼女は悲劇のヒロイン役になりきっているようだ。

シャーロットは姪に目もくれなかった。「スーザン、あなたはさがっていなさい」

スーザンの表情が強情そうにこわばる。スチュアートはまたしても悲しげな顔をしてみせ、軽くお辞儀した。「ごきげんよう、ミス・トラッター」

するとスーザンも膝を曲げてお辞儀をした。「ごきげんよう、ミスター・ドレイク」殉教者のごとく悲痛な口調で言う。「さようなら！」そして頭を高くあげ、叔母の脇をすり抜けようとした。

「先に馬車に乗っていていいわよ」シャーロットが氷のように冷ややかな声で言う。

スーザンが驚いて口を開け、振り向いた。「どうして？　まだ着いたばかりなのに」

「これだけはしないでと頼んでおいたこと、あなたは破ったでしょう」シャーロットはまだスチュアートから目を離そうとしなかったので、姪の目に浮かんだ怒りの火花は見ていなかった。

「叔母さまはなにもわかっていないのよ！」

「わかりすぎるくらいわかっているわよ」

「もう！」スーザンは地団駄を踏んだ。「自分はなんでもわかっていると思いこんでるんでしょうけど、なんにもわかってないわ！」

ついにシャーロットは姪のほうを向いた。「早く馬車に戻りなさい」ひとことずつ区切ってゆっくりと言う。スーザンは顔を真っ赤にしてドアへと急ぎ、肩越しに一度だけ振りかえってスチュアートを見たのち、走り去った。

スーザンが行ってしまうと、ようやくシャーロットはバルコニーに出てきた。カーテンがふわりと揺れて自然に閉じる。スチュアートはふと思った。けんか腰でないときの彼女は、あるいは、口論をしていてもこちらに勝ち目のあるときだったら、どんな感じがするのだろう？

「あそこまでやることはなかったじゃないか」スチュアートは腕組みをしながら言った。「ジュリエットになったみたいに悲劇に酔いしれるのが、彼女もだんだん気に入ってきたところだったのに」

シャーロットは眉をひそめた。「あの子はジュリエットじゃないわ。人を信じやすいから、あなたの正体も見破れないだけなのよ」

「ぼくの本性を知りつくしているきみと違って、かい？」スチュアートがそう言うと、シャーロットがぱちぱちと目をしばたたいてこちらを見かえす。彼はふたたび向こう見ずな気分になって、にやりと笑った。最後にもう一度、彼女とやりあってみようか。どうせもう失うものなどないのだから。「それとも、聞いた話で知りつくした気になっている、と言うべきかな。ゆうべのたったひと晩だけで、ぼくらがお互いのすべてを見つくしたとは思えないからね」彼女が目を合わせないようにしていることに、スチュアートは気づいた。いい徴候だ。昨夜の一件に彼女の心が揺れていることの証と言える。それはまた、彼の記憶にもくっきりと焼きつけられていた。

シャーロットは口を開き、すぐに閉じた。彼になんと言ってやればいいのかわからなかったからだ。〝そんなふうにわたしを見ないで〟と叫びたかった。〝あなたがゆうべ言ったことを思いださせないで〟と。「とにかく、姪には今後いっさい近づかないでちょうだい」

スチュアートは肩を片方だけあげた。「ちょっと外の空気を吸いに来ただけさ。彼女もまたまそうしたかっただけだろう」

スーザンはこの屋敷に到着するやいなや、姿を消した。シャーロットはまさかミセス・マーティンが彼を招待しているとは思わなかったので、しばらくはさして不安も覚えなかったのだが、スチュアートの友人であるジェイムソン卿《きょう》が彼女とこのバルコニーを交互に見つめているのに気づき、はっとした。「今夜あなたがここに現れるとは思っていなかったわ」彼を軽蔑したように眉をあげて言う。「ミセス・マーティンのお耳には噂が届いていなかったようね」

スチュアートは笑った。「噂は聞いていただろうが、遅すぎたんだよ。仕方ないさ。嵐《あらし》が吹き荒れる前に届いた招待状に、ぼくはすでに出席の返事をしてしまっていたから」彼は背後の手すりに両手を置き、背筋をのばした。「お望みとあらば、そろそろおいとまさせてもらってもかまわないんだが。どうだろうな。まあ、考えてやらないでもない……」

「考えるだけ時間の無駄ではなくて？」シャーロットは冷ややかに言った。「答えは明白だと思うけれど」

闇のなかで、彼の白い歯がきらめく。「きみ自身が腕ずくでぼくを放りだす気かい？」

「毎晩そのことを夢に見るくらいよ」シャーロットは上から見おろすような笑顔で答えた。

「それなら、やってみるといい」スチュアートがいきなり彼女の手をつかみ、彼の首の後ろへまわさせた。シャーロットはびっくりして手を引き抜こうとしたが、彼はその手をやさしくもんで指を開かせ、てのひらを自分のうなじにぴったりと押しつけさせた。「ぼくの襟首をつかんで投げ捨ててごらん」そうささやきながら、さらに間合いをつめてくる。彼女の手が首から外れないよう、少し身をかがめて。

シャーロットは脈拍が一気に跳ねあがったことに自分でも驚きながら、手を強く引っぱった。「手を放して」

「なるほど、きみは平手打ちのほうが得意なんだな」スチュアートは彼女のもう一方の手をとり、自分の頰に押しあてた。指先がさっと彼の耳の後ろの髪にふれる。その瞬間、シャーロットは小さく息をのんだ。あらがおうと思う間もなく彼の顔に手を添えさせられて、彼女の神経は完全に麻痺《まひ》した。両手を上からつかまれているので動くこともできず、シャーロットはいやおうなしに彼の頭を抱くような格好になった。

「放して。さもないと本当に引っぱたいてやるわよ」

「心そそられるね。でも、このほうがもっとそそられる」スチュアートは彼女の手を頬から外し、首の後ろへと引っぱっていって、もう一方の手とまとめて手首のところを片手でつかんだ。シャーロットはぐっと力をこめて体を反らしたが、すぐに彼の胸のなかへ引き戻されてしまった。「このほうがいい」スチュアートがまたやさしく笑いながら言う。シャーロットは顔をそむけた。

「姪にはもう近づかないで」体がふれあわないよう必死にこらえながら、手を振りほどこうともがく。

「これ以上ないくらい遠く離れているつもりだよ」彼がささやくと、吐息が彼女のこめかみにかかった。「喜んでほしい。彼女のことはすっぱりあきらめたから」

「今夜ここであの子と会っていたくせに」シャーロットは屋敷の壁に生えている蔦《つた》をじっと見つめ、彼の胸に抱かれている事実を無視しようとした。

「どうせ盗み聞きをするのなら」スチュアートがさらに一歩前に踏みだし、蔦の絡まる壁に彼女の背中を押しつける。「最初から最後まで話をきちんと聞いてほしいな」

「必要な部分は聞いたわ」蔦に覆われた壁とスチュアートに挟まれ、シャーロットはついに身動きできなくなった。いっそのこと悲鳴をあげ、大勢来ている出席者の前でふたりがまたもみあっているところを見せてやったらどうかと考え、口を開こうとしたまさにそのとき、スチュアートが空いているほうの手を彼女の頬に添えて顔を上に向かせた。

「きみは自分の聞きたいことしか聞いていない」彼が言った。「なぜなら、真実を認めるのが怖いからだ。きみがぼくとスーザンの結婚を許さないのは、きみ自身がぼくを欲しがっているからだろう」彼女が叫ぼうとして開けた口に、スチュアートはキスをした。

シャーロットはびくっと身を引き、後ろの壁に頭をぶつけた。彼がふたたび体を寄せ、両足で彼女の足を挟んで一歩も動けなくする。そして片手で彼女の髪をまさぐりつつ、唇をしっかりと重ねた。彼女はとっさに口を引き結んだが、それも彼には読まれていたらしい。唇をこじ開けてなかに入ってきた彼の舌が縦横無尽に動きまわると、シャーロットは震えた。あらゆる反応が鈍くなり、体も頭も彼のすばらしいキスの魔力に酔いしれて動きをとめてしまったようだった。これほど巧みに、これほど丁寧にキスされたのは、ずいぶんとしばらくぶりだ。もしかすると生まれて初めてかもしれない。

自分が流れにのまれていく気がした。彼を憎んでいるはずなのに、ゆうべもシャーロットは彼に火をつけられた欲望に打ち震えつづけていた。目覚めてしまった欲求をいくらかでも満たすためには、いっそのこと彼に身を任すべきなのかもしれない。〝たかがキスじゃないの〟と彼女は自分に言い聞かせた。〝たいした意味はないわ〟

スチュアートは彼女のため息を聞き、それはなにを意味しているのだろうかといぶかった。腕のなかのシャーロットはやわらかくてあたたかく、申し分なく女らしい。たとえ、鉄のように硬く身をこわばらせていても。その彼女が突然、態度を変えた。首の後ろで握っていた拳を開いて彼の肩をつかみ、爪先立ちになって身を寄せてきたのだ。腕のなかで硬直していた体がみるみる生気をとり戻し、決して彼を放すまいというようにしがみついてくる。そして、彼女のほうから唇を押しつけてきて……。

女性からこんなふうにキスされるのは、スチュアートも生まれて初めてだった。経験豊富な高級娼婦《しょうふ》でさえ、彼女に比べればおとなしいと思えるほどだ。シャーロットは舌を絡ませ、自分の口のなかへと深く彼の舌を吸い入れた。セックスを連想させるその動きに、彼は思わずくらくらした。スチュアートは彼女に体重を預けて壁に押しつけ、両手を自由に動かせるようにした。

ふっくらと丸い胸をてのひらで包みこみ、シルクの生地越しに親指で乳首を軽くこする。すると彼女は、黙諾と歓喜と激励がすべてひとつに溶けあわさったような声をあげた。スチュアートはもう一方の手で彼女の丸い肩を撫でおろし、そのままくびれたウエストの後ろへとまわして、彼女の腰を自分のほうへとぐっと引きつけた。彼女が少し背中をのけぞらせると、彼の下腹部はたとえようもないぬくもりに包まれた。こんなふうに情熱をかきたててくれる女性はほかにいない、と彼は愚かにも思っていた。

「ぼくと一緒に家へ帰ろう」彼女の顎に小さなキスをいくつも植えつけながら、スチュアートはささやいた。「ゆうべは言い忘れたようなことまで全部してあげるから」

その声が、シャーロットにかかっていた呪縛《じゅばく》を解いた。彼女は凍りつき、スーザンの心を粉々に打ち砕いた男に進んで抱かれようとしていた自分に驚愕した。たかがキス、されどそれは、姪に対する、そして自分の立てた誓いに対する裏切り行為だった。「いや」彼の肩をつかんでいた手を離し、ふたたび彼にキスされそうになると、ぱっと顔をそむけた。「やめて、お願い」

ゆっくりとスチュアートが抱擁を解く。シャーロットは彼の腕のなかから逃れ、彼の視線を避けながらドレスの乱れを直した。「いつの日か……」くぐもった声でスチュアートがささやく。「きみは、自分で始めたこのキスの続きをせざるをえなくなる」

「いいえ」彼女は否定し、背後のカーテンに手をかけた。「あなたは間違っているわ。たしかにわたしは、自分が始めたことを最後までやりとげるつもりよ。でもそれは、スーザンをあなたやあなたみたいなフォーチュン・ハンターから守ってやることなの」

「姪のことを言っているわけじゃないってことは、きみだってわかっているはずだ」部屋のなかへと消えていく彼女に向かって、スチュアートが言った。「きみとぼくとの関係はまだ終わっていない」ほかの客たちは音楽室へと移動してしまったらしく、室内はがらんとしていた。ルチアならひとりで残されても適当に楽しんでくれるだろうと思いつつ、シャーロットは屋敷のなかを駆け抜けた。一刻も早くこの場所から離れたい。スチュアートの最後の言葉が耳にこびりつき、彼女の不安をあおった。ふたりの関係を終わらせるには、どんなことをすればいいのだろう？　心の奥底にいちばん暗い部分にしまってあったはずの恐怖を、どうして彼に見抜かれてしまったのだろう？　わたし自身が彼を欲しがっているだなんて。

7

家までの道すがら、スーザンはひとこともしゃべらなかった。そして家に帰り着くやいなや、階段を駆けあがっていってしまった。シャーロットは少し遅れて家のなかに入った。スーザンには二度と口を利かないようにと命じておきながら、その男とキスなどしてしまった自分の罪悪感を静めるのに、さらには、そのキスが引き起こした体の反応がおさまるのに、少々時間がかかったからだ。しばらくしてから彼女も階段をのぼり、スーザンの部屋のドアをノックした。返事がなかったので、ほんの少しだけドアを開けた。

「スーザン？　入ってもいいかしら？」

「なんでわざわざそんなことを訊くの？」スーザンが腹立たしげに吐き捨てる。「いつだってご自分の好きなようになさるくせに」

シャーロットは唇を噛みしめ、静かに部屋のなかへ入った。蠟燭は一本も灯されておらず、室内はとても暗かった。開いた窓の前に、こちらに背を向けたスーザンのシルエットが浮かびあがっている。シャーロットはドアを閉めた。

「謝るわ」穏やかな声で話しはじめる。「あなたがマーティン家のパーティーを楽しみにしていたのはわかっていたのに」

「違うわ、楽しみにしていたのは叔母さまでしょ。わたしは、行ってもどうせ退屈するだけだと思っていたけれど、誰もわたしに行きたいかどうかなんて訊いてくれなかった」

「あらでも、この町の上流社会の方々が皆さんお集まりだったのよ」シャーロットは驚き、少し胸が痛んだ。夜の外出をスーザンは望んでいると思ったのに。彼女としては、姪に気晴らしをさせてやりたいだけだった。

スーザンが鼻をふんと鳴らす。「タンブリッジ・ウェルズみたいに古くさくてつまらない町、いつ出ていっても惜しくはないわ」

シャーロットは二の句が継げなかった。姪がロンドンに帰りたいと願っているのは知っている。だからこそ、春が来て、スーザンが一八歳になったら、ロンドンへ連れていってやろうと心に決めていた。シャーロットは話題を変えた。「ミスター・ドレイクの前で恥ずかしい思いをさせたのなら、ごめんなさい」

しばらく押し黙っていたスーザンが口を開いた。「どうして叔母さまは彼をそんなに嫌うの？　彼のことなんて、ほとんどなにも知らないのに」感情のこもっていない淡々とした口調だ。シャーロットはたじろいだ。激しい文句が矢のように飛んでくるだろうと思っていたのに、こんなふうに静かな恨みをたたえた言葉を返されるなんて。

「それはね、昔わたしが知っていた人を思いださせるからよ」シャーロットはゆっくり語りはじめた。「彼はわたしを愛してくれている、とわたしに信じこませた人を。まだわたしが若かったころ。ちょうど今のあなたぐらいのときだったわ。すっかり恋に落ちてしまってから、わたしは彼がわたしの相続財産を狙っていただけだと知らされた」

「誰に教えられたの？　恋を邪魔立てする親戚？」

彼女を蔑むようなその問いかけに、シャーロットはため息をついた。「父よ。父のおかげで、相手の正体がよくわかったの」

「それで叔母さまは失恋の痛みを癒《いや》すために、パリまで逃げていったわけね」スーザンが言った。「さぞかしつらかったんでしょうね」

〝違うわ〟とシャーロットは言いたかった。〝父に追いやられたのよ。そんなふしだらな娘をわが家に住まわせておくのは我慢ならないと言われて。わたしとわたしが受けた屈辱を遠くの親戚に押しつけて、それから一生、口も利いてくれなかった。だから、わたしが望んで行ったわけではなかったのよ〟

突然スーザンが拳を両脇で握りしめ、こちらを振り向いた。「彼がわたしの財産を狙っているだけだなんて、どうしてわかるの？」

「彼はお金に困っているのよ」シャーロットが説明しようとすると、スーザンがいらだたしげに鼻を鳴らした。

「それじゃわたしは、わたしよりお金を持っている人としか結婚できないことになるじゃない。うんざりするほど退屈なこのケントで、いったいどうすればそんな男性に出会えるっていうの？」

「あなたはまだ一七歳なのよ」

「叔母さまがヨーロッパへ旅立ったのはいくつのときだったの？　わたしがまだ小さかったころ、パパがよく話してくれたわ。〝シャーロット叔母さまはパリに住んでるんだよ〟って。そのあとニースに移り住んで、スペインへ行って、イタリアへ行った、って」

「あなたが思い描いているほどロマンティックな日々ではなかったのよ」シャーロットは諭すように言った。

「それに引き替え、わたしはロンドンより遠くへは行ったこともないのよ」スーザンは乱暴な口調で続けた。「こんな町、早く出ていきたい！　いつまで経っても子供扱いだし、いつだってわたしはお金持ちすぎるし、それに……それに……。もういや！」片手で目もとをさっとぬぐう。「行ってよ！　叔母さまはわたしのことも、わたしがなにを求めているかもわかってない。叔母さま自身が人生で犯してきた過ちの埋めあわせをするために、わたしの生き方を指図するのはやめて！」シャーロットはまるでスーザンに殴られたかのような衝撃を感じた。姪にはそんなふうに見えていたなんて。「パパが叔母さまをわたしの後見人に指名したりしないでくれたらよかったのに！」ドレスの裾をふわりと翻し、スーザンはふたたび背を向けた。

「わたしはできるだけのことをしようとしているでしょ」シャーロットは少し間を置いてからやさしく言った。「あなたは不満かもしれないけれど、お父さまから後見人に指名された以上、わたしはこれからも自分の判断で最善と思えることをしていくつもりよ。いつかあなたにもわかってもらえるといいけれど」スーザンは明らかにむっとしていたものの、なにも言わなかった。

　シャーロットは後ろ髪を引かれながらも、姪の部屋をあとにした。廊下をたどって自分の部屋に入り、ドレッサーの前の椅子にへたりこむように座る。そのとき初めて、自分には子供がいなくて本当によかった、としみじみ思った。たぶんわたしはひどい母親にしかなれなかっただろう。スーザンとのぎくしゃくした関係を考えてみても明らかだ。すぐに仲よくなれるなどと期待したのがそもそも甘い考えだったのだろうが、それにしてもなぜスーザンがあれほど敵愾心《てきがい》を燃やしてくるのか、シャーロットには理解できなかった。スチュアート・ドレイクの件だけが問題なのではなさそうだ。それが最大の障害になっているのは間違いないけれど、スーザンはあらゆることに文句を言ってくる。室内履きのヒールの高さから、公園で散歩をするのは何時ごろがいいかに至るまで、こちらの意見にはことごとく反発するので、シャーロットはもうお手あげだった。すべてスーザンの好きなようにさせるわけにもいかないし、かといって、いつも姪と口論してばかりではこちらの胸が痛い。

　シャーロットはため息をつき、鏡に映る自分を見た。母性あふるる女性にはお世辞にも見えない。肌はイタリアの太陽のおかげでまだ黄金色に日焼けしており、顔には美しい化粧も施してある。髪形はピエロの好みどおり、わざと少し乱れた感じにしてあった。イングランドの女性がよくやるようなきちんとしたカールよりこのほうが魅力的に見えると、彼はよく言っていた。そしてドレスは……。彼女は昔から鮮やかな色のものが好きで、派手なものでも臆《おく》せず身につけていた。でも今鏡を見て、なんだか高級娼婦みたい、とぼんやり思う。ミラノでは大胆で粋《いき》に映ったものが、ここイングランドでは派手すぎて品がなく見えた。気分が落ちこむのも無理はない。シャーロットは両手に顔を埋め、心のなかでジョージに許しを乞うた。いくら努力しても、お兄さまの大切な娘をお兄さまが望んでいたように育てられないわたしをどうか許して、と。

でも、わたしにはもっとうまくやれるはずだ。というより、もっとうまくやらなくては。お兄さまはわたしを信用して愛する娘を託してくれたのだから、そのお兄さまを失望させるようなまねはできない。今から十数年前、若気の至りがとんでもない醜聞に発展してしまったとき、最後まで彼女を見捨てずにいてくれたのは兄だけだった。父親が彼女を大陸へと厄介払いしたときも、ジョージは妹の身を案じて安全な船旅を確保してくれ、おまえがいなくなると寂しいよ、と言ってくれた。兄が自分を救ってくれるとまでは期待していなかったけれど――彼にはすでに養うべき妻も子供もいたから――広い世界へたったひとりで放りだされることに怯えていた一七歳の少女に、唯一同情を示してくれたのが兄だった。それからずっと外国暮らしを送っていた彼女に、ジョージはしょっちゅう手紙を書いてくれ、年に一度か二度は必ず暇を見つけて会いに来てくれた。彼女がどこを放浪していても。

シャーロットは髪から櫛《くし》を引き抜いた。宝飾品をすべて外し、きらびやかなドレスも脱ぎ捨てる。そろそろ年相応の装いを心がけるべきなのだろう。少なくとも、もっと落ち着いた服を身にまとうべきだ。今まではいつも自分が輪の中心にいて、人々の注目を浴びる立場だった。とくに、男性の注目を。けれどこれからはもっと自分の立場をわきまえ、年配のご婦人方の輪に加わるべきなのだろう。

翌朝、シャーロットは顔を洗い、素顔のまま髪をシンプルにまとめ、いちばん地味なドレスを着た。濃いブロンズ色のそれは、ありふれた色合いとはとうてい言えないものだったけれど、持っているなかではいちばん地味な服だった。衣装箪笥に吊《つる》された明るいシルクやモスリンのドレスを惜しむように片手でさっと撫でてから、扉を閉じて、朝食をとりに階下へおりていった。

ルチアが目を丸くして彼女を見つめる。「いったいどうしたの？　誰かお亡くなりになったとか？」

「いいえ。どうして？」

「なんてひどい顔をしてるのよ。口紅を使いきってしまったの？」

シャーロットはコーヒーに手をのばした。「イングランドの女性はあまりお化粧しないのが普通だから、わたしもそうすることにしただけよ」

「あら、ゆうべのミセス・フィッツヒューを見なかったの？」ルチアが言う。「バターナイフで塗りたくったみたいな厚化粧だったわよ。イングランドの女性だってお化粧はするのよ。ただ、やり方が下手なだけ」

「だとしても、これからはもう少し気品のある落ち着いたスタイルでいこうと思うの。もう若くはないんだし」

「だからこそ余計に化粧すべきなんじゃないの」ルチアが脇ぜりふをしゃべるように小声で言う。「素顔のあなたは……」小首をかしげ、顔をしかめた。「なんだか野暮ったいわ」

シャーロットは暗い目でルチアを見かえした。「スーザンはまだ下におりてきていないの？」

ルチアが首を振る。「来てたとしても、わたしにはわからないわ。あの子、わたしには口を利いてくれないんだから」

シャーロットはため息をついた。スーザンがルチアに恨みを持つのは無理もない。ルチアはスーザンのやりたいことをなんでも自由奔放にやってのけるからだ。ルチアをここへ招待したときは、彼女が姪にどんな悪影響を及ぼすかなんて、考えもしなかった。「たぶん、まだ寝ているんだわ。ゆうべもまた、ちょっとした口論になってしまったから」

「あの子相手だと、どうしてもそうなるわよ。さぞ甘やかされて育ったのね」

「難しい年ごろだから。状況もね」

「あの子のパパが生きていたら、きっときつく叱っているはずよ。あなた、厳しくしすぎて嫌われるのが怖いんでしょう？」

「ミスター・ドレイクには金輪際近づかないよう、きつく言い渡したわよ」シャーロットは言いかえした。

「それがはたしてよかったのかどうか、誰にもわからないけれどね」ルチアは立ちあがった。

「わたし、今日は図書館へ行ってくるわ。あなたもなにか借りてきてほしい?」

「図書館?」

「ええ」ルチアがわざと恥ずかしがるふりをして微笑む。「ゆうべ出会った若い男性に、そこで詩を読んでもらう約束をしたのよ。英語を教えることをあなたにあきらめられたわたしにとっては、ものすごい冒険でしょ」

「楽しんできて。わたしはスーザンを待つことにするわ」ルチアが行ってしまうと、シャーロットは黙って朝食を食べ終えた。もちろんスーザンには好かれたいと思っているし、あまりつらくあたったりしたくはない。自分の父親がそうだったほど厳しくしたくもなかった。もしも父親がもっと信用してくれていたら、自分だってもっと行儀よく振る舞っていたはずだと思うからだ。とはいえ、まだ若すぎて世間を知らないスーザンに、評判なんて気にせずいくらでもはめを外していい、などと言うわけにはいかない。もしかすると、そのことを正直にきちんと説明すれば、スーザンもわかってくれるかもしれない。

午前中ずっと待ってみたが、スーザンはおりてこなかった。やがて昼食の時間になり、それが終わるころになってもまだ姿を現さないので、シャーロットは意を決してスーザンの部屋のドアをノックした。返事はない。一時間後にふたたび声をかけてみたが、やはり返事はなかった。シャーロットはもう一度ノックをした。「スーザン、出てらっしゃい」静寂が続くばかり。「出てこないなら、こっちから入るわよ」シャーロットはそう警告して、錠前に鍵を差しこんだ。

だがその必要はなかった。部屋はもぬけの殻だった。驚きに目をみはりつつ、開け放たれた窓と乱れていないベッドを見て、シャーロットはベルを鳴らしてスーザンのメイドを呼んだ。メイドはなにごとかと目を見開いて、すぐに飛んできた。

「ミス・トラッターはどこなの？」シャーロットは勢いよくカーテンを開けた。頑丈そうな格子垣が窓のすぐ脇にある。体のやわらかい若者なら、容易に手が届くだろう。

メイドはエプロンを握りしめた。「存じません、奥さま。今朝はベルが鳴りませんでしたので。呼ばれていないのに勝手にお部屋に入ることは禁じられておりますし……」

「ベルが鳴らないことを、どうしてわたしに報告しなかったの？」

シャーロットの怒りにふれて、少女は身をすくめた。「いえ、その……。あの、それがそんなに大事なことだとは知らなかったんです。ミス・トラッターはしょっちゅう寝坊なさいますし、わたしは……」シャーロットが音を立てて衣装箪笥の扉を開けると、メイドの声は消え入った。

「なにかなくなっているものはないか確認して。今週買ったばかりの新しいものも忘れてはだめよ」メイドはただちに指示に従った。シャーロットはライティング・デスクに座り、あたりのものをさっと眺めまわした。とくに変わった様子はない。引き出しのなかも調べてみたが、なんの手がかりも得られなかった。

「ドレスが何着か見あたりません、奥さま」メイドがおそるおそる言った。「洗濯に出してあるのかもしれませんけれど。確認してまいりましょうか？」シャーロットがうなずくと、メイドは小走りに部屋を出ていった。

募る不安に押しつぶされそうになりながら、シャーロットは額に両手をあてて考えこんだ。スーザンはどこにいるの？　どこへ消えてしまったの？　そこへ執事のダンスタンがやってきて、声をかけた。「奥さま、お嬢さまの姿が見えないというのは？」

「そうなのよ、ダンスタン。ミス・トラッターはどこかへ行方をくらましてしまったみたいで」シャーロットの最後の言葉は震えていた。姪の身になにかあったら、いったいどうしたらいいの？「なにか気づかなかった？　何者かがまたこの家に侵入した形跡は？」

執事が首を振る。「いいえ、奥さま。ただ今もう一度調べてまいります」

シャーロットは部屋のなかを行ったり来たりして、なんとか気を落ち着けようとした。まずは、スーザンが何者かにさらわれたのではないことを確かめなければ。スチュアートに忠告された日の翌朝いちばんに守衛を雇わなかった自分のずぼらさを、彼女は呪った。スーザンが家出したとは信じたくないけれど、誘拐されているほうがましというわけではない。

そのとき、ベッドの下から三角にはみでている、なにやら白っぽいものが目に入った。急いでそれを拾ってみると、そこにはスーザンの手書きの文字が記されていた。シャーロット宛《あて》の封書だ。

シャーロット叔母さまへ

もう我慢できません。心がよその場所にあるのに、ここにとどまることなどできるでしょうか？　わたしは愛を追っていかねばなりません、ジュリエットと同じように。叔母さまには理解してもらえないでしょうけれど——結婚式に出てもらえないのは残念ですが——これが運命なのであれば、それもまた仕方のないことです。さようなら

スーザン

メイドが急いで部屋に戻ってきたときも、シャーロットはまだショックのあまりじっと立ちつくしていた。「ドレスは洗濯室のほうにもありませんでした、奥さま。やはり——」

「あの男、殺してやらなきゃ」シャーロットは低い声で言った。ゆっくりと拳を握り、手のなかの便箋《びんせん》を握りつぶす。「この手で絞め殺してやるわ」

「奥さま？」メイドが驚いて甲高い声をあげる。

「さがっていいわ」シャーロットはそれだけ言って、メイドの脇をすり抜けた。そのまま自分の部屋へ向かい、ベッドの下からマホガニーの箱をとりだす。心に激しい怒りの炎を燃やしながら、彼女は拳銃をとりだして、弾をこめた。手遅れにならなければいいけれど、と願いつつ。

スチュアートがケントで過ごす最後の一日は、予想よりはるかにすばらしいものとなった。今日までの家賃を払えるだけの現金がちょうど手もとにあったおかげで、人目を忍んで夜逃げをせずにすんだ。資金が底をつきかけて給料を払う余裕がなくなり、二週間ほど前に暇を

出した側仕えが、ありがたいことに今日だけ戻ってきて荷造りを手伝ってくれていた。リネン類や家具などの梱包《こんぽう》はベントンに任せ、スチュアートは自分の衣類を次々と箱づめしていった。だが、着古したマントを折りたたもうとしたとき、彼はふと手をとめた。

それを顔の前に持ってきて、すうっと息を吸いこんでみる。シャーロットの香水の匂いがまだかすかに染みついていた。あたたかくて豊かな香りをかぐだけで記憶がよみがえり、彼の血は熱くなった。このマントは昨日の朝、玄関先に置かれていたものだ。彼女が返してくれただけでもよしとしなければ。〝もっといい出会い方をしたかった〟と彼は思った。物事がこんなふうに転がると、あらかじめわかっていたら。ゆうべふたりが交わしたキスがあんなにもすばらしいものだと予想できていたら、シャーロットがこの部屋に忍びこんできた晩、もっと真剣に彼女を口説いていたのだが。遺産を相続した金持ちの女性なら、この広いイングランドでほかにも見つかるだろうが、あれほどの女性には、たとえ運が味方してくれても、一生に一度出会えるかどうかだ。

ドアをどんどんと叩く音が、彼の思考をさまたげた。ベントンは今、すでに荷造りの終わっていたトランクをロンドンへ送りかえすために外出している。スチュアートはマントをトランクに放り投げ、ドアを開けに行った。

「あの子はどこなの?」シャーロットが彼の心臓を狙って拳銃を構えているのを見た瞬間、スチュアートは凍りついた。やれやれ、なんと度胸のある女性なのだろう。だが、彼女の姿を目にしただけで脈拍が跳ねあがったのが、彼にはわかった。

「いったいなんのことだ?」スチュアートは彼女に背を向け、部屋の奥へと歩いていった。

「勝手に離れないで」シャーロットの声は怒りで震えている。「さもないと撃つわよ!」

スチュアートは顔だけ振りかえった。「じゃあ、ぼくにはきみをとめられないな。ご覧のとおり、こっちは丸腰なんだから」彼が寝室へ入っていくと、シャーロットはドレスの裾をばさばさと翻してあとを追ってきて、ドアをばたんと閉めた。胸が激しく上下し、瞳はきらめき、顔は真っ赤にほてっている。そのさまはなんとも美しかった。

「スーザンがどこにいるか白状なさい。言わないと命を失うことになるわよ」

スチュアートは大声で笑いだした。「そのせりふ、練習してきたのかい? とてもうまいよ。ちょっと大げさすぎるけど。この次はもう少し感情を抑えてしゃべるといい。銃を握っている人物が冷静なほうが、被害者にとってはもっと恐ろしいものさ」

彼女は鼻息を荒くした。「あなたは被害者でもなんでもないでしょ。わたしの姪はどこなの?」

スチュアートはのんきそうに肩をすくめた。「見当もつかないな。彼女とはゆうべ会ったきりだからね。でもどうして? 大事な姪が迷子にでもなってしまったのかい、シャーロット叔母さま?」

「それでわたしを手玉にとっているつもり?」シャーロットは皮肉っぽく笑いながら首を振った。「だまされやしないわよ。全女性のために今すぐあなたを撃ってやってもいいんだけれど、最後にもう一度だけあなたにチャンスをあげるわ。あの子がどこにいるか教えてくれたら、命だけは勘弁してあげるから」

彼はため息をつき、トランクにシャツをつめはじめた。「寛大なお申し出だが、受けるわけにはいかないな。きみの姪がどこにいるかなんて、ぼくは知らない」

「じゃあ、あなたはどこへ行くつもりなの？」彼女は顎をあげた。「荷造りなんかして。町を出ていくつもりなんでしょう？」

「早いほうがいいからね」

「どこへ行くの？」

スチュアートはためらった。「ロンドンだよ。ひとりでね」そうつけ加えると、彼女の目のなかで勝利の炎が揺らめいた。「そうしたいなら、きみもついてきて自分の目で確かめればいい。ただし、ぼくは今日の午後便で出発する。それまでに荷物をつめ終えなければいけないから、帰る気がないのなら、そこのブーツをとってくれないか？」

シャーロットはブーツを彼の頭目がけて投げつけた。スチュアートは片方を宙でつかみ、もう片方は頭をひょいとさげてよけたのち、どちらもトランクにつめこんだ。シャーロットはしばらく無言のまま部屋のなかを歩きまわり、家具の後ろや下をいちいちのぞきこむ。スチュアートは彼女の存在を全神経で感じつつ、荷造りを続けた。女性に銃口を向けられたいなどと望んだことはなかったが、いざされてみると、これはこれで刺激的だった。彼女ににらまれながらズボンやシャツを折りたたみ、こっそり口笛を吹いてわざと相手をいらだたせる。やりたい放題しているこの女性に、そろそろ目に物見せてやらなければ。

「そう、ロンドンへ行くなら行けばいいわ」突然シャーロットが大声で言った。「わたしも一緒に行く。というより、わたしがあなたを連れていくわ。それでスーザンを見つけたら、財産を手に入れたくてあの子と結婚しようと画策していたこと、すべて話して。大金持ちのお嬢さんたちを何人も口説こうとしたことや、それまでの悪行がばれて実の父親に勘当され、ロンドンを追放されたこともね。そして、あの子をだましてあなたを信じるように仕向けたことを、きちんと謝罪してちょうだい」

スチュアートはベッドの支柱に寄りかかって彼女を観察した。身なりはかなり乱れている。ゆるくまとめあげている髪から黒いカールがほつれ、マントも斜めにかしいでいる。「問題はそこか。彼女がぼくを信用したのが気に入らないんだな」

「ばかなこと言わないで。あの子はあなたの嘘にだまされただけよ」

「きみは彼女にぼくとは二度と口を利かないよう命じたらしいけど、きみがほんのちょっと目を離したとたん、彼女はぼくを捜しに来たんだ」ふたたび銃口を向けられながらも、彼は言った。「そのせいで、きみのプライドはずたずたに傷ついたんだろう?」

「プライドなんか関係ないわ」シャーロットは彼のにやついた笑顔を消し去るために、今ここで彼を撃ってやりたかった。あんなふうにわたしを嘲笑《あざわら》うなんて許せない。

「わかった。ロンドンへはきみと一緒に行くよ。そうやって銃を突きつけられていては、従わざるをえないからね。それできみは、姪が本当にぼくと駆け落ちするつもりなのかどうか、その目で確かめればいい――きみはそれを疑っているんだろう? そのうえで、もしもぼくが嘘をついていたとわかったら――」彼は腕を大きく広げて降参のポーズをした。「そのときはきみの好きなように仕返ししてくれてかまわない」

「当然よ」シャーロットは言った。

「だがもしきみが間違っていたら……」スチュアートは首を振り、口もとに不敵な笑みを浮かべた。「そのときはこっちが欲しいものをもらう。きみだ。ひと晩だけ」

シャーロットは一瞬、心臓がとまりかけた。まったく、なんてずうずうしいの。そんな条件、こちらがのむわけないじゃない。たったのひと晩とはいえ、彼に身を任せるなんて。そうするくらいなら、飢えた熊《くま》の前に身を投げだすほうがましだ。でも、もしかして彼が真実をしゃべっているとしたら？　いいえ、そんなはずないわ。彼が大嘘つきのぺてん師で、甘い言葉で女性をだまして近づきになるのが得意なことは、これまでの行状がはっきり証明している。ゆうべだって彼はバルコニーでスーザンと逢《あ》い引きしていた。あの子がほかの男性と会っていたなどという話は、スーザン本人からも、召使いたちからも、そして風の噂にも聞いていない。スーザンが行方をくらましたのは、スチュアート・ドレイクのせいに決まっている。あの子が今どこにいるか、あるいはどこへ行くつもりだったか、スチュアート・ドレイクは知っているはずだ。そのうえで、あえて常識外れのとんでもない条件を出して、わたしをひるませようという作戦だろう。そんなことでわたしが怖《お》じ気《け》づくとでも思っているなら、大間違いよ。

「いいわ」シャーロットは冷ややかに答えた。「じゃあ、すぐに出発しましょう」

スチュアートは彼女をじっと見つめ、しばらくその場に凍りついていた。それからくるりと背中を向け、トランクに荷物を投げ入れはじめた。「あと二〇分ほど待ってくれ」

スチュアートがなんの悩みもないかのように大家と談笑しているのをしり目に、シャーロットは貸し切り馬車を借りた。彼をにらみつけながら、硬貨の枚数を数え終える。そよ風が彼の黒い前髪を乱し、セクシーな口もとには笑みが浮かんでいた。ああやって笑うと目尻にしわが寄って、普段は狼のように険しい表情がやわらかくなるようだ。〝人懐こい狼だわ〟とシャーロットはふいに思った。〝細長い鼻と大きな口のせいでそう見える〟もっとも、そんなものはこの世に存在しないのだから、そのことは肝に銘じておかなければ。

荷物が馬車に積みこまれるのを、シャーロットは見守った。スチュアートの巨大なトランクと、自分の小さな旅行鞄《かばん》。彼女が少年を雇って自宅へ伝言を頼むと、ルチアはドレスを三着に、新しいランジェリー、それに宝飾品をごっそり届けてよこした。イブニングドレスやダイヤモンドで着飾って、いったいなにをしろというのだろう？　ルチアの考えは読めなかったが、シャーロットが自分で家まで戻って荷物をまとめる暇はなかったので、届いた荷物で我慢するほかなかった。ここでこちらが一瞬でも気を抜いたら、彼はスーザンに早文かなにか送りかねない。シャーロットとしては、相手にみすみすそんな好機を与えるわけにいかなかった。馬車に乗りこむとき、スチュアートが手を貸してくれようとしたが、彼女は拳銃を握りしめたまま、先に乗るよう手ぶりで彼に示した。

シャーロットはスチュアートと向かいあわせに座った。これならしっかりと見張っておける。すると彼はすぐに帽子を目深にかぶって寝に入ろうとし、彼女の怒りに火をつけた。謙虚な態度というものを教えてやるために、窓の外へ向けて一発撃ってやろうかとも思ったけれど、弾をこめた銃はあいにく手もとにこれ一挺《ちょう》しかないので、あきらめた。彼を怯えさせて満足するだけのために、こちらが無防備になってしまっては仕方がない。

がたがたと揺られながらロンドンへ向かって走りだすと、徐々に日が暮れてきた。途中で軽く休憩をとった以外、馬車は一度もとまらずに走りつづける。やがてスチュアートがおなかをすかして目を覚まし、シャーロットを責めるように言った。「ぼくに言わせれば、ずいぶんと段どりの悪い誘拐だな」彼女が林檎と厚切りのパンを差しだすと、彼はそれをじっと見つめた。「せめてピクニック用のバスケットくらい用意しといてくれたって、ばちはあたらないのに」

「これはピクニックじゃないのよ」シャーロットも片手で林檎を食べた。手首が痛くてたまらないが、拳銃を置くわけにはいかない。彼はすっかり観念した様子でのんきに振る舞っているけれど、それはこちらを油断させるためかもしれないのだから。わたしが武器を手放した瞬間、向こうがどんな報復に出てくるか、わかったものではない。

とはいえ、虎視眈々と機会をうかがっている、という様子でもないけれど。スチュアートはただ座席でくつろぎ、彼女を見ているだけだった。だが、日が陰るにつれて馬車のなかも暗くなっていくと、彼はだんだん危険な雰囲気を漂わせはじめた。暗がりのなかで目が光り、ときおり白い歯がきらめく。

「また寝たらどう?」ついにシャーロットはぴしゃりと言った。彼がけらけら笑う。

「見つめられるのはあまり好きじゃないんだね」彼女がにらみかえすと、スチュアートは感慨深げにうなずいた。「だと思ったよ。物静かで目立たないタイプではないから、意外だが。少なくともそんなドレスを着ていたら、目立ってしょうがない」

シャーロットは悔しさのあまり、ブロンズ色のドレスの上に羽織っているマントをくしゃくしゃに握りしめそうになったが、必死にこらえた。そう簡単に彼の挑発に乗るものですか。

「わたしがどんな服装をしようと、あなたには関係ないでしょう」

スチュアートはにやりとした。「いや、文句を言うつもりはさらさらないよ。むしろ好きなんだ。キルデア家のパーティーに着てきたドレスなんか、とくに。とてもきれいだった」

シャーロットは、ふんと鼻を鳴らした。あのドレスが体の線を美しく見せるものだったことは、よくわかっている。「あら、あなたにはつまらない服に見えていたんじゃない? あんなふうに突然、ドレスを脱がすことに躍起になるくらいだもの」

「あの状況でドレスを脱がしたいと思わない男がいると考えているなら、きみはまだまだ男を知らないね」スチュアートがわざとあてこするように言う。「でもぼくは、またあのドレスを着ているきみを見てみたいな」

「誰にでも夢を見る権利はあるものね」

「もちろんだとも」彼がいたずらっぽく笑うと、白い歯が光った。「ただし、ぼくの夢のなかでは、きみはたいていあのドレスを着ていないんだ。この話の続き、聞きたいかい？」

　シャーロットは信じられないというように笑った。「あなたって恥を知らないのね」

　彼が片方の肩をすくめる。「たしかに、あまりね。邪魔なだけだから。それくらい、きみはとっくにわかっていると思っていたよ。だいたい、嘘はもうごめんだと言いだしたのはきみじゃないか。ぼくはきみの希望に従っているだけだ」

「わたしの希望？」彼女は金切り声をあげた。「話していたのは、あなたの希望についてでしょう？――あなたの、実現不可能なろくでもない希望について」

「実現は大いに可能だと思うよ、賭けてもいい……」スチュアートの視線が下へおりていくと、やわらかくて深みのある彼の声に体が反応しているのが、シャーロットにもわかった。あんなことやこんなことをしてあげたいと彼に耳もとでささやかれたときの記憶が鮮やかによみがえり、体が内側から小刻みに震えだす。そのとき急に、ふたりが揺れる馬車のなかで互いの膝にふれあうようにして座っていることを、シャーロットは強く意識した。スチュアートは両手を胃のあたりに置き、彼を見つめている彼女をまっすぐに見つめかえしてくる。

「ロンドンまでの道のりは長い」ハスキーな低い声でそうささやかれると、彼女はまるで愛撫されているように感じた。「いっそのこと、避けられない運命にふたりで身を任せてみないか？」

「避けられないわけないでしょう」シャーロットは言いかえした。自分のかすれた声を聞いて、嫌悪感を覚える。どうしてわたしは、こういう最低な男にばかり惹かれてしまうの？

スチュアートが口角を片方だけあげて言った。「本当はわかっているくせに。馬車のなかで愛を交わしたことはあるかい？」

シャーロットは体のほてりを抑えようとした。「あるわよ」できるだけそっけなく答える。なんだかんだ言っても、わたしはうぶな乙女ではなく経験豊富な女なのだから、この程度の誘惑で落ちてたまるものですか。「あまり好きじゃなかったわ」

彼の目のなかで、欲望の熱い炎が燃えていた。「それならこっちへ来て、本当にそうかどうか、ぼくに確かめさせてくれないか？」スチュアートが片手を差しだすと、シャーロットは顔をそむけた。「まだ先は長いよ」彼がなだめすかすように言う。不運にも、彼女の視線が落ちた先に、上等な仕立てのズボンに包まれた彼の張りつめた股間があった。一瞬にして口のなかがからからになり、彼女は座席の上で身じろぎした。自分もまた体が熱くとろけかけていることに気づいてぞっとする。彼は、窮屈な格好で揺られていくにはロンドンまでの道のりはまだ長いと言ったの？　それとも、別の意味で揺られてみないかと誘っているつもり？

「あとひとことでも侮辱的な言葉を口にしたら、その場で撃ってやるわよ」

スチュアートは笑った。「認めるんだ、シャーロット、ぼくが欲しいって。ぼくがきみを求めているのと同じくらい、きみもぼくを求めているって」

「とんでもないわ」彼女はぴしゃりと言った。「あなたみたいに、うぬぼれ屋で、道徳心がなくて、嘘つきで、おまけに泥棒までするような人のこと――」

「きみ自身がぼくを欲しいと思いたがっているかどうか、を言ってるんじゃない。ぼくは事実を述べているだけだ」スチュアートはおもしろがっているようだ。

「わたしは、スーザンがどこにいるか教えてほしいだけよ。そのあとは二度とあなたの顔も見たくない」

「そんなふうに言われて、教える気になれると思うかい？」

シャーロットは怒りに震える手で拳銃を持ちあげた。「いいかげんにして！」

「おい！」彼はとたんに真顔になり、眉間を狙われているのがわかると、びくっと頭をさげた。「危ないじゃないか！」

「あの子はどこなの？」彼女は叫んだ。

「知るもんか！」両手で頭を守るように抱えながら、彼が叫びかえす。「拳銃をおろせ！」

激情に駆られて、シャーロットはなおも銃を構えつづけた。だがすぐに自分のしていることに気づき、銃をおろした。ここまでやってしまうなんて、自分でも信じられない。拳銃を見せびらかして撃ってやると口で脅すのと、実際に頭に銃口を向けるのとでは、天と地ほどの開きがある。彼女はマントのなかで身をすくめ、震えているのを隠そうとした。このわたしが他人の命を奪おうとしたなんて。拳銃を窓から投げ捨ててしまいたかった。でも、それでは自分が無防備になり、スーザンを捜しだすこともかなわなくなってしまう。今はとにかく、スーザンを見つけることだけを考えて行動しなければ。

「わたしは姪を返してほしいだけよ」抑揚のない口調で言った。「あなたを撃ち殺したいわけじゃないわ。だから、あの子の居場所を教えて。あの子さえ連れ戻せたら、あとのことはどうでもいいの。お願いだから、今すぐ白状して」

「知らないと言ってるじゃないか」スチュアートの声にはいらだちがにじんでいた。

シャーロットは目を閉じた。「信じられないわ」

「どうしてそんなにぼくを嫌うんだ？」しばしの沈黙のあと、スチュアートが訊いた。

「それくらいわかるでしょ」彼が最後まで言い終える前に、シャーロットは答えていた。

スチュアートが不満げに息を吐く。「わかるさ、花嫁候補の女性を値踏みしてから結婚を申しこむような男は嫌いなんだろう？　なぜなら女性は、決して男の財産や爵位で夫を選んだりはしないからな」

「そういう女性は褒められたものではないと、わたしも思うわ」彼女は穏やかに言った。

「でも、なぜかぼくだけは例外というわけだ。ぼくを公然と侮辱し、ケントから出ていくように追い立て——よりによって、ケントからだぞ——、ぼくの部屋に忍びこんだあげく、今度は拳銃まで突きつけて誘拐するとはな。ひとつ訊かせてもらうが、金にひどく困っているから大金持ちのお嬢さんと結婚したいという普通の男と、ぼくのなにが違うんだ？」

シャーロットは答えに窮した。たしかに、なにが違うというのだろう？「それは……ええと……あなたがスーザンをだましてあなたに恋するよう仕向けたからよ」

「本人が望んでいないのにぼくに恋するよう仕向けることなんか、できると思うかい？」その口調には憤慨がはっきりと表れていた。

「あなたはそうしたでしょ」シャーロットは言い張った。「うまくあの子のご機嫌をとって、自分はあなたに愛されているとあの子に思いこませたじゃないの」

「愛しているなんて、ぼくはひとことも口にしていないぞ」彼が言った。「そりゃもちろん、彼女のご機嫌はとったよ。結婚を申しこもうという男なら誰だってそうするだろう」

「ええ。でも女性はいくらちやほやされたって、すぐに自分は愛されているなんて思わないのが普通よ」シャーロットは自分に言い聞かせるかのように静かな声で語った。「スーザンはお世辞や嘘を見抜けるほど大人じゃないし、心を守るにはロマンティックすぎる。純粋で汚れを知らないから、人を好きになったら盲目的に愛してしまうのよ。相手の小さな欠点どころか、大きな欠点も見えないほどに。たとえば、彼女の愛は一方的で、相手には愛されていないという事実さえもね。愛情のせいで無防備になっているから、もしも自分がだまされていたと知ったら、あの子の心はきっとずたずたになってしまうわ」

しばらくのあいだ、馬具がかちゃかちゃ鳴る音と馬車の軋《きし》みしか聞こえなかった。「きみの心を粉々にしたのは誰なんだい?」スチュアートが物思いに耽りながらつぶやいた。

シャーロットは凍りついた。「あの子の居場所を教えてくれないなら、せめて黙ってて」

そのひとことで彼の好奇心も鎮まったらしく、残りの道中、馬車のなかはしんと静まりかえっていた。

8

馬車の車輪が地面をとらえる音が街路を走る音に変わったころ、スチュアートは座りなおした。「着いたようだね。さて、これからどこへ向かうんだい？」

「クラパム小路の一〇番地よ」そのころにはシャーロットも心の動揺からすっかり立ちなおっていた。きっとすべてうまいくわ。わたしは正しいことをしているんだから。彼はここまで、一度も視界から姿を消していない。スーザンと再会できるまでは、ずっとそうしていてもらうつもりだった。どうせ、そんなに長くはかからないはずだ。でも、彼がまた適当な嘘を吹きこむ前に、わたしのほうが先に姪を見つけなければ。

スチュアートは固まった。「え？」

彼女は素早く拳銃を構えた。「あなたの側仕えが送った荷物はそこ宛になっていたわ。つまりあなたの目的地はそこなんでしょう？　だから、わたしたちもそこへ行くのよ」

ふたたび彼は座りなおし、窓の外を眺めつづけた。

それからほどなくして馬車がとまり、御者がドアを開けてくれた。スチュアートが先に降り、さっと振り向いて彼女に手を差しのべた。シャーロットはスカートの裾を片手で持ちあげ、もう一方の手に拳銃を持ったまま、彼の手を無視して降りた。するとスチュアートは肩をすくめ、大きなタウンハウスの前の石段をのぼりはじめた。彼女が武器をマントの下に隠すと、彼は玄関のベルを鳴らした。

「わたしはまだ銃を持っているんですからね。もう安心だなんて思わないで」

彼の笑顔は傲慢《ごうまん》というより、むしろ緊張しているようだった。「これほど不安を感じるのは生涯初めてだよ」

ドアが開き、糊《のり》の利いたお仕着せに身を包んだフットマンが姿を現した。彼は驚いて目をしばたたき、ドアを大きく開けた。「おかえりなさいませ、スチュアートさま」

「やあ、ごきげんよう、フレイクス」スチュアートはそう言って、屋敷のなかへと入っていった。シャーロットもあとに続く。家のなかをさっと眺めまわして、鳥肌が立つ思いがした。優美な調度品がふんだんに飾られた、使用人も大勢いる家だ。ここが本当にフォーチュン・ハンターの家なの？　その可能性はあるわ、と彼女は自分に言い聞かせた。この家のなにもかもが抵当に入っていて、使用人の給料も借金でまかなっているのかもしれない。そこへ、いささか慌てた様子の執事がやってきた。

「おかえりなさいませ、ミスター・ドレイク。本日こちらへお見えになるとは存じあげませんでしたが」

「ああ、伝えていなかったからね」スチュアートはコートを脱ぎ、シャーロットのほうを向いて、物問いたげに眉を片方あげた。彼女はマントの前をしっかり合わせ、彼をにらみかえした。スチュアートは脱いだコートをフットマンに預け、執事に向きなおった。「今夜は誰も家にいないのかい?」

「え、ええ、おそらく。定かではありませんが」執事が申し訳なさそうに言う。シャーロットはふたたび玄関ホールをこっそり眺めまわした。やっぱり妙だわ。こんなところが彼の自宅であるはずがない。

「そうか。気にしないでくれ、ブランブル」スチュアートが言った。

「スーザンはどこなの?」シャーロットはささやいた。どんどん不安が募ってくる。この家が見かけ倒しだろうとなんだろうと、姪さえ手もとに戻ってきてくれればそれでいい。

スチュアートがまたこちらを向いた。「だから何度も言ったじゃないか、知らないって。きみがぼくの家まで来たいと言うから、連れてきた。これで満足かい?」

「わたしが満足するのは、姪が無事に戻ってきたときよ!」

彼がため息をつく。「無理を言わないでくれよ。これだから女性は……」

シャーロットは激しい怒りと不安に駆られ、拳銃を彼に突き立てた。「ここはあなたの家じゃないんでしょ」

「正確に言えばそうだが、ここ以外にぼくの帰る場所はないんだ。荷物の送り先もこの住所になっていただろう?」スチュアートは両手を大きく広げてみせた。「ぼくの目的地はここだったんだよ、残念ながらね」

「戻ったのか?」不機嫌そうな冷たい声が響いた。ふたりがいっせいに振り向くと、背の高い白髪の男性が苦虫を噛みつぶしたような表情で立っていた。その目はじっとスチュアートを見つめている。ほんの一瞬、スチュアートはぴくっと顔をしかめ、すぐに澄ました笑みを浮かべた。

「このぼくがシーズンまるまる、あのケントにとどまっていられるとお思いですか？　あそこがどんなに田舎で退屈なところかご存じでしょう？」

男性は少し足を引きずりながら前に歩み出て、黒檀《こくたん》の杖《つえ》に寄りかかった。スチュアートが顔を見せたのが気に入らないらしい。「おまえなぞ、少しは退屈したほうが身のためだ」

「でもぼくは、鋭い機知こそがぼくに備わった最高の資質だと思ってますからね」

男性が鼻であしらう。その目が今度はシャーロットに向けられると、男性の表情がいっそう険しくなり、彼女は身のすくむ思いがした。「わが家にこんな小娘なぞ連れてきおって、どういうつもりだ？」

シャーロットが無意識のうちにスチュアートのほうへ一歩近寄ると同時に、彼もこちらのほうへ身を寄せた。ふたりの肘がぶつかって彼女がよろめきかけると、スチュアートがとっさに腕をまわして支えてくれる。シャーロットはその腕から逃れようとしなかった。たった今自分は大きな過ちを犯した、と直感したけれど、彼にはさらに多くの協力を仰がなければいけない気がして恐ろしくなった。「小娘などではありませんよ」スチュアートが彼女が腕をしっかりとつかんで言う。

「スチュアート！」また別の声がホールに響いた。小柄でふくよかな女性が腕を大きく広げて駆け寄ってくる。スチュアートはやっと男性から目を離し、そちらへ目を向けた。「まあ、なんてうれしいことかしら」女性は大声でそう言って、彼に抱きついた。「あなたがこの町に戻ってくるなんて、ちっとも知らなかったわ。ひとこと連絡しておいてくれたら、ごちそうを用意しておいたのに！」

　スチュアートは女性の頬にキスをした。「お久しぶりです、お母さん。実を言うとちょっと気にかかることがあって、ゆっくり食事をしている暇などないんですよ」

「あら、そうなの？　まあ、食事はいつでもできるけれど」女性は笑顔を少し陰らせ、気が遠くなりかけているシャーロットのほうを向いた。〝お母さん？　この方は彼のお母さまなの？　つまりここは彼のご両親のご自宅ってこと？〟「こちらのお客さまは？」

「ぼくの友人のコンテッサ・デ・グリフォリーノです。シャーロット、こちらがぼくの母のミセス・ドレイクだよ」

「お目にかかれてうれしいわ、コンテッサ」ミセス・ドレイクが礼儀正しく言った。息子がシャーロットのことを親しげに名前で呼んだせいか、やおら興味を引かれた様子だったが、シャーロットはそんなことにも気づかないほど気が動転していた。

「ミセス・ドレイク」消え入りそうな声で挨拶する。

「そしてこちらが、父のミスター・テランス・ドレイクだ」父親に話しかけていたときと同じ、皮肉っぽい口調だ。ミスター・ドレイクは渋い顔でふたりを見つめていたが、妻に目でたしなめられると、いやいやながら顎をくっと引いて一礼のまねごとをした。「今日は急ぎの用があって来たんですよ」スチュアートが話を続ける。その手はまだしっかりとシャーロットの肘をつかんでいた。「マダム・グリフォリーノの姪御さんが行方をくらましてしまいましてね。ロンドン方面へ逃げたかもしれないと思われたので、彼女を見つけだすためならぼくも協力は惜しまないと申し出て、とり急ぎケントから馬車を飛ばしてきたんです。もしかしたらどこかで追いつけるかもしれないと期待して」

「まあ、なんてこと」すぐさまミセス・ドレイクが反応した。「それじゃ、さぞやご心配でしょうね」

シャーロットは小さくうなずいた。ああ、わたしはなんという思い違いをしていたのだろう――スーザンはここにはいない。もしかしたら今ごろ見知らぬ誰かと、スコットランドへ向かっているのかもしれない。はたまた、フランスかどこかへ。それなのにわたしときたら、スチュアートに対する偏見も手伝って、判断を誤ってしまった。スーザンは本当に行方不明になってしまったわけだ。

シャーロットの体がふらつくのを感じて、スチュアートは彼女の腰に腕をまわした。その顔はショックで青ざめている。心中の不安はいかばかりか、と彼は思った。いくつか欠点はあるにせよ、彼女が姪を大切に思っていたことは間違いない。スチュアートは突然、自分が恥ずかしくなった。姪の身を案じて内心ひどくとり乱していたはずの彼女を、からかって誘惑するようなまねをして。

「そうなんですよ、お母さん」沈黙を埋めるためにスチュアートは言った。「ぼくらはふたりとも、ひどく心配しているんです。彼女の行方を知る手がかりはほとんどないうえに、慌てててタンブリッジ・ウェルズを飛びだしてきたものだから、今夜の宿すら決まっていなくて」シャーロットがますますこちらへ体重を預けてくるのが感じられた。彼の支えがなければ、すぐにでもへたりこんでしまいそうだ。スチュアートは彼女のマントのなかへこっそり手を差し入れて、彼女の手から拳銃を引き抜いた。シャーロットはあらがうそぶりすら見せなかった。

「あら、スチュアート、それなら——」母親のその言葉は最後まで聞こえなかった。シャーロットがついに倒れたからだ。スチュアートは素早く彼女の膝の裏に腕をまわし、体をすくいあげた。彼女は気を失ってはいなかったが、あまりのショックに呆然とし、体から力が抜け、目は焦点が合わなくなっていた。

「大丈夫ですから」彼は母親に向かって言った。「少し、ふたりだけにしていただけませんか？」

「おいおい——」テランスがいましめるように言いかけたが、妻がさえぎった。

「もちろんですとも！　かわいそうに！　図書室へ運んでおあげなさい、スチュアート」スチュアートはさも不機嫌そうな父親を無視し、母親のあとについて廊下を歩いていった。図書室に入ると、シャーロットを長椅子に寝かせ、母親が差しだしてくれたブランデー入りの小さなグラスを受けとった。母親はなおも彼らにまつわりついていたが、息子が目で訴えると、ようやく部屋を出ていった。ドアが閉まったのを確かめてから、スチュアートはシャーロットがマントの下に隠し持っていた拳銃をとりだし、安全な場所に置いた。

「シャーロット」肩を軽く揺さぶってみたものの、その目はぼんやりと宙を見つめるばかりだった。「気分が悪いのか?」

「あの子がいなくなってしまった」唇もほとんど動かない。「でも、どこへ? あの子……わたしは愛を追っていかねばならないって……だからわたし……」シャーロットはマントのポケットをまさぐり、くしゃくしゃになった便箋をとりだした。スチュアートはそれを平らにのばして読んでみた。

なんということだ。スーザンは本当に駆け落ちしたのか。だがその相手は、明らかにぼくではない。あなたを愛しているというあの告白は、本心ではなかったということか。彼女はただ、ぼくが新たな人生を約束してくれると期待しただけなのだろう。ぼくが彼女に、彼女のもたらしてくれる経済的な自立と安心を求めていたように。そんな男は見限られて当然だ。だが、こうして事実を突きつけられた今、スチュアートはひどく申し訳ない気持ちになった。スーザンの失踪《しっそう》に自分はなんの関係もないと、もっと早くはっきりとシャーロットに説明するべきだったのに。スーザンが行方をくらましたと告げられたとき、彼は、たぶん家出でもしたのだろう、友人の家ですぐに見つかるに違いない、さもなければじきに戻ってくるはずだ、としか思わなかった。シャーロットに興味を引かれるあまり判断力が鈍って、彼女の要求に唯々諾々と従ってしまった。それが自分の欲望にも合致したからだ。

スチュアートは軽く咳払いをした。「彼女が誰のことを言っているのか、なにか心あたりはないのかい？」

シャーロットがようやく彼の目に焦点を合わせる。「ロミオよ。あなた、あの子に、きみはジュリエットだって言ったでしょう？」スチュアートはますますいやな予感がした。

「ほかにわかっていることは？」彼はやさしく尋ねた。「行方がわからなくなったのはいつなんだい？　彼女が持っていったものは？　彼女のメイドやほかの使用人にも話は聞いてみたのか？」

シャーロットは首を振り、ふたたび気落ちした様子になった。「メイドはなにも知らなかったわ。ドレスが何着か見あたらなくなっていたけれど、数はそれほど多くはなかった。ゆうべ一緒に家に戻ったとき言葉を交わしたきりで、今日はあの子、朝食にも昼食にもおりてこなかったんだけれど、わたしはてっきり寝坊しているんだろうと思って……確かめに行きもしなかった。でも、あの子は出ていってしまったのよね——あなたと一緒でないなら、いったい誰といるのか……」

「彼女が心を惹かれそうな求婚者はほかにいなかったのかい？」

「あの子が口にしていたのはあなたのことだけだったから」シャーロットがつぶやく。

「ロンドンへ向かったというのは確実なのか？」自分のことから話題をそらそうとして、彼は素早く訊いた。

彼女は目を閉じた。「スーザンは口を開けばロンドンのことばかりなのよ。この町で暮らすのがあの子のいちばんの夢みたい」今にして思えば、スチュアートもうすうすそのことは感じていた。スーザンとの会話はほぼ、ふたりが将来ロンドンで暮らし、買い物や社交の集まりや娯楽に出かけるときのことに限られていた。そう考えると、別の男など存在しないのかもしれない。彼女はただ、ずっと夢見てきた冒険がしたくて、家を飛びだしただけなのかもしれない。

もしそうであれば、見つけるのはさほど難しくないだろう。誘拐されたわけではないのだから、あちこちを観光したりするはずだ。こちらが劇場や商店を見張っていれば、何日か後には姿を現すに違いない。手持ちの現金はさほど多くないだろうから、家族の顧問弁護士の事務所に顔を出すかもしれない。あるいは、探偵を雇って捜させることもできる――そこまで考えて、スチュアートははっとした。自分はすっかり彼女を捜索する気になっていたが、シャーロットが彼の協力を望むとは思えない。

「きっとすぐに見つかるよ」スチュアートは彼女を慰めようとした。「二、三日後には、彼女も自分が間違っていたと気づくはずだ」

「二、三日?」うつろだったシャーロットの目に、突然怒りの炎が燃えあがった。「二、三日って、なによ! 二日も三日も、ただじっと座って待てると思う? わたしの姪は行方不明なのよ! 大嘘つきの無法者か悪党にさらわれてしまったかもしれないじゃない! なのに、なにもしないでのんきに構えていればいいなんて、それがまともな紳士の言う言葉?」彼女はいきなり立ちあがり、スチュアートを突き飛ばした。「わたしは待つ気なんてありませんからね。あの子を捜しに行かなきゃ!」

ロンドンじゅうのありとあらゆる怪しげな裏路地をひとりで歩きまわるシャーロットの姿が脳裏に浮かぶ。スチュアートは立ちあがって、脇をすり抜けて出ていこうとする彼女の腕をつかまえた。「どこへ行くつもりだ?」

シャーロットが腕を振りほどこうとする。「どこでもよ!」

「どうかしてるんじゃないか?」彼は信じられないと言いたげに言った。「疑わしいと思う家に、一軒一軒忍びこむつもりかい? ぼくと違ってたいていの人は、侵入者をそうそう歓迎してはくれないぞ」

「あなたの忠告なんか求めていないわ」

スチュアートはもう一方の腕もつかんで、彼女を自分のほうに向かせた。「きみひとりで行かせるわけにはいかない」

「わたしをとめる権利なんて、あなたにはないわ」シャーロットは彼の手から逃れようともがいた。「あの子はわたしの姪なの。わたしにはあの子の面倒を見る責任があるのよ。あなたにはなんの権利も――」恐ろしい不安がこみあげてきて喉をしめつけ、声が出なくなる。それは、自分がいかに間違っていたかを思い知らされた屈辱をもしのぐ、とてつもない恐怖だった。もしも誤って彼を撃ち殺していたら、どうなっていたかしら? わたしはきっと絞首刑になっていただろう。人をひとり殺したというだけでどのみち死刑にはなるだろうけれど、無実の人を撃ち殺したとあっては、その一〇〇〇倍も罪が重い。わたしが牢屋《ろうや》に放りこまれて首を吊られてしまったら、この世の誰もスーザンを捜せなくなってしまう。哀れな姪はそれっきり行方知れずになり、いつか忘れ去られてしまう。

シャーロットは拳で彼の胸を叩いたが、たちまちその手をつかまれてしまった。またしても涙がこみあげてくる。するとスチュアートが彼女の体に腕をまわし、顔を彼の肩に埋めさせた。「だめだよ」彼がささやく。「泣かないでくれ。希望はまだあるんだから」

「あの子を見つけなきゃ――ただじっと待つなんてできない――あの子は危険にさらされているかもしれないんだもの……」彼の腕のなかにとらわれて、シャーロットは彼にしがみついて泣きじゃくった。

「そうだね」スチュアートは彼女をぎゅっと抱きしめた。「だが、一刻も早く彼女を見つけたいなら、きみが冷静さを失ってはいけない」パニックの靄《もや》の向こうから彼の声がぼんやりと耳に届くと、シャーロットは深呼吸して、気を落ち着けようとした。「ふたりで捜せばきっと見つかる」スチュアートがやさしくつけ加える。「大丈夫だから」

その言葉に心底驚き、彼女は頭を傾けて彼を見あげた。「ふたりで？」

スチュアートが額をそっと押しつけてくる。「彼女はそんなに遠くへは行っていないはずだ。今からすぐ捜索しはじめれば、見つかる可能性はかなり高い」

シャーロットは目を見開くことしかできなかった。彼は協力を申し出てくれているの？スチュアート・ドレイクがわたしを助けようとしてくれているの？　これまでわたしは彼に対してさんざんひどい扱いをしてきたのに、どうして？　彼の顔を探るように見つめてみたけれど、そこにはやさしい気遣いしか浮かんでいなかった。気持ちがぐらついて、うまくしゃべれない。二度と彼とは顔も合わせないつもりで、ここでノーとはっきり言うのは簡単だけれど、そんなことはできない。今は誰のどんな協力でも受け入れるべきだ。自分のプライドが傷つくことなど、かまってはいられない。スーザンの身の安全が脅かされているかもしれないのだから。

「ありがとう」シャーロットは静かに言った。のみこんだ涙で声がくぐもる。まばたきして涙を押しとどめる彼女をスチュアートは椅子に座らせ、グラスを手に押しつけた。

「明日になったら、もう少し状況も見えてくるから。今夜きみにできることはなにもないし。さあ、これを飲んで」彼女は突然ぐったりと疲れを感じて動けなくなり、人形のようにうなずいた。彼が出ていったことにも気づかず、渡された飲み物を――すばらしくおいしいブランデーを――口に含んだ。

スチュアートは静かに図書室をあとにした。どうしてあんなことを言ってしまったのか、自分でもよくわからない。もしかするとぼくは苦痛を味わうのが好きなのだろうか？　自分が抱えている問題を棚あげするだけでなく、あえてシャーロットとますます深くかかわろうとするなんて。そのことを恐れているわけではない。それどころか、心はむしろそれを望んでいた。オークウッド・パークの維持に必要な金をどうにか期限までに手に入れるためには冷静沈着な頭脳を保たなければならないのに、シャーロットの存在はまさにその正反対の作用を及ぼす。

だが、いつものごとくスチュアートは、思ったことを口に出さずにはいられなかった。嘆き悲しんでいるシャーロットを見ているのと良心がうずき、ただの傍観者でいるのが耐えられなくなった。それにどのみち、彼女を腕のなかに抱きしめてしまっては、自分の気持ちを抑えこむことなどできるはずもなかった。

彼が廊下に出て図書室のドアを閉めるなり、廊下をうろうろしていた母のアメリアが矢継ぎ早に話しかけてきた。「スチュアート、いったいどういうことなの？ 手紙には返事ひとつよこさないで。ずっと心配していたのよ。あんなふうに出ていってしまって、突然帰ってきたと思ったら、イタリア人の女性を連れてくるなんて――」

「彼女はイングランド人ですよ」彼は説明した。「彼女の夫がイタリア人だったんです。姪が行方不明になったので、今は彼女、悲しみに打ちひしがれていましてね」

「ええ、そのことはもちろん、お気の毒に思うけれど――」アメリアは口をつぐんだ。テランスが普段よりも足を引きずりつつ、大きな足音を響かせてふたりのほうへ近づいてきたからだ。スチュアートは父親の脚が不自由になった原因を知らなかったが、怒ったり機嫌が悪かったりすると足を引きずる癖がひときわひどくなることは知っていた。

「どういうつもりだ」テランスが重々しい声で言う。「わたしの言いたいことはわかっているだろうな。あの女を連れて今すぐ出ていけ、追いだされる前に」

「彼女はぼくの女などではありませんよ」やはりシャーロットをこの家へ連れてくるのではなかった、とスチュアートは後悔した。あのときは彼女が少しくらいいやな思いをしても当然の報いだと思ったのだが、今となっては気の毒でならない。「ほかに行くところがなかったんですよ」

「もちろん、あなたはいつでも帰ってきていいのよ」アメリアはきっぱり言って、とがめるようにテランスをちらりと見た。「出ていくなんてとんでもない。それより、いなくなったお嬢さんとやらは、詐欺師にだまされでもしたのかしら？」

「かもしれません。彼女は莫大な財産を相続していますからね」

「おまえがここに泊まることはまかりならん」テランスが宣言した。

「相変わらずですね。だめですか？　それなら、ぼくはここには泊まりませんよ」母親が口を挟む前に、スチュアートはわざと意外そうに驚いて言った。この家から追いだされた夜も、父と激しい口論をくり広げたあげく、母を泣かせてしまった。今の自分にできるのは、せいぜいこれ以上もめごとを起こさないことだけだ。

テランスは息子をぎろりとにらみつけ、足を引きずりながら去っていった。アメリアはスチュアートをドアまで見送ってくれた。そのあいだも名残惜しそうに彼の手にふれてきたり、袖や肩を撫でたりする。スチュアートは立ちどまって、最後にまたキスをした。「彼女のこと、よろしくお願いしますよ、お母さん。明日また顔を出しますから」

アメリアが彼の手をぎゅっとつかんだ。「あなたにとって大切な女性なんでしょう？　もちろんわたしもできるだけ彼女の力になりたいと思うわよ。だけど……。まあ、わたしが首を突っこむようなことではないんでしょうけど、でもその、もしかして彼女は……？」不安と期待のこもった顔つきで息子を見あげる。

自分にとってシャーロットがどんな存在なのか、スチュアート自身にもわからなかった。彼女を見るたびベッドをともにしたいと思う、などと母親に言えるわけもない。だが、今のところふたりの関係は、それ以上でも以下でもなかった。「ぼくは彼女に協力を申し出た。それだけのことですよ」

「そうだったわね」アメリアはため息をついた。「スチュアート――お父さまのことだけれど――お父さまもここ最近、あなたのことをずいぶん心配なさっていたのよ。そのことだけは知っておいて……」

「わかってますから」彼はウインクして、執事から帽子とコートを受けとった。「久しぶりに会えてよかった、お母さん」

アメリアは晴れ晴れしい顔になり、息子を見あげた。「わたしも、あなたが戻ってきてくれて本当にうれしいわ」

「それじゃ、おやすみなさい」玄関で別れを告げ、スチュアートは石段をおりた。下までおりたところで、立ちどまって考える。シャーロットのほうは大丈夫だろう――母がちゃんと面倒を見てくれるはずだ――だが、ぼくはどこへ行けばいい？　手持ちの金はないし、今夜のところは父が貸してくれるとも思えない。どうかもう一度チャンスをくださいと懇願する計画は、シャーロットと拳銃のせいでふいになった。自分のトランクとシャーロットの旅行鞄は家のなかに運びこまれてしまい、馬車はとっくにいなくなっている。スチュアートはコートの襟を立て、霧のなかを歩きはじめた。

二〇分後、彼はメイフェアの堂々たる屋敷の石段をのぼった。ベルを鳴らして待っていると、フットマンがドアを開けてくれる。

「こんばんは。ウェアはいるかい？」スチュアートが差しだした名刺を受けとり、フットマンは一礼して奥へ消えていった。主人が出てくるのを待つあいだ、スチュアートはだだっ広い玄関ホールに飾られている鎧《よろい》の数を数えて暇をつぶした。ウェアのやつ、よくこんな霊廟《れいびょう》のようなところに住めるな。

「ドレイク」声のしたほうを見あげると、ウェア公爵本人が階段をおりてきた。「いったいなんの用があって、町へ戻ってきたんだ？」

スチュアートはにやりとした。「例によって、女がらみだよ」

公爵が眉を吊りあげる。「本当かい？　そのせいできみは町を追われたんじゃなかったのか？」

スチュアートは肩をすくめた。「それとは別の女性だ」

「なるほど。まあ、入りたまえ。ついさっき、パーシーを帰したところなんだ。カードでもやるかい？」

「いや、やめておくよ」スチュアートは言った。「今は一ペニーも無駄にはできないんだ」

友人のあとについて階段をのぼり、豪華な書斎へと通された。暖炉では火が赤々と燃えていて、食べかけの夕食のトレイが、デスクにごしゃごしゃと積まれた書類の山の上に置いてある。秘書は今し方帰ったらしいが、公爵の仕事はまだ終わっていないようだ。ウェアは戸棚のほうへ歩いていって、ふたつのグラスに酒を注いだ。スチュアートは暖炉のそばへ行って、両手を火にかざしてあたためる。

「今度のはどういう女性なんだい？」ウェアはグラスをひとつ手渡し、暖炉の前の椅子に座るよう手ぶりで勧めた。

スチュアートはゆっくりとグラスに口をつけ、満ち足りたように目を閉じた。これほどうまいウイスキーを味わうのはいつ以来だろうか。「そんじょそこらにいるような女性ではないね。話せば長くなるんだ。ひと晩だけでは足りないくらい」

「わかるよ」

「わかるものか。ぼくは悪党にして、遍歴の騎士でもあるんだぞ」

「そのとおりじゃないか」ウェアはそれだけ言って、ウイスキーをすすった。この男はいつのまにこんな落ち着きを身につけたのだろう、とスチュアートはいぶかった。ジャック・リンドヴィルと言えばその昔、スチュアートなど及びもつかない、ロンドン一の放蕩者だった。だが、数年前から彼は突然、きまじめでおもしろみに欠ける男になってしまった。ここへ来たのは間違いだったかもしれない、とスチュアートは思った。

「フィリップはまだウィーンにいるのか、訊きに来たんだ。必要なときはいつでも彼の部屋を使っていいと言ってくれていたから。できればそこに泊めてもらえないかと思って」

「フィリップはもうウィーンにはいない」公爵が答える。「今はおそらくフィレンツェにいるんじゃないかな。もしくは、ローマに。彼の詳しい予定までは把握していないのでね。部屋は自由に使ってくれてかまわない。そのほうがよければ、ここに泊まってもいいぞ」

ありがたい申し出だが、そこまで厚意に甘えるわけにはいかない、とスチュアートは思った。ウェア自身はゴシップなど少しも気にかけないだろうが、彼の母親である公爵夫人にはまた違う考えがあるはずだ。彼女の住むこの家で歓迎してもらえるとは思えない。「いや、余計な世話をかけたくはないからね。フィリップはたしか、チェリー・レインに部屋を持っていたよな？」

「ああ。使用人はいないがな。四カ月前に彼が出かけてから、誰も使っていないからね。どうせなら今夜はここに泊まって、明日誰かに空気を入れ換えてもらってから移ったほうがよくないか？」

「いや、今夜からそっちに泊めてもらうよ。埃なんて気にならないから」ウェアはしばしスチュアートの目を見つめたのち、立ちあがってデスクへ鍵をとりに行った。壮麗な霊廟のごときこの屋敷に母親とふたり暮らしで、おまけにデスクには仕事が山積みという状況で、ウェアは孤独にさいなまれることはないのだろうか？　昔なら率直に尋ねてみることもできただろうが、今はそんな気になれなかった。「感謝するよ、ウェア」

「それで、金策のほうはなんとかなったのか？」スチュアートが部屋を出ていきかけたところへ、公爵の質問が飛んできた。スチュアートは手のなかの鍵を握りしめた。

「いや、残念ながらまだなんだ」

「そうか」ウェアが少しためらってから言う。「先日、バークレーからうちへ連絡があってな」

スチュアートは思わずどきっとした。バークレーというのはウェアと取り引きのある銀行家で、スチュアートの融資元でもある。父親に勘当されて手当も打ち切られたことが、とうとうバークレーの耳に入ってしまったに違いない。スチュアートはぞっとしながら、次の言葉を待った。

「きみと連絡がとれないと言っていたぞ」公爵はそう言ったが、スチュアートはなにも答えなかった。「きみが難しい状況に置かれていることを、どこかで聞いたらしい」スチュアートは観念して目を閉じた。オークウッド・パークを抵当に入れて借りた金を返すめどが立たなくなったことをバークレーに知られてしまっては、万事休すだ。「だから、その借金についてはぼくが保証人になると言っておいた」ウェアが言った。スチュアートはびっくりして、目を丸く見開いた。

ウェアがまっすぐこちらを見つめている。「きみに必要なのは時間だけだ。いまだかつて、きみが約束を破るところなど、見たこともないからな」

スチュアートはごくりと唾をのみ、うなずいた。「今回も必ず、約束は守るよ。ありがとう」

ウェアは昔懐かしい笑顔を見せて、会釈した。スチュアートは今度こそいとまを告げ、通りを何本か歩いてチェリー・レインまでたどり着いた。フィリップ・リンドヴィル卿の住まいがある通りだ。フィリップは〝部屋〟と呼んでいたが、スチュアートに言わせればそれは両親の家よりわずかに小さいだけの、立派なお屋敷だった。なかに入ってみると、どこもかしこも塵《ちり》ひとつ落ちていないくらいぴかぴかに磨きあげられている。主《あるじ》が不在でも、ウェア家の使用人がきれいに掃除しているのだろう。本当の大金持ちというのは、こういうところが違うものだ。

スチュアートは広々とした主寝室に入って、服を脱ぎ、ベッドに仰向けに倒れこんだ。腹は減っているはずだが、食欲はまったくわいてこない。これ以上、余計な情報がバークレーの耳に入らなければいいが、と祈る。次の返済期日はまだ二週間ほど先だ。それだけの時間があれば、きっとどうにかして金を工面できるはずだと、スチュアートはまだ信じていた。今のところうまい解決策は見つかっておらず、どうにかなりそうな見こみもないのだが、ウェアのおかげで今すぐ取り立てをくらうことはなさそうだ。友人には感謝しつつも、スチュアートはこの窮状からなんとしても自力で抜けだしたいと願った。

問題はシャーロットだ。スチュアートはため息をつき、天井を見つめて自問した。シャーロットの件はどうするつもりだ？　行方不明の姪を捜すのを手伝うのはいいが、そのせいで自分をとり巻く状況はなおさら複雑なものになってしまうのではないだろうか？　だが彼は、この腕のなかで力なく倒れた彼女の重みを、その顔に浮かんでいた表情を、今も忘れられずにいた。彼女があれほど弱々しくはかなげな表情を見せるなんて、想像だにしなかった。スーザンが叔母について言っていたことを思いだしてみる。聞かされていた話と現実はすべて違っていた。シャーロットは年寄りでもなければ、しわくちゃでもないし、石のように冷たい心の持ち主でもない。スーザンのこととなると、母親のように激しく感情をむきだしにする。それに引き替え、スーザンは甘やかされた世間知らずの子供だ。彼女との結婚を阻止してくれたシャーロットに感謝しなければ。そんなことを思いながら、いつしかスチュアートは眠りへ落ちていった。それは間違いなく、彼女がぼくにしてくれたいいことのひとつだ。そんな彼女をひとりで放りだすようなまねは、断じてできない。

シャーロットは翌朝、爽快感《そうかい》と罪悪感を同時に覚えつつ目を覚ました。ゆうべの記憶はぼんやりと霞《かす》んでいて、ロンドンに到着してからいったいなにがあったのか、ほとんど覚えていない。痛いほどはっきりと覚えているのは、自分がとんでもない間違いを犯したという事実だけだ。スーザンの失踪には絶対スチュアートが絡んでいるに違いないと思いこんでいた。そのせいで貴重な時間を失って、今ではもう手遅れになってしまったかもしれない。スーザンがスチュアート・ドレイクと駆け落ちするつもりだと信じるのは、あまりにも簡単だったからだ。

でも今こうして、よりによって彼の両親の家で目覚めてみれば、いったいどこからスーザンを捜しはじめればいいのか見当もつかない。仕方なくシャーロットはベッドの足もとに置かれていた旅行鞄を開け、ルチアがつめてくれたけばけばしい衣類を調べて、心がどんどん重くなっていった。朝食の席へおりていくのに、シルクとダイヤモンドで着飾っていくのがふさわしいとは思えない。彼女はため息をつき、椅子の背にかけてあった昨日着ていたブロンズ色のドレスを見つめた。もっとまともな服を送ってもらうまで、これで我慢するしかなさそうだ。

服を着替えて、髪をとかしながら、ルチアもどうせなら化粧品を入れておいてくれればよかったのに、とシャーロットは思った。目の下の黒いくまや頬の青白さを隠すために、今日こそ化粧が必要だったのに。彼女はドアを開け、この家の主を捜しに行った。

家のなかはいかにも裕福な家庭らしく、優美に彩られていた。昔の父の家に似ている。それがいいのか悪いのかはわからないけれど。これだけの富を見せつけられると、どうしてスチュアートがほぼ無一文なのか、ますます不思議に思えてくる。息子が放蕩の限りをつくしたせいで気の毒な父親は息子を追いださざるをえなかった、というゴシップを、シャーロットはそれまで信じていた。でも、ゆうべの親子の会話から察するに、その裏にはもう少し醜い真実がひそんでいそうな気がした。協力したいというスチュアートの申し出が、思っていたより真摯に感じられたのと同じように。彼は本当に、うら若い女性を誘惑して実の父親に勘当されるような、不道徳な放蕩者なのだろうか？　それとも、一歩間違えば自分を撃ち殺していたかもしれない女にも快く協力を申し出てくれるくらいの紳士なのだろうか？　シャーロットにはよくわからなかった。

メイドが朝食用の食堂へと案内してくれた。廊下の奥、主食堂のすぐ横に位置する部屋だ。そこへ入ろうとしたとき、なかから大きな話し声が聞こえ、シャーロットは立ちどまった。プライベートな会話の最中にずかずかと入っていきたくはない。

「わたしの家に入れるなと言っているんだ」男性の怒鳴り声が響いた。テランス・ドレイクの険しい顔が怒りにゆがんでいる様子を思い浮かべ、シャーロットは自分の部屋へ逃げ帰りたくなった。

「やめてくださいな、テランス、そんなに意固地にならなくてもいいでしょう」今度は女性の声がする。たぶんあれはスチュアートの母親だろう。夫と違って、妻のほうはかなり冷静なようだ。

「この家にあんな見知らぬ女を連れこむことなど許さん！　愛人か、娼婦か、あるいは、嘘を真に受けてしまうだまされやすい小娘か。いずれにしても許すわけにいかない」

シャーロットはもうその部屋に入れなかった。今すぐ荷物をまとめてここを出よう。執事に頼んで、どこかのホテルを紹介してもらえばいい。自分のことが議論の的になっていると思うと、あまりの屈辱に顔が熱くほてった。父親をあそこまで怒らせるなんて、スチュアートはわたしのことをどう説明したのだろう？　ただちにドレイク家を去ろうと決意して廊下を二歩ほど戻りかけたとき、別の声が聞こえて、彼女は立ちどまった。

「彼女は娼婦なんかではありませんよ」スチュアートが言った。「どこかのならず者と駆け落ちしてしまったかもしれないわがままな姪の身を案じている未亡人で、ぼくは紳士の努めとして、そんな彼女にできる限りの協力を申し出ただけです。言っておきますが、あなたがぼくを嫌うのと同じくらい彼女はぼくのことを嫌っているんですから、ぼくの愛人呼ばわりなどしたら、彼女のほうが驚きますよ」

「おまえが連れてくるような女は得体が知れないからな」父親が言う。シャーロットは口をあんぐりと開けた。スチュアートの父親は彼を嫌っているの？　彼女はきびすを返し、部屋のなかへ入っていった。そんな敵意に直面しながらわたしの名誉を守ろうとしてくれている彼をひとりにはしておけない。

「おはようございます」シャーロットはくっきりと通る声で言った。ミスター・ドレイクは彼女に一瞥をくれてから、ふたたび黙々と朝食をとりはじめる。ミセス・ドレイクはぱっと笑顔になってシャーロットのほうを向いた。スチュアートがすかさず立ちあがって迎えに来てくれる。

「おはよう」彼は素早くお辞儀しながら言った。両親からは見えない角度で、さっとシャーロットの手をとり、軽く握りしめる。「よく眠れたかい？」

「ええ、ありがとう」シャーロットは不仲なところをほかの人たちに見せまいとして微笑んだ。それにはスチュアートも驚いたようだ。彼はぱちぱちと目をしばたたいてから、テーブルへとエスコートし、席に座らせてくれた。シャーロットは、興味深げにふたりを見比べている女主人を見つめかえした。「ご親切に泊めてくださってありがとうございます、ミセス・ドレイク。ゆうべはお見苦しいところをお見せしてしまって」

「無理ありませんわ！」アメリアが片手を振る。「本当に大変でしたわね。姪御さんが見つかるまで、どうぞ好きなだけこの家に滞在なさって」

「お言葉は大変ありがたいんですけれど、お邪魔になっては申し訳ありませんので。どこかホテルでもご紹介いただければ――」

「とんでもない！」アメリアは大声で否定した。「ここに泊まっていただかないと。ねえ、スチュアート、あなたからもそうお勧めしてちょうだい」

「そんなふうに無理強いしては、かえってマダム・グリフォリーノに失礼ですよ」スチュアートがシャーロットの前に皿を置きながら、母親を目でたしなめる。シャーロットは彼自らに給仕されることにとまどいを覚え、ダークブルーの瞳をまっすぐに見あげた。「スーザンの行きそうなところって、どこか心あたりはないのかい？」

「いいえ――」

「いけませんわ、マダム・グリフォリーノ」アメリアが熱心な口調で誘ってくる。「どうしてもわが家に泊まってくださらなくちゃ。ホテルなんて寂しいだけですもの。ここにいれば、家族の一員のようにくつろげるでしょう？」

ミスター・ドレイクをちらりと見やると、毒婦イゼベルを見るような目でシャーロットをにらみつけている。家族の一員として受け入れてもらうのは難しそうだ。スチュアートが隣の席に着き、不穏な空気も意に介さない様子で食事を始めた。彼が気にしていないのなら、なにもわたしが気にすることはないのかもしれない。「でもやはり、あなたのご自宅にご厄介になるなんて申し訳なくて」シャーロットは小声で彼に言った。

「彼はここに泊まってはいない」テランスがぴしゃりと言う。

スチュアートが口もとを引きつらせた。母親が高い声で慌てて割って入る。「スチュアートはほとんど家に寄りつかないんですよ。ほかに泊まるところがないとき以外は。朝食をともにするのだって、何年ぶりか！　若い人がふたりも泊まってくれたら、家のなかが華やいで楽しいわ」

スチュアートは椅子を引いた。「とりあえず、きみの弁護士のところへ行ってみよう」シャーロットに向かって言う。「所持金が底をついて、スーザンがそこへ連絡してくるかもしれない」まだひと口も食べていなかったが、シャーロットがうなずくと、スチュアートは無理やり引っぱりあげるようにして彼女を椅子から立たせた。そのまま玄関へとせかし、途中で一瞬だけ立ちどまってマントを彼女の肩にかけてやり、帽子を手渡す。

通りに出るとようやくリラックスしたらしく、彼女の歩調に合わせてゆったりした足どりで歩きはじめた。彼女の手をとって自分の肘にしっかりと巻きつけさせて。このまま歩くつもりなのだろう、とシャーロットは思った。「おなかがすいているようなら、どこかで軽く腹ごしらえしてもいいよ。朝食を食べさせないつもりはなかったんだが」

「ちょっととまって」シャーロットが腕を引っぱると、スチュアートは立ちどまった。だが、手は放してくれなかった。「ゆうべはいろいろと親切にしてくれて、本当にありがたかったわ。でももうけっこうよ……これ以上あなたに迷惑をかけられない。わたし……あなたにはひどいことをしてしまったし、無理を言って助けてもらおうなんて――」

「無理なんて、なにも。助けになりたいと申し出たのはぼくの本心なんだから」スチュアートが手をのばし、ボンネット帽からこぼれたカールをそっとしまいなおしてくれた。「とりあえずぼくのほうで探偵を捜しておいた。そのほうがいいならきみに彼の住所を教えてあげるけれど、よければぼくも一緒に行きたい」

シャーロットは驚いて目を丸くした。「でも……どうして？」

彼の口もとにかすかな笑みが浮かぶ。「名誉挽回《ばんかい》したいから、とでも言っておこうか。ただし、きみはまだ拳銃を持っているだろう？　ぼくがなにかしくじっても撃たないと約束してくれるかい？　つまり、休戦だ」

あまりなじみのないこの町で、シャーロットはたったひとりでスーザンを捜すことを覚悟していた。スーザンの評判を傷つけないためには、誰にもしゃべらず、できるだけ内密に動いたほうがいいからだ。けれどもスチュアートの手はたくましく、こうして握られているととても安心できる。彼の協力は断ろうというシャーロットの決意は、がらがらと崩れていった。

「休戦ね」彼女はうなずいた。

するとまたスチュアートの手に力がこもる。「よかった」彼は短く笑った。どことなくぎこちなく。「ありがとう。力になりたかったんだ」そう言って、軽く咳払いをする。「それじゃ、行こうか？」

シャーロットはうなずき、ふたたび彼の腕に手をかけた。彼女自身もぎこちない感覚に包まれていた。昨日銃を突きつけた男性から、お礼を言われるなんて。本当なら怒るとか、なにか仕返しをするとか、冷たく突き放すとかしてもおかしくないのに。わたしならきっとそうしていただろう。でも彼はそうする代わりに、わたしに協力を申し出てくれた。助けたいと言ってくれた。これまで抱いていた彼のイメージに、またひとつ風穴が開いた気がする。わたしはどれだけ間違っていたのだろう？　シャーロットはふたたびそう自問した。

9

それから一週間、捜索にはなんの進展もなかった。探偵のミスター・ピットニーはスーザンの居場所について、手がかりひとつ見つけられなかった。スチュアートが側仕えのベントンを送りかえしてケントのほうでも捜してもらったが、そちらでもなにも発見できなかった。ルチアが読みにくいイタリア語で書いてきた手紙によると、図書館で詩を読んでくれた例の若いイングランド人男性が今度はやっとお茶に誘ってくれた、ということ以外、なんのニュースもなかった。

〝彼の行動はなめくじみたいにのろすぎるのよ〟と、最後のほうに愚痴が書いてあった。

イタリア人男性なら、今ごろとっくにわたしを誘惑しているはずよ。でも、あまり文句は言えないわね。彼はとてもかわいいの。だからわたし、ついにそのときが来るまで、心の準備を整えて待つつもりよ——心だけでなくね！　スーザンに関しては、新しい噂はなにも聞いていないわ。でも、そうそう！　町じゅう、あなたの話で持ちきりよ。あなた、今ではミスター・ドレイクとおつきあいしているんですって？　わたしには彼のことなんか嫌いだと思わせておいて、ちゃっかり自分がいただくなんて、あなたもなかなかやるじゃない！　もちろん、あなたの趣味にけちをつける気はないわよ。もしも彼のこと、自分には年上すぎると感じることがあったら——わたしが喜んでいただくから。イングランド人男性は愛の技巧を学ぶのに時間がかかりすぎるんですもの。わたしの若い詩人なんて、お手本がなければ……

「なにかニュースは？」応接間に入ってきたスチュアートに声をかけられ、シャーロットは跳びあがった。ルチアの手紙を手早く折りたたみ、今読んだ内容を考えまいとする。

「ルチアが家じゅうの箱を片っ端から開けはじめたらしいわ。今ごろうちはイタリアの別荘《ヴィラ》みたいになっているんじゃないかしら」

スチュアートは彼女の向かい側のソファーに腰をおろした。「そういや、例の泥棒はつかまったのかい？」

シャーロットは首を振った。「それでルチアは、すべてをきれいに並べておけば泥棒がまた忍びこんでくるんじゃないかと期待しているのよ。夜中に拳銃を持って待ち構えていれば、今度こそつかまえられる、って。でも、まだ姿を現さないらしいわ」

「そうなのか？」スチュアートは一瞬考えこむような表情を見せてから、かすかな笑みを浮かべた。「ぼくがロンドンにいてよかったよ。ホイットリーは忙しくしているようだし」

「ホイットリー？」

彼がにやりとする。「アンガス・ホイットリーさ。きみの友人に言い寄っていた男がいただろう？　知らなかったかい？」

シャーロットは驚いて、手紙を見おろした。「あなたのお知りあいだったとは気づかなかったわ」

スチュアートがうなずいた。「ぼくにつきあって、一緒にケントに来てくれていたんだ。どうせひと月も持たないだろうと思っていたんだが」

「ルチアもそうよ」シャーロットはつぶやいた。「ミスター・ホイットリーはおいくつ？」

彼の眉がくいっとあがる。「たしか二九歳だったと思うけど。どうしてだい？」

シャーロットはうすら笑いを浮かべた。「ルチアはね、男性は三〇前が最高だと思っているのよ」

スチュアートは目を閉じ、じっと耐えるような表情を見せた。そしてすぐに話題を変える。「今日は新しい提案を持ってきたんだ。あれから六日も経つのに、ピットニーはなにひとつ情報を持ってこないだろう？　きみがまだ彼女はロンドンにいるはずだと確信しているなら、そろそろぼくらもなにか行動を起こすべきだと思ってね」

「なにを？」シャーロットは手紙を脇に置いた。「たしかにわたし、あの子はロンドンにいる可能性がいちばん高いと思うけれど。ロンドンへ行こうと誰かに誘われたら、たぶんあの子はついていくと思うから」

「ぼくもそう思うよ」スチュアートは同意した。「あと何日か経ってもなんの手がかりも得られない場合は別の場所を捜すことも考えるべきだとは思うが、とりあえず今はロンドンにいると仮定しよう」彼女がうなずき、期待のこもった目で彼を見ると、スチュアートは両手を握りしめて深く息を吸った。「きみはもっと社交の場へ出てみるべきだと思うんだ」

「まじめに言っているの？」彼女は信じられないという面持ちで言った。「観劇したり朝までダンスに興じたりするために町へ来ているわけじゃないのよ。どうせ楽しめないわ、スーザンが行方不明のままでは――」

「きみ自身が楽しむために行くんじゃないさ」反論を予想していたのか、スチュアートがすぐにさえぎった。「もっとも、きみにとっても損にはならないと思うけどね。一日じゅう不安を抱えてくよくよ悩んでいるばかりでは体に悪いから。ただ、出かけたほうがいいと思う理由はふたつあるんだ。ひとつは、なにか役立つ噂が聞けるかもしれないということ。ロンドンにいる人々のことは遅かれ早かれ耳に入るし、きみは誰よりもスーザンをよく知っているんだから、どれが役立つ情報かを見極めやすい」

「でもわたし、それほどよく知っているわけではないのよ」シャーロットは目を伏せながら告白した。「もしそうだったら、あの子だって失踪なんかしなかったはずだもの」

「違うよ、シャーロット、彼女がいなくなったのはきみのせいじゃない」スチュアートがそう言うと彼女はうなずいたが、顔はあげなかった。「もうひとつの理由は、ちょっと複雑なんだ」彼は慎重に言葉を選んで続けた。「彼女がどうやって行方をくらましたのかについて、ぼくなりにいろいろと考えてみた。彼女みたいなお嬢さんを口説き落として駆け落ちに同意させられるのはいったいどういう男だろう、ってね。おそらく、見た目が魅力的な男に違いない。若い女性は将来性などより、顔や着ているもので男を判断しがちだ」

シャーロットが暗いまなざしを向けてくると、スチュアートは、それこそまさに自分とスーザンの関係ではないかと遅まきながら気づき、慌てて先を続けた。

「だがぼくらは、その男が誰だか見当もつかない。昔からの知りあいで彼女に求婚していた男はいないというのは、確かなんだろうね？」スチュアートがそこで言葉を句切ると、シャーロットはうなずいた。「それじゃあ、出会ったのはタンブリッジ・ウェルズに来てからだ。ぼくが思うに、スーザンは、彼女のことをよく知っていて、ロマンティックな言葉をかけてくれる男には弱いんじゃないかな。魅力的でハンサムな謎めいた男が近づいてきて愛の言葉でもささやかれたら、あの子は簡単にさらわれてしまいそうな気がするんだ」

「あるいは、冒険に連れだしてくれる人なら」シャーロットがつけ加える。「スーザンは冒険がしてみたくてたまらない子なのよ。あの子の父親は学者肌のきまじめな人で、娘をそれはそれは大切におしとやかに育ててきたから。たぶんあの子は、わたしが後見人になったらもっとあれこれ楽しめると、心のどこかで期待していたんじゃないかしら」

スチュアートはうなずいた。「なるほど。それじゃあ、顔見知りだったかどうかはさておき、男は彼女に感動的な言葉で言い寄ってきたとしよう。彼女はもともときみに腹を立てていたから、簡単に男の言葉に乗ってしまう。もしも男がロマンスと冒険の両方を約束してくれたら、彼女が衝動的に従ってしまったとしても不思議はない」

「そうね」少し間を置いてからシャーロットが言った。「スーザンなら、衝動的に飛びついてしまうかもしれない」

「きみたちがタンブリッジ・ウェルズに移り住んでどれくらいになるんだい？」

「一カ月ぐらいよ。わたしは春が終わるころにイタリアから戻ってきて、ジョージの家があるハニーフィールドからあの子を連れてきたの。ロンドンでシーズンを過ごすにはまだ一年ほど早いと思ったから、ケントへ越してきたというわけ」

「でもきみはしばらく留守にしていたよね。ぼくはきみが戻ってくる二週間ほど前に彼女と出会っていて、その一週間後には……」スチュアートは言った。「そう考えると、残りはわずか一週間だ。行方をくらました前の晩も、彼女はまだ……その……ぼくに夢中だったから、彼女が前々から別の誰かと駆け落ちするつもりでいたとは考えにくい」

「でも、それなら誰と？」シャーロットは勢いよく立ちあがり、あたりを行ったり来たりしはじめた。「うちの使用人はみんな、あの子があなた以外の人に熱をあげている様子はなかったと言っていたのに」

「使用人にあの子を監視させていたのか？　どうして？」興味を引かれ、彼は訊いた。シャーロットは唇を薄く引き結び、眉間にかすかなしわを寄せた。

「あの子を守るためよ。わたしはロンドンで用事があったから。自分とルチアの荷物を受けとったり、ジョージが遺した土地や財産の管理をしたり。そのあいだにスーザンの身になにかあったら大変だから、使用人には彼女の様子を逐一報告するよう命じてあったの。なにしろあの子は、フォーチュン・ハンターの格好の餌食《えじき》ですもの」

「なるほど。それでか」スチュアートはつぶやいた。「あなたのことも、もちろん報告があったわ。スーザン自身からもね」

彼女の眉間のしわが深くなる。

「それできみは慌てて戻ってきたわけか。これ以上ぼくを彼女に近づかせないために？」おもしろい話になってきたぞ、と思いつつ、スチュアートはソファーの上で身を乗りだした。

「ロンドンで聞いたあなたの噂もあまりいいものではなかったし」シャーロットがやりかえす。「女性を誘惑しただの、馬車でレースをしただの、賭け事に、お酒に――」

「ぼくは人間の屑だからね」彼は認めた。「だが、ほかの男よりひどいわけじゃない。そしてきみは、それらの噂を全部レディー・キルデアに話したんだろう？」

「とにかくあなたに町を出ていってほしかったのよ」シャーロットは彼の質問をはぐらかした。「そうすればスーザンも自分の過ちに気づいてくれると思ったから」

「ぼくはそんなにひどかったかい？」

「スーザンにはふさわしくなかったわ」彼に背を向け、かたくなな口調で言う。「でも……もしかしたら……わたしも少し反応が過激すぎたかもしれないわね」

「まあね」これ以上の話は聞けそうにないと思い、スチュアートはソファーに深く座りなおした。ここまでしゃべってくれただけでもたいしたものだ。「そんなに褒められたら、こっちも図に乗ってしまうぞ。それより、きみの姪をとり戻す算段に話を戻そう」

「魅力的で見た目のいい男性の話ね」シャーロットがすぐに話を合わせた。「スーザンとは会ったことがないか、ほんの少ししか知らない人ってこと？　あの子がよく知っていて、信頼していた人物という可能性は？」

「そういう人が誰かあの町にいたのかい？」

「いいえ」彼女はがくりと肩を落とした。「あの子がいなくなると同時に姿を消した人物もいないし」

「じゃあ、彼女と駆け落ちしたがる男の動機を考えてみようか」

「財産目あてよ、疑いようがないわ」

「でも、彼女はまだ未成年だから、あと数年はきみが財産を管理することになっているんだろう？」スチュアートはソファーの端へ移動した。「ということは、その男はそれまでなんとかしのぐだけの資金を持っているか、先にスーザンを妻にしてしまえばきみを説得できると思っているかだな。ことによると、子供でも産ませて」それを聞いてシャーロットが身震いする。「あるいは、まったく別の理由がなにか存在するのかもしれない」彼女の様子を注意深く観察しながら、スチュアートは続けた。「例の泥棒はきみの家にあるなにかを狙っていた」

シャーロットの顔から血の気が失《う》せた。「まさか、その男がスーザンを狙っていたとでも？」

スチュアートは首を振った。「いや。やつは木箱をあさっていた。もしも彼女だけを狙っていたのなら、そんなことする必要ないだろう？　あいつはなにか特別なものを捜していた。どうしてもそれを手に入れたくてたまらなかったはずだ」彼は反射的に、まだ痛む傷が残っているてのひらを握りしめた。

「でも、あれらの箱にはピエロの集めた美術品がつまっているだけなのよ。泥棒が欲しがりそうなものなんてひとつもないわ」

「どうして？」彼は驚いて訊きかえした。

シャーロットが顔をそむける。「どうしてって、あそこにある箱は全部開けたのになにも盗っていかなかったのよ。イタリアからの荷物に欲しいものが入っていたなら、それを持っていったはずだわ」

「きみがどこかに隠したと思ったのかもしれない」スチュアートはゆっくり言った。「スーザンならそれを手に入れるのに役立ってくれると考えたのかも」

「だったらなぜわたしじゃなくてスーザンなの？　今の話が本当なら、今ごろうちに脅迫状が届いていても不思議じゃないわ。どうしてあの子を連れて逃げたりするの？　欲しいものを手に入れるまで、それがあるケントであの子をつけまわせばすむ話じゃない？」シャーロットはふたたび神経をぴりぴりさせて、あたりをうろつきはじめた。「こんなこと、やっぱり信じられない――あの子は見知らぬ人間を信用するような子じゃないもの――そんなばかなまねをするなんて――」

「落ち着いて」スチュアートは後ろから彼女に歩み寄り、両腕をつかんでやさしく揺さぶった。「そうと決まったわけじゃない。単なる推測にすぎないんだから。彼女を見つけだすまでは、あらゆる可能性を否定してはいけないよ。それがどんなに考えたくないことでも、どんなにありえなさそうでも」

シャーロットがはっと息をのむ。「もちろんそうよね。ただ、わたし……」彼女は首を振った。「なにも知らないままでいると、頭がどうにかなってしまいそうなの！」

「わかるよ」

一瞬シャーロットは、このまま彼の腕のなかに引きこまれて背中から抱きしめられるのではないかという気がした。そうしてほしいと願っている自分に気づいて、ショックを受けた。わずか数日のあいだに、なぜこんなにも彼を頼るようになってしまったのだろう？　あふれるほど人がいる都会でたったひとりの少女を捜しだす無理難題さに押しつぶされそうになっているところへ、スチュアートが助けの手を差しのべてくれたからだ。探偵を見つけてくれたり、自分の側仕えを捜索に走らせてくれたり、シャーロット自身には思いもつかないような質問をくりだしたり、さまざまな可能性を考えてくれたり。しかも、そうやって選択肢を示してくれつつ、自分なりの意見や忠告もまじえながら、最終的な決断はすべてこちらに任せてくれる。そばについていてもらうのに、これ以上頼もしい人物はいない。

だが、スチュアートはやがて手をおろした。落胆を押し隠そうと、シャーロットは彼から何歩か離れた。「もしもあの泥棒がスーザンをかどわかしたのなら、それはたぶんきみを苦しめるためだ。きみが苦しんでなどいないように見えたら、やつはこの作戦をあきらめてくれるかもしれない」

シャーロットは迷っていた。泥棒と誘拐犯が同一人物であれば、彼の話は筋が通っているように思える。でも彼女には信じられなかった。泥棒はイタリアから届いたなにかを欲しがっているふしがあるのに対し、スーザンはイタリアのことはなにひとつ知らないからだ。スーザンがいなくなると同時に不法侵入もぱったりとやんだのは、おそらくただの偶然だろう。それより、スチュアートと出くわしたせいで泥棒が恐れをなしたというほうがありえそうだ。彼女の考えを読んだかのように、スチュアートがつけ加えた。「それに、もしもスーザンが単純に駆け落ちか家出をしたのなら、きみの動向をどこかで聞けば、彼女のほうから姿を現してくれるかもしれないじゃないか」

シャーロットは口もとを引きつらせつつ微笑んだ。そうよ、スーザンが嫉妬するほどわたしがあちこちで楽しんでいることがあの子の耳に入れば、そのうちに悔しくなって、自分から出てきてくれるかもしれない。結局のところ、あの子が行方をくらましたのはそういう嫉妬心が原因だったかもしれないのだから。姪をとりかえすためならなんでもするというわたしの言葉を、スチュアートは文字どおりに受けとったのだろう。ロンドンの社交界に顔を出すことを考えるだけで胃が痛くなりそうだけれど、やってみる価値はありそうだ。シャーロットはかつてスキャンダラスな人生を送っていた。まともなレディーは、ひとりで、あるいは恋人とふたりで、ヨーロッパをふらふらとめぐり歩いたりしないものだ。シャーロットの夫は年寄りだったので、誰もが彼女は金目あてで結婚したと信じて疑わなかった。そうした過去が人々に知れ渡ったら、たとえ今はどんなに慎ましやかな人生を送っていようと、わたしの評判は地に落ちてしまうだろう。でも、スーザンの身の安全より大事なことなんてあるだろうか？「それで、具体的にはなにをすればいいと思う？」彼女は小声で尋ねた。

スチュアートがふうっと息を吐く。そしてシャーロットを自分のほうに向かせ、彼女の両肩に手を置いた。「とにかく人目につきそうなところに出かけよう」彼はやさしく言った。「オペラか劇でも見に行くのがいいな」

シャーロットは身じろぎもしなかった。どうせやらなければならないのなら、とことんイタリア流でやるほうがいい。「オペラにしましょう」

その晩、スチュアートは早く着いた。今日の午後シャーロットに言ったことを、彼はすべて信じていた。このやり方なら必ず結果は出るはずだ。賭けてもいい。賭ける元手があるならば、の話だが。ピットニーの部下たちはロンドンの裏界隈《かいわい》から、ドーヴァーやその他の港、果てはスコットランド南部のグレトナ・グリーンまで、駆け落ちする恋人たちが向かいそうなところをしらみつぶしにあたっていた。それでもいまだになんの情報も得られていない。もしかするとスーザンをさらった人物は本気で彼女に惚れていて、誰にも見つからない隠れ家へ連れ去ってしまったのか、もしくは、例の正体不明の泥棒がなんらかの形で彼女の失踪にかかわっているのかもしれなかった。シャーロットにとってなによりも大切なスーザンが消えると同時に泥棒騒ぎがおさまったというのは、ただの偶然で片づけてしまうにはあまりにもタイミングがよすぎる。

それでも、シャーロットを待つあいだ、あたりをうろつかないようにするのは難しかった。彼女をエスコートしたいと思ったもうひとつの理由はもっと自分勝手なもので、それは自分自身にも認めたくないことだった。緊張し、不安に怯え、罪悪感にさいなまれている彼女を見るのはつらすぎる。彼が思うに、それは彼女のコントロールが及ばないことだからだ。彼女にふたたび笑ってほしい、もう一度笑顔をとり戻してほしい、彼の心をとらえてやまない魅力的な女性に戻ってほしい。この一週間、苦しんでいるシャーロットをずっと見ているうちに、スチュアートは彼女に対し、単なる肉体的な欲望よりもはるかに強い思いを抱くようになっていた。彼女はものすごく正直であけすけな性格で、辛口のユーモアもなかなか楽しい。それが自分に向けられるとき以外は。いや、たとえ自分に向けられるときでさえ、なるほどと感心させられるほどだ。彼女は情け容赦ない代わりに、自分にも厳しい。彼女のそういう一面を、スチュアートは尊敬していた。

当然ながら、彼自身の本能的な衝動は抑えこんでおくほかなかった。なんと言ってもシャーロットはまだまだつらい立場に置かれているのだし、ぼくは彼女に協力を約束したのだから。傷つきやすくなっている彼女の弱みにつけこむようなまねはできない。要するにぼくは、根っからの悪人にはなれないということだ。スチュアートはふたたび、自分にしかと言い聞かせた。ぼくの願いはただひとつ、シャーロットに笑顔をとり戻してほしいだけだ、彼女自身のために。今夜こうして出かけるのも、スーザンを捜しだすことが最大の目的だ。シャーロットを誘惑しようなどというつもりはこれっぽっちもない。まったく。

「これでいいかしら？」ようやく階段をおりてきたシャーロットに声をかけられ、彼はくるりと振りかえった。「できるだけ目立つ格好のほうがいいって言っていたでしょう？」

スチュアートはまじまじと彼女を見つめた。体にぴったり張りつくような深紅のシルクのドレスが、一歩踏みだすたびにしなやかに揺れる。首にかけている数連の真珠のネックレスが、深い襟ぐりから大胆にのぞく胸の谷間へと流れ落ちている。黒いカールは頭の上にピンでゆるくまとめられ、そこにも真珠が編みこまれていた。シャーロットは彼の前で立ちどまり、真っ白な長い手袋を引っぱりあげた。

「ミスター・ドレイク」口もとに皮肉っぽい笑みを浮かべて彼をたしなめる。「そんなにじろじろ見つめないでちょうだい」

スチュアートは目をしばたたいた。「見つめていたかい？　それは失礼」

「でもまあ、許してあげなきゃいけないんでしょうね、こちらのもくろみどおりなのであれば。だって、みんなの注目を集めるのが目的なんでしょう？」

「いずれにしても、きみが注目の的になるのは間違いないよ」スチュアートにとって、それはある種の試練だった。彼は悪人でもないが、修道僧でもない。彼女はそのことをわかっているはずだ。たしかに、今夜出かけようと提案したのはぼくだし、できるだけ優雅に着飾ったほうがいいと勧めたのもぼくだ。だがほかの女性であれば……こんなにも魅惑的に装うことはできないだろう。いや、もしかするとそうではないのかもしれない。スチュアートは自分がこの特定の女性に格別弱いのだということを自覚しはじめていた。ベルベットのケープをそっと肩にかけてやると、シャーロットはうっとりした目で微笑み、彼の直感を確信に変えた。これが幻想であれなんであれ、今宵はとても有意義な夜になりそうだ。

スチュアートはウェア公爵のボックス席に招待してもらえるよう、あらかじめ手を打ってあった。そこはロイヤル・オペラ・ハウスのなかでも、もっとも目立つ席のひとつだ。彼はシャーロットに、今夜のふたりのもくろみを公爵には話してあることを伝え、オペラ・ハウスに到着するなり、まっすぐ席へと案内してもらった。

ボックス席に通されると、シャーロットはためらうことなく最前列の席に陣どった。それどころか、大きく開いた胸もとをみんなに見せつけるように、手すりにわざわざ椅子を近づけて身を乗りだした。スチュアートが隣に座るころには、彼女はオペラグラスをとりだし、観客の顔をひとりひとり眺めはじめていた。「彼はどのあたりにいそうかわかる?」

スチュアートは彼女のほうへ体を傾け、オペラグラスをとりあげた。「やつ自身がここにいるとは限らない。もしそうなら、こっちにとっては好都合だが。今日はなにしろぼくらの姿をみんなに見てもらって、噂してもらうのが大事なんだ」

シャーロットがオペラグラスを奪いかえす。「じゃあ、あなたはその人がここにいるとは思っていないのね」

「いるかもしれない。ともあれ、きみの存在を町の人々に印象づけることが第一の目的なんだから」スチュアートがそう言うと、彼女はなおも不満そうに眉をひそめて彼を見かえした。

「たとえ、やつがオペラを見に来ているとしても」彼は憤慨したように続けた。「今夜この建物のなかにいるとしても、だ。どうすれば捜しだせる？」

　シャーロットは彼に背を向け、ふたたびオペラグラスを目にあてた。オペラを選んだのは間違いだったかもしれない。自分の好みでそう決めてしまったけれど、本当なら誘拐犯がどちらをより好みそうかを考えるべきだった。女性がふたり、口もとを扇で隠して頭を寄せあい、こちらをじっと見てなにやらしゃべっているのが見える。別のボックス席では、椅子にもたれかかって眠たげな目でシャーロットの様子をうかがっている男性のかたわらに女性が寄り添い、こちらも同じく彼女を見つめながら、彼の耳もとになにやらささやきかけていた。ほかのボックス席の観客たちもシャーロットの存在には気づいているようで、ある者はあからさまな好奇心を示し、ある者は軽蔑するような視線を投げかけてきた。自分がみんなにどう見えているか、シャーロットにはよくわかっていた。良くも悪くもとにかく人々の興味をかきたてることができれば、今日のところはそれでいい。

　彼女はオペラグラスをおろした。「で、これからどうすればいいのかしら？」

「オペラを楽しもう。できるものなら」スチュアートは彼女のすぐそばに身を寄せた。

「あなたもオペラは好きなの？」

「さあ、どうだろう。今日が初めてなんでね」

　シャーロットは椅子から転げ落ちそうになった。「初めて？」

彼は一階席の観客たちを見おろした。「ああ、実を言うとね。誰もが皆、きみと同じ文化的素養を有しているわけではないんだよ」

「ここはロンドンのど真ん中にあるオペラ・ハウスでしょう？」シャーロットがにこりともせずに言う。「はるか昔からずっとここに建っていたはずよ」

スチュアートはわざと驚いた振りをしてみせた。「そうなのかい？　なんとすばらしい」

シャーロットは信じられないと言いたげに首を振った。「それじゃあなたはどういう娯楽が好きなの？」するとスチュアートが腹立たしいほど清らかな笑顔を見せたので、彼女は片手を突きだした。「いいえ、やっぱり聞きたくない。お願いだからなにも言わないで」

「仰せのままに。ぼくもどちらかと言うと、言葉だけより行動で示すほうが好きだし」彼の声が低くなり、ブルーの瞳がきらめく。

シャーロットは身をこわばらせた。言葉だけで、彼はあれだけわたしの欲望をかきたてた。思わず体がくねってしまうほどに。そこに行動が伴ったらどうなってしまうかは、神のみぞ知る、だ。彼にそうさせないだけのために、シャーロットはしゃべりはじめた。「わたしが初めてオペラを見たのはヴェネチアだったわ。地位や階級を問わず誰もが見に来るから、オペラ・ハウスはぎっしり満員だった。舞台上で誰かが歌いはじめるまで会場はざわついているんだけれど、プリマ・ドンナが登場するやいなや、会場全体が静まりかえるの。あんなに美しい歌声を聞いたのは生まれて初めてだった。まさに天使の歌声とでも言えばいいかしら。観客を泣かせ、笑わせ、心から感情移入させてくれるの。その晩からわたしはそのソプラノ歌手の大ファンになって、以来一度も彼女の舞台を見逃したことはないの」情熱的な音楽に魅了されて完全にとりこになったその夜の興奮を思いだして、シャーロットは押し黙った。

下を見おろすと、まだ緞帳《どんちょう》がおりている舞台に近いほうから徐々に席が埋まりつつあるようだ。幕が開くまでのこの時間、舞台の裏では新しい恋人との出会いを待っているみたいな感じだった、とルチアは言っていた。期待と不安で胸がわくわくどきどきするのだろう。シャーロットはすぐ横にスチュアートがいることを痛いほど意識していた。夜会服に身を包んでいる彼は危険なくらい魅力的だ。彼女にとっては不安のほうが大きかったが、期待に胸が弾む感覚もないではなかった。ルチアならきっと、彼にとって初めてのオペラを一緒に見ることになったのはなにかの予兆に違いないと言うだろう。スチュアートもわたしと同じように音楽に心を動かされるだろうか、とシャーロットは思った。

「きみの友達のことだね」スチュアートが穏やかに言った。「マダム・ダ・ポンテと言ったっけ？」

シャーロットは慌てて、新しい恋人やなにかの予兆を頭のなかから追い払った。「ええ。あのころの彼女以上に美しい声の歌手には、いまだにめぐり会っていないわ」

「彼女はもう歌わないのかい？」

「ええ」彼はなにも答えない。その気持ちがシャーロットにはなぜかわかった。「わたしのせいなの。夫と仲のよかった知人を紹介したら、その人、たちまちルチアに夢中になってね。彼女の歓心を買うために、彼はトルコの煙草を贈ったの。そうしたら今度は彼女のほうがたちまちとりこになってしまって――煙草に、よ。一日に何本も吸うようになったら、二度とあの声は戻ってこなかった。もっと若くて貪欲《どんよく》な歌手が現れて、次々と彼女の役を奪っていったわ。だからわたし、兄が亡くなったという知らせを受けたとき、彼女をイングランドへ招待したの。ルチアがそれを受けたのは、その名声が完全に失われてしまう前に逃げだしたかったからじゃないかと思うわ」彼はまだなにも言わない。けれども彼の視線を感じて、シャーロットは話題を変えた。「このボックス席は、わたしたちの目的にぴったりね」ふたたび前のほうへ身を乗りだして、会場を見渡す。

スチュアートの視線は彼女の背中をさまよっていた。ドレスは前よりも後ろのほうがさらに大きく開いている。彼はその背骨の線をたどり、結いあげられた黒いカールへと目を走らせた。完全にむきだしになっている肩を見て、あのうなじにキスをしたらどうなるだろうと想像する。ネックレスの金具を外し、真珠が滑り落ちていって……。

前のめりになっていたシャーロットが姿勢を元に戻した。真珠のネックレスも揺れ動き、赤いシルクの生地に引っかかる。「煙草を責めても仕方がないだろう」スチュアートはそのネックレスが胸の谷間まで滑り落ちてくれればいいのに、と思った。そのあたりを見つめる口実が欲しいわけではない。どのみち彼の目はシャーロットに釘づけになっていた。「吸うかどうかは彼女の選択なんだから」

シャーロットは扇を広げた。彼のほうは見ようとしない。「わたしだってなにもひどい罪悪感に苦しんでいるわけではないのよ、ミスター・ドレイク。残念だな、と思うだけ。あなたは、自分の行動が思わぬ結果を招いたことをあとから悔やんだりはしないのかしら？」

スチュアートが答えようとしたとき、今宵のホスト役である公爵が現れた。オーケストラが音楽を奏ではじめると、シャーロットは舞台のほうに向きなおり、彼に背を向けてしまった。スチュアートは最後にもう一度ネックレスの金具を名残惜しそうに見つめた。この場でそんなことをしてはいけないと承知してはいるが、もしもぼくが衝動的な行動に出たら、シャーロットはどう受けとめるだろうか？　心のどこかでは、彼女もそれを歓迎してくれそうな気がした。だが一方で、そうしたら彼女は迷わず拳銃を突きつけてくるだろうと思えた。そんな目に遭うのはもうこりごりだ。シャーロットと出会ってからは、予期せぬことばかりが立てつづけに起こっている。しかし彼は、そのことを後悔してはいなかった。

オペラはシャーロットがこれまで見てきたものに比べれば、最高の出来とは言えなかった。幕間《まくあい》にスチュアートがワインをとりに行ってくれたが、それ以外、彼らはボックス席にとどまって、わざと人々の視線を浴びた。男性が何人か立ち寄って挨拶していったが、いずれもスチュアートか公爵の知りあいだった。ふたたび幕が開いてオペラが始まり、スチュアートがまた隣の席に座ると、シャーロットはほっとした。

プリマ・ドンナは個性の強い顔立ちのイタリア人女性だった。ローマで一度、小さな役を演じている彼女を見たことがある気がする。歌い方はかなり派手だが、声は若干鼻にかかっていて、煙草にやられてしまう前のルチアの澄んだ美しい声には及びもつかない。きんきん声のアリアを聞いているうちに意識はたゆたっていき、シャーロットは物思いに耽りはじめた。もしもミスター・ホイットリーがもう一度歌うようにルチアを説得したら、彼女はいったいどうするかしら? 昔の声の輝きをわずかでもとり戻してロンドンの舞台に立ったら、ルチアはきっとセンセーションを巻き起こすに違いない。

オペラに集中していなかったせいか、いつのまにかシャーロットの耳は背後から聞こえてくる低い声に波長を合わせていた。第一幕のあいだは沈黙を貫いていたスチュアートが、後ろの席に移って公爵となにやら話をしている。盗み聞きをする気はなかったものの、彼女はふたりの会話に聞き耳を立てはじめた。

「バークレーから昨日、手紙が来ていたよ」公爵が小声で言った。

長い沈黙に続くスチュアートの返事は実に簡単なものだった。「そうか」けれどもシャーロットは、その短い言葉に落胆がこもっているのを感じた。バークレーというのは誰なのだろう? どうしてスチュアートはその名前を聞いただけで、こんなに落ちこんでいるの?

「単にきみと連絡がとれなくて心配しているだけかと思っていたんだがね」公爵がつけ加える。「もうすでにオークウッド・パークへ使いを出したそうだ」

さらに長い沈黙。「彼にはまだ返せないんだ」スチュアートの声には緊張がにじんでいた。

「なるほど」とても長い沈黙。「ぼくのほうは別にかまわないが」公爵の声は低すぎて、なにを言っているのかよく聞きとれない。

「いや」スチュアートが少し強く言いつのった。「ぼくはかまうよ。きっとなんとかするから」

オペラが終わり、拍手喝采が起こった。シャーロットは舞台のほうを向きつつ、視界の端でスチュアートの様子をうかがった。顔は正面を向いているもの、その目はひどく憂鬱そうだ。しばらくは彼女に見られていることに気づいていないようだったが、気づいたとたん、悲しげな表情はかき消えた。

「すばらしいのひとことだね」スチュアートは少し前かがみになり、彼女の椅子の背に腕を置いて言った。「で、どういう物語だったんだい？　ウェアと賭けたんだが、秘密の恋人たちの話だろう？」

「イタリアのオペラはたいてい秘密の恋人たちにまつわる話だろう」公爵がかすかな笑みを浮かべて言う。

「今回に限っては、あなたは間違っていらっしゃるわ」ウェア公爵は、シャーロットが会ったことのある男性のなかでもっとも美しい男性だった。背が高く、髪はブロンドで、その顔はまるでミケランジェロ自身の手になる彫刻のようだ。そんな公爵に話しかけられるたびにまじまじと見つめかえしたりしてはいけないと、シャーロットは自分をたしなめた。瞳はブルーとグレーが入りまじったような不思議な色で、笑顔にもかかわらず目は笑っていない。彼女に対しては常に礼儀正しく接してくれる。スチュアートとは明らかに古くからの友人同士のようだが、このふたりがどうやって仲よくなったのだろうと、シャーロットはいぶかった。「恋人たちの関係は秘密ではないんです」彼女は説明した。「ふたりはいずれ結婚することになっているの。でも、ほかの脇役たちがふたりのあいだにいろいろトラブルを起こすという お話で」

スチュアートは公爵のほうを向いた。「ぼくは恋人同士が嘆き悲しむ夜の場面を期待していたんだが。残念だな」

「どうせイタリア語はわからないんだから、そういう場面があったと思っておけばいいじゃないの」シャーロットはからかった。「わたしの言うことが本当だとは限らないし」

彼が体を少し寄せてきて、彼女の肩に軽く腕を置いた。「でも、きみが真実を話しているかどうかはわかる」

「絶対的信頼か?」公爵が眉を吊りあげ、シャーロットのほうを向いた。「他人をそこまで信じられるなんて、珍しいことじゃないか」彼女は少しうろたえて視線をそらし、スチュアートの目を見た。一瞬、ふたりの動きがとまる。その瞬間、公爵にもぴんと来たはずだ。そう、わたしはスチュアートを信頼している。そのことに喜びと動揺を感じると同時に、自分でも少し驚いた。つい最近までまったく信用が置けないと思っていた人をここまで信頼してしまうなんて、自然なことなのだろうか? 嫌われてもおかしくないようなことをさんざんやったあげくにここまで彼に頼ってしまうのは、賢いことなのだろうか? それともわたしは自分をだまし、想像していたより彼はいい人だと思いこんでいるだけ? そうすることで、ほかの感情も正当化できるから?

「ええ」シャーロットは無理やりスチュアートから目を引きはがした。「めったにありえないことだわ」しばしの沈黙が訪れる。「恋人たちが悲嘆に暮れる場面がなくて、あなたにとっては残念だったわね。公爵との賭けには負けてしまったんでしょう？」沈黙を埋めるように彼女は言った。「わたしはそれでも楽しめたけれど」

「ぼくもだよ」公爵がつぶやく。シャーロットが顔をあげると、やけに真剣な表情でこちらを見ている彼と目が合った。思わず吸いこまれそうなブルーグレーの瞳が、探るように彼女の顔を見つめている。熱心すぎるほどに。まるで、誰かに似ている部分を見極めようとしているかのようだ。彼女は顔をそむけたかったが、なぜかできなかった。

「おやおや、けっこうなことじゃないか！　もしかするとウェアもこれで、長年続けてきたオペラ鑑賞の趣味をやめられるかもしれないぞ」

シャーロットはスチュアートの軽口に驚かされた。公爵の表情も一変し、どこかよそよそしくてクールな面持ちになる。

「かもしれないな」公爵は立ちあがった。「では、ぼくはそろそろ失礼させてもらうよ、マダム・グリフォリーノ、ドレイク」お辞儀をして彼が去っていくと、スチュアートは激しい自己嫌悪に陥った。ウェアがちょっとシャーロットを見つめただけで、許せない気持ちになるなんて。だが、ウェアはここ何年も女性をあんなふうに見つめたことはなかった。もしも彼がついに殻を破り、本気で彼女を口説きにかかったらどうなる？　自分はウェアのような男と張りあえる立場なのか？　試しに張りあってみるとしても、ぼくはシャーロットになにを与えてやれるんだ？

「彼って、とても孤独な人なんじゃない？」シャーロットが公爵を見送りながらささやいた。

「まあね」スチュアートはしかめっ面になった。ロンドンでも最高級の大邸宅でなに不自由なく暮らしているウェアに彼女が同情するのを聞くと、神経を逆撫でされたような気になる。ウェアがその気になりさえすれば、イングランドじゅうの女性をいつでも手に入れられるのに。ウェアほどの影響力と富があれば、スーザンを見つけだすまでロンドンじゅうの煉瓦《れんが》をひとつひとつはがさせることだってできるというのに。

そんなことを考えてしまう自分がいやで、スチュアートは勢いよく立ちあがった。ウェアはぼくの友人だし、根っからの紳士だから……。彼はそこでシャーロットを見た。深紅のドレスを身にまとって胸もとに真珠のネックレスを垂らしている彼女は、とてもあでやかでみずみずしい。友人だろうと紳士だろうと、目が不自由でもない限り、彼女に惹かれない男はいない。「ぼくらも帰ろうか？」

シャーロットはひどく驚いて彼を見あげた。「でもわたしたち、まだ誰とも話をしていないじゃない！　スーザンを捜すのに役立つゴシップがなにか聞けるかもしれないと言っていたのに」

スチュアートは体重を移し替えた。「オペラに来るような人たちはおしゃべり好きだからね。きみがやつの情報を聞きまわるより、誘拐犯のほうがきみのことを聞きつけるほうがきっと早いよ。ここでスーザンの噂が聞けるとは思えないし」

「そうね」シャーロットがしょげかえると、スチュアートは自分がまた悪人に戻ったような気がした。これだけ大勢の人がいる場所で話など聞いても有益な情報が得られる確率はかなり低いが、シャーロットのためには出かけるのもいいと思っていた……彼女がいつか公爵夫人の座におさまるような展開にさえならなければ。これは紛れもない嫉妬だ。そんな感情を抱いてしまう自分にはほとほと嫌気が差したが、否定することはできなかった。自分の抱えている問題が深刻なものになりつつあることはわかっていても、彼女に対する思いを消し去ることはできない。だがスチュアートは、その思いをどうすればいいのかわからなかった。

10

翌朝シャーロットが早めに朝食用の食堂へおりていくと、案の定、スチュアートが先に席についていた。彼は毎朝、両親の家で朝食をとっている。ありがたいことにミスター・ドレイクは、最初の朝以来、彼らと同席していなかった。スチュアートが来ていることはわかっていたので、シャーロットもおりてきた。いろいろ助けになってくれている彼を避けるようなまねをしたら、失礼にあたるからだ。彼が笑顔で迎えてくれると心がふわっと浮き立つような気がしたけれど、少なくとも彼女は自分にそう言い聞かせていた。

「ピットニーからはまだなんの知らせもないんだ」スチュアートが彼女を座らせながら言った。「今日はあとで彼に会いに行ってみるよ」

シャーロットはため息をついた。ほんの一瞬の幸せな気分がたちまち消え失せる。「彼はこれまで、まったくなんの情報もつかんでいないわよね」

「落胆するのはまだ早い。ピットニーは人捜しが得意なんだ。そこを見こんで彼に頼んだんだから。時間がかかることもあるが、彼なりの手順を踏んできちんと調査してくれているから、必ず結果を出してくれるよ」スチュアートも自分の席に座る。「きみの友達からはなにか言ってきてないかい？」

　シャーロットはカップに紅茶を注いだ。「いいえ。彼女の手紙に書かれているのはゴシップとか――関係ないニュースばかりで」ルチアが彼の友人のミスター・ホイットリーに夢中になっていることや、スチュアートに関する露骨な質問などをこと細かにスチュアートに話す気にはなれなくて、思わず視線を外す。「でも、スーザンのことはなにも」

「まあ、最初からそんなに期待してはいなかったからね。そのことであまり思い悩んだりしないほうがいい。ロンドンがまだいちばん怪しいことに変わりはないんだから」スチュアートが頭を少し傾けて目もとにかかった前髪を払い、にっこり笑いかけてくる。シャーロットはそのなにげないしぐさに魅了され、彼をじっと見つめかえした。どこか懐かしいような、とても親しげな笑顔だ。髪は少し長すぎるから切ったほうがいい。これほど気さくに接してくれる男性はかつてまわりにはいなかったので、とても新鮮だった。たいていの男性は彼女にいいところを見せて関心を引こうと、見えを張ったり威圧的な態度に出たりする。夫のピエロでさえ、毎朝、側仕えに身だしなみを整えてもらうまでは、彼女と顔を合わせようとしなかった。でもスチュアートは側仕えをケントへ送りかえし、スーザンを捜させてくれている。髪がこんなにのびてしまったのも、わたしを助けるために自分の見てくれなど気にしている暇がないせいだろう。

　スチュアートが側仕えをケントへ送りかえしたことは把握していたが、それがなにを意味するのかまでは深く考えたことがなかった。スチュアートは単にわたしを助けてくれているだけでなく、自分が不自由な思いをしてまでも協力してくれているわけだ。身のまわりの世話をしてくれるはずの使用人を捜索のために送りだし、友人に迷惑をかけ、なぜか敵対している父親の家に出入りしてまで、スーザンを捜すことに協力してくれている。

彼女のためにここまで犠牲になってくれる人など、これまでひとりもいなかった。シャーロットの心の大部分は、その事実を素直に受けとめていた。もしも誰かが困っていたら、助けの手を差しのべるのは義務のようなものだと思うからだ。でも、ここに座っているスチュアートは、ただ彼女を助けたい一心でそうしてくれているようだった。彼女の幸せこそが彼にとって最大の関心事であるかのように。彼女のことが好きであるかのように。

「オペラは楽しかった？」自分の考えに内心うろたえながら、シャーロットは尋ねた。

「とても」彼が答える。「ひと晩じゅう歌を聞いて過ごそうなんて、これまで考えたこともなかったけどね、とてもすばらしかったよ」

「よかったわ。オペラは心をうっとりさせてくれるものね」その言い方になにか引っかかるものを感じたらしく、スチュアートが顔をあげた。

「そうだね、とても刺激的だ」そう言いながら瞳を陰らせ、前に身を乗りだしてくる。「きみがオペラにしようと言ってくれてよかった。ほかの誰と一緒に行くより楽しめた気がする。きみが行きたいときは、いつでもお供させてもらうよ」

「オペラならいくら聞いてもあきないわよ」どうとでもとれるように、シャーロットはさりげなく忠告した。彼はさらに顔を近づけてきて、真っ正面から彼女の視線をとらえる。「そう言ってくれるとぼくもうれしくなる。きみのやりたいことを……できるだけ叶えてあげたいんだ」

そこへ執事がやってきた。「マダムにお手紙が届いております」

シャーロットはスチュアートから視線を引きはがし、封筒を受けとった。「スーザンからだわ！」見慣れた手書きの文字を見て、そう叫ぶ。

スチュアートは驚いた様子で立ちあがった。「ブランブル、これを届けに来たのはどんなやつだった？」

「たいそうみすぼらしい若者でしたが」執事の答えを待つまでもなく、スチュアートが部屋から飛びだしていく。玄関のドアが大きな音を立てると同時に、シャーロットは手紙の封を切った。便箋のほかに、なかから小さなメモが滑り落ちたが、それは無視してスーザンの震えたような文字に目を落とす。

シャーロット叔母さまへ

わたしは元気で楽しく過ごしていることをお知らせしたくて、この手紙を書いています。もうじき結婚することになったのよ！　あんな形で家を飛びだしたことを、叔母さまはまだ怒っていらっしゃるでしょうね。そのことは謝ります。でも、そうせずにはいられなかったわたしの気持ちもわかってください。わたしの衣類や身のまわりのものはいずれ誰かにとりに行かせるつもりですが、今はまだ住む部屋が決まっていないので。

ロンドンはわたしが夢見ていたとおりの町でした！　ではまた手紙を書きますね。

スーザン

シャーロットがスチュアートを追って廊下を走りだしたとき、ちょうど戻ってきた彼とぶつかった。「つかまえられなかった」息を切らしながら、悔しさもあらわに言う。「ブランブル！」

執事がただちに現れる。「お呼びですか？」

「今後、マダム・グリフォリーノかぼく宛に手紙を届けに来るやつがいたら、ぼくが会うまで引きとめておくようにしてくれ」執事がかしこまって頭をさげると、スチュアートはシャーロットのほうを向いた。「手紙にはなんて書いてあった？」

シャーロットは手紙を手渡した。読み進むうちに、スチュアートの眉間にしわが刻まれていく。読み終えると彼は、彼女を食堂へと促した。ふたりきりになったところで、シャーロットは腰の両脇に手をあてて尋ねた。「それで？」

スチュアートは手紙で顎をとんとん叩きつつ、落ち着きなく室内を行ったり来たりしている。「やつはスーザンに結婚を申しこんでいる。犯人はロマンスと冒険で彼女をそそのかしたんじゃないかというぼくらの推測があたっていたわけだ。でも、そいつはいったい誰なんだ？　犯人がどうやってあんなふうに突然、あんなに秘密裏に彼女をおびきだしたのか、まったく見当もつかないよ」

「それくらい、言われなくてもわかっているわ」シャーロットはぴしゃりと言って手紙を奪いかえし——ここ一週間で唯一のスーザンにまつわる収穫だ——大事そうに胸にぎゅっと押しつけた。このメッセージは、姪がまだ元気に生きているなによりの証拠だ。「あの子がロンドンにいることはほぼ間違いないわね。どうやって捜せばいいかしら？」

「ピットニーに捜させよう」スチュアートは即答した。「手紙を届けに来た若者の風体をフレイクスから訊きだして。その若者の居どころがつかめれば、これを送りつけてきた人物に一歩近づける」

「それじゃ何日もかかってしまうじゃない！　身なりの悪い若者なんて、ロンドンには何百人もいるのよ！」

「何千、何万人もだ」スチュアートが言いかえす。「こらえてくれ、シャーロット。ピットニーはこの町をよく知っている。この町の底辺で暮らす人々のこともだ」

「そのあいだ、わたしたちはどうするの？　馬車を呼んで。今から急いで追いかければ、その若者をつかまえられるかもしれない……」

スチュアートはかぶりを振った。「彼はもうどこかへ消えてしまった。ロンドンじゅうを走りまわったって、そう簡単に見つかるはずもない」

「だけどこのままなにもしないでいたら、叫びだしてしまいそうだわ！」シャーロットは命綱のように手紙をしっかり握りしめた。ヒステリーの発作が喉もとまでせりあがってくる。なにも消息がつかめないのがいちばんつらいと思っていたけれど、わずかな手がかりはあるのになにも行動を起こせないほうがはるかにつらく苦しかった。

スチュアートがため息をつき、片手で髪をかきあげる。「ピットニーに話をしに行くほかにぼくらにできることは……」彼は首を振った。シャーロットは唐突に、スーザンの手紙の封を開けたとき、もう一枚メモのようなものが滑り落ちたことを思いだした。慌てて床にひざまずき、テーブルの下にもぐりこんで、それを拾いあげる。「なにをしてるんだ?」スチュアートがテーブルクロスをめくって下をのぞきこんだとき、彼女はそのメモを開いて、あっと声をあげた。

「どうした?」スチュアートが彼女をテーブルの下から引きずりだし、彼女が握りしめているメモを読もうとする。「なにが書いてあるんだ?」

シャーロットはそのメモを平らにのばし、イタリア語を翻訳して聞かせた。


緋《ひ》色の女め、おまえがおれの宝を奪ったから、おれもおまえの宝を盗んでやった。おまえがイングランド人の紳士の前に身を投げだしているころ、スーザンはおれのそばで弱々しく横たわっていることだろう。おまえがイタリアの至宝を返してくれたら、おれも彼女を返してやる。

おまえを見張っている者より

「どういうことだ」スチュアートはメモを奪いとり、のたくるような筆跡を見て顔をしかめた。「イタリアの至宝って、なんのことだ?」

「わからないわ」シャーロットは恐怖と興奮に身を震わせた。「でも、彼はやはり、ゆうべわたしたちを見ていたのよ」メモをとりかえし、ある部分を指さしてみせる。スチュアートにはイタリア語が読めないにもかかわらず。「ほらここ、〝緋色の女〟って書いてあるでしょう? わたしの赤いドレスのことだわ! 犯人はきっと身近にいるのよ! スーザンも一緒に違いないわ!」

スチュアートが目を輝かせて顔をあげる。「だろうな。きみの挑発が功を奏して、向こうも手の内を見せてきたわけだ。なるほど、犯人はイタリア人か。たぶんイタリアからずっときみのあとをつけてきたんだろう。きみの家に忍びこんでいた例の泥棒も、おそらくこいつじゃないかな」

「でも、彼はなにを欲しがっているのかしら?」手の震えをとめようとして、彼女は両手を握りあわせた。「至宝と呼べるものなんて、わたしはなにひとつ持っていないのに」

「だが、犯人は明らかにそう思いこんでいる」スチュアートがメモを見て、ふたたび眉をひそめる。「自分ひとりの力では捜しだせなかったから、スーザンを人質としてさらっていったんだ」

「ああ、かわいそうに!」シャーロットは泣き崩れた。「ねえ、今のわたしたちにできることってなに? あの子がロンドンに、すぐそばにいるのはわかったけれど、それがどこだか皆目わからないなんて!」

「落ち着いて」彼が冷静な声で諭す。「なにを捜せばいいかがやっとわかったんだ。すぐにでもこのことをピットニーとベントンに知らせよう。これだけはっきりした手がかりがあれば、少なくともどちらかがなにか見つけてくれるはずだ。きみの友達はまだケントの家にいるんだろう？」シャーロットはうなずいた。「だったらすぐに手紙を書いてくれ。イタリアから届いた荷物を全部また箱につめて、できるだけ早くこっちへ送ってくれるように。ぼくからもベントンにその旨を伝えておく。彼が手伝ってくれたら仕事が速い。彼は荷造りが得意だから」

「どうして？　ああ——そういうこと！」シャーロットはわきあがる興奮に声をうわずらせた。「犯人の欲しいものがなんであれ、イタリアから持ってきた荷物のなかにあるはずなのよね。だったらルチアが言ったように、すべての品を家じゅうに並べておいて、犯人がまた盗みに来るのを待つほうがいいんじゃない？」

「だめだ。やつがなにを狙っているか、ぼくらのほうが先に突きとめないと」スチュアートが厳しい口調で言う。「そうして初めて、犯人と対等の立場で取り引きができる。万が一スーザンを傷つけでもしたらきみが交渉に応じてくれないことは、やつもわかっているだろう。つまり、やつの欲しがっているものがこちらの手もとにある限り、スーザンの身も安全ということだ。ケントに置いてあるあれらの荷物以外に、イタリアから持ってきたものはないかい？　弁護士の事務所に預けたものとか、友人に贈ったものとかは？」

「いいえ、荷物はすべてケントに送ったから。わたしが本当に彼の狙っているものを持っているなら、それはタンブリッジ・ウェルズにあるはずよ」

「じゃあ、とにかくそれを捜しだして、こちらに交渉の用意があることをなんとかして犯人に伝えよう。ベントンには、ケントにいる外国人の身元も確認してもらうように頼んでおくから。きみもルチアに同じことを頼んでくれ、とくにイタリア人を重点的に。この誘拐犯が泥棒と同一人物なら、きみたちがいつ家を空けるかを見張るために、すぐ近くにひそんでいた可能性が高い」

「すぐに手紙を書くわ」シャーロットはそう約束したが、心の焦りはそれだけでは埋まらなかった。「でも、ほかにもっと――」スチュアートが人さし指を彼女の唇に押しあてて黙らせる。

「ぼくは今からピットニーのところへ行ってくる。きみは友達に手紙を書くんだ」彼は手をどけると、そこにさっと唇を重ね、シャーロットを驚かせた。「誘拐犯についての情報が集まれば集まるほど、ピットニーがやつを発見してくれる確率も高くなる」そして今度はもっと長くもっと強く唇を押しつけてキスをした。一瞬の迷いもなく、シャーロットは彼に身を預けた。恐怖はときに、強力な媚薬《びやく》になりうるようだ。なにかが起こりそうな予感に、彼女の体は張りつめて硬くなった。わき起こる欲望が胸のなかの不安や懸念を押しのけ、スチュアートだけに、彼がもたらしてくれる心地よい感覚だけに、全身全霊を集中させてくれる。

シャーロットが唇を開くと、スチュアートは彼女の腰に腕をきつく巻きつけてきた。彼のてのひらが胸をそっと包みこむと、シャーロットは膝からくずおれそうになった。いまだかつて、こんなにも男性が欲しいと思ったことはない。こんなにもふれてほしいと感じたことはない。スチュアートが彼女のヒップに手を添えて自分のほうへぐっと抱き寄せると、シャーロットの口からあえぎ声がもれ、脚はまるでそれ自身が意志を持っているかのように彼の脚に絡みついた。わたしが欲しかったのはこれだ。彼が欲しい。今すぐ彼が欲しい。

このまま絨毯の上で愛しあうことになってもかまわない気持ちで、彼の首に腕を巻きつけて引き寄せる。スチュアートは、しがみついてくる彼女もろとも前に倒れこみ、手近な椅子に手をついてかろうじて体を支える。テーブルの縁がヒップにあたって腰がぐっと押されると、シャーロットは恥じらいも忘れて自分から動いた。しかしスチュアートは吐息まじりのキスをして、顔を離した。

「こんなところできみを抱くことはできない」肩が小刻みに震えていた。「そうしたいのはやまやまだが、やっぱり無理だ」

シャーロットは熱い石炭にふれたかのように、ぱっと彼を放した。「スチュアート――」

「いつか必ずこの続きをしよう」スチュアートが荒い息をつきながらささやく。「このままではぼくはどうにかなってしまいそうだ」

彼女がまだ気持ちの整理をつけられずにいるうちに、ドアが開いた。「おはよう」アメリアが軽やかな声で挨拶してくる。スチュアートはすぐさま母親の前に立ちはだかり、着衣の乱れを整えるシャーロットを隠した。危なかった。ふたりはもう少しで、彼のご両親の家の朝食用のテーブルの上で愛を交わすところだった。いつ誰が入ってきてもおかしくない場所で。相手を選ばない娼婦だって、こんなはしたないまねはしない。招かれざる客の立場ならなおさらだ。

「スーザンから手紙が届いたんです」スチュアートはなにごともなかったかのように落ち着いた様子で、母親に説明した。「彼女は元気で、ロンドンにいるらしい。どこかの男に結婚しようと口説かれて、駆け落ちしたようですね。それで、もうじき結婚するつもりだと、シャーロットに知らせてきたんですよ」

「なんてひどい手口なのかしら！」アメリアの目がきらりと光った。「彼女はだまされたのね。かわいそうに！　それじゃあ、誘拐されたも同然じゃないの」

「しかも、人質としてとらわれているんですからね」スチュアートは同意した。「彼女自身はまだそのことを知らないようなんですが」

「まあ、なんてこと！　それで、これからどうするつもりなの？」アメリアがすっとんきょうな声をあげる。

「犯人からのメッセージも一緒に届いたんです」シャーロットは言った。「それによると彼は、わたしが持っているらしいイタリアの至宝を欲しがっているみたいで。それと引き替えにスーザンを解放すると言ってきたんです」彼女はちらりとスチュアートを見た。「もしもわたしの手もとに彼の狙っているものがなかったらと思うと、恐ろしくて」

「きっとあるさ」スチュアートがきっぱりと言う。「どこかに。犯人はそのことを確信しているようだからね。さもなければ、何度もきみの家に忍びこんだり、スーザンを誘拐したりするはずがない。市場価値の高いものではないのかもしれないが、彼にとってはかけがえのないものなのだろう」

「あなたの言うとおりならいいけれど」

するとスチュアートはいつもの澄ました笑顔を見せた。「ぼくの言うことはいつだって正しいよ。そんなことも知らなかったのかい？」そう言って、彼はドアへ向かった。「じゃあ、ぼくはピットニーのところへ行ってくる。きみはすぐルチアに手紙を書いてくれ」

「そうするわ」シャーロットは約束した。彼はもう一度にこっと笑って、去っていった。

彼の母親とふたりきりになると、シャーロットはまだ手つかずのまま皿に残っていた朝食をとるために、自分の席に着いた。食事を中断するはめになった彼との一連のやりとりを思いだすだけで、動きがひどくぎこちなくなってしまう。それでも彼女は平静を装い、冷たくなった紅茶に口をつけた。もしもふたりが抱きあっているところを見つかっていたら、ミセス・ドレイクにどう思われただろうか？　わたしはあと一歩で、彼女の息子と愛を交わしてしまうところだった。それも、朝の明るい日差しのなかで！

「あなた、スチュアートのことがかなり気に入ってくださっているご様子ね」アメリアがしゃべりかけてくる。シャーロットが後ろめたさを覚えつつ顔をあげると、案の定、興味津々に詮索《せんさく》するようなまなざしがこちらに向けられていた。「なにしろハンサムな子ですからね。あなたを責めるつもりはありませんよ。ドレイク家の男はみんな憎らしいくらいハンサムなんですもの」

シャーロットは女主人の視線を避け、軽く咳払いした。「いいお友達としておつきあいさせていただいてますわ」

「あらあら。わたしたち、大人の女同士なんですもの、妙な遠慮はいらないわ。お見受けしたところ、あなたはそこそこ男性経験もおありでしょう？　うちの息子に惹かれているなら、そうおっしゃってくれてかまわないのよ」

シャーロットは開けた口をまた閉じた。どう答えればいいのかわからない。

アメリアはティーポットに手をのばして自分のカップに紅茶を注いだ。湯気がふわりと手首のあたりまで立ちのぼる。「でも、ひとつだけ忠告しておくわ」彼女は同情するような目をしてつけ加えた。「彼があなたと結婚することはないと思うの」

驚きのあまり、シャーロットの目玉は顔から飛びだしそうになった。「ど、どうかご安心ください。わ、わたし、そんなことはこれっぽっちも考えていませんから」言葉が思うように出てこない。結婚ですって？　スチュアートと？　彼が求めているのは、大金持ちの若い花嫁だ。そしてわたしは、誰にも束縛されない自由の身を楽しんでいる。そんなふたりが結婚するなんて、どう考えてもありえない。

けれどもミセス・ドレイクの立場からすれば、うまくすればスチュアートと結婚できるかもしれないなどという期待を決して抱かないよう、あらかじめわたしに釘を刺しておきたいのだろう。わたしのような過去を持つ女を息子の嫁にと望む母親などいないはずだ。わたしはもう花の色も褪《あ》せた傷物なのだから。スチュアートだって、ベッドをともにしてみたいと思うくらいにはわたしのことを気に入ってくれているかもしれないけれど、母親の言うとおり、結婚したいとまでは思わないはずだ。わたしは、彼のように立派な紳士にふさわしい女ではないのだから。

そう考えると気持ちが沈んだ。もっと尊敬される女性になるための努力もむなしく、いまだにシャーロットは世間から認められていなかった。髪形やドレスをどう変えようと、若いころにはかなりはめを外していた女というレッテルがずっとついてまわる。今の彼女は、生まれ変わりたいという真摯な願いと、逃れられない過去との板挟みだった。

「わたし自身の希望を言っているわけではないのよ」アメリアは相変わらずシャーロットを見つめたまま、紅茶を飲んだ。「男性のなかには、妻や家族に対してどうしても責任を持てないたぐいの人間もいるの。スチュアートもそのひとりよ」

前半の部分は本当かどうか疑わしい気もしたけれど、もしも自分が同意していたらスチュアートはあのままスーザンと結婚していたはずだ、とシャーロットは思った。あのふたりが夫婦になるなんて想像しただけで具合が悪くなりそうだが、たとえそうなっていても母親の主張するようにはならなかっただろう。いつだったか彼は、スーザンには感謝して彼女を大切にするつもりだ、というようなことを言っていた。あの彼が姪をひどく扱うとはとうてい考えられないし、少なくとも妻にはできるだけ心地よい生活を送らせるために努力を惜しまないはずだ。「そのご意見には同意できませんわ」シャーロットはゆっくりと言った。「彼は立派に責任を果たせる男性だと思います」

アメリアが首を振る。「スチュアートはこれまで一度だって、まともに責任を果たしたことなどないんですよ。田舎の土地だか農場だかを手に入れて、一人前の男のように見せかけることはできても、それを経営していく方法はわからないのよ。自分の面倒を見るのが精いっぱいで、それさえも今はあまりうまくいっていないんですもの」

「でも、これまでやったことがなければ、最初からうまくいかなくても仕方ありませんわ」この件に関してどうして彼を弁護するようなことを口にしているのか、シャーロットは自分でもわからなかった。ほんの数日前まで、自分も同じことを思っていたのに。「必要に迫られれば彼は難題にも立派に立ち向かうと、信じてはいらっしゃらないのですか？」

アメリアは悲しげに笑った。「ええ。わたしはあの子が生まれたときからスチュアートを知っていますからね。わたしが言うのもなんだけれど、息子はいつだって自分の魅力とハンサムな外見に頼ることで、欲しいものを手に入れてきただけなのよ」

「わたしにとって彼はかけがえのない人です」かつては自分も同じような言葉で彼を責めたことを忘れ、シャーロットは反論した。「賢い方ですし、とても強い意志をお持ちですわ」

アメリアがため息をつく。「男が女を口説こうとするときは、どんなふうにでも自分を見せかけることができるものだわ。紳士的な求婚者、謎めいた冒険家、輝く鎧を身にまとった騎士……。でも、彼らの心にあるゴールはひとつ。しかもそのゴールは結婚ではないのよ。彼らはそのゴールにたどり着いたとたん、別の女を求めて去っていくの」

「なかにはそういう方もいらっしゃるでしょう」ほんの少し間を置いてから、シャーロットは言った。「でも、みんながみんなそうとは限りません。もちろん、彼のお母さまであるあなたは彼の性格をよくご存じだと思いますけれど。でもわたしには、あなたが息子さんを過小評価なさっているように思えてならないんです」

生々しく暗い陰のようなものがアメリアの顔をよぎる。彼女は短く悲しげな笑い声をあげた。「あなたはなにも知らないから、そんなことが言えるんだわ。スチュアートはあの子の父親にそっくりなんですから」

それは褒め言葉には聞こえなかった。ミスター・ドレイクはシャーロットの知っている誰よりも冷たくて厳しい人のように思える。もしかするとミセス・ドレイクは、時が経てばスチュアートもいずれはそういう男性になると言いたいのだろうか？　だとしたら、それほど不吉な警告はない。「それに、その人にふさわしい女が愛してやれば男はもっといい男になれる、なんていう幻想にだまされてはいけませんよ」アメリアが続ける。「男にとって、愛は虚構でしかないんだから。女が男を愛せるほど男は女を愛せない。それよりなにより、結婚は愛する人としてはだめよ、心が傷つくだけだから。いくら愛しても愛してはくれない人と夫婦でいることほど悲しいことはないんだから」

「わたしはスチュアートを愛しているわけではありませんわ」シャーロットは小声で言った。「彼も別にわたしを愛してはいないと思います」前者については近ごろ疑わしい気がしなくもないけれど、後者に関しては否定しようがない。

「よかったわ」アメリアはふたたびにこやかな笑顔を見せ、カップを手にとった。「それならあなたはいたずらに胸を痛めずにすむもの。ほかの女性たちはそこまで運がよくはなかったようだけれど」

「ほかの女性たち？」シャーロットは困惑し、おうむがえしに訊いた。自分には子供がいなくて本当によかった、と幸運の星にふたたび感謝する。自分の娘が詐欺師やフォーチュン・ハンターにだまされたりしたら生きてはいられないだろうし、自分の息子に近づこうとする女性を追い払うこともできないだろう。母親になった自分を思い浮かべてみることはあるけれど、そこに出てくるのはある年齢までの子供で、その子たちが大人に近づくころのことは想像できない。母親の責任というのはいつ終わるのだろうか？

「スチュアートを好きになってしまったほかの女性たちのことよ」アメリアが明確に言いなおす。「みんな不幸な結末を迎えたわ。ひとりはその名に傷がついて田舎へ送られてしまったし、また別のひとりは、不名誉な噂が立ったことも大目に見てくれたいとこととすぐに結婚させられてしまったの」

「アン・ヘイルと、イライザ・ペニーワースのことですね」シャーロットはアメリアの目をまっすぐに見て言った。

アメリアが目をそらす。「そのふたりのお嬢さんの件は、ほんのひと月のあいだに続けてあったことですからね。テランスが怒るのも無理ないわ」

突然、シャーロットはわからなくなった。彼女がレディー・キルデアに話した噂も、それがめぐりめぐってふたたび自分の耳に入ったときには、話にかなりの尾ひれがついていた。

スチュアートは若い娘の祖母が見ている前で、その娘の貞操を奪ったことになっていた。イライザ・ペニーワースとの駆け落ち未遂のほうは、拉致事件にまで発展していた。自分の話したちょっとした噂話がたったの一週間でそれだけ大きく変わってしまうのであれば、自分が初めてその噂を耳にしたとき、それがどれほど真実に近かったのかわからない。

「ミセス・ドレイク、わたしにはとても率直にお話しくださっているようですから、わたしからも率直な質問をさせていただいてかまいませんか？」

「もちろんよ」

「ミスター・ドレイクはどうしてご自分の息子さんをあんなに嫌っていらっしゃるのでしょうか？」

アメリアの表情が暗く陰った。「テランスはスチュアートに失望させられたのよ。もう少しまともな息子に育つと期待していたのに、あんな――あんなふうになってしまって」なぜか口ごもりつつ、話を続ける。「スチュアートの乱れようは――ものすごかったの。テランスの希望にスチュアートはことごとく逆らい、テランスがやるなと警告したことはあえてやるというありさまで」

「でも、彼はもう立派な大人です。ミスター・ドレイクも、若いころに少々はめを外していたからといって、今なお息子を疎んじる必要はないのでは？」

「あなたがそう思うのは、あの子が真人間に生まれ変わったと仮定しているからよ」

この話はここで終わりにしましょう、という口調だった。ミセス・ドレイクは明らかに息子を愛しているものの、一方で、いまだに息子を信用できずにいるようだ。シャーロットはそのことに驚いた。自分のことは棚にあげて。彼女の父親は少なくとも、数々の噂が真実であることが証明されるまでは、彼女を見捨てずにいてくれた。でも、どちらのほうが幸せなのかはわからない。家から追いだされて一生戻れないのと、今も養ってもらっている家族から常に疑いの目で見られつづけるのと、はたしてどちらがましだろうか？「わたし自身は、彼はとても尊敬に値する男性だと思いますけれど」シャーロットはゆっくり言った。「噂というのは、とかく大げさになるものですし」

「マダム・グリフォリーノ」アメリアはシャーロットの手をとった。「スチュアートはわたしにとって、たったひとりの子供なの。もちろんわたしはあの子を深く愛しているし、今だから告白するけれど、あなたにどうかこの家に泊まってと頼んだのも、そうすればもっと息子に会えるんじゃないかと思ったからよ。でもね、息子の欠点も見えないほど溺愛《できあい》しているわけではないし、あなたにもそうなってほしくはないの。女性というのは感情に流されてしまいがちなものだけれど、もしもあなたが裏切られるようなことになったら、わたしもとても悲しいから。姪御さんの身に起こった悲劇を思うと、どうしても黙っていられなくて」

シャーロットはなにをどう考えればいいのかわからなくなった。魅力的な男性がいかにたやすく女性の心を盗んでしまうかは、自らのつらい経験を通して知っている。ミセス・ドレイクの言ったことは、シャーロットに関する限り、ほとんどが絶対的真理だった。でも、ミセス・ドレイクが語っているのは、大昔にシャーロットの人生を狂わせた心ないならず者でもなければ、スーザンをさらっていった名もなき悪党のことでもなく、スチュアートのことなのだ。機会はいくらでもあっただろうし、シャーロット自身が動機を与えたにもかかわらず、スチュアートは決してスーザンを傷つけないように気を配ってくれていた。スーザンを、ほかでもないジュリエットにたとえ、できるだけ彼女を悲しませないように別れを演出してくれた。

でも、スチュアートがフォーチュン・ハンターであることは、彼自身も認めている。その点はたしかに褒められたことではない。そんな男性が尊敬に値するだなんて、どうして思えたのだろう？　もともと彼はスーザンの財産を狙って近づいてきたというのに。スーザンが行方をくらました件も、部分的には彼に責任があるはずなのに。どうしてわたしはそんな男性を好きになれるのだろう？

〝スーザンが行方をくらましたのはあなた自身のせいよ〟と、シャーロットのなかの罪の意識がささやいた。〝彼のせいなんかじゃないわ。もしも彼がいてくれなかったら、あなたは今ごろたったひとりで、途方に暮れていたはずよ〟

だからといってそれは、わたしが彼を愛しはじめていることを意味してはいない。たとえ彼がほかの人ではできないくらいわたしを興奮させてくれるとしても、彼はまた、ほかの人にはできないくらいわたしをいらいらさせる。わたしになにを言われたところで少しもこたえたそぶりは見せず、拳銃を突きつけられても笑って受け流すばかり。オペラの話をしていたと思ったら、いつのまにか熱く見つめてきたり。さまざまな男性と浮き名を流してきたシャーロットには、彼がなにを言わんとしていたか、手にとるように理解できた。彼はまだわたしを求めている。ただしそれは、愛から来るものではない。

結局シャーロットは一日じゅう、そんなことをあれこれ思い悩んでいた。ふたりのあいだに漂う緊張を解きほぐすためにスチュアートとベッドをともにすべきだろうか、とも考えてみる。大人の男と女なら、お互い合意のうえで秘密の情事を楽しんだって、かまわないのでは？　けれども、頭のいかれたイタリア人にとらわれているスーザンのことを思うと、自分だけが歓びに身を任せるなんて考えられなかった。かといって姪をとり戻してからでは、スチュアートと情事を楽しむことなどできるはずもない。スーザンがどれだけ傷つき、裏切られたと感じるか、わかったものではないからだ。そう考えてくると、彼とベッドをともにするチャンスなど永遠に訪れそうになく、それだけでシャーロットは泣きたくなった。彼女を悔しさで泣きたい気持ちにさせたのはスチュアートが初めてだ。

もしかするとそれは、欲望以上の感情がわたしのなかにあるということ？　心にひどい傷を負うような大失恋を経験してからというもの、シャーロットは男性に対して肉体的な欲望以上のものを感じないようにしていた。スチュアートに対してもそれは同じだったはずだ。彼だけが特別なんて、ありえない。

だけど、もしも本当にそうだったらどうなるの？　わたしの思いとは裏腹に？

その答えを確かめるには、ベッドをともにしてみるしかない。わたしがスチュアートを愛しているはずがない。彼との結婚など望んでもいない。彼が欲しいとは思うけれど、それは純粋に肉体の欲求にすぎない。ひとたび体を重ねてしまえば、彼に惹かれる気持ちも燃えつきるはず……それ以上の感情がわたしのなかにないのであれば。彼とベッドをともにしたあとでも心が動かされることがなければ、この胸のなかに渦巻いているのは肉体的な欲望だけだったと証明できる。でももし心を動かされたら……。

それはまたそのとき考えればいい。

スチュアートは丸一日かけて居酒屋やパブをめぐり歩き、くたくたに疲れはてた。シャーロットが懸賞金を出してくれたので、大勢の人々に気前よくおごってやったりしたにもかかわらず、スーザンの手紙を届けに来た若者を捜しだすことはできなかった。ようやく日も暮れるころには全身が熱くほてり、ぐったりして、いらだちも募っていた。スーザンの誘拐犯へとつながる人物にすぐそこまで迫りながら、結局なんの収穫も得られなかった。

ピットニーと落ちあって、どちらもまだ若者を見つけていないことを確認したのち、スチュアートはメイフェアへ向かった。彼はとにかく疲れていた。一刻も早く屋敷に戻って、ベッドに倒れこみたい。だがその前に、今日のことをシャーロットに報告しなければ。彼女にふたたび会えるのなら、テランスが在宅している可能性が高いあの家へもあえて足を踏み入れる気になれる。行ってもふたりきりになれるわけではないだろうが、彼女に会いたい一心で、空腹を抱え、埃まみれのまま、疲れた体を引きずって歩いた。

シャーロットは玄関ホールで待っていてくれた。彼女の姿が目に入っただけで、たちまち気分が明るくなる。彼女のほうはスチュアートを見たとたん、希望に満ちた表情がかき消えた。「見つからなかったのね」

スチュアートはうなずいた。「ロンドンじゅうに噂は広めてきたから、いずれ若者は現れるだろう。希望を失ってはいけないよ」

「そうよね」シャーロットはどこかうわの空でうなずいた。「わたし、ずっと考えていたんだけれど――」

「おまえ、どこでなにをして来たんだ？」

父親のうなるような声が聞こえ、スチュアートは顔をしかめた。かたわらでシャーロットが小さく身をすくめる。彼はさっと父親のほうを振り向き、ふたりがつないでいる手を後ろに隠した。「こんばんは、テランス」

「この家へ来るときは、もう少しまともな格好をしてこい」テランスが吐き捨てるように言った。「わが家では客は応接間で迎えることになっているんだ」応接間のドアを開け、さっさとなかへ入っていく。スチュアートはシャーロットを先に通し、足を引きずらないよう気をつけながら自分もあとに続いた。彼女を椅子に座らせてから、その横に腰をおろす。テランスはソファーの真ん中に座って、曲がらない脚を前に投げだし、冷たい目でスチュアートをにらみつけていた。

「で、今日はどんなトラブルを巻き起こしてきたんだ？」

スチュアートは肩をすくめた。「いつもほどではありませんよ。どうかご安心を」

テランスが不機嫌そうに言う。「ホールに突っ立ってなにをしていた?」

「マダム・グリフォリーノと内緒の話がしたかったもので」

「おまえ、今まで何人のご婦人と内緒の話をして、相手の名誉を傷つけてきたんだ?」テランスはちらりとシャーロットを見た。「どこへ行ってきた?」

スチュアートは礼儀にうるさい父親の気にさわるよう、わざとだらしなく椅子の背にもたれ、腕をだらりとその後ろに垂らした。「悪の巣窟《そうくつ》ですよ」

「わたしをからかうつもりか!」

「からかうなんてとんでもない」スチュアートは言いかえした。「まさにあなたの期待どおりの答えでしょう? ぼくはいつだって、あなたの希望に応えようと努力しているんですから」

テランスは険しい目つきでシャーロットを見つめた。「あなたもこれでおわかりでしょうな、マダム。こんなろくでなしは、信用するだけ無駄ですぞ」

シャーロットはまばたきしてから、目を細めた。「これまでのところは、彼に失望させられたことは一度もありません」

「いずれそうなりますよ」テランスはまたスチュアートに顔を向けた。「どうせ賭け事でもやってきたんだろう。また負けたのか?」

スチュアートはここ何カ月も、一ポンドだって賭けてはいなかった。彼は首を振り、小さく舌打ちした。「テランス、やめてください。レディーの前なんですよ」

テランスがシャーロットの出自を問いただすかのように、疑り深い目で彼女を見る。スチュアートはそのまなざしに侮辱めいたものを感じ、相手が妙なことを言いだす前にこちらから動いた。「実を言うとここへ来たのは、明日、マダム・グリフォリーノを馬車での遠出に誘いたかったからなんですよ。かまいませんか?」片方の足首をもう一方の膝に乗せながら言う。

テランスはその足を蹴ってやりたそうな顔をした。「わが家の応接間で肉体労働者みたいにだらしない格好をするな。少しは礼儀をわきまえろ」

スチュアートは足をおろした。シャーロットが表情の読めない顔つきですっと立ちあがり、ふたりの紳士にも立つよう無言で促す。脚の不自由なテランスが椅子から立ちあがるのに苦労しているあいだに、スチュアートはさっと彼女に歩み寄った。「喜んでお供させていただくわ」彼女は言った。

スチュアートは恭しくお辞儀をした。「よかった。それでは、明日の昼過ぎに、お迎えにまいります」今夜ふたりきりで会うのが無理なら、明日テランスが追ってはこられないところで会えばいい。シャーロットはしばしスチュアートの目を見つめ、すうっと深呼吸してから、にっこりと微笑んだ。なにかを決心したかのように。スチュアートは物問いたげに片方の眉をあげたが、彼女は小さく首を振りかえしただけだった。仕方なく彼はいとまを告げた。彼女の真意を探りだすには、疲れすぎていたからだ。ウェアはすでに、うちの馬車でよければ自由に使っていいぞ、と言ってくれていた。ウェア家が所有しているのはすばらしい馬ばかりだ。明日はシャーロットを長い長い遠出に連れていこう。どうせならロンドンの外まで足をのばし、どこか静かな場所でふたりきりになって、ついに彼女を自分のものに……。彼女の本当の気持ちを確かめるのはそのときでいい。

シャーロットは、もうすでに血が熱くわきたつような興奮を覚えつつ、スチュアートを見送った。明日、すべてがうまくいったら、どうしようもなく彼に惹かれるこの気持ちを克服できるかもしれない。気持ちが強すぎて、頭がどうにかなってしまう前に。ルチアはいつもこんなふうに助言してくれる。誘惑に打ち勝つ最高の方法は、思いきってその誘惑に負けてみることよ、と。今回の場合、シャーロットは単にそれを試してみたいだけではなかった。彼女にとって、それが自分を救ってくれる唯一の方法だった。

11

「たまには少しロンドンを離れてみるのもいいんじゃないかと思ってね」翌日の午後、ふたり乗りの馬車にシャーロットを乗せ、その横に自分も乗りこんでから、スチュアートは自ら手綱を握って言った。

「あら、でも、あまり遠くまでは行きたくないわ」シャーロットには、彼のほうから誘惑してくれるまでおとなしく待つ気などさらさらなかった。自分から、それもできるだけ早い機会に、彼を誘惑するつもりだった。とはいえ、道の上を走りながらというわけにはいかない。

「公園にでも行きましょうか?」

スチュアートは口を開きかけたが、なにも言わなかった。どうやらかなり落胆している様子だ。「ああ、かまわないよ」それからしばらく黙りこくり、落ち着きのない馬をうまく操って、往来の激しい道を走らせた。

「遠出にはもってこいのすばらしい日ね」シャーロットは行き交う馬車や、そこに乗っている人々を眺めていた。何人かの紳士がこちらに向かって、帽子を軽く持ちあげて挨拶してくる。彼女も会釈でそれに応えたが、馬車はかまわず走りつづけた。

「ああ。こういう天気のいい日は、ロンドンじゅうの人が外にくりだしてくるからね」スチュアートは手綱を操り、年配のご婦人ばかりを乗せて道端にとまっている馬車をよけた。

「そうよね。今日みたいな日は誰もが遠出に出かけたいでしょうし」

「ああ」スチュアートは興味を引かれて訊いた。「きみも馬に乗るのかい？　だったら、きみ用の馬具を揃《そろ》えないとな」

シャーロットは小さく微笑んだ。「そうしてくれたらうれしいわ。馬に乗るのは大好きなの。襲歩《ギャロップ》で疾走すると気分が爽快になるし、心臓が少しどきどきするくらいの駈歩《キャンター》もいいわ。速歩《トロット》だけでもけっこう刺激的だし」

「それはいいことを聞いたな」スチュアートはなおも手綱さばきに集中していた。「レディーの多くはあまり馬に乗りたがらないからね、ボンネット帽が乱れるとか言って」

「わたしはめったに帽子をかぶらないから」シャーロットが答える。「髪はおろして風になびかせるほうが好きなのよ」スチュアートはなにも言わなかったが、手綱を握る手に力がこもった。「横乗りするのもあまり好きじゃないし。自分の膝で鞍《くら》をぐっと押さえつけるのが気持ちいいのに」

咳払いをしてから、スチュアートは横目でちらりと彼女を見た。「またがって乗るほうが好きなんだね？」

馬車が曲がり角に差しかかると、シャーロットの体が彼のほうへ投げだされる。「いつもそうしているわ」彼女はささやいた。「馬もそのほうが好きみたいだし」

目の端でずっと彼女を見ていたせいで、スチュアートは別の馬車にぶつかりそうになった。向こうの御者に怒鳴られてはっとわれに返り、前方に注意を戻すと、目前に迫っていた馬車がほんの数インチ横をぎりぎりですり抜けていった。

「ああ、危なかった！」シャーロットが笑いながらパラソルを握りしめ、彼の腕に身を寄せてくる。「あなたって本当にはらはらさせるのが上手ね」

「まあね」スチュアートの目は忙しく道路と彼女を交互に見た。「ちょうどきみに合いそうな鞍に心あたりがあるんだが」公園を走り抜けながら言う。

「まあ、うれしい！　それはどこに置いてあるの？」

「フィリップの家だよ。今ぼくが泊まっているところだ」

「すてき」彼女は微笑んだ。「今からそこへとりに行くのって、大変かしら？」

「いや、ちっとも」スチュアートがひと鞭《むち》をくれてやると、馬たちが勢いよく走りだす。数分後、馬車は道の両側に馬屋の立ち並ぶ路地へと曲がり、小さな厩舎《きゅうしゃ》に入ってとまった。彼はひらりと飛び降りると、さっと手をのばしてシャーロットを馬車から降ろした。急いで馬をつないでから、かたわらでじっと待っていた彼女を恭しく家のなかへと案内し、さりげないしぐさで彼女のマントを脱がせてやってフックにかける。優雅なタウンハウスのなかをシャーロットが興味深げに見まわしているあいだに、自分もコートを脱いだ。

「待ってくれ」スチュアートはそう言うと、シャーロットの頬を両手で包みこんだ。燃えるようなまなざしで彼女の顔を見つめる。「きみはこういうことを望んでいたんだろう？」

「ええ、まあ」シャーロットは恥ずかしそうに横目づかいで彼を見あげた。「だってあなた、賭けに勝ったでしょう？」

スチュアートの手に力がこもった。「理由はそれだけかい？」

シャーロットの笑顔が消える。彼の目をじっと見つめたまま、彼女はゆっくりと首を振った。

「光栄だな」彼はつぶやき、家の鍵と帽子を近くのテーブルにぽんと放り投げた。そしていきなり彼女の手をつかんで階段のほうへ導く。シャーロットはスカートをつまみあげ、ほてりとめまいを感じながら、小走りにあとをついていった。昼の日中に秘密の逢瀬を楽しむなんて、若くて向こう見ずだった昔の自分に戻った気がする。

階段のてっぺんまで来るとスチュアートは急に立ちどまり、彼女の肩をつかんで壁に背中を押しつけた。そのまま彼女の口もとに顔を近づけてきて、熱く激しく唇を奪う。シャーロットはとろけそうになった。

「ずっときみのことが欲しかったんだ」スチュアートがささやくと、吐息が彼女の肌をくすぐった。「きみもぼくが欲しいと言ってくれ」

「あなたが欲しいわ」シャーロットははっと息をのんだ、彼の指が背中のボタンを外しにかかったかと思うと、すぐにドレスの身ごろを引きさげられて、胸があらわになったからだ。スチュアートが感嘆の息をもらすと、彼女は少しだけ目を開けた。

彼がゆっくりと片膝をつき、胸のふくらみにおそるおそる手をのばしてくる。一刻も早く彼が欲しいと思っていたはずのシャーロットは、そこで気が変わった。このほうがいい、はるかにいい。〝このまま一時間でもこうしていたい〟とシャーロットは思った。彼が頭を傾けてきて舌で乳首のまわりを丸くなぞられると、膝から力が抜けていき、壁をずりさがりそうになった。

「ちゃんと立って」スチュアートが命じ、片手で彼女のおなかを押さえて壁に釘づけにする。シャーロットはうなずくと、背中を壁につけたままのけぞって、彼にすべてをさらけだそうとした。「ああ、そのほうがいい」口をずらしながら彼がささやく。そして片手で彼女の足首にふれ、上へ向かって撫であげはじめた。

「ああ、そうだったわよね」シャーロットは引きつったような笑い声を立てた。「忘れていたわ——壁に押しつけてやりたいって——」

スチュアートが顔をあげる。「そんなことを言ったかい?」

「お、覚えていないの?」体じゅうを撫でまわされているせいか、言葉がうまく出てこない。彼がにんまりした。「いろんなことが頭に渦巻いていたからね、なにをしゃべっていたかまでは覚えていないよ」

「そんなにたくさん?」彼の指先がストッキングの縁にかかる。

「ああ。何百、何千とね」スチュアートの声が低くなった。ブルーの瞳には情熱の炎が燃えている。彼の指はさらに上へと這いのぼり、すでにしっとりと濡れている茂みのなかへ入ってきた。「ああ……」かすれた声で彼がささやく。「もうこんなに——」

「そうよ！」シャーロットは慎みも忘れ、腰を前に突きだした。「あなたは？」

「もちろんだよ」スチュアートは彼女のドレスを手早くはぎとった。「でも、ここじゃだめだ」そこから三歩進むあいだにクラバットをゆるめ、そこでまたいきなり彼女に熱烈なキスをする。ふたりは互いの服を脱がしつつ、よろめきながら廊下を進んでいき、ついにスチュアートがドアを開けた。

その瞬間、あらゆるたががはじけ飛んだ。スチュアートは残りの衣服をすべて脱ぎ捨てると、まだストッキングと靴だけは履いている彼女の腰に手をまわして抱きかかえ、ベッドへと運んだ。手足を絡みあわせながらマットレスに倒れこみ、むさぼるように互いを求めあった。だがそこで、スチュアートがぱっと顔を起こした。

「どうしたの？」シャーロットは彼を放すまいと、その首に巻きつけた腕に力をこめた。スチュアートが喉の奥から短い笑い声をあげる。

「そんなにせかさないでくれよ、始める前に終わってしまいそうだ」

「だって、もう始めてしまったのに」シャーロットは身もだえしながら体を預け、彼が腰のあたりをつかんで押しとどめようとすると、今度は彼の首筋にキスをし、そこを軽く嚙んだ。スチュアートは彼女の腕のなかで身震いしながら仰向けになり、祈りを捧《ささ》げるときのように声を出さずに唇を動かした。

シャーロットはむっとして起きあがった。「なにをしているの？」

「イングランドの歴代の王」目を閉じたままスチュアートがつぶやく。「エドワード一世のあとは、エドワード二世、王妃の命令により腸に焼け火箸《ひばし》を突っこまれて殺された王さまだ。次がエドワード三世で、ガーター勲章の創設者。その次がリチャード三世で、いとこのヘンリー・ボリングブルックによって退位させられた」

「でもね、スチュアート」シャーロットは彼の胸からおなかのほうへすうっと指を走らせながら言った。「時間ならまだたっぷりあるのよ」

「そしてヘンリー四世」スチュアートは下へおりていこうとする彼女の手をつかみ、かたくなに先を続けた。「オウエン・グリンダーに率いられたウェールズの反乱」

シャーロットはため息をつき、彼の上に体を重ねた。すでに硬くいきりたった熱いかたまりがおなかにあたる。しかし彼は相変わらずぶつぶつと王の名をつぶやくばかりだ。彼女はなんだかおもしろくなってきて、ゆっくりと体を下のほうへ滑らせていき、胸のあいだに彼を挟みこんだ。ふたりが初めて結ばれる前のこの瞬間が、たまらなく好きだった。期待に震え、駆け引きを楽しみ、わざとじらす。そうすることで、それに続くエクスタシーが究極のものになる。彼女はベッドに肘をついて体を支え、頭を起こした。スチュアートは身じろぎもせずに横たわっている。唇さえも、もはや動いていなかった。欲望を必死にこらえているせいか顔は真っ赤になり、首筋の腱《けん》も盛りあがっている。一糸まとわぬ彼の裸体は、硬く、たくましく、すばらしいのひとことだった。シャーロットはゆったりと笑みを浮かべ、裸の胸で彼をやさしく包みこみ、前後にそっと体を動かした。それはまるでサテンのように熱くなめらかな感触だった。

「いったいなにを始める気だ？」嚙みしめた歯の隙間からスチュアートがうめく。体の両脇に置いたままの手を、関節が白く浮くほどぐっと握りしめて。

「見ていて」彼女はやわらかい声で言った。

スチュアートがぱっと目を開け、頭をわずかに持ちあげる。「まさか……」その問いは、シャーロットが口で彼をとらえた瞬間、熱いうめきにかき消された。唇をすぼめ、舌でそっとなめあげながら、彼女は彼の顔を観察していた。まるで雷に打たれたかのような表情で自分を見つめている彼を目にするだけで、シャーロットのなかにも激しい欲望がわき起こる。愛しあうときにわたしを見つめていてほしいと恋人にねだったことなどかつて一度もなかったけれど、こんなにくつろいだ気分で恋人と愛しあうのもまた、生まれて初めてのことだった。スチュアートの持つなにかが彼女に安心感を与え、自信を持たせてくれるからだろう。

突然、彼がぶるぶると震えだし、うっと息をつまらせた。「シャーロット」かすれぎみの声で言う。「だめだ……いけない……どうか……やめないでくれ……」彼女は一瞬動きをとめて微笑んでから、ふたたびゆっくりと彼をなめはじめた。するとスチュアートががばっと身を起こし、彼女の体を押し倒した。片手を彼女の片脚に巻きつけて持ちあげ、膝を高くあげさせて、脚を大きく広げさせる。そして、彼女の舌によって熱く硬くなめらかになったものを、一気に奥まで突き入れた。シャーロットは思わず声をあげた。それは、えも言われぬ感触だった。スチュアートは彼女の腕のなかで身を震わせ、しばらくじっとしていた。「丸一日、たっぷり時間があってよかった」そうつぶやくと、もう一度、さらにもう一度と、腰を深く突き動かす。シャーロットは体をこわばらせ、彼が感じているのと同じ狂おしい情熱に身をゆだねた。するとすぐに、早すぎるくらいすぐに、スチュアートが彼女の腕のなかで激しく痙攣《けいれん》し、頭を後ろへのけぞらせて固まった。

そして彼女を抱いたまま、ごろりと体を入れ替える。シャーロットはすぐに彼の腕から逃れ、体を起こした。スチュアートは満足して脱力感に包まれているかもしれないけれど、彼女のほうはまだたわんだばねのように力がたまっている状態だった。

「ああ、まいったな」彼がうめくように言う。「きみはもう年寄りで枯れはてた女性だと聞かされていたのに」

シャーロットは微笑み、両膝を大きく開いて腰を沈めていった。「あなたほど年寄りじゃないわ」

彼女にうっとり見とれながらスチュアートが尋ねる。「それは挑戦のつもりかい？」

「そう受けとってくれてもいいわよ」シャーロットは片手で自分の胸を撫でながら、まぶたを半分ほど閉じた。「なんならまた、歴代の王の名前を暗唱してみる？」

「もうごめんだ」スチュアートは言った。シャーロットは頭を激しく振り、自分の下でふたたび硬くなっていく彼を感じながら、クライマックスへのぼりつめようとした。そしてほどなく、ウエストを両脇からつかまれた。「ぼくに任せて」スチュアートが腰を動かし、彼女のなかへより深く突きあげてくる。シャーロットは前に身を倒し、彼の胸に抱きとめられた。全身をくまなく撫でまわされると、世界の軸が引っくりかえってしまったような感覚にとらわれる。彼は動いてもいないのに、彼女の意識はふたりの体がつながっているところのみに凝縮した。

「ああ……そう、そうよ……ああ……そこ……」もはやシャーロットはまともにしゃべれなくなっていた。スチュアートはそれがうれしかった。長くて黒いカールが乱れて肩に垂れ落ち、彼女の動きに合わせて揺れたり跳ねたりする。彼女の体はどこもかしこもきゅっと引きしまっていてみずみずしく、彼の想像どおり熱かった。いや、想像以上だ。シャーロットが高みにのぼりつめて一瞬硬直し、溶けた金属のように熱いほとばしりで彼をぎゅっと包みこむ。彼女が崩れ落ちそうになると、スチュアートはふたたび体を入れ替えて上になり、彼女に膝を抱きかかえさせた。

シャーロットが少しだけ目を開ける。「また？」

彼はうなずき、ゆっくり、だがしっかりとリズムを刻みはじめた。「始めたことは最後までやりとげないと。ただし、今度はふたり一緒に」

シャーロットは体をくねらせて逃れようとしたが、彼の体の重みがそれを許さなかった。

「こんなこと、もう無理よ」

スチュアートがにやりと笑う。「ぼくはこのほうが好きなんだ。こうすると、すごく奥深くまで入っていけるから……」試しに彼がぐっと腰を動かすと、シャーロットは首を弓なりにそらした。

「ええ……そうよね……ああ……」彼女が両手でシーツをぎゅっとつかむ。スチュアートは、これほど奥深くまで女性のなかに入ったことはないと感じていた。女性とこんなにもひとつに溶けあうのは初めてだ。シャーロットがふたたびきつくしめつけてくるのを感じると、彼は腰の動きを速めて、極限ぎりぎりまでのぼりつめた。そしてついに忘我の境地に達したとき、今度こそ彼女も同時に絶頂から落ちていくのがわかった。

「ピエロは年寄りだったの」しばらくしてから、シャーロットが言った。ふたりは互いに向きあう格好でベッドに横たわっていた。「本人は伯爵だと名乗っていたけれど、本当にそうだったかどうかは怪しいと思うわ。妻に二回も先立たれていて、ひとり寂しく死んでいくのはいやだったんでしょうね。ミラノでカルロスに捨てられて、身のまわりのもの以外なにも持っていなかったわたしに、結婚を申しこんでくれたのよ」

「カルロスって誰だい？」スチュアートはシャーロットの髪を指に巻きつけながら訊いた。名残惜しくて、彼女の顔や手や髪にふれつづけずにいられない。腕を枕にし、シーツだけを身にまとって裸で横たわっているシャーロットは、はっとするほど美しかった。たった一度ベッドをともにするだけでは、とうてい足りない。いつしかスチュアートは、これからもずっと彼女と一緒にいるにはどうすればいいのだろう、としか考えられなくなっていた。

「ニースで出会ったスペイン人よ。すてきな人だと思ったから、一緒にイタリアへ行かないかと彼が誘ってきたとき、なにも考えずについていったの。感情のおもむくままに行動するのって、とてもロマンティックな気がしていたから。それに、彼はあちらの面でも――」彼女はそこではっと口をつぐんだが、スチュアートは心のなかで〝すばらしい恋人だった〟と補った。激しい嫉妬が胸に渦巻く。今ここでこんな話をしたいわけではないのだが。「あとになってわかったんだけれど、彼はスペイン・ゲリラのために武器弾薬を密輸して、フランス軍に追われている人だったの」シャーロットは自分を嘲るように笑ってみせた。「わたしの男性の趣味って、最低なのよ」

〝最低だった〟と彼は言いなおしたかった。「で、旅先でそいつに捨てられたのか？」

彼女は真顔になり、うなずいた。「それも無一文でね。夜寝て、朝目覚めてみたら、あとかたもなく姿を消していたのよ、わたしの宝石とか金目のものを奪って。わたしは平静を装っていたけれど、心のなかでは怖くてたまらなかった。お金もなく、イタリアでひとりぼっちにされて。そんなわたしを救ってくれたのがピエロだったの」

「少なくとも彼は愚か者ではなかったわけか、カルロスとは違って」スチュアートが軽い口調でそう言うと、シャーロットはめったに褒められることがないかのように、気恥ずかしそうに微笑んだ。

「心が広くてやさしい人だったわ。どれだけ感謝してもし足りないくらいよ。彼と過ごした時間は、これまで生きてきたなかで最高の三年間だった」

高齢の伯爵はベッドのなかでも最高の恋人だったのだろうか？　スチュアートは疑問を覚えた。「恋愛結婚だったのかい？」

シャーロットが笑い転げる。「いいえ、まさか。彼はわたしを哀れんでくれただけよ。施しのつもりだったかもしれないわね。彼は美しいものをたくさん集めるのが好きだったから、わたしもそのひとつだったんでしょうね。ルチアに言わせれば、わたしは彼の着せ替え人形だったのよ。わたしがいれば、男性には不必要な美しいシルクのドレスや宝石を好きなだけ買えるから。彼はとてもセンスがよくてね」

そのときスチュアートは偽物の宝石のことを思いだしたが、なにも言わなかった。「いいだんなさんだったんだね」

「ええ、まあ。ただし彼は……男性としてはもう……。お医者さまは、心臓が弱っているせいだと言ってらしたけれど、たぶん彼は肺も病んでいたと思うわ。ずっと咳がとまらなくて、ときには皮膚に紫斑《しはん》が出ることもあったの。彼が死にかけていることは誰の目にも明らかだった」

「そんなふうに死んでいくのはさぞつらいだろうね」スチュアートは言った。

瞳を悲しげに曇らせてシャーロットがうなずく。「さほど痛みはなかったようだけれど、車椅子に乗らざるをえなくなってからは、精神的にとてもきつそうだったわ」

「きみと結婚していながら、男として役に立たないなんて」スチュアートは頭を少し傾け、彼女に軽くキスをしながら言った。「ぼくだったらひと月もしないうちに、自分で喉をかき切っていただろうな」

シャーロットがうれしそうに頬をぽっと赤らめる。その様子がまた美しい。そう言えば、こんな彼女を見るのは初めてだ、とスチュアートは思った。「でも、彼は……。すでに永遠の眠りについてしまった人のことを今さらこんなふうに言うべきではないんでしょうけれど、彼はそのことをひどく残念がってはいたの。彼はわたしに貞操を守れと要求したりしなかった。それどころか、どんどん浮気しろと勧めてきたほどよ。なぜなら彼は……そういうわたしをのぞき見するのが好きだったの」

「そんなことをしたら、すぐに卒倒してしまうんじゃないのか?」シャーロットが別の男とむつみあっている場面を思い描くことすら、スチュアートは耐えられなかった。それを目の前で見せつけられるなんて、考えるだけで反吐《へど》が出そうになる。「男たちは、夫に見られていることを知っていたのかい?」

彼女の顔は今や真っ赤になっていた。「何人かは。見られるのが好きな人もいたわ。彼の前で自分の能力をひけらかすのが好きというか」

「シャーロット」スチュアートはためらいがちに訊いた。「きみはどうだった?」

悲しげな表情が戻ってくる。「とくに好きではなかったわ。見られているとわかっていたから、演技してはいたけれど。夫に対する義務としてね。彼が男性を指さして、あいつを誘惑してみたくないか、と訊いてくると、わたしはイエスと答えるしかなかったの。最後の数週間は、彼にとってそれだけが人生の喜びになっていたから。男性のほうからわたしを誘惑してきたことなんて、一度もなかったわ」

「イタリア人というのは、みんなどうかしているな」これ以上聞きたくないと思い、スチュアートは断言した。彼女の過去は過去だ、今さら変えることなど誰にもできやしない。そのことをいくら思い悩んでも仕方がないし、詳しい話を聞く理由などなおさらない。「ぼくはきみをひと目見たときから、きみを誘惑したくてたまらなかった。誰かがそれをのぞき見したいなどと言ったら、そいつの目をえぐりだしてやる」

「たしかに、あのころとはずいぶん違う感じがしたわ」シャーロットは恥ずかしそうに言って、彼の首に腕を巻きつけた。「これはふたりだけの秘め事だとわかっていたから」

〝これからはいつだってそうだ〟と、スチュアートは心のなかで約束した。シャーロットが顔をあげてキスをし、ふたりは身を寄せあった。こうして彼女と抱きあっているだけで、なぜだかとてもしっくりくる。ぼくはきっと、彼女とこうして穏やかな時間を分かちあうことを、激しく愛しあうのと同じくらい望んでいたのだろう。そんなふうに感じるのはめったにないことだ。賭けの代償としてひと晩だけという約束だったにもかかわらず、スチュアートのなかでは、彼女とあんなこともこんなこともしてみたいと、幾千もの思いがふくらんでいた。〝男性のほうからわたしを誘惑してきたことなんて、一度もなかったわ〟とシャーロットは言った。つまり彼女は、誰かがまじめに口説いてきたら、その男と一緒になる用意があるということかもしれない。スチュアートの抱えているさまざまな問題のなかで、シャーロットを自分のものにすることこそが、最優先事項になりはじめていた。

背中をそっと撫でられる感触で、シャーロットは目を覚ました。しばらくのあいだ、まだ半分眠っている状態でくつろいだまま、彼の指が背筋に沿って動いていく感触を楽しむ。やさしいけれど、愛撫とはまた違うふれ方で、そうやってただ素肌を撫でまわすことを楽しんでいるかのようだった。ほんの少しだけ、うっすらと目を開けてみる。乱れた髪が顔にかかっているおかげで、まぶたを開けていることは気づかれずに彼の様子をうかがえた。スチュアートは明らかに恍惚《こうこつ》とした表情を浮かべ、てのひらで彼女の肩を撫でていた。欲望を満たすことに成功した男の勝ち誇ったような顔つきとはまるで違う。それはまさに、わが身にこんな幸運が起こるなんて信じられないといった感嘆の表情だった。

シャーロットは目を閉じた。ひと晩だけ、とスチュアートは言った。でももし、彼がもっと要求してきたら？　あるいは要求してこなかったら？　これ以上彼を好きになってしまう前に、ここで終わりにしたほうがいいのだろうか？　それとも、危険は顧みずに彼との逢瀬を続けるべきなのだろうか？　難しい選択だ。体じゅうのありとあらゆる組織が、この不可思議な友情と強力な磁力が導く先を見てみたいと切望している。けれども理性と分別は、一刻も早く彼との関係を終わりにすべきだと叫んでいた。スーザンがこのことを知って傷つく前に。

〝もちろん、スーザンはまだ見つかっていないのだし、誰かにこのことを知られる心配はないわ〟と、心のなかの声がささやく。〝理由もないのに、どうして自分の気持ちを否定するの？　どうせここまで来てしまったのだから、なおさら……〟

シャーロットは小さな声をもらし、少しだけのびをした。彼の指の動きがいったんとまり、ふたたび動きだす。今度はもっと大胆に。「まだ夜にはなっていないわよね？」彼女は訊いた。

「ああ、まだだよ」スチュアートがすぐに答え、後ろから体をすり寄せてきた。熱い高まりがヒップにあたると、シャーロットはもう一度のびをして背中をそらした。こうやってふれあっているのがなんとも心地よい。

「本当に?」彼女は顔にかかっていた髪をかきあげた。「外は暗いようだけど」

「曇っているだけさ」スチュアートの指が背筋をゆっくりと下へ伝っていき、ヒップの下へともぐりこむ。その指がやさしくうごめくと、彼女ははっと息をのんだ。

頭を持ちあげ、髪を肩の後ろへと払う。スチュアートは片肘をつき、口もとに笑みを浮かべ、瞳に欲望をたたえていた。シャーロットは窓のほうへ顔を向けた。カーテンは最初から閉めていないので、空に低くかかった白い月が見える。「ランプをつけたのね」

「きみを見たかったからね」スチュアートは笑いを含んだ声で言った。「外が曇っているから暗く感じるだけだ」彼女の髪をそっと横にどけてうなじにキスを植えつけ、膝で彼女の脚を開かせようとする。「まだまだ昼だよ」

「違うわ、スチュアート、もう夜よ」シャーロットの声に悔しさがにじんだ。「そうじゃないふりなんかできない……」

「いや、できるさ」スチュアートはきっぱり言って、シャーロットをうつ伏せにし、枕に顔を埋めさせた。「目を閉じてしまえば、どうせわからないじゃないか」それから彼女のヒップをつかんで、顔は枕につけたまま腰だけを持ちあげさせる。そしてひと突きで一気に奥まで入ってきた。シャーロットは声をもらし、枕の上で拳を握りしめた。

スチュアートはリズムをコントロールしながら、シャーロットの背中を撫でまわした。彼女が動きを速めようとすると、その腰をがっしりつかんでペースを落とす。彼女が身をよじろうとすると、肩を押さえつけてじっとさせた。彼の動きが激しくなるにつれて、シャーロットは自分の体が内側から震えだすのを感じた。やがてスチュアートが上半身を前にかがめ、ふたりがひとつにつながっている部分に片手を差し入れてくると、シャーロットはあえぎながら両手をついて上体を起こし、彼に合わせて自ら動こうとした。するとスチュアートはやさしく彼女の肩を押さえつけ、ふたたびベッドに肘をつかせた。

「感じるんだ」息を荒く弾ませながら、スチュアートがささやく。「きみはなにもしなくていい。ただ、感じてくれ」

シャーロットは感じた。感ぜずにいられなかった。神経がむきだしにされたかのように、とてつもなく敏感になり、解放を求めて叫んでいるようだった。彼女は目を閉じ、すべてを忘れて、彼の手の感触と体の要求だけに身をゆだねた。額をマットレスに押しつけたまま腰を揺らし、背中をしならせて彼をより深く迎え入れ、ついに極みにのぼりつめて爆発した。スチュアートの手がヒップをわしづかみにするのをおぼろげに感じた瞬間、彼も絶頂に達して体をがくがくと震わせた。

スチュアートは彼女を抱いたまま、横向きに倒れこんだ。シャーロットは幸福感と充足感に包まれ、彼の腕にゆったりと身を預けた。このままずっと彼と一緒にいたい。彼女はもう少しで、自分を納得させられそうだった。結婚していない大人の男女が秘めやかな情事を楽しんではいけない理由はない。でも……どこで？　隣の部屋でスーザンが寝ている自分の寝室に彼を招くわけにはいかないし、スチュアートのほうは自分の家さえ持っていないのに。そのときなにかが心に引っかかり、シャーロットは深く考える前に、わきあがってきた疑問を口にしていた。

「オークウッド・パークって、なに？」

スチュアートは彼女の肩に頬を寄せた。「ええっ？　どこでその名前を聞いたんだい？」

「オペラを見に行ったときよ。それって、あなたのものなの？」

彼はしばらく黙っていた。「いや」

「それなら、バークレーという人はどうしてあなたがそこにいると思ったの？」

スチュアートはぎくりとして、彼女から体を離すとベッドからおりた。「訊かないでくれ、シャーロット。そのことは話したくない」彼は目を合わせようとしないまま、ローブを着こんだ。シャーロットはシーツで体を隠して起きあがった。「バークレーって誰なの？　どうしてあなたはその人にお金を払わなければいけないの？　なにか危険なことに巻きこまれているとか？」

彼は陽気さのかけらも感じられない笑い声をあげた。「命にかかわることではないよ」彼女の顔をちらりと見て、ため息をつく。「オークウッド・パークというのは、ぼくが買おうと思ったけれど結局資金が工面できなかった土地のことだよ。バークレーはぼくとつきあいのある銀行家だ」それから彼女のペティコートをばさっと振って、ベッドの上に広げて置いた。「おなかはすいてないかい？」

シャーロットは困惑したまま彼を見つめつづけた。「でもウェア公は、バークレーがオークウッド・パークに使いを出したと言っていたでしょう？　あなたを捜させるために。どうして彼はそこまでするの？　なぜあなたは銀行にお金を払わなければいけないの？」脱ぎ捨ててあった服をスチュアートが無言で選《よ》り分けているあいだに、シャーロットはぴんと来た。「それって、あなたが所有している土地なんでしょう？」ひとりごとを言うかのようにつぶやく。「銀行にお金を払わなければいけないのは、すでにその土地が抵当に入っているからなのね？」

「この話はここで終わりだ」スチュアートは断固とした口調で言った。床にひざまずき、ベッドの下からブーツを拾いあげる。

「もしもわたしが、スーザンと結婚させてほしいというあなたの願いを聞き入れていたら、それでお金が工面できていたわけね」シャーロットはもう、思ったことを口に出さずにいられなくなっていた。そういう事情なら、彼があれほどわたしに腹を立てていたのも無理はない。「でもその代わり、あなたはその土地を失おうとしている、わたしのせいで」

「シャーロット」彼は両手で顔をこすった。「やめてくれ」

「あなたならきっと、スーザンにとっていい夫になれたでしょうね」喉がつまる。「そして、もしもあなたと結婚していたら、あの子が姿を消すこともなかった……」

その言葉に驚いてスチュアートは顔をあげた。シャーロットは背を向け、ベッドの向こう端へにじり寄っていこうとしていたが、その前に彼が体を仰向けに倒してとめた。「きみのしたことはなにも間違っていない」ほんの数インチの距離まで顔を近づけ、真剣な口調で言う。「ぼくに対する評価だってそうだ——ぼくがスーザンと結婚したかったのは金目あてであって、彼女の魅力に惚れたわけでも、美しさに惹かれたわけでも、愛してしまったからでもない。ぼくみたいな男は信用ならないと言ったきみは正しかったんだ。スーザンを守るためには。彼女が家出したのは、まだ若くて我慢の利かない少女だから、きみの決断の道理が見えないだけだ。もしも一緒になっていたら彼女はみじめになるだけだったろうし、ぼくもそうだったに違いないよ」そこで声が低くなった。「彼女を見るたび、きみのことを考えてしまうだろうから」

シャーロットは顔をくしゃくしゃにしながら、歯を食いしばった。泣くものですか。

スチュアートが肩を落としてため息をつく。「そうだよ、あの土地は買ったんだ。ベルメインの領地を相続できるころには、ぼくは老人になってしまうからね。そのときまでテランスに養ってもらってただじっと待つなんてまっぴらだ。もしもあの農場が利益を生むようになれば、ぼくは経済的に独立できるし、もちろん住む家だって手に入る」いったん間を置いてから、彼は続けた。「ただし、そのためにはかなり手を入れなければならない——何年も放置されていた物件だからね——それでバークレーから金を借りたんだ。でも、テランスに勘当されて手当を打ち切られた今、その金を返せるあてはない」

「ああ、スチュアート、ごめんなさい」シャーロットはささやいた。心からそう思っていた。スーザンへの求婚を拒否したことを、ではなく、あらぬ噂を広めてまわり、彼から結婚のチャンスそのものを奪ってしまったことを。よく事情を確かめもせずに、どうしてわたしはあんなひどい結論に飛びついてしまったのだろう?

スチュアートの口の端が片方だけあがる。「きみのせいじゃない。ぼくが……」ため息がまたもれた。「テランスを見損なっていたせいだ。ゴシップを真に受けて、あそこまで過激な反応を見せるとはね。根も葉もない噂をまことしやかに広めるおしゃべり雀たちのことを、いつもあんなに毛嫌いしていたのに」

「でも、真相がわかったら考えなおしてくださるんじゃ——?」シャーロットが言い終える前に、彼はすでに首を振っていた。

「テランスがぼくを助けてくれるとは思えない」

これ以上突っこんだ話を聞くのははばかられるような雰囲気が漂っていた。シャーロットは唇をなめた。「それじゃ、あなたはこれからどうするつもり?」

スチュアートはなにも答えなかった。ただ、暗い目で彼女を見かえすだけだ。もしかして後悔しているの? やがて彼は肩をすくめ、陰鬱な表情も消え去った。「まあ、なんとかするよ。金は天下のまわりものだから」

もっと別の答えが聞きたかったが、シャーロットはそれ以上しつこく尋ねなかった。彼のほうに話したい気持ちがあれば、最初から素直に答えてくれていたはずだ。わたしが首を突っこむべき問題ではないのよ、と彼女は自分に言い聞かせた。わたしはただの愛人で、いっとき関係を結んでいるだけなのだから――これ以上深い関係になるべきではないことも、彼女にはよくわかっていた。スチュアートには、自分の抱えている問題は自分のやり方で解決する権利がある……裕福な女相続人を妻にめとるという方法も含めて。

ふたたびシャーロットがベッドからおりようとしたときには、スチュアートももう引きとめなかった。彼女がドレスを着こむと、さっと背後にまわりこんでボタンをとめてくれる。ほんの数時間前、彼が引きちぎらんばかりの勢いで外したボタンだ。シャーロットは背中にふれる彼の指の感触を意識し、唇を嚙みしめた。なぜか突然、スチュアートが黙っていてくれてよかった、と思う。詳しい話など聞きたくはなかった。大かがりな改築や修繕を必要とする物件が抵当に入っているのだとすると、多額の資金が必要なはずだ。手に職を持っておらず収入の見こみのない紳士が、どうやってそれだけの資金を工面するのかなんて、考えたくもない。

「だいぶ遅くなってしまったわよね」シャーロットは耳がキーンとなるような沈黙を破って言った。「わたし、ホテルへ行かないと」

スチュアートは彼女のうなじあたりで手をとめ、ため息をついた。「シャーロット、それじゃ余計に人聞きが悪いよ。いっそのこと、今日は丸一日ぼくのベッドで過ごしたって、世間に公表したらどうだ？」彼女がしりごみする。「ぼくの両親の家に帰ればいいさ。そうすれば両親も、きみは家を出たときと同じ清らかな体で戻ってきたと思ってくれるはずだ。わざわざホテルなんかに泊まったら、それこそあらぬ勘ぐりを受ける。それがなにを意味するか、町じゅうの誰もが知っているよ」

彼女は肩を落とした。「本当に?」

「本当だとも」スチュアートは彼女の手をとり、数分ぶりに目を合わせた。「うちの親もたぶん外出しているだろうから、きみが何時に帰ってきたかなんて気づきやしないさ」

シャーロットはふうっと息を吐いた。「わかったわ。でも、あなたのお父さまになにかひとことでも言われたら……」

スチュアートは片手を振った。「このあいだ顔を合わせたときは、実にうまくあしらっていたじゃないか。テランスには、ときどきあの鼻をへし折ってやる人が必要なんだ」

彼女はなおも迷っていたが、しばらくするとうなずいた。スチュアートは彼女の手をとってぎゅっと握ってから、すぐに放した。シャーロットの顔から緊張した表情を消し去るために、彼女をまたベッドへ連れていきたくなったからだ。両親の家までの短い道中、ふたりは無言を貫いた。そして彼の予想どおり、ふたりが帰り着いたときには父親も母親も不在だった。シャーロットはこわばった声でおやすみの挨拶をすると、後ろを振りかえりもせずに階段を駆けあがっていった。

その後ろ姿を見送りながら、スチュアートは思っていた。これからどうするつもりか、などと、シャーロットが訊かずにいてくれたらよかったのだが。その問いを避けつづけて、かれこれ一週間以上が過ぎていた。スーザンの捜索とシャーロットへの募る思いで、わざと頭をいっぱいにして――今日の午後はその意味でもこれ以上ない気晴らしになった。だが、遅かれ早かれ現実には直面し、答えを出さなければならない。その答えは、ケントを離れたときのものと比べて、なんら好ましい進展のないものになりそうな気がしてならなかった。

テランスが考えなおしてくれることはないだろう。スチュアートがそれとなく観察したところによれば、父親の態度が軟化することはおろか、今では母親までもが夫のやり方に賛同するようになっていた。つまり、悔い改めてまじめに暮らしていれば、いつの日か母親がテランスを説得してくれるのではないかというスチュアートのはかない望みは、ほぼ絶たれてしまったわけだ。これまでさんざん不名誉な言動を重ねてきた息子をいつもかばいつづけてくれた母親が、たいしたこともしていないときに限って見捨てるとは、なんと皮肉な話だろうか。たしかにイライザ・ペニーワースの駆け落ちには手を貸したが、ぼくがやったのはそれだけだ。真実はもっとひどかったはずだと人々に確信させるようななにかが、ぼくのなかにあったということか？

だが、そんなことはとるに足らない問題だ。今さらテランスの機嫌をとって助力を仰ぐことなど、もう不可能だとわかっている。なんの予告もなくシャーロットを家へ連れていったことも、印象を悪くする役にしか立たなかっただろう。だが、論理的に考えうる次の一手、すなわち女相続人との結婚も、今となっては好ましい選択とは思えなくなっていた。それもまた、シャーロットのことが原因だ。

スチュアートはウェア公爵邸へ向かった。借りた馬車を返すためだ。今では生活に必要なものほぼすべてが借り物だった。本来なら立ち寄ってウェアにひとこと礼を言うべきなのだろうが、馬丁に手綱を引き渡し、そのまま屋敷をあとにする。こんなすばらしい友人に恵まれた自分がいかに幸運か、スチュアートにはよくわかっていた――借金の保証人になってくれ、弟の家に寝泊まりさせてくれ、ロンドンじゅうでもっとも優秀な馬と優雅な馬車まで貸してくれる――だが、ここまでなにもかも世話になると、やりきれない思いがわいてくる。いつも誰かになにかを借り、自分よりいい境遇にある友人の厚意にすがるばかりの生活には、もううんざりだ。今度こそ死ぬ気で努力し、自力で立ちあがらなければ。スチュアートは決意を新たにした。

フィリップの家までたどり着くと、鍵を開けてなかに入った。家のなかが静まりかえっているのはいつものことだが、今はひどくがらんとしていて寂しく感じられた。階段をのぼりながら、ここでシャーロットにキスをした、ここで彼女のドレスを脱がせた、ここで〝あなたが欲しい〟と言われた、と、ひとつひとつありありと思いだす。寝室に入ると、彼女の香水とふたりが愛しあった残り香がまだふわりと漂っていた。賭けをしたとき、ひと晩だけ、などと言わずに、向こう一年、と言っておけばよかった。

スチュアートはベッドの端に腰をおろし、シャーロットが使っていた枕を無意識に撫でた。彼女が一年も自分と逢瀬を重ねてくれるとは思えなかった。スーザンが見つかり次第、シャーロットは姪を連れてこの町を去っていくはずだ。ケントへ戻るか、スキャンダルが追いかけてこない別の土地へ移り住むかはわからないが。今この瞬間、スチュアートは別れのときが来ることをなによりも恐れているものの、スーザンの捜索が失敗に終わればいいと願う気にはどうしてもなれなかった。そんなことになったらシャーロットの心は壊れてしまう。なにがあろうと、それだけはしたくなかった。だが、彼女が去ってしまったら……。

不本意ながらもスチュアートは、自分がシャーロットを助けたいと思う動機について考えはじめた。自分の経済状態は日を追うごとに逼迫《ひっぱく》していくというのに、ここ一週間スーザンを捜してロンドンじゅうを走りまわっているのはなぜなのだろう？　そうするのが紳士として当然の務めだというのも理由の一部ではあるが、スーザンが行方不明になったことに責任とある種の罪悪感を覚えているのも、また事実だった。自分がスーザンに求婚さえしなければ、叔母と姪との関係に亀裂《きれつ》が入ることもなかったはずなのだから。だが、残る理由――最大の理由――は、名誉にかかわることでもなんでもない。シャーロットに協力を申し出たのは、ただ彼女のそばにいたかったからだ。自分が助けることで、彼女に幸せになってほしい。もう一度微笑みかけてほしい、その指で肌にふれてほしい、あたたかくてかぐわしい彼女の香りをかぎたい、未来永劫《えいごう》、毎晩のように彼女を腕に抱きしめたい。

それが、スチュアートの計画が頓挫《とんざ》してしまった理由だった。シャーロットと出会う前は、裕福な若い娘との結婚は合理的な解決策だと思えた――理想的とまでは言えないものの、妥協できる範囲内だ。しかし今では、シャーロット以上に望ましい女性など、想像することすらできない。彼女のすばらしさを知りながら別の女性と結ばれるなんて、耐えられそうにない気がする。今ならまだ別の女相続人と結婚することもできるから――スキャンダルによる汚名はもうすでに薄れかけている――うまくいけばオークウッド・パークを手放さずにすむ。好きなように屋敷を改築し、長年夢見ていた経済的自立を果たすことも可能だ。だがその場合、シャーロットは手に入らない。

スチュアートはふたたびオークウッド・パークに思いを馳せた。自分の土地を手に入れることは、大学を出たての若者だったころからの長年の夢だった。このままじっと待っていたら、その夢が叶うころには人生が終わってしまうと気づくまでに、かなりの時間がかかった。八〇歳の祖父は今なお健在で、テランスもまだ五〇代だ。友人のなかには、正式に家督が継げるまで何十年かかったってかまわないと言う者もいたが、スチュアートは昔から、そんなに長く待つ気はなかった。売りに出されている土地を見てまわり、自分がここを手に入れたらどのように改善して運営していこうかと考えるのが、ひそかな趣味となっていたほどだ。そんななか、オークウッド・パークはひと目でスチュアートの心を奪った。彼は信用貸しで資金をかき集め、思いきってそれを買った。なんとしてでも成功してやるという、強固な決意をもって。

だが、彼が思い描いていた理想のわが家は、ここフィリップの家と同じく、冷たく孤独なものでしかないような気がした。農場を馬で駆けめぐって一日の仕事を終え、自分の屋敷に帰ったとき、そこで待っているのは自分が本当に求めていた女性ではないとしたら？　そうまでして手に入れるだけの価値が、あの土地にあるのだろうか？　これまで、その答えはイエスだった。彼の求めている女性とは、あの土地と屋敷を自分のものにするための資金を提供してくれる裕福な女性にほかならなかったからだ。でも今は……。

スチュアートはおそるおそる、危険な考えに踏みこんでいった。ぼくはシャーロットを愛しはじめている。そのことが怖かった。愛によって惹かれあった男女がうまくいった例を知らないからだ。たとえばウェアは何年も前に好きになった女性がいたのだが、彼女に振られて地獄を味わうこととなった。その失恋から今も彼が立ちなおっていないのは、誰が見ても明らかだ。エイデン・モンゴメリーは海軍を辞める決意までしたほどイライザ・ペニーワースを愛していたが、そのふたりもまた悲しい結末を迎えた。ぼくは絶対にそんな苦しみを味わいたくはない。

もしかすると、すでに手遅れなのかもしれないが。ありったけの資金と労力を注ぎこんでようやく手に入れたあの土地を失ってしまったら、待っているのは身の破滅だけだ。にもかかわらず、今スチュアートの頭に渦巻いているのは、ほかの男と一緒にいるシャーロットだけだった。カルロス、ピエロ、あるいはまた別の男たちと。会ったこともない彼らのことが、すでに憎くてたまらない。シャーロットが欲しい、ぼくだけのものにしたい、という自分勝手な思いがわいてきた。自分が彼女に与えてやれるのは、自分以外になにもないとわかっていながら。

スチュアートはおかしくもないのに笑顔になった。自分が彼女になにを与えてやれるかなんて、どうでもいいことじゃないか？　彼女が同じように好意を寄せてくれているのどうか、そもそも、あんな出会い方をしたあとでそんなことがありうるのかどうか、まったくもってわからないのだから。シャーロットが誰よりも姪のことを大切に考え、誰よりも姪に愛情を注いでいるのは間違いない。そのことで彼女を責める気にはなれなかった。いやむしろ、そんな彼女だからこそ惹かれたとも言える。あそこまで献身的に人を愛せる人はめったにいない。たとえ家族同士であっても。スーザンの反抗に直面しても決して揺るがないシャーロットの愛情深さには、感嘆するほかなかった。

スチュアートに残された選択肢はひとつだ。まずは、スーザンを捜しだすことに全力をつくそう。姪が見つかるまではシャーロットが真に幸せになることはないし、彼女との約束を果たすためにもそうするしかない。そして、スーザンが無事に戻り、すべてがうまく落ち着いたら、あらためてシャーロットの気持ちを確かめ、彼女に対するこの感情をどうすればいいか考えよう。

12

翌朝シャーロットは遅くまで部屋でぐずぐずしていた。朝食はいつも食堂でとるので、メイドが部屋まで運んでくることはない。トランクをとりだして荷物をつめはじめようかとも思ったけれど、スチュアートの言うことはやはり正しい――黙ってこの家を去るわけにはいかない――と思いなおし、しぶしぶながら階下へおりていった。

時間が遅かったせいか、朝食用の食堂はすでに空っぽだった。普段はサイドボードに並べられている料理もとっくに片づけられていたが、すぐにメイドがトーストと紅茶を持ってきてくれた。席に着くと、そこには二通の手紙が置かれていた。シャーロットはトーストを食べながら、さっそくそれらに目を通した。

一通めは、シャーロットの手紙に対するルチアからの返事だ。

イタリア人ですって？　このケントでイタリア人に会えたらどんなにうれしいか！　残念ながら、ケントにいるイタリア人はわたしひとりよ。わたしの知る限りではね。本当にそうなのかどうか確かめるためにも、毎晩、外で食事するようにしているわ。それはいいんだけれど、イングランド人って世界でいちばん料理の味がわからない人種よね。ロシア人だってもう少しましよ。

シャーロットは残りの文面にざっと目を通していき、別の質問に対するルチアの答えが書かれている箇所まで読み進んだ。

あなたがいなくなってからは、不法侵入は一度も起こっていないわよ。王家の財宝が保管されているみたいに警備は厳重にしてあるから。おかげで誰もわたしのランジェリーを盗みに来てくれないの、ミスター・ホイットリーさえもね。荷物の箱はすべて開けて、家じゅうに飾ってあるのよ。こんなに美しいものをずっと藁につめておいてはもったいないもの。それから四日間、わたしは毎晩拳銃を用意して待ち構えていたけれど、泥棒はひとりも来ていないわ。あなたのたっての頼みだから、もう一度全部箱づめして送ってあげるけれど。それとね、あのピアノ、あまりにもひどい状態だったから調律してもらったわよ。訊かれる前に答えておくと、わたしの詩神《ミューズ》はまだ見つかっていないわ。ミスター・ホイットリーは《フィガロの結婚》に出てくる小姓のケルビーノのように、愛を告白するのは得意でも実戦に移すのは苦手なタイプなのかも……

シャーロットは手紙を脇に置いた。あとでまたじっくり読みかえそう。ルチアがもう一度歌ってくれるかもしれないと思うと、なんだか少しうれしくなる。もう一通の手紙の宛名はどことなく見覚えのある筆跡だったが、開封してみるまで差出人はわからなかった。開けてみるとそれは、スチュアートからのものだった。ケントにいるベントンから連絡があったようだ。どうやら、スペイン人と思《おぼ》しき黒髪の痩《や》せた男がひとり、町のすぐ外の宿屋に泊まっていたことが判明したらしい。男はスーザンが行方不明になったのと時を同じくして、突然姿を消した。ただし、宿代は一カ月分前払いしてあったとかで、宿の主人もとくに不審には思わなかったようだ。手紙は〝ぼくは今からこれらの情報をピットニーのもとへ届けに行って、彼とともに引きつづき捜索を続けるつもりだ、なにかわかったらすぐきみに知らせる〟と結ばれており、最後に〝S〟というイニシャルだけの署名が入っていた。

鋭くはねるような癖のある書体を一文字一文字目で追って、これを書いた彼の手を思い浮かべていたところへ、女主人が現れた。

「あら、おはよう、マダム・グリフォリーノ」アメリアが満面に笑みを浮かべ、明るい声で話しかけてくる。

シャーロットは手紙を折りたたんだ。「おはようございます」

「今日はとってもいいお天気よ。よかったら、一緒にボンド・ストリートへでも出かけてみないこと？」

「いえ、あの、お誘いはありがたいんですが」動揺しながら、二通の手紙を脇に重ねて置く。どうにも照れくさくてたまらなかった。恋人の母親と朝食の席で顔を合わせるなんて。「あの、ミセス・ドレイク、ご親切にもこちらに泊めてくださって、本当に感謝していますわ。でも、わたし、やっぱりホテルに移ったほうがいいと思うんです。このままずるずるとご厄介になるわけには——」

「だめですよ！」アメリアが声高に言った。「ここにいてくださらなきゃ！　レディーがひとりでホテルに泊まるですって？　そんなこと、絶対にありえないわ」

「ケントから友人を呼び寄せればすむことですから」シャーロットはそう説得しようとしたが、アメリアが片手を突きだした。

「もうすでにここに腰を落ち着けてしまったんだから、かまわないじゃないの。ずっとここにいてちょうだい。こういう大変なときに少しでもあなたの力になれたら、わたしとしてもうれしいんだから」

「そんなにおやさしい言葉をかけていただくと、かえって恐縮してしまいますわ。見も知らぬ訪問者をここまで快くもてなしてくださって——」

「マダム・グリフォリーノ」アメリアはなぜか突然、手もとのカップに見入った。「どうか、ここに泊まってちょうだい。お願いだから」

「でも、それでは……」

「あなたが来てからの二週間で、去年一年よりもはるかに多く息子と会えたのよ」アメリアが紅茶に向かって語りかける。「あなたが出ていってしまったら、息子がここへ朝食をとりに来ることもまたなくなってしまうと思うの」

ドレイク家のように奇妙な家族にはお目にかかったことがない、とシャーロットは思った。ミスター・ドレイクは会ったとたんに彼女を表へ放りだしかねない勢いだったのに、妻のほうはすがりつくようにして必死に彼女を引きとめる。それぞれが違う意見を主張するとき、家族のあいだでいったいどんな会話がなされるのだろう？　ミスター・ドレイクが最大の権限を持っていることは間違いなさそうだが、今までのところ彼はときおりシャーロットをにらみつけるだけで、これといった行動には出てこない。彼女は、あまり事を荒立てるのもよくないと思い、ここは親切に甘えることにした。「では、もうしばらくご厄介になりますわ、本当にお邪魔ではないのでしたら」

「邪魔だなんて、とんでもない！」アメリアの顔に安堵の笑みが広がる。その目に涙がにじんでいるのを見て、シャーロットはますます居心地が悪くなった。「姪御さんが見つかるまで、好きなだけいてくれていいんですからね」

シャーロットは皿の横の手紙を手で示した。「スチュアートが今朝書いてきたところによると、側仕えのベントンが、先月タンブリッジ・ウェルズにいたという外国人について連絡してきたようなんです。その男はもしかしたらイタリア人かもしれません。スチュアートはミスター・ピットニーとともに、すぐに捜索にとりかかってくれるそうです。ですから、スーザンが見つかるのも時間の問題だと思いますわ」

「もちろんよ。なるべく早く、無事な姿で見つかることを、わたしも祈っているわ」

スーザンがどこか怪我でもしていたらと思うと、シャーロットは居ても立ってもいられない気分だった。万が一おなかに赤ちゃんができていたら、などとは考えたくもない。もうじき結婚することが決まっていれば、相手の男性には内緒で結婚してしまうようにスーザンを説得することもできたかもしれないけれど。シャーロットはその皮肉な考えに、表情をゆがめた。結婚する意思のない男性に次々と身を任せてきた自分が、スーザンにそんなことを勧められた義理ではない。

違いはもちろん、スーザンにはまだまともな結婚をするチャンスが残されているということだ。今回の件が表沙汰《ざた》にならないよう、シャーロットはあらゆる手をつくすつもりでいた。だからこそ、スチュアートに説得されて、社交の場へもあえて顔を出すようにしているのだ。誰かの評判が落ちるのであれば、いっそ自分が犠牲になればいい。シャーロットはそう覚悟していた。自分たちにまつわるスキャンダルがもしも明るみに出たとき、人々の注目がスーザンの失踪事件よりも、自分の忌まわしい過去に集まることを期待して。

シャーロットは食事を終え、自分の部屋へ引きとった。もう一度手紙を読み、相変わらず遠慮がちなミスター・ホイットリーの態度を嘆いているルチアを思い、ふっと微笑む。なんにせよ、ピアノを調律したというのはいい徴候だ。シャーロットは、あちらの状況を知らせてくれたルチアに感謝する返事をしたため、ロンドンでは平凡なオペラ歌手でさえも熱狂的に受け入れられていることを強くほのめかす一文を書き添えた。実力もないくせに不当にもてはやされる歌手をルチアがたいそう嫌っていることを、シャーロットはよく知っていた。

ルチアからの手紙に比べ、スチュアートの手紙は彼女にとってあまり満足のいくものではなかった。文面はかなり短く、返事を書くこともできないからだ。スチュアートがほかにどんな情報を得たのか詳しく知りたかったし、できれば今回は自分も捜索に出かけたかった。日がな一日この家に座ってじっと待つのは苦痛でしかない。スーザンが姿を消してからの数日間はたしかに激しくとり乱していたので、一緒に行っても足手まといにしかならなかっただろうけれど、今ではもう落ち着きをとり戻し、必ずや姪を見つけだすという固い決意を抱いているのに。スチュアートが紳士らしく助けの手を差しのべてくれたことはありがたいものの、シャーロットは自分でもなにか行動したくてたまらなかった。ルチアに手紙を書き、部屋でおとなしくスーザンからの連絡を待っているだけなんて、自分らしくない。たとえなにも見つからなくとも自分の足で捜しまわることができたら、少しは気持ちも楽になるはずだ。さまざまな問題をくよくよ思い悩んでいるだけでは、気がめいるばかりだった。

昼食の時間になるころには、シャーロットは廃人のようになっていた。不安で胃がしめつけられて、食べることもできない。スチュアートからはまだなんの連絡もなかった。もっとも、一時間ごとに進捗《しんちょく》状況を知らせてくれるなどと期待するほうがおかしいのだが。じりじりしながら待っているあいだに彼女の神経はすり切れていき、我慢の限界に達しそうだった。休もうと思ってベッドに横たわっても、目はいっこうに閉じてくれない。天井を見つめて考えているうちに、シャーロットの思いは昨日の午後から夜のことへと漂っていった。

恐れていたより、事態はさらに深刻になっていた。スチュアートとベッドをともにしてみても、肉体的欲望が満たされることはなかった。彼の手が素肌を撫でる感触を思いだすだけで、体は熱くほてってくる。それだけなら理解できないこともなかった。恋人とつきあいはじめたばかりのころは、そういうこともままあるからだ。それよりも心に引っかかっているのは、彼女が眠っていると思いこんでいたときの、スチュアートの顔に浮かんでいた表情だ。あんなふうに見つめてくれる男性はこれまでひとりもいなかった。なにかとても大切な宝物に見とれるような目で。彼女と出会えた自分の幸運が信じられないといった面持ちで。もしかするとスチュアートは、これまでわたしが出会ってきた男たちとは違うのかもしれない。

シャーロットは枕に顔を埋めた。またただ。またわたしは、結婚できない男性を好きになりかけている。少なくとも今度の場合、わたしは一七歳ではなく三〇歳で、将来に幻想を抱いてもいないけれど。わたしはスーザンのために、慎み深く尊敬に値する女性でいなければならない。そしてスチュアートは彼自身のために、大金持ちの花嫁と結婚するべきだ。ふたりのあいだになにが起ころうと、彼との密会はなるべく早く終わらせるべきなのだろう。人目を盗んでほんの数時間か数分か愛しあうだけでは、どうせ満足などできやしない。けれども一瞬、シャーロットは罪な考えを抱いた。スーザンがこの先何週間も見つからなければ、スチュアートと過ごせる時間もそれだけ長くなるのに。

涙がじわじわとこみあげてくる。自分の罪深い欲望のためなら、罪もなきかわいそうな姪が犠牲になってもかまわないなんて、なんてひどい叔母なのだろう。そんな自分に嫌気が差し、シャーロットは涙を手でぬぐった。泣いたところで、なんの役にも立ちはしない。そのことははるか昔に学んだはずだ。父親に勘当を言い渡されたとき、彼女は泣きに泣いて、どうか家だけは追いださないでとすがりついて父親に頼んだ。しかし父親は無言で歩き去っていき、彼女の世界はまたたくまに失われた。

シャーロットはやおらベッドから立ちあがった。こうやってみじめな思い出に浸る以外に、なにかできることがあるはずだった。今夜はスチュアートと一緒に舞踏会に出席する約束をしているけれど、それはまだ数時間先の話だ。運がよければ、それまでに彼がスーザンに関するいいニュースを持って戻ってきてくれるかもしれない。そうなれば、自分の気持ちにかかわらず、この件には終止符が打てる。今はそれを願うしかなかった。

どうにもやりきれなくなって、シャーロットは図書室へ行った。読書に耽ることはあまりない。本を読むより、自分で体験するほうが好きだからだ。けれども、ゆうべはほとんで眠れなくて疲れているはずだから、退屈そうな本でも見つけて読めば、少しはうとうとできるかもしれない。そうすればなにも考えずにすむ。

ドレイク家の図書室は静かで薄暗く、シャーロットの予想どおり、わびしい雰囲気が漂っていた。並んだ本の題名を眺めながら、棚から棚へとぶらぶら歩きまわる。その部屋は馬蹄《ばてい》形をしていて、ガラス張りで丸天井のサンルームの隣に位置していた。カーブの先のほうまで行くと光が届かなくなるらしく、そのあたりはほとんど闇に包まれている。だが驚いたことに、いちばん奥の壁にはカーテンのかかった窓があった。農耕法とか政治史とか、いかにもつまらなそうな本を探していた彼女は、カーテンを少しだけ開けて光をとりこんだ。そしてふたたび棚を眺めようとして振りかえり、シャーロットはあっと息をのんだ。

スチュアートが見つめかえしていたからだ。彼女は目をしばたたき、信じられない思いで壁のほうへ身を乗りだした。それは、精巧に描かれた肖像画だった。鼻のラインも、眉のアーチも、実物と寸分たがわぬ正確さで写しとられている。表情にはやや悪魔的な翳《かげ》が見え隠れしているものの、服装はいたって上品だ。シャーロットはそこで眉をひそめた。上品というより、古めかしいと言ったほうが近い気がする。何十年も前に流行った服装のようだ。つまり、これはスチュアートではなく、彼の先祖に違いない。この絵の人物は誰なのだろう？どうしてこの絵だけが、屋敷のなかでもっとも暗いこんな場所に飾られているのだろう？

「なにをこそこそかぎまわっているんだ？」いきなり声をかけられて、シャーロットは悲鳴をあげそうになった。驚きのあまり、心臓が喉もとまでせりあがったようになる。振りかえると、テランス・ドレイクが杖をつき、怒ったような目で彼女をにらみつけていた。「珍しいものでも見つかったかね？」肖像画を頭で示しながら言う。「自分の心配事だけでは足りず、他人の家の内情まで探ろうというのか？」

シャーロットは両手を重ね、顎をあげた。「いいえ、決してそんなつもりは。なにか本でもお借りしたいと思って来たんですが、暗くてよく見えなかったもので」そう言って、カーテンをちらりと見やった。

「ふん」テランスが足を踏み鳴らして近づいてくる。「遠慮しなくていい。訊きたいことがあるんだろう？　その顔を見ればわかる」彼はふたたび肖像画を頭で示した。

シャーロットはその絵を見なかった。「もちろん、わたしにはなんの関係もないことですけれど。あまりにも似ているので、びっくりしただけです」

テランスはいかにも不快そうな苦々しい面持ちで、絵のほうを向いた。「たしかにな。うりふたつだ。双子のようにそっくりだよ。どちらも芯まで腐っている」

「おやめください」自分をとめる間もなく、シャーロットはそう口にしていた。「ご自分の息子さんのことを、そんなふうにおっしゃるなんて」

彼は鼻をふんと鳴らした。「血は争えんよ。わたしはやつをよく知っている」

「血は争えないものだけれど、裏切られることもあると？　そのご意見には賛成しかねますわ」シャーロットは冷ややかに言った。

テランスはその絵を見つめつづけていた。ずたずたに引き裂いてやりたいとでも言いたげに。「きみの血を引く姪はきみを裏切ったのではないのかね？　どこの馬の骨ともわからない男と駆け落ちしたんだろう？　家族に対する義務に背を向け、自分の好きなように振る舞って。血の絆など、恋の前にはなんの意味もないというわけだ」

「あの子はまだ若いんですから」シャーロットは憤慨して言いかえした。「わたしは姪にとって唯一の肉親なんです。わたしがあの子に義務を負うべきなのであって、その逆ではありません」

「詐欺師、嘘つき、ばくち打ち」テランスが低い声でつぶやく。「そういう連中には責任感のかけらもない」彼はシャーロットのほうに向きなおり、肖像画を指さした。「これはわたしの兄なんだよ！　若くして死んだのがせめてもの幸いだがね。そして息子は——」軽蔑をあらわに吐き捨てる。「この兄にそっくりなんだ。わたしの父は彼らのことを大目に見てやっていたが、彼らのほうは父に対してなにひとつ恩を返していない！　きみも利口なら、子供などつくらないことだ。せっかくきみの姪が、その血に流れる弱点を証明してくれたわけだからな。そんな血を引く子供をわざわざ増やすことはあるまい」テランスは手をおろすと、強い嫌悪をむきだしにして絵に正対した。「では、ごきげんよう」

シャーロットは逃げるようにその部屋をあとにした。毒々しい敵意をまのあたりにして、激しいショックを受ける。あんな父親を持ってしまったスチュアートが気の毒でならなかった。あそこまであからさまに嫌われつつ長年この屋敷に暮らすのは、どんなにつらかったことだろう。母親は息子を愛しているようだけれど、その愛情さえも薄らいでしまうほどだ。なぜに父親は実の息子をあれほど憎み、その死を願うまでになったのだろう？　そんな仕打ちを受けながら、息子はどうしてあれほどまっとうに育ったのだろう？

レディー・キルデアに余計なことを吹きこまなければよかったという後悔がますますふくらんでいく。風の噂に聞いただけのゴシップを広めてまわるなんてそもそも不公平だし、そのすべてが間違っていた可能性が高いとわかった今、シャーロットは恥ずかしさでいっぱいになった。スチュアートはただ存在しているだけで、父親の逆鱗《げきりん》にふれるらしい。その行動がさらなる怒りを買うことはあったとしても、それは根本的な問題ではなさそうだ。実の父親であれ誰であれ、自分を心底憎んでいる相手を喜ばせるような生き方は、自分だってさすがにできないだろう。

わたしが首を突っこむべき問題ではないけれど、とシャーロットはあらためて自分に言い聞かせた。ここでわたしが、スチュアートが隠そうとしている家族内の秘密を詮索して暴きたてるようなまねをしたら、問題を大きくするばかりだ。好奇心に負けてしまわないよう、しっかり自制しなければ。

その夜の舞踏会は格好の気晴らしになった。どうして自分がスロックモートン家での催しに招かれることになったのかはわからないが、もちろんそれはスチュアートが裏で手をまわしてくれたおかげなのだろう。家族の愛情に恵まれていない分、よき友人には恵まれているようだ。ウェア公爵とその母親であるウェア公爵夫人が、一緒に行こうと誘ってくれた。そうすればシャーロットも皆に快く迎えてもらえるはずだから、と。それでも、こみあった大広間に近づくにつれて、シャーロットは不安でたまらなくなった。場違いなところへ来てしまったという思いが募り、社交界に顔を出すこと自体がそもそも間違っていたという気がした。家族ぐるみのつきあいがあった古い知人にでも顔を見られたら、正体がすぐにばれてしまうかもしれない。彼女は公爵夫人のそばにぴったり張りつき、自分に関する陰口がささやかれてはいないかと耳を澄ました。

幸運なことに、その日の舞踏会はもっとスキャンダラスでセンセーショナルな話題に包まれていた。それまで結婚の噂ひとつなかったエクセター公爵が、最近めとったばかりの花嫁を連れて、堂々と姿を現したからだ。そのふたりの結婚のニュースは突然『タイムズ』紙に掲載され、公爵の愛人だった女性をも驚かせたという。エクセター公爵夫妻が会場をめぐり、そこここで人々の注目を集めるさまを見て、シャーロットはほっとした。

「今宵はエクセター公の件で持ちきりのようね」ウェア公爵夫人が扇をそよがせながら言った。「彼に感謝の祈りを捧げている人は多いんじゃないかしら。たとえ今夜、この大広間で殺人や暴力事件があっても、誰も気づかないでしょうからね」

シャーロットはぎこちない笑みを浮かべた。「ええ、そうですわね」そこへひとりの紳士が歩み寄ってくると、公爵夫人はにこやかに微笑んだ。

「まあまあ、ロバート・フェアフィールド卿」彼に向かってうれしそうに語りかける。「わたくしのお友達をダンスに誘いに来てくださったのかしら?」

男性は瞳をきらきら輝かせ、恭しくお辞儀をした。「よろしければ、マダム」そう言ってシャーロットに向きなおる。「一曲おつきあい願えますか?」

シャーロットがためらっていると、公爵夫人が扇を振って促した。「遠慮せずに、ロバートと踊っていらっしゃいな。この方はすばらしい紳士ですよ」断れる雰囲気ではなかったので、シャーロットはフェアフィールド卿に片手をすっと差しだした。

「どうぞご心配なく」フロアへ出ると、彼がそっと耳打ちした。「ドレイクから公爵夫人の話は聞いています」

「どういうことですの?」シャーロットは後ろをちらりと振りかえった。公爵夫人はさも得意げな笑顔を見せてくる。

「あの方は息子を守りたいのですよ。イングランドじゅうの女性がウェアを狙っていると思いこんでらっしゃるようですからね。たぶん彼女はあなたをひと晩じゅう別の誰かと踊らせるつもりでいるに違いないと、ドレイクは言っていました」

「そうですか」シャーロットはいぶかった。「つまり、あなたが誘いに来てくださったのも、ドレイクに頼まれたからなのかしら？」

フェアフィールド卿はにんまりした。「自分は着くのが遅くなりそうだから、それまで相手をしてやってくれ、とね。彼が現れた時点で、ぼくの出番は終わりですよ」

四人ひと組で踊るカドリーユの曲に合わせてパートナーが交代するまで、シャーロットは笑っていた。その曲が終わると、公爵夫人がまた別の紳士を紹介してくれた。その男性も実はスチュアートの友人だった。どうやら彼女が踊る相手は、事前にすべて決められていたらしい。自分のためにスチュアートがそこまで配慮してくれたことに感動を覚えつつ、シャーロットはいつのまにかダンスを楽しんでいた。

スチュアートがスロックモートン家に到着したのは、かなり遅くなってからのことだった。イタリア人を捜してロンドンじゅうの波止場やにぎやかな路地を歩きまわり、埃まみれでくたびれはててフィリップの家に帰り着いたときには、暖炉の火が消えていた。一から火を熾《おこ》して湯をわかすだけで、かなりの時間がかかった。水がやっとぬるま湯になったところで、顔と体を洗ってひげを剃《そ》り、服を着替えて家を出たが、そこから先は徒歩で行くしかなかった。

シャーロットからもらった金は捜索費用として使いはたしてしまったからだ。やっとのことでスロックモートン家にたどり着いたときには、腹がぐうぐう鳴っていた。エクセター公爵夫妻がゴシップ好きの連中に格好の話題を提供してくれたおかげで、自分が好奇の目にさらされることもなく、いちおうの紳士として人々に受け入れてもらえたことに、スチュアートは感謝した。

舞踏会場は大変こみあっていて、シャーロットやウェアがどこにいるのかわからなかった。招待客のあいだを縫って進み、テラスや娯楽室などものぞいてみたが、どこにも姿が見えない。友人たち——いずれも名のある紳士ばかり——をかき集めてシャーロットの相手を頼んでおいたので、彼女がゴシップの種にされることはなかっただろう。自分のような男と一緒に会場に現れたのでは彼女の評判も落ちるだけだろうが、ウェアと一緒ならそういう心配もない。

しばらく捜しまわったのち、彼はついにシャーロットを見つけた。体にぴったり張りつくようなサファイア色のシルクを着ている彼女は、なんとも華麗だった。手のなかで扇をもてあそびながら、はにかむような笑顔で誰かの話を聞いている。その姿はいかにも謎めいていて、魅惑的で、官能的だった。思わず目の前にひざまずいて、その美しさを称《たた》えたくなるほどに。

「まあ、スチュアート・ドレイク！　やっとロンドンに戻ってきたのね！」女性が腕に手を巻きつけてきた瞬間、スチュアートは呪いの言葉をのみこんだ。エミリーことレディー・バートンは、誰かが後ろを通りかかったかのように身を寄せてきて、しばらくそのまま彼に体を押しつけていた。スチュアートは小さなため息をつき、腕をつかんでいる彼女の手をそっとはがすと、その手を持ちあげて甲に軽くキスをした。

「久しぶりだね、エミリー」

かつての恋人が微笑んだ。「おもしろい夜になったわね、いろいろなスキャンダルが聞けて。いちばんの話題はエクセターだけど——スザンナ・ウィロビーは、次期エクセター公爵夫人の地位を手に入れたことをみんなに報告してまわるのが忙しくて、ひどく気が立っているみたいよ」

「エクセターが公式に発表するまで、結婚は待ったほうがよかったのかもしれないね」スチュアートは目の端でシャーロットの姿をとらえつつ、つぶやいた。手のなかで扇をもてあそぶしぐさが実になまめかしい。女性にあのようなものをあんなふうに持たせてはいけない、と彼は思った。

「エクセターは彼女に結婚なんか申しこまずに、養女として迎えるべきだったんじゃないかしら。あの人はロンドン最後の独身を貫くだろうと思っていたのに」エミリーがまた彼の袖に手を重ねてくる。「あなたを除けばね」

「相変わらずきみは耳ざといんだな、エミリー」スチュアートはふたたび彼女の手をそっとどけた。一時は、彼女のこういう積極性が好ましく思えたときもあったのだが。今となっては、そんな自分が愚かしく思えた。

「ほかにも興味深いニュースがあるのよ」エミリーがさえずるように言う。その目に勝利と欲望が輝いているのを、スチュアートは遅まきながら見てとった。彼のほうには、今さらエミリーと情事を楽しむつもりなどさらさらない。それどころか、一刻も早く彼女から離れたくてたまらなかった。

「またいつかゆっくり話をしよう。ぼくは待ちあわせに遅れているんだ」

「あら、でも、この話だけはさせて」エミリーが腕を引っぱって引きとめる。「あなたもきっと興味を持つと思うわよ。ほら、あなたが懇意にしているイタリアの伯爵夫人がいるでしょう? ミス・シャーロット・トラッターとか言ったかしら。たしか、サー・ヘンリー・トラッターの娘さんよね? あなたのお父さまともおつきあいのあった気難しいご老人のこと、覚えていない? もしかしたらわたしの思い違いかもしれないけれど。なにしろ十数年も前のことだし、当時は別のことで頭がいっぱいだったから」エミリーが熱い視線を投げかけてくるが、スチュアートはそれを無視した。「ともあれ、その方のお嬢さんはかなりの発展家だったらしくて、家名を汚されることを恐れたお父さまが、どこか遠くへやってしまわれたそうよ」

「なぜきみがそんなことを知っているんだ?」あのシャーロットが不名誉な評判を負って追放されただと? スチュアートはてっきり、彼女はその自由な精神に導かれて、自分の意思で旅立ったものとばかり思いこんでいた。だがもちろん、シャーロットがヨーロッパへ移り住んだのはごく若いときだったことは、簡単な計算をすればわかることだ。彼女は本当に追放されたのか、それとも家出したのだろうか？

「なぜって、ミスター・ハイド・ジョーンズが彼女には見覚えがあると言ってらしたからよ。ええと、彼はどこにいるかしら？　ああ、あそこ」エミリーが片手をさりげなく振ると、品のよい紳士がふたりのほうへ近づいてきた。消えゆく天使のような印象を与える男性で、かつては美しかったであろう容色も今は衰え、頭のほうもずいぶん薄くなっている。彼は控えめな笑みを浮かべ、エミリーの手にキスをした。「ジェレミー、ミスター・ドレイクをご存じかしら？　スチュアート、こちらのミスター・ハイド・ジョーンズは、あなたが親しくしていらっしゃる伯爵夫人がまだミス・トラッターだったころのお知りあいなのよ。まったく世間は狭いわね」

「そうだね」スチュアートはなにかの席でジェレミー・ハイド・ジョーンズを見かけたことはあったが、ここで会うとは思っていなかった。あまりいい噂を聞かない人物だからだ。生まれながらの紳士ではあるが、金持ちの女相続人を二度も妻にめとり、そのいずれも数年しか持たなかったという。スチュアートは記憶をたどり、何年か前に耳にした噂の断片を思いだした。ひとりめのミセス・ハイド・ジョーンズは身重の体を抱えて階段からころげ落ち、不審な死を遂げた。すると夫はろくに喪も明けないうちに、慌ててふたりめの妻と結婚した。そちらの妻は昨年、馬車の事故で首の骨を折って亡くなった。馬車を操っていたのは夫だったが、彼のほうはほぼ無傷で助かったという。以来、ハイド・ジョーンズは社交界に受け入れられたが、それはまさに、ふたりの妻が遺した莫大な財産を受け継いだからにほかならい。なんとも皮肉な話ではないか、とスチュアートは心のなかでつぶやいた。

とはいえ、この男はシャーロットが若かったころのことを知っているわけだ。好奇心が嫌悪感に勝り、スチュアートは男に向かって一礼した。「どうぞお見知りおきを、ミスター・ハイド・ジョーンズ」

「こちらこそ、ミスター・ドレイク」年上の男の笑顔は、たちまち恩着せがましいものに変わった。「イタリア人だったはずの女性が実はイングランド人だったと知っても、驚きはしないだろうね？」

「ええ」スチュアートは言った。「それはひと目でわかりましたから。あなたは、まだ少女だったころの彼女を知っていらっしゃるんですね」もしかするとハイド・ジョーンズは、彼女の父親の友人か親戚なのかもしれない。彼自身がシャーロットと交際していたにしては、年が上すぎる。

ハイド・ジョーンズはおもしろがっているようだ。「ああ」彼はスチュアートの腕をまだしっかりとつかんでいるエミリーを見やった。「深いつきあいだったからね」

エミリーが笑った。「ジェレミー、冗談でしょう？　あなたほどの年齢の男性が、そんな若いお嬢さんにどんな用があるの！　当時の彼女はまだほんの子供だったはずなのに」

「いや、とんでもない。ちっとも子供ではなかったよ。少なくとも、われわれのつきあいが終わったころには」
一七、八のシャーロットが、スチュアートの脳裏に浮かんだ。彼は疑いの目でハイド・ジヨーンズを見た。この男は少なくとも四〇を超えているはずだ。一〇歳以上も年の離れた少女に男がなんの用があるかと言えば、ふたつしか思いつかない。そのどちらも、スチュアートに思わず拳を握らせるようなことだった。

「そのころの彼女といかに変わったかご覧になれば、驚くと思いますよ」スチュアートは言った。「彼女がイングランドを離れてから一三年ほど経っていますからね」

「スチュアート、レディーの年齢を暴くようなことを言うなんて失礼よ！」エミリーが彼の腕をつつく。「それなりの年の女性のことであればなおさら」

「だが、女性のなかには年齢を重ねるごとに美しく成熟していく女性もいるじゃないか、高級なブランデーのように」スチュアートは深く考えもせずに言いかえした。興味津々な目でシャーロットを見つめていたハイド・ジョーンズが、それを聞いて振りかえった。

「まったくだ。あんなに美しい女性になるとは、想像だにしていなかったよ」

「ええ、でしょうね」スチュアートは用心深く言った。「地味で目立たなかったはずのものが真に美しい花へと成長するのは、よくあることですが」彼はとにかくこのハイド・ジョーンズという男が気に入らなかった。シャーロットを見るその目つきも気に入らない。「彼女と会う機会があまり多くなかったので、それが見抜けなかったのではありませんか？」

ハイド・ジョーンズが声を立てずに笑う。「いや、しょっちゅう顔を合わせてはいたんだよ。なにしろ結婚寸前まで行っていたくらいだから」

「結婚寸前？」徐々にけたたましくなるエミリーの笑い声も、今やスチュアートの耳にはほとんど入らなかった。エミリーが腕を引っぱってたしなめようとしてきたが、彼はうるさそうに彼女を押しやった。「それでは、彼女は運命のいたずらによって、すんでのところで難を逃れたわけですね」スチュアートの頭のなかで警鐘が鳴り響いた。この男はまるで、飢えた狐《きつね》が雌鶏《めんどり》を見るような目でシャーロットを見つめている。

「まあ、そんなところだろうね」ハイド・ジョーンズはまたしても狡猾《こうかつ》そうな視線を彼女に投げかけた。「グリフォリーノ伯爵もロンドンへは一緒に来ているのかい?」

「その方はもう亡くなったようです」スチュアートは歯をぐっと嚙みしめて言った。万が一ハイド・ジョーンズがふたたびシャーロットを傷つけるようなまねをしたら、そのときはこいつも墓場に送ってやる。ロンドンまで来るときの馬車のなかで、スチュアートは彼女にこう尋ねた。〝きみの心を粉々にしたのは誰なんだい?〟と。あのあとシャーロットは黙りこんでしまい、答えてはくれなかった。彼女をわざと動揺させてやりたくて訊いたことで、彼女を怒らせてしまったのだろうと思っていたが、もしかするとあのとき、その質問がまさに核心にふれていたのかもしれない。もしかすると彼女はジェレミー・ハイド・ジョーンズに振られて、失意のもと、大陸へ逃げていったのか?

「そうか」ハイド・ジョーンズの顔に満足げな笑みが輝いた。「それは気の毒な」

「ええ、夫を失うのはつらいでしょうからね。そう言えば、あなたも奥さまを亡くされたとか。お悔やみ申しあげますよ」スチュアートはエミリーの手を腕から引きはがし、ハイド・ジョーンズを肩で押しのけるようにしてその場を去った。そのまままっすぐシャーロットのほうへ向かう。彼女は今、スチュアートの古い友人、ロバート・フェアフィールド卿と踊っていた。フェアフィールドと目が合うと、スチュアートは小さく会釈した。フェアフィールドも会釈を返し、シャーロットとともにフロアの奥へと遠ざかっていった。

スチュアートは腕組みをして、曲が終わるのを今か今かと待った。ワルツはまだ始まったばかりだから、フェアフィールドが彼女を引き渡しに来てくれるまでにあと数分はかかるだろう。憎むべきハイド・ジョーンズがこの場に来てさえいなかったら、今シャーロットを腕に抱いて踊っているのは自分だったはずなのに。それだけをもってしても、スチュアートはハイド・ジョーンズが許せない気分だった。やつがシャーロットにどんな仕打ちをしたのかは知らないが、ふたりが鉢合わせしてしまう前に、ハイド・ジョーンズがここに来ていることを彼女に伝えたかった。ふたたびあのならず者と顔を合わせたら、今度こそスチュアートは相手の鼻をへし折ってしまいかねなかった。

「失礼いたします、ミスター・ドレイク」銀のトレイを掲げたスロックモートン家の召使いが声をかけてきて一礼した。「たった今これが届きまして、急ぎの用だそうです」

スチュアートは礼を言い、封筒を引き裂くようにしてメモをとりだすと、その内容を読んでにわかに気分が高揚した。スーザンの手紙を届けに来た例の若者をピットニーがついに見つけだし、誘拐犯の足どりがつかめたらしい。スペイン人かイタリア人と思われる外国人がひとり、夫を亡くしたばかりだという若い妹を連れて旅をしているという。妹というふれこみのその女性は分厚いベールで始終顔を覆っているものの、明らかにイングランド人で、クラーケンウェルの外れにある小さな宿にふたりでひと部屋を借りて数日が経つとのことだった。この先どう動くべきか、ピットニーは指示を待っている。

スチュアートはダンス・フロアに目をやった。フェアフィールドとシャーロットはまだ踊っている。このことをシャーロットが知ったら興奮し、ただちに返事を書くよう迫ってくるだろう。スチュアートはしばしためらったのち、舞踏会場をあとにした。手紙の返事を書くだけなら、何分もかからないだろう。そのあとシャーロットを迎えに来て、もうじきスーザンをとりかえせるかもしれないという、いいニュースを知らせてやればいい。

二曲めのワルツが終わったところで、シャーロットは少し休憩したくなった。パートナーのフェアフィールド卿に導かれてフロアを離れ、扇で顔をあおぎながら、彼女はにこやかに微笑んだ。「ありがとうございました、フェアフィールド卿」

「いえ、こちらこそ」彼はあたりを見まわして、眉をひそめた。「つい先ほど、ドレイクの姿を見かけたんですが。ひどく怒ったような顔をしてぼくをにらんでいたんですよ。ワルツの途中であなたを奪われるのではないかと思うほどに」

シャーロットは声をあげて笑った。踊っている最中にスチュアートの腕にさらわれる自分を想像すると、胸があたたかくなってくる。やっと来てくれたのね！　今宵の舞踏会を彼女が楽しめるよう、彼がいろいろと骨を折ってくれたことへの感謝の気持ちを、早く伝えたくて――態度でも表したくて――待ちきれなかった。ささいなことのようだけれど、この会場で彼女がひとりだけよそ者のように感じたりしないよう、スチュアートはかなり気を配ってくれていた。フェアフィールド卿が申し訳なさそうに微笑んだ。

「彼が姿を消しているあいだ、もう少しだけあなたにおつきあい願っても、責められはしないでしょう。部屋をひとめぐりして、ぼくの友人たちにあなたをご紹介させていただいてもかまいませんか？」

「ありがたいお言葉ですけれど」シャーロットはわずかに表情を崩して笑った。「できればわたし、しばらくここで顔をあおいでいたいんです。もしよろしければ」

「もちろんですとも。ワインかなにかお持ちしましょうか？」

「そうしていただけると」フェアフィールド卿は一礼してその場を離れ、すぐにグラスを持って戻ってきた。シャーロットがワインに口をつけたころ、次の音楽が始まって、フェアフィールド卿は別のパートナーを捜しに行ってしまった。シャーロットは笑顔で彼を見送った。すぐにスチュアートがわたしを迎えに来てくれるはずだ。踊っている人々を少し遠くから見守りながら、彼女は髪をピンでとめた。重たいカールが毛布のように首筋にまつわりつき、暑くてたまらなかったからだ。スチュアートが戻ってきたら、テラスへ出て少し涼もう。そう考えるだけで、自然と笑みがこぼれた。スチュアートとふたりきり、暗い庭で……。

「ごきげんよう、コンテッサ。それとも、昔のよしみでシャーロットと呼ばせてもらってかまわないかな？」

冷たい笑いを含む声が肩口から聞こえた瞬間、全身に氷水を浴びせられたかのように一気に熱が冷めた。壊れ物を扱うかのごとく、シャーロットはおそるおそる、ゆっくりと振りかえった。

するとそこには、彼女の人生をめちゃくちゃにした当の本人が立っていた。

13

「覚えていてくれたんだね」ジェレミー・ハイド・ジョーンズがしたり顔で言った。「わたしも覚えているよ。もっとも、あのころとはだいぶ見違えたが」

「自分の犯した過ちから学んだら過去そのものは忘れてしまうことが、わたしの信条ですから」シャーロットは冷ややかに言いかえした。「では、ごきげんよう、サー」彼に背を向け、踊っている人々のほうを向く。だがその目は誰も見ていなかった。彼とふたたび出会ってしまう可能性をどうして考えなかったのだろう？　やはりこういう社交の場に顔を出すべきではなかった。こんなことなら、探偵を何百人も雇ったほうがはるかにましだった。彼とほんのちょっと顔を合わせただけで、自分の愚かさが身に染み、シャーロットは屈辱を覚えた。

「待てよ、シャーロット」ジェレミーがそばへ寄ってくる。「われわれの間柄で、それはあまりにもつれないじゃないか」

「あなたにとってわたしは、たかが五〇〇〇ポンドの価値しかない女だったんでしょう？」

シャーロットは前方を見すえたまま言った。スチュアートはどこにいるのだろう？

「きみは昔から情熱的な女だったな」ジェレミーがあからさまな興味を示し、彼女の胸もとをしげしげと眺める。「昔に比べて、より男の視線を引きつける体つきになったようだが。魅力がいっそう増したよ」

シャーロットは、純金色の髪が明らかに後退している彼の額に目をやった。昔の彼はもっと堂々としていて、髪もふさふさだったのに。「あなたの魅力は衰えるばかりのようね」

ジェレミーが唇を引き結んだ。「威勢のよさも相変わらずか。思ったことをはっきり口にできる女性は賞賛に値すると思うよ。若いころから、きみも少しは成長したのか？　きみの未来は輝いていたはずだが」

「蛇はいじくりまわすのではなく殺すことを覚えたわ」シャーロットは答えた。「一度嚙みつかれたら、二度めはないということよ」

「きみの素肌の味は今も忘れていないよ」彼がささやく。「もう一度その肌に嚙みつかせてほしいくらいだ」

シャーロットは信じられない思いがした。「よくもそんなことが――」

「おいおい、シャーロット、わたしになにができたと言うんだ？　きみの父上は銃を突きつけて、わたしを脅してきたんだぞ」

「そのとき撃たれてしまえばよかったのに」

ジェレミーが笑う。「だがもう、今のわたしたちを邪魔する者はいない。ドレイクがきみにまつわりついていることは知っているがね。賢いきみのことだから、わかるだろう。やつはもう死んだも同然の状態だ。家族に見捨てられて家を追いだされたのだからな」

シャーロットは目を見開いた。「おかしいわね。あなた、前にも同じことを言っていなかったかしら？　自分は高貴な生まれであるかのように信じこませて、わたしを口説いてきたとき」

「落ち着いてくれ」ジェレミーは腕組みした。「怒り狂ったオールド・ミスのように振る舞う必要はない。これまでも、きみの話はときどき耳にしていたよ。何人もの恋人と浮き名を流していたそうじゃないか。噂によれば、一度にふたりの男とつきあっていたこともあるとか。それとも、きみのほうがもてあそばれていたのか？　その点、わたしは正式に交際を申しこもうとしているんだから、幸運に思ってもらいたいな。きみのような評判を持つ女性は社交界に長くはとどまれない、誰がきみを紹介してまわろうともね。そうした評判は、いずれ黒い尾ひれがついて広まるものだよ。もしもあんな話が公になったら……」彼は手をのばし、シャーロットのカールを指ではじいた。「それでもわたしは、今度こそきみをかばってやってもいいと思っている。時給にするか、まとまった額にするか、相談しないか？　金額次第では考えてやらないこともない」

　胸のなかでは激しい苦悩が渦巻いていたが、シャーロットは身じろぎもせずに立ちつくしていた。ジェレミーが広めようとしている大嘘にどうすれば対抗できるだろうか？　おそらく彼は、かつて彼女は肉欲に溺《おぼ》れて乱痴気《らんちき》騒ぎをくり広げていたと吹聴《ふいちょう》してまわるつもりなのだろう。そんな話を信じる者はいないはずだが、ゴシップ好きの人々が飛びつく話題であることは間違いない。自分の犯した罪をとがめられるのは仕方がないとしても、犯してもいない罪にまで苦しめられることになっては……。

そして、スチュアートは？　そんな話を耳にしたら彼はいったいどう思うだろうかと考えるだけで、膝から力が抜けそうになった。彼の父親は、よくもそんな女を家に連れてきたと言って激怒し、息子をまた勘当するかもしれない……完全に縁を切り……スキャンダルとともに町から追いだしてしまうかもしれない。そうなったらスチュアートは二度とわたしに会ってはくれないだろう。もしも彼が、失われた評判をいつか回復したいと願うなら。非の打ち所のないどこかの令嬢とすぐにでも結婚し、その妻のおかげをもって名誉を挽回し、彼にふさわしい生活を手に入れるかもしれない。

もしもまわりに人がいなかったら、シャーロットは今ここで倒れていただろう。スチュアートとの関係にはいつか終わりが来ると覚悟していたけれど、こんなにも早く、こんなにも突然そのときが訪れるとは、想像もしていなかった……本当にそんなときが来るなんて。自分の人生から彼が永遠に歩み去ってしまうなんて、考えられない。スチュアートの存在は今や、かえがえのないものになっていた。自分には決して手に入れられないとはるか昔にあきらめてしまったたくさんのものを、彼は与えてくれた。

シャーロットは憎しみのあまり、自分が空っぽになったような気がしていた。目の前でにやにや笑っている男はかつて彼女の人生を破滅に追いやり、今また同じことをくりかえそうとしている。彼のせいでスチュアートを失い、イングランドで慎ましやかに生きていくチャンスも奪われるだけでなく、大切な姪までも失ってしまうかもしれない。そのことを考えると、苦痛が槍のごとく彼女を貫いた。たとえスーザンが見つかったとしても、わたしはあの子を失ってしまうかもしれない。自分の名が汚されるせいで、スーザンまで汚名を着せられるようなことはあってはならない。誰か人を雇って姪の目付役を任せ、自分は大陸へ逃げ帰るほかないだろう、不道徳なシャーロット叔母として。一〇年以上も各地を転々とする生活を送ってきて、やっと故郷に帰ってきたというのに、以前よりもひどい不名誉を背負ってふたたび放浪生活に戻らなければいけないなんて。

「ねえ、教えて」シャーロットは淡々とした声でゆっくり言った。「あんな大嘘をついてわたしをだましておきながら、またつきあってもらえるとでも思っているの？　あれから一三年の歳月が流れても、わたしはまだあなたの甘言にまんまとだまされた愚かな子供のままで、少しも賢くなってはいないと？　わたしほどの経験を持つ女が、あなたみたいな男を本気で欲しがるはずないでしょう？」彼を蔑むように笑う。「あなたにしてみれば、たわいもない遊びだったんでしょうね。暇つぶしの浮かれ騒ぎか、手っとり早い金儲《もう》けか、どちらに転んでもよかったんでしょう？」

「わたしを責めるのはやめてくれ」ジェレミーが言いかえした。「こちらがきみを欲しがったのと同じくらい、きみだってわたしを求めていたじゃないか。きみの財産が魅力的だったことは紛れもない事実だ。だが、当時のきみはすでに子供ではなく、若くて美しい女性だった」

「わたしはまだ一七歳になったばかりだったのよ」

彼の顎がいったん引きつり、すぐに戻った。「たしかにあれは、きみの言うとおり、一三年も前のことだ。そしてきみは、大人の女に成長した。わたしも今ではそれなりの財産を持つ一人前の男になったからね。あのまま関係が続いていたらわれわれにはどういう結末が待っていたのか、もう一度確かめてみてもいいんじゃないか？　もしもあのときみの父親に邪魔されていなかったら――」

「父に救われていなかったら、よ」シャーロットは彼の言葉をさえぎった。「今度あなたに会うときは拳銃を用意しておくから。そのときには、わたしをとめてくれる父はいないんですからね」そう言うと、彼女はグラスの中身を彼の顔目がけてぶちまけた。彼の顔が怒りでゆがむのも目に入らないほど、激しい憤りに駆られてのことだった。「あなたなんか、地獄に堕《お》ちて焼け死ねばいいのよ」グラスを彼の足もとに叩きつけ、シャーロットはきびすを返して歩み去った。

スチュアートの姿はどこにも見あたらなかった。フェアフィールド卿やウェア公爵だけでなく、知った顔にはひとりも会わないまま、大広間をあとにする。自分がどこへ行こうとしているのかもわからなかった。いつのまにかスロックモートン家を出て、やみくもに歩いているうちに、気がつくとドレイク家の前まで来ていた。

ドアをノックすると、すぐにフットマンが開けてくれた。彼女がこんなに早く戻ってきたことに驚いている様子だ。もしかすると違うかもしれないけれど。フットマンは彼女が馬車にも乗らず、マントさえ身につけずに帰ってきたことに気づいて、困惑の表情を浮かべていた。だが、シャーロットはそれも無視して彼の横をすり抜けた。あまりのショックにすべての感覚が麻痺してしまったみたいに、へとへとに疲れていた。今の願いはただひとつ、感情を抑えきれなくなって爆発してしまう前に、とにかく自分ひとりになれる部屋までたどり着くことだ。

シャーロットはぜいぜいあえぎ、よろめきながら階段を駆けのぼった。喉をしめつけられているみたいで息苦しく、ネックレスを引きちぎるようにして外す。わたしはもう終わりだ――疑いようもなく、とりかえしがつかないほど、めちゃくちゃになってしまった。階段の踏み板に足が引っかかって、膝を打ち、壁に体が投げだされた。ずっと大切にしてきたものすべてが、消え失せてしまった。夢も希望も粉々に砕け散った。後悔の念も悔悛《かいしゅん》の情も役には立たなかった。初めてイングランドから旅立ったときは、彼女はまだ世間知らずの若い娘で、自分の行動がどんな結果を招くのか、先を見通すことができなかった。家から追いだされたことによる精神的動揺がようやく薄らいできたとき、シャーロットはこれからの日々を、心のおもむくままに楽しく生きようと心に誓った。自由奔放で不道徳な生活をわざと選んだわけではない。生まれ育った土地や環境から自分がどれほど遠くまで来てしまったか気づかずに、流されてしまっただけだ。そして、ひとたびそこにたどり着いてしまったあとは、元いたところへ戻ることなどもうできなかった。

ジョージの死の知らせを受け、スーザンの後見人に任命されたことで、シャーロットはようやくわれに返った。それはピエロが亡くなってまもない時期で、彼女はすでに自由の身になっていたから、これも人生を新しくやりなおすいい機会だと思った。自分を信頼してあとを託してくれた兄のおかげで、故郷や家族をまたとり戻せるかもしれない、もちろんそれには大きな責任も伴うけれど。だが、自分ではいくら努力を重ねているつもりでも、それから彼女がとってきた行動はすべて間違っていた。

シャーロットは階段の手すりの小柱に額を押しあて、絶望の淵《ふち》に沈んだ。姪にとってやさしくて愛情深い後見人になってやりたかったのに、スーザンは彼女との生活を嫌って、家を出ていってしまった。身持ちの堅い尊敬に値する女性になるつもりだったのに、スチュアートと関係を結んでしまった。彼はほかの誰かと結婚するつもりであることを、はっきり示していたにもかかわらず。それならば、これからはせめて他人さまに後ろ指さされることのないよう静かに暮らしていこうと決意した矢先、ジェレミー・ハイド・ジョーンズが目の前に現れ、彼女の名をふたたび泥まみれにしてやると脅してきた。

物音を聞きつけたメイドがふたり、心配した様子で声をあげながら階段を駆けおりてきた。だが、シャーロットはふたりの言葉をほとんど聞いていなかった。ドレスがくしゃくしゃになることなど、気にしたところで意味はない。人生そのものがばらばらになりかけているこのときに。ふたりに抱えられるようにして、シャーロットは部屋まで連れていかれた。心が乱れすぎていて、抵抗する気にもなれなかった。部屋に入ると、紅茶もブランデーも熱いお風呂も断って、ふたりを追いかえした。

メイドたちが出ていくと、室内は静寂に包まれた。シャーロットは座って、これからなにをすべきだろうかと考えた。スーザンを無事にとり戻すまではこの町を去ることはできないけれど、かといってこれ以上スチュアートの世話になるわけにもいかない。どうせ別れが来るのなら、早いに越したことはないだろう。今ならまだ彼はわたしのことを、あんな女だとは知らなかった、自分はだまされていただけだ、と主張することもできるはずだ。ジェレミーがわたしのありもしない邪悪な過去を広めてまわったあかつきには、人々もきっとスチュアートの言い分を信じるだろう。嘘の言い訳をしてまで体裁をとりつくろう必要はないとスチュアートは言うかもしれないが、そこはなんとしても彼を説得するしかない。自分に残されたすべての力を振りしぼって。

スチュアートは人波を縫って、最後にシャーロットとフェアフィールドを見かけた場所まで戻ってきたが、ふたりともそこにはいなかった。あたりをぐるりと眺めまわすと、フロアで別の女性と踊っているフェアフィールドの姿が見えた。シャーロットはおそらく公爵夫人と一緒にいるに違いない。いや、待てよ。公爵夫人はひとり、部屋の奥のほうで取り巻き連中に囲まれていたはずだ。だとすると、シャーロットはいったいどこへ行ったんだ？　もしかしたら庭にいるのか？　ほんの二〇フィートほど先にあるテラスのドアに向かって一歩踏みだすと同時に、彼の胸は高鳴った。庭にたたずむシャーロットのもとへ、ピットニーからのすばらしい知らせを伝えに行くと考えただけで、うれしさのあまり脈拍が跳ねあがる。だが、彼が次の一歩を踏みだす前に、視界の端をなにかがよぎった。

ふたりの召使いが慌ただしく、服や顔がワインまみれになった男を助け起こそうとしている。ジェレミー・ハイド・ジョーンズだ。怒りで顔が真っ赤になっている。別の召使いがそばにひざまずき、なにかのかけらをちりとりに集めていた。スチュアートの血は凍りついた。まさかシャーロットの仕業ではないだろうが。あの男なら、この大広間にいる誰を怒らせても不思議はない。だが、シャーロットの姿はどこにも見あたらない。しかも彼女は十数年前、あの男と結婚寸前まで行った間柄だったという。

「ドレイク、ここにいたのか」フェアフィールドがやってきて、スチュアートがまのあたりにしている光景を見て言った。「なにかあったのかい？　マダム・グリフォリーノはどこなんだ？」

「こっちが訊こうと思っていたところだよ」スチュアートは表情を変えぬまま、スロックモートン卿がさも心配そうな顔で大股にそちらへ近づいていくのを見守っていた。ハイド・ジョーンズは怒ったようなしぐさをまじえて一方的にまくしたてていたが、一分ほど経つとだいぶ落ち着いたようだった。険しい面持ちで耳を傾けていたスロックモートン卿がやがてうなずき、来たときと同じように大股でその場を歩み去った。

「彼女とはここで別れたんだが」フェアフィールドが抑えた口調で言った。「すぐにきみが戻ると思っていたからね。彼女にも、どうぞ行って、とせかされたし」

「気にしないでくれ」スチュアートも小声で言った。「彼女を捜して、見つかったらぼくが行くまでそばについていてやってくれないか？」フェアフィールドがうなずき、人込みのなかへと消えていく。スチュアートは深呼吸してから、肩をぐるぐるまわし、わずかながら緊張をほぐした。そして口もとに薄ら笑いを浮かべ、ハイド・ジョーンズのもとへぶらぶらと近づいていく。ハイド・ジョーンズはまだ赤ワインの濃い染みのついたベストを着たまま、床に座っていた。「せっかくのおいしいバーガンディーが台なしですね、ミスター・ハイド・ジョーンズ」

ハイド・ジョーンズが顔をあげ、スチュアートの顔を見るや、眉間にしわを刻んだ。スチュアートは微笑んだ。というより、ほくそ笑んだ。そして思わず拳を握りしめ、ポケットのなかに突っこんだ。「おお、ドレイクか。ちょうどよかった。たった今、きみのコンテッサが本性を現したところだよ。彼女はまさに緋色の女だ」ハイド・ジョーンズはそう言ってベストの真っ赤な染みを手で示し、もう一度ごしごしと顔を拭いてから、そばにいた召し使いにタオルを投げつけた。「だがもちろん、きみも彼女の卑しい過去までは知らなかったのかもしれないからな」

スチュアートは両眉を吊りあげた。「卑しい過去？　ご冗談を」

ハイド・ジョーンズが穏やかに笑う。「裕福な未亡人を見つけたとでも思っていたのか？　たしかに金は持っているだろうがね、これだけは覚えておくといい、あの未亡人は腹の底まで真っ黒な女だぞ」

「いいかげんにしてください」スチュアートは言いかえした。「レディーのことをそんなふうに言うなんて、もってのほかだ」ハイド・ジョーンズが鋭い視線を投げてくる。「彼女にも過去はあるでしょう、それはぼくも認めます。でも、卑しい過去？　腹の底まで真っ黒？　それは明らかに言いすぎです」

ハイド・ジョーンズは頭を後ろに反らし、見下すようにスチュアートをにらんだ。「ああ、そうか、そうだったな、きみのお父上もまた厳格な方だったはずだ」低い声で脅しをかけてくる。「家族のなかに娼婦がまぎれこむことを、快くは思わないだろうね」

演技でもなんでもなく、スチュアートは愕然とした。「どういうことです？」

「あの女は娼婦だったんだよ」ハイド・ジョーンズがさも愉快そうにくりかえす。「彼女からどういう話を聞かされているのかは知らないがね、その一〇倍ひどかったことは、このわたしが保証する」

「まさか、嘘でしょう！　ちっとも知らなかった」スチュアートはテラスへ抜けるドアを示しながら言った。「よろしければ、少しあちらでお話でも……？」

ハイド・ジョーンズがにやりと笑う。「もちろんだとも」彼は先に立って歩いていき、スチュアートもあとに続いた。部屋の向こうにいるウェア公爵と一瞬目が合う。ロバート・フェアフィールドもその横に立っていた。スチュアートはテラスのドアを開け、外へ出てからそっと閉めた。

「きみには同情するよ」ハイド・ジョーンズが偉ぶった口調で続ける。「惚れた女があんな常識外れのあばずれだったと知って、さぞ失望しただろうね」

スチュアートは五つ数えてから言った。「でも、彼女にはほかの魅力もありますからね」

いい思い出を懐かしむかのように、夜空を見あげる。「えも言われぬ魅力が。ぼくのような立場の男は、そうそう選《え》り好みもしていられないんですよ。あなたならおわかりいただけると思いますが」

「たしかに、あの魅力は本物だ」ハイド・ジョーンズはけらけらと笑った。「わたしが知っていたころよりも、魅力は増しているようだしな。かつてはわたし自身も楽しませてもらったよ」てのひらを前に向けて片手をあげる。「もしもきみが、その魅力を他人と分かちあうのがいやなら……」

激しい怒りがこみあげて自分の顔色がみるみる変わっていくのが、スチュアートには自分でもわかった。その気にさえなればかなり大胆な芝居もできるのだが、この件に関してだけは自分をコントロールできない。ハイド・ジョーンズはそんな彼を見て、おもしろがっているようだった。

「いやいや、やっぱりやめておこう」満面に笑みを浮かべて言う。「彼女のほうは、条件次第では考えないこともない、といった感じだったがね。まあ、彼女が改心したのなら、われわれもそれに従おうじゃないか」スチュアートは感覚が麻痺するほど強く顎を嚙みしめた。月明かりのもと、ハイド・ジョーンズはその目に悪意をぎらつかせてスチュアートに歩み寄り、静かに言った。「長年の外国生活のあいだ、彼女は娼婦として身を売ることで、生計を立てていたんだよ。さもなきゃ、あれほどの恥辱にまみれた女が、あんな贅沢な暮らしを送れるわけがない」

「正確に言うと、どんな恥辱にまみれたんです？」嚙みしめた歯の隙間から声を押しだすようにして、スチュアートは訊いた。ウェアたちがテラスへ出てきて後ろ手にドアをそっと閉めるのが、視界の端で見てとれた。

ハイド・ジョーンズも公爵の姿をちらりと目でとらえ、すぐにまたこちらを向く。「あのころから彼女は自由奔放で不道徳な女だった。彼女の父親はそれを嫌い、娘を国外へ追放したんだ」

「そのときは、あなたもさぞ悲しみに打ちひしがれたことでしょうね、花嫁を突然失ったわけですから」スチュアートはポケットのなかの拳を握ったり開いたりした。「そういう意味では、あなたも運に恵まれないお方だ。花嫁が次々と消えてしまうんですから」

にわかにハイド・ジョーンズの表情がこわばる。「なにが言いたいのかね？　わたしとしては、紳士同士、親切で話をしていたつもりだが。あの女のせいできみがばかを見て、恥をかくことのないように」彼はきびすを返し、大広間のほうへ向かっていった。だがそのドアの前には、ロバート・フェアフィールドが腕組みをして立ちはだかっている。ハイド・ジョーンズはしばしためらい、公爵にふたたび鋭い目を向けてから、庭へと続く石段をおりていった。

「彼女の本性を、あなたはどうやってお知りになったんです？」スチュアートはあとを追った。ハイド・ジョーンズがしかめっ面で肩越しに振りかえる。「彼女を国外へ追いやったという父親から聞いたんですか？　普通の父親なら、娘のそういう不祥事を自ら他人に話すことはまずありえないと思うんですが」

ハイド・ジョーンズは石段の下までおりて立ちどまった。「突然姿を消して、二度と帰ってこなかったのだから、それくらいのことはわかる」

スチュアートは片方の眉をあげた。「なるほど。それであなたは、花嫁自身の口から事情を聞こうともなさらなかったんですね？　もしかしたら、すべては誤解だったかもしれないのに」

ハイド・ジョーンズの目に怒りの炎が燃えあがった。「誤解の入る余地などない」彼は吐き捨てた。「向こうがわたしを誘惑してきたんだ。彼女がどういう女だったかはわかっている」

「彼女のほうがあなたを誘惑したと？　一七歳の少女が、三〇過ぎの男を、ですか？」スチュアートは間合いをつめた。「あんまりぼくを見くびらないでください。あなたの最初の妻はゆるんだ絨毯につまずいて足をとられ、二番めの妻は発作的に走る馬車から飛び降りたんでしたっけ？」

「なにが言いたい？」ハイド・ジョーンズは奥歯をぎりぎりと噛みしめていた。その体がわなないているのは、怒りのせいか、それとも恐怖のせいか。スチュアートにはわからなかった。いや、知りたくもなかった。シャーロットの姿が見えないことに気づいた瞬間から感じていた吐き気のようなものは今や、激しい憤怒《ふんぬ》に変わっていた。これ以上の話は聞く必要もない。まだ若くて人を疑うことを知らず、今のスーザンのようにロマンティックだったシャーロットを破滅に追いこんだという事実だけで、この男を殺してやるには充分だ。

スチュアートは一発パンチを見舞い、相手もろとも地面に倒れて、近くの生け垣まで転がった。ハイド・ジョーンズは詩人が言うところの〝体格のよい〟男で、背こそ高いが痩せている。一方スチュアートは、そういう優雅さとは縁のない、たくましくて頑丈な体つきだった。おまけに年齢も一〇は若い。ハイド・ジョーンズがくりだしてくるパンチなど、あたってもびくともしなかった。ウェアが飛んできてスチュアートをとめるころには、ジェレミー・ハイド・ジョーンズは胃のあたりを押さえて地面にのび、鼻や口から血を流していた。

「それくらいにしておけ」ウェアが小声で言い、スチュアートを無理やり立たせようとした。スチュアートは友人の手を振り払ったが、それ以上は攻撃を加えようとせず、着衣の乱れを整えた。

「命が惜しいなら大陸へでも逃げろ」地面に寝転がっている男に向かって、スチュアートは言い放った。「今度会ったら、ただではおかないからな。きさまのやり方を見習って、人を殺したあげく罪から逃れられるかどうか、試してみてもいい」ハイド・ジョーンズはうめき声をあげたが、賢くも地面に転がったままでいた。スチュアートは、やれやれと頭を振っているフェアフィールドをちらりと見てから、ウェアのほうを向いた。「あとのことは頼めるな?」

公爵は不快そうな目でハイド・ジョーンズを見おろしながらうなずいた。あとはウェアに任せておけば、ハイド・ジョーンズがこの町を出ていくか、さもなくば犯した罪にふさわしい罰を受けるまで、ちゃんと見届けてくれるだろう。その間に自分は、ハイド・ジョーンズがふたりの妻の殺害を告白した、という噂を広めてまわることもできる。ゴシップを流すだけなら不法行為でもなんでもない。どのみちそれが真相なのだろうし、ハイド・ジョーンズとしても、曖昧にしておきたい昔の話を蒸しかえされて詮索され、新たな注目を集めることだけは避けたいはずだ。シャーロットの過去にまつわる邪悪な噂を流そうとした男の自業自得だ。スチュアートはウェアたちに、失礼するよ、とひとこと声をかけ、屋敷のなかへと戻っていった。

二〇分後、両親の家にたどり着いたスチュアートはドアをどんどんと叩いた。「マダム・グリフォリーノは戻っているか?」ドアを開けてくれたフレイクスを押しのけるようにして、家のなかへ入る。スロックモートン家のフットマンのひとりが、シャーロットがマントも羽織らずに歩いて帰るのを目撃していた。スチュアートは藁にもすがる思いだった。もしも彼女がここにいてくれなければ、どこを捜せばいいかわからない。

「ええ、サー。マダムはもうおやすみになられました。サー! ミスター・ドレイク!」迎えに出た執事の制止を振り切り、スチュアートは一段抜かしで階段を駆けあがった。彼女の部屋まで来ると軽くノックし、そっとドアを押し開けた。

シャーロットはこちらに背を向け、窓辺に立っていた。サファイア色のドレスを着たままで。その肩とカーテンをつかむ手に緊張がみなぎっているのが、ひと目でわかった。

「シャーロット?」そう声をかけると、彼女は少し驚いたように、肩越しに振りかえって彼を見た。

「ミスター・ドレイク。みんなはこのことをどう思うかしらね?」押し殺したようなその声が、彼を立ちどまらせた。「今夜はもうやすませていただくわ」彼女はそう言うと、ふたたび窓のほうを向いてしまった。「おやすみなさい」

「どうしてもきみに会いたかったんだ」スチュアートはドアを閉め、帽子を脱いだ。「具合でも悪いのかい?」

「どうしてもわたしに会いたい、ですって?」彼女は短く笑った。「またわたしを抱きたいなら、それなりのお金を用意してきて、ミスター・ドレイク。賭けに負けた分はもう払ったでしょう?」

スチュアートは目を丸くした。これはぼくのシャーロットではない。ここにいるのは、よからぬ噂を振りまいてケントからぼくを追いだした、石のように冷たい心の持ち主だ。自分の見た目のよさを利用して欲しいものを手に入れると、ぼくを非難した女性だ。蔑むようなそのまなざしでぼくの怒りをあおり、ぼくの欲望をもかきたてた女性だ。「そんなことがしたいわけじゃない。話が――」

「男の人が望むことなんて、たかが知れているわ」シャーロットは冷ややかに言った。「自分だけは違うふりなんかしないでちょうだい」

「やめてくれ」彼は低い声で言った。「ぼくはただ単にきみをベッドに連れこみたいだけじゃなくて、もっと――」

彼女は眉を吊りあげ、口もとに嫌悪感をあらわにして振りかえった。「もっと？　要求が多いのね。それなら、あなたの望みを〝もっと〟叶えてくれる大金持ちの女性を見つけて結婚すればいいじゃない」

ハイド・ジョーンズにひどく傷つけられたせいで、シャーロットはわざとこんなふうに振る舞っているに違いない。ぼくを怒らせ、あざむいて、なにかを言わせようとしているのだろう。キルデア家の図書室でもそうだったように。だが、その狙いはどこにあるんだ？　もちろんシャーロットは、ぼくが彼女のスカートの下にもぐりこむことしか考えていない男とは違うことくらい、とっくにわかっているはずだ。「どうしてだ？　きみを手に入れるには、いったいいくら必要なんだ？」スチュアートは彼女を注意深く観察しながら尋ねた。たじろぐそぶりもなければ、身を震わせることもない。呼吸に合わせて胸が上下する以外、彼女は微動だにしなかった。

「スーザンの財産でも足りないくらいよ。わたしが前に言ったことはすべて、本気ですからね。あなたがあの子と結婚するつもりでいるなら、その体に拳銃で風穴を開けてやるわ」

スチュアートは自分に言い聞かせた。シャーロットは怒っているだけだ。ジェレミー・ハイド・ジョーンズのせいで。スーザンの失踪がひどくこたえているせいで。だが、いくらそう言い聞かせても、彼女の言葉は胸に突き刺さった。手袋を外し、コートを脱いで、気を落ち着けるために時間を稼ぐ。売り言葉に買い言葉で、うっかり余計なことを口走ってしまわないように。「問題は……」彼はゆっくりと説明した。「ぼくは彼女を求めてはいないということだ。今はもう」

「やっとあなたも分別がついたようね、遅すぎる気もしないではないけれど」シャーロットはまた窓のほうを向いた。首から下は窓ガラスに映っている。顔の部分だけがカーテンに覆われていて見えなかった。彼女がなにを考え、なにを感じているのか、スチュアートにはまるでわからなかった。彼女のなかには、もうひとりの女性がいるはずだ。だが彼の目に映るのは、優美なドレスを身にまとった、なまめかしい曲線を持つ女性だけだ。そのときふと、スチュアートは疑問を抱いた。いったい何人の男が、彼女のうわべだけをこんなふうに眺めてきたのだろう？　はたしてそのうちの何人が、妖女《セイレーン》の仮面の下にひそむ本当のシャーロットの心を知りたいと願ったのだろう？

馬を驚かせないようゆっくり近づくのと同じ要領で、スチュアートは忍び足で部屋を横切り、彼女の背後に近づいた。シャーロットはじっとしたまま動かない。その肩に、彼はそっと手を置いた。落ち着いているように見えたが、筋肉は張りつめ、全身が硬直しているようだった。それでもまだ彼女は動かない。〝ぼくに腹を立てないでほしい〟そう彼は言いたかった。〝なにがきみの心をさいなんでいるのか話してくれたら、ぼくがドラゴンを退治して、きみの苦痛をとり除いてやれるのに〟だが、なにをやってもうまくいかず、トラブルとスキャンダルまみれの生活を送ってきたならず者のスチュアート・ドレイクの言葉を、信じる人などいるだろうか？

「遅すぎても、ないよりはましだろう？」言いたいことは胸にしまって、代わりにわざとおどけた口調で言う。少しでも雰囲気を明るくしたかった。だが、声をかけたとたんに彼女はびくっとして、彼の手から逃れた。

「わたしをなだめすかそうとしても無駄よ」嘲笑うように言う。「ちょっとご機嫌をとられたくらいでおとなしく言うことを聞く子供じゃないんですからね。あなたみたいな人からスーザンを守ろうとして必死に体面をつくろっていたわたしを、どうせ陰で笑っているんでしょう？」

「シャーロット」我慢も限界に近づいていたが、スチュアートはできるだけ平淡な口調で言った。「落ち着いてくれ。ぼくはきみをばかにしているつもりなどないよ」

彼女の目が細くなり、きらりと光る。だが、涙のせいではないようだ。「もう帰って、スチュアート。ここにいてほしくないの」

「今夜、ハイド・ジョーンズに会ったんだろう？」スチュアートは最後にもう一度だけ、理性的に話をしようとした。「昔の知りあいだったんだそうだね」

「その件に関してはいっさい話すつもりはないわ」

スチュアートはついに声を荒らげた。「じゃあ、ぼくはどうすればいいんだ？　古傷をなめるばかりのみじめなきみをここに置き去りにして、家に帰って悶々《もんもん》と悩めばいいのか？　やつはきみになにをしたんだろう、なにが原因でぼくに対するきみの態度がこんなに変わってしまったんだろう、って？　そんなことがぼくにできると思うか？　あんなにすばらしいものをふたりで分かちあったあとで？」

「わたしたちはなにも分かちあってなんかいないわ」彼女がぴしゃりと言いかえす。「あれくらい、なんでもないことよ！」

その言葉に、スチュアートは斧《おの》で切りつけられたかのような衝撃を受けた。彼にとってそれは、なんでもないどころのものではなかった。むしろ、その正反対だ。今ではそれがすべてと言ってもいいほどだった。シャーロットに会い、彼女を微笑ませ、ちゃめっけのある乾いたユーモアに耳を傾けることが、なによりの喜びとなっていた。ほかの女性をベッドに連れこむよりも、ここでこうしてシャーロットと口論しているほうがはるかに楽しい。彼女にとってもそれは、なんの意味もないことではないはずだ。ふたりのあいだにはそれ以上のなにかがあると、スチュアートにはわかっていた。「思ってもいないことを口にするのはやめろ、シャーロット」

「思ってもいないなんて、どうして決めつけられるの？　わたしはそれほどロマンティックな人間じゃないのよ、スチュアート。ほかの女性と同じくらい欲望はあるけれど、貞節をつくすタイプではないの。ゆうべの相手はあなただったけれど、明日はまた別の人。わたしにとって、男なんて誰でも同じなんだから」シャーロットはののしるように言った。「どうして彼は帰ってくれないの？　いかにも高潔そうな辛抱強い顔つきで、そんなふうにお行儀よくそこに立っていられればいられるほど、わたしはどんどん追いつめられてしまう。わたしみたいな女が与えてやれるものなどより、もっと彼にふさわしいものを与えてくれる女性がほかにいるはずだと彼自身が早く気づいてくれたら、お互いにとって楽なのに。

彼女の言葉を聞いたとたん、スチュアートは顔色を暗く陰らせ、一歩前に進み出た。シャーロットは飛びすさり、ふたりの距離を保とうとした。

「ゆうべのことになんの意味もなかったと言うつもりか?」彼がつめ寄る。「きみにとってぼくはなんの意味もない男だと?」

「あんなの、ひとときのお慰みにすぎないわ」シャーロットはかっとなって言いかえし、もう一歩後ろへさがった。スチュアートは明らかに怒りを燃えたぎらせて、また一歩、近づいてくる。彼女はすかさず椅子の後ろへまわりこんだ。

「嘘をつくな!」スチュアートがその椅子を跳ね飛ばす。「男は誰でも同じだって? だったら、ぼくもまた、きみが欲望を満たすためにベッドに引っぱりこんだ男どもと、なんら変わらないって言うのか?」

その問いのあまりの残酷さに、シャーロットは息をのんだ。手にふれた最初のものをつかんで投げつける。ドレッサーの上に飾ってあった陶製の人形だ。スチュアートが首をひょいと引っこめてよけたので、それは背後の壁にぶつかって粉々に砕けた。「偽善者! あなただって、同じ理由で女性をベッドに連れこんだことくらい、何度もあるでしょう?」

「ぼくにとってもなんの意味もないことだったと言ってほしいのか? そうなのか? 今のぼくはたまたまきみを欲しがっているだけだ、今週たまたま惹かれた女がきみだっただけだと告白してほしいのか? そうすれば、きみも楽にぼくと別れられるから?」スチュアートがひどく恐ろしげな顔をして追ってくる。こんなに怒っているスチュアートを見るのは初めてだ。にやにやするでもなく、からかうでもなく、甘い言葉をかけてくるでもなく、激しい怒りをあらわにしている。いや、ただの憤怒を通り越して、感情が爆発する寸前まで達しているようだ。気がつくと、シャーロットは部屋の隅に追いつめられていた。「そうはいかないぞ、シャーロット。ぼくを捨てるつもりでいるなら、ぼくなんかきみにとってなんの意味もないってことを、きちんと証明してからにしてもらおうじゃないか」

14

シャーロットは彼を押しのけようとした。だがその瞬間スチュアートの腕が腰に巻きついてきて、つかまってしまう。「放してよ!」彼女はもがきながら叫んだ。

「放すもんか」スチュアートは彼女の体をなかば投げだすようにしてドレッサーの上に座らせた。今の彼にはやさしさのかけらもない。そのことにシャーロットは衝撃を受け、息を吸いこんだ。情け容赦ない表情で、スチュアートが彼女の隙を突いて腕を後ろへねじりあげる。そして空いているほうの手でシャーロットの顎をつかみ、無理やり上を向かせて、彼女の挑むようなまなざしをまっこうから受けとめた。

「正直言えば、一度はそんなふうにきみを求めたこともある」彼は低くざらざらした声で話しはじめた。「きみにプライドを傷つけられ、みんなの見ている前で侮辱されたことに、仕返ししてやりたいと思った。ぼくはたしかに聖人君子ではない。だが、名誉のなんたるかもわきまえない不道徳ならず者でもないんだ。だからぼくは、きみの弱みにつけこむようなまねは一度もしていない。きみが与えたいと思う以上のものを無理やり奪おうとしたこともない。しかも、きみの姪を捜しだすために誠心誠意つくしてきたつもりだ」シャーロットは無関心を装って、少なくともそう見えることを期待して、そっぽを向いた。だがすぐに前を向かせられてしまう。「それでもぼくはきみがこれまで出会ってきた腹黒い男たちと同じだと言うのか？　きみを利用してフランス軍の追っ手を逃れ、イタリアに着くなり金を奪って、きみを無一文で放りだして逃げたカルロスと？　己のねじくれた妄想を叶えるためにきみを利用したピエロと？」

「それほど高潔でご立派な紳士がこんな女を欲しがるなんて、驚きね」シャーロットはなじるように言った。すべてが真実であることが、なおさら胸にこたえていた。スチュアートはこれまでに出会ってきた幾多の男性のなかでも数少ないまっとうな人間のひとりだ。その彼が、彼女とは何度かベッドをともにできればそれでいい、などと本気で考えているとは思えない。そんな男はこれまでにもいなかった。ジェレミー・ハイド・ジョーンズは彼女の金を欲しがり、ほかの男たちは彼女の体を欲しがった。

「わたしは恥も外聞もない女なのよ！　女性の持つべき良識より、動物的本能に動かされて、罪深い道を転げ落ちていってしまう。今ここで手を切ってもらえることを、あなたは感謝すべきだわ。もっとあとになったら、わたしがいることに慣れてしまって、そう簡単に別れられやしないんだから。わたしは普通、捨てる前に男をたっぷり痛めつけてやるのが好きなの。でも、あなたはとてもすばらしい人だから、このまま静かに歩み去らせてあげるわ」

「そうか」スチュアートは彼女の頭上の宙に向かって言った。「それじゃ、もっと手厳しくやるしかないいな」そしてふたたび彼女の顎を上に向かせる。シャーロットは乱暴にキスを奪われるのを予感して口をぎゅっと閉じた。だが、彼はそうしなかった。その代わり、彼女のこめかみにそっと唇をつけ、しばらくそのままでいた。彼の吐息が髪をやわらかく撫でる。シャーロットは決して屈しまいと、頬の内側を嚙んで耐えた。攻撃されたらやりかえす準備はできていたものの、こんなふうにやさしくされては……。

スチュアートのキスは、彼女の眉の端、鼻筋、そして頬のてっぺんへと移っていく。シャーロットは顔をそむけようとしたが、顎をしっかりつかまれていて無理だった。「放して」もう一度、すがるように言う。「お互いのためを思うなら……」

彼の口角が片方だけあがった。「きみにとってはそのほうが楽なんだろうな。でも、ぼくにとってはそうじゃない」相変わらずやさしいキスを顔じゅうに植えつけながら、ゆっくりと下へ動いていく。彼の唇が、耳の下のもっとも感じやすい部分にふれてきたとき、シャーロットは身を震わせた。

「スチュアート……ふたりがお互いに惹かれあっていると認めたところで……」喉のつけ根のくぼみを舌でつつかれると、脈拍が跳ねあがった。「それ以上の意味なんて……」彼女はあえぎながら訴えた。「やめて!」

「ここでやめたら……」むきだしになっている肩の線に沿ってキスをしながら、スチュアートはささいた。「きみはすかさずフットマンを呼んで、ぼくを部屋から引きずりださせるに違いない。そして、それっきり二度とぼくに会わないつもりなんだ。賭けてもいい」

「会うべきではないのよ」さっきまで顎をつかんでいた彼の手が体をあちこちまさぐりはじ

めると、シャーロットは考えるのも難しくなった。彼はゆうべと同じ丁寧さで、シルクの生地越しに鎖骨を指でなぞった。「だからもう会わないわ！」

「できるものなら、だろう」スチュアートは顔をあげ、彼女の目を見つめて言った。「でも、ぼくがそうはさせない」

「大声を出すわよ」シャーロットは脅した。そうする自信はなかったけれど。なぜか喉がひりひりして、ささやき以上の声が出ない。それに、スチュアートは永久にここで騒ぎ立てて、駆けつけてきた召使いたちにこの状況を見られたら、スチュアートは永久にこの家には戻れなくなるだろう。彼の父親はどうやら、そのための口実ができるのを待っているようだ。息子が客に乱暴を働いたとあれば、充分すぎる口実になるだろう。けれどもシャーロットは、これ以上スチュアートに傷ついてほしくなかった。ふたりの関係をここで断ち切ろうとしているのも、そのためにほかならないだから。

スチュアートの顔にかすかな笑みが浮かぶ。「叫びたいなら叫べばいいさ。そんなに声を出したいなら、ぼくがそうさせてやる」彼は素早い指の動きで、彼女のドレスを肩からするりと落とした。背中のボタンは彼女が気づかないうちに外されていたらしい。「ただしそれは、ぼくらのあいだには単なる欲望以上のものが存在するときみが認めてからだ」

「あなたのことはお友達だと思っているわ」いきなり無防備になってしまった肌に吸いつかれて、シャーロットは声を乱した。

「それはよかった」スチュアートが指一本でドレスの袖口を引っぱる。シャーロットはつかまれている手をふたたび振りほどこうとしたが、がっしり押さえられていて動かせなかった。ボタンを外されたシルクがゆっくりと肌の上を滑っていき、シュミーズの縁に引っかかってようやくとまる。彼はそれを脇に払い、もう一方の袖も引っぱった。そしてほどなく、ドレスの身ごろが彼女の腰まで滑り落ちた。シャーロットはかすかに驚きの声をあげた。

「そ――それに、信頼して秘密を打ち明けられる親友だと」出しぬけに言う。彼が前かがみになって顔を近づけてくると、シャーロットは背中をのけぞらせた。そのせいでバランスを崩し、後ろの鏡にぶつかってしまう。スチュアートはまだ彼女の腕を腰の後ろでつかんでいた。ここでやめさせなければ、彼をとめなければ、これ以上先へ進んでしまう前に。しかし、彼にふれられて、体はすでに反応していた。陽光を浴びた花のように。シャーロットは理性を失うまいと必死にもがいた。〝彼との未来なんてないのよ〟と自分に言い聞かせる。〝最初からそういう運命だったの〟一度でも彼と肌を重ねたのが、そもそも間違いだった。

「なおいい」どこかおもしろがっているような声でスチュアートは言った。「その役は気に入ったよ。秘密を打ち明けられる親友、か。それから？」

「それから……それから……真摯で……誠実な友人よ」急に大胆になったキスから逃れようとしつつ、うわごとのように続ける。スチュアートの口がふくよかな乳房へとおりていくと、彼の髪が額に垂れ落ち、彼女の胸もとを軽くかすめた。「あなたはとても親切で、協力的で、スーザンを捜すわたしに、まるでどこかのヒーローみたいに快く力を貸してくれて。それも、初めのころわたしがあんなひどい扱いをしたにもかかわらず。つまりあなたは、とても寛大はやめてくれ」

ふたりの目の高さはほぼ同じになっていた。「くだらないお世辞をぺらぺらまくしたてるの

「シャーロット」スチュアートが頭を起こした。いつのまにか彼は椅子に膝をついていて、

で、やさしくて……」

「だけど、あなたが聞きたがっていることなんて言えないわ！」

彼が首を振る。「言えないんじゃなくて、言いたくないだけじゃないのか？　ぼくを説得してみろよ。ぼくのことなどなんとも思っていないって。ぼくだって、きみの肉体的欲求を満たすためだけにきみを抱くつもりはない。ぼくはおもちゃではないんだぞ、シャーロット、ひとりの男なんだ」スチュアートは彼女の頬を片手で包みこみ、揺れ動いている視線を彼に定めさせようとした。「そして、きみも娼婦ではない。きみもまた、ほかの女性たちと同じ欲求や願望を持つ、ひとりの女なんだ。そこには当然、愛されたいという欲望も含まれる。それこそ、きみがずっと求めていたもののはずだ。きみは、愛し、愛されたいと願っている。スーザンをつい甘やかしてしまうのも、きみが彼女を愛しているのと同じだけ、彼女にも愛してもらいたいからだろう」シャーロットはショックのあまり、口をあんぐりと開けた。スチュアートはブルーの瞳に熱い思いをたたえ、容赦なく続けた。「きみが男たちをベッドに迎え入れたのも、そのためだったんじゃないのか？　きみが肌を許したのは、少なくともこの人とならば本気で愛しあえるようになるかもしれないという期待を抱かせてくれた男ばかりだったんじゃないのかい？　カルロスはロマンティックにきみを抱きあげ、さらってくれた

んじゃないのか？　ほかの男たちだって、実りのない結婚生活を送るきみに、ひとときの幸せをもたらしてくれたのかもしれない」彼の声が低くなる。「あのジェレミーでさえ、冒険を夢見ていた若いきみにとっては、颯爽《さっそう》とした紳士に見えたんだろうし」

シャーロットはがむしゃらに身をよじった。「放してよ！　あなたなんか、なんにも知らないくせに！　わたしの人生を勝手に、愛に恵まれない不幸続きの哀れな女の物語にしないでちょうだい。わたしが誰とどうつきあおうと、あなたには関係ないでしょ。余計な口を利かないで。あなたのお父さまは顔を見るのもいやなほどあなたを嫌っていて、あなたを愛しているお母さまさえも、あなたのこと、人としてはどうしようもないろくでなしだと思ってらっしゃるのよ。他人から借りたお金で生活し、他人から借りた家に住んでいるような人から、忠告なんかされたく――」

スチュアートがキスで口をふさいだ。先ほどシャーロットが恐れていた、荒々しいキスだ。でも、今は彼女もそれを歓迎していた。スチュアートの言葉と自分自身の残酷な返答を、これ以上聞かなくてすむからだ。熱いキスをされているうちに、彼女の目から涙がこぼれた。わたしはなんてひどいことをしてしまったんだろう。実の父親に嫌われているなどと、彼に面と向かって言うなんて。自分の傷ついた心を守るために、相手の心をずたずたに切り裂こうとするなんて。本当はそばにいてほしい人をわざと押しのけるようなまねをして、いったいどんな得があるというの？

ふいに、スチュアートが唇を離した。彼女の頬骨の下に親指を食いこませ、残りの指で顎をつかみ、ぐいっと上を向かせる。「ぼくはほかの男たちとは違う」強い感情のこもった声で言う。「一夜の慰みのためにきみを口説こうとしているわけじゃない。きみに幸せになってほしいだけなんだよ。たとえそれがぼくとでなくても。きみがどうしてもと言うなら別れてもいい。だが、ぼくのことをなんとも思っていないなんて、どうか言わないでくれ。ぼくは本気できみを愛しているんだから」

シャーロットは彼を見つめかえすことしかできなかった。自然と息が浅くなる。彼がわたしを愛している？　スチュアートはわたしを愛してくれているの？

スチュアートは突然目をしばたたき、ふっと手の力をゆるめた。たった今、自分が口にしてしまった言葉が信じられないようだ。シャーロットの顔をつかんでいた手をおろし、一歩さがった。「ああ、ぼくはなんということを……」そうつぶやき、顔をそむける。「すまなかった。あんなことを言うつもりは……」彼はがっくりと肩を落とすと、一度も振りかえることなくコートをとって着こみ、帽子と手袋をつかんだ。彼はこのまま出ていくつもりなのだと気づき、シャーロットは身を引きちぎられるような深いジレンマに陥った。もしもここで彼に、そして自分に、彼を愛していることを告白したら、わたしはまたひどい失恋の痛みを味わうはめになるかもしれない。この一三年間、二度とあんなふうに傷つきたくないと思って生きてきたのに。でも、もしもここでなにも言わなかったら、彼はこのまま出ていってしまい、わたしはずっと後悔することになる。永遠に消えない痛みと、ひと息に砕け散ってしまうのと、いったいどちらがましだろうか？

「スチュアート？」けれども彼は立ちどまろうとしない。「スチュアート、待って！ 行かないで！」シャーロットは追いすがろうとして、ぐらりと前に倒れた。そのままドレッサーから飛びおり、必死であとを追う。「愛しているわ、わたしも！ お願い、わたしを捨てて行かないで！」やっと彼に追いついて腕のなかに飛びこんだときには、彼女はもう泣きじゃくっていた。涙で前が見えなくなる。

「思ってもいないことを口にしないでくれと言ったろう？」スチュアートがささやく。「きみに脅しをかけるつもりはなかったんだ」

シャーロットは首を振り、彼の首筋に顔を埋めた。「脅されてなんかいない、これはわたしの本心よ、本気すぎて自分でも怖くなるくらい」

彼が、ははっ、とぎこちなく笑う。「なら、これでおあいこだな。ぼくも誰かにここまで熱い気持ちを抱いたことはない」

「ごめんなさい」彼女は顔をあげて言った。「さっきはひどいことを言ってしまって。あなたのこと、どうしようもないろくでなしだなんて本当は思っていないのに、あんな憎まれ口を叩いて——」

「いいんだ、そのとおりだったんだから」スチュアートが認める。「でも、気持ちはわかるよ。持てる武器すべてを使って攻撃してくるようでなければ、きみはきみらしくない」彼は親指で彼女の涙をぬぐい、そこにキスをした。ふたりはしばし抱きあっていたが、彼の体が熱くなっていることに気づき、シャーロットは顔をあげた。

「もしかして……？」

「ああ」スチュアートが唇にそっとキスをしてくる。「そうだよ」ドレスが床に滑り落ちると同時に、彼の手がヒップをかすめた。「きみは？」

「ええ」シャーロットは彼の胸に手を滑らせていき、コートを肩から押しやった。スチュアートは袖から腕を一本ずつ引き抜くあいだに、彼女のペティコートをさげ、コルセットの紐をほどいた。それらも床のドレスの上に落とす。

「きみを歓ばせてあげたいんだ」彼はそうささやき、あらわになった彼女の背中に指を走らせた。

シャーロットが身を震わせる。「ぜひそうして」

それを聞いてスチュアートはやさしく微笑み、彼女を抱えあげてベッドへ運んだ。両手で顔を包みこみ、そっと甘いキスをする。それから、いたずらっぽい笑顔を見せた。

「愛しているよ」クラバットの結び目を解き、しゅっと引き抜く。「でも、きみには借りがあるからね」彼女のシュミーズを頭から脱がせ、瞳をらんらんと輝かしながら、スチュアートは彼女の肩を撫でまわした。「ほらごらん。きみはこんなにも美しい」彼が頭を低くすると、大きな鏡いっぱいにシャーロットが映しだされた。自分の姿に思わず目が釘づけになる。スチュアートは黒い頭を彼女の胸もとへとさげていって、乳首を舌で転がしはじめた。そのとたん、自分の顔が欲望に照り輝くのが見えた。やがて彼はそこに吸いつき、両手で彼女の膝から腿を撫でさすり、ゆっくりとやさしく押し分けた。

シャーロットは息をのみ、快感が徐々に高まっていくのを感じながら、彼の手で愛撫される自分を見つめていた。他人同士が愛を交わす場面を目撃したことはあるけれど、自分自身をこうして眺めるのは初めての経験だ。視線を鏡に釘づけにしたまま、彼女はスチュアートの服におそるおそる手をかけた。自分だけでなく、彼の体ももっと見たい。するとスチュアートはおかしそうに笑いながら彼女に協力して服を脱ぎ、生まれたままの姿になった。今度は彼の顔も見える。その目に宿った愛情あふれる光を見て、シャーロットは胸をしめつけられた。

スチュアートはてのひらで彼女のおなかを押さえて上体をそっと倒し、ベッドに両肘をつかせた。そして自分は体をさげていき、彼女の膝を割って、そのあいだにするりと滑りこむ。シャーロットは期待に打ち震え、深々と息を吸った。彼の手がヒップの下にもぐりこんできて腰を抱えあげ、あたたかい吐息で彼女を潤した。とうとう彼の舌がすっとそこにふれた瞬間、シャーロットは小さな悲鳴をあげた。

「しーっ」スチュアートがささやいた。「静かにしていてくれないなら、ここから先へは進めないよ」

シャーロットは拳で口を押さえた。彼がふたたび頭をさげると、体がどうしようもなく震えた。「やめて!」苦しそうにあえぎ、喉をつまらせて言う。「そんなの無理よ! お願い、やめて!」

「できるはずだよ。やってごらん」スチュアートはふたたびゆっくりと顔を埋め、今度こそやめようとしなかった。シャーロットは歓びの声をあげすぎて息ができなくなりそうだった。心臓がどきどきと早鐘を打ち、全身が歌いだす。自分を本当に愛してくれる男性と過ごすひとときとはこういうものだったのかと、初めて知る思いがした。夜も更けぬうちに帰ってしまう人や、彼女を飾り物のように扱う人とは違って、彼女を歓ばせることだけを望んでいる男性と交わす愛は。

スチュアートは両手で彼女を撫でまわしながら、体を起こして座った。やがて彼が指を一本なかに差し入れてきてゆっくりとやさしくこすりはじめると、シャーロットは腰をくねらせた。もっと欲しい。もっともっと。スチュアートは低い笑い声をあげ、指を引き抜いた。シャーロットが腰を高く突きだしてせがんでも、ほんの少しだけ入れたかと思うとすぐにまた引き抜き、じらすように指を上下に滑らせるばかり。いっそ奥まで入れてほしくて、シャーロットはベッドに肘をついて顔を起こし、気持ちを訴えようとした。

彼はすっかり心を奪われてしまったような真剣なまなざしで、自分の指がたどった道筋を目で追っていた。シャーロットが動くと、彼が顔をあげる。「見てごらん」よく聞きとれないくらいざらついた声でそうつぶやいてから、スチュアートは熱くなったものをそこにあてがい、ひと息に奥まで突き入れた。ついに彼がなかまで入ってきた瞬間、その衝撃にシャーロットはバランスを崩しそうになった。スチュアートが腰を引くとふたりのあいだに隙間ができ、そしてまたなかへと滑りこんでくる。

もう腕が体を支えていられなくなって、シャーロットは仰向けに倒れこんだ。スチュアートが上に覆いかぶさり、全身で彼女を包みこむ。彼はシャーロットの両手をとって左右に大きく広げさせ、彼女を身動きできないようにしてから、奥深くまで長く強く貫いた。シャーロットはほとんど息もできず、マットレスに強く押しつけられて、何度も彼を迎え入れた。彼女の世界にはもうスチュアートしかいなかった。なにもかも忘れ去って、シャーロットは彼の腰に脚を巻きつけた。

「シャーロット……」スチュアートがあえぐ。その目は瞳孔《どうこう》が開ききってほぼ真っ黒に見え、眉の上にはうっすらと汗がにじんでいた。「ああ、こんなにすごいなんて……ぼくは思っても……」

「愛しているわ」シャーロットは摩擦がより大きくなるよう、腰を落とした。「あなただけを」ほかにはなにもいらなかった。筋肉を収縮させ、頭を思いきり後ろへのけぞらして、声にならない叫びをあげる。弓なりに反った背中の下へスチュアートの手が滑りこんできた瞬間、彼もまた凍りつき、ふたりは同じ恍惚に酔いしれた。ほどなくしてスチュアートは彼女を抱いたまま、ぐったりと体を沈ませた。

彼女の首筋に張りついた長い髪をそっとどけて、そこに唇を押しつける。「あいつはきみにそんなひどいことを言ったのか？」彼はささやいた。「心もなければ恥も知らない女だって？」

シャーロットは身も心も燃えつきたようになって、彼の下に横たわっていた。「誰もがそう言ったわ。だからわたし、きっとそれが真実なんだろうと思っていたの」

「それは違う」

少ししてから、彼女は顔の向きを変えた。「でも、あなたの言ったことはすべて本当だったわ。わたしは簡単に恋に落ちてしまうのよ。少なくとも、一度はそうだった。だからもう、二度とあんな思いはしたくなかった」

スチュアートがじっと動かなくなる。彼女の目は影に覆われてしまったかのように、ものがはっきり見えなくなっていた。こうして彼を見つめていても、なにか別のものを見ているみたいだ。「彼は都会育ちの紳士で、田舎の友人のところへ遊びに来ていたの。わたしたちはピクニックで出会い、それから二週間ほど経ったころ、愛していると告白されたわ。きみと結婚したい、って。けれども父に交際を禁じられてしまったから、わたしは夜になると寝室の窓からこっそり家を抜けだして、彼に会いに行っていたの。あのころはそれだけ純真だったのよね。父は昔からわたしにはなにも話してくれない人だった。ああしろこうしろと一方的に命じてくるばかりで、わたしは聞く耳を持たなかった。だからあるとき彼が来て、ぼくはもうじきここを去る、きみも一緒に来てくれないか、と誘ってきたとき、わたしはイエスと答えたのよ」

彼女は声を落として続けた。「でも結局、町から一〇マイルほど離れた宿屋までしか行けなかった。父がわたしのあとを追ってきていたのか、結婚の承諾を得るためにあの男のほうから連絡したのかはわからないけれど、わたしたち、そこで父に見つかってしまって。夫婦の契りを結んでいる最中に」

スチュアートが声を殺してうめく。「やつはきみのバージンを奪ったのか」

それでもシャーロットはたじろがなかった。「父はその場で、手切れ金として五〇〇〇ポンド払うから別れてくれ、と彼に言ったの。わたしたち、まだベッドのなかにいたのに。父がそこに突っ立っているせいで、わたしはベッドから出て服を着ることすらできなかった。でもあの男は父の言葉を聞くやいなや、もっと要求してきたのよ。一万ポンドにびた一文欠けてもだめだ、って。すると父は隠し持っていた拳銃をとりだした。そして、五つ数えるうちに出ていかなければどこへも行けないようにしてやるぞ、と脅したの。それで彼はベッドから飛びおり、慌てて服を着て父の差しだした小切手を受けとり、出ていってしまった。一度もわたしを振りかえることなく」

スチュアートは、どうしてシャーロットが出会ったときからあんなにも敵意をむきだしにしてきたのか、ようやく合点がいった。それはまさに、こうしたつらい経験を通して学んだ、身を守る知恵だったのだろう。真実を知った今、スチュアートは彼女を責める気にはなれなかった。彼女はただ、自分の身に起こったことが姪の身にもくりかえされることを、なんとしても阻止したかっただけなのだから。

「父はそれからひとことも発しないまま、わたしを家へと引きずり戻した。わたしは、自分がとんでもない間違いを犯したことと、父が目も合わせてくれなくなってしまったことに、すっかり打ちのめされていた。そしてやっと家に帰り着くと、父はわたしを寝室まで連れていき、今すぐ荷物をまとめろと言い渡した。わたしは怯えきっていたけれど、従うしかなかった——ここで逆らうことのほうが怖かったから。一時間後、父は召使いに命じてわたしを呼び……」シャーロットは目を閉じた。「おまえは人の道に外れている、と言ったの」抑揚のない声で続ける。「恩知らずで、手に負えない、不道徳な女だ、と。わたしはなにも言いかえせなかった——なによりの証拠を父にはっきり見られてしまったんだもの——父はその光景に耐えられなかったんでしょうね。わたしはパリへ送られることになった。母の遠い親戚がそこで暮らしていたから。いつか許されて家に戻れる日が来るまで」

「でも、ついに呼び戻されることはなかったんだね」スチュアートは彼女の心中を察し、胸が痛んだ。

「父は四年前に亡くなったわ。あれ以来、一度も便りが届くことはなかった。兄のジョージはしょっちゅう手紙をくれて、父の様子やなにかも知らせてきてくれたけれど、父からの伝言はいっさいなかった。そのころにはわたしのほうも、父にののしられたとおりの女に落ちぶれてしまっていたし。自由気ままで、乱れた生活を送る、だらしのない女に。わたしにまつわるゴシップは、たいていが本当のことと言っても差しつかえないくらい」

「違うよ」彼はやさしくたしなめた。「そんなことはない」

「新しい名前でイングランドに戻れば、そういう過去とは決別できるかもしれないと期待していたわ。誰に非難されることもない清廉潔白な暮らしぶりを貫いていけば、噂もいつか忘れ去られ、人々がスキャンダルとわたしの名前を結びつけることもなくなるだろうって。昔の話は誰にもしゃべったことがないから。ルチアにさえもね。父が自ら誰かに打ち明けるとは考えられないし、ジョージだってひとこともらしてはいないはずよ。だから、ほかにあのときのことを知っているのは――」

「ハイド・ジョーンズだけ、か」スチュアートがあとを引きとって言った。「くそっ」シャーロットはため息をついた。「またどこかで彼に出くわすんじゃないかとは、あえて考えないようにしていたの――自分の素性がばれてしまう恐怖より、スーザンを捜すことのほうが大切だったから。最後に会ったのはかなり昔のことだから、もしも会っても気づかれずにすむんじゃないかと思っていたし。でもこうなってしまっては、たとえ無事に見つかったとしても、スーザンの名誉はずたぼろだわ。わたしのせいで……」彼女は両手に顔を埋めた。「ああ、わたしがなにをしたというの？　こんなになにもかもが間違ったほうに転がってしまうなんて」

「きみのせいじゃない」スチュアートは彼女をふたたび腕のなかへ引き寄せ、ぴったりと体を寄り添わせた。「人は誰しも、隠しておきたい過去を持っているものだ」守ってやりたいという強烈な思いがこみあげてくるのを感じながら、彼女のこめかみにキスをした。シャーロットの歩んできた人生がどれほどつらいものだったか、想像だにできない。自分のことを、誰にも愛されなくて当然の、救いがたいほど邪悪な女だと思いこんで生きてきたなんて。スチュアートは、彼女を利用するだけ利用して捨てた男たちが八つ裂きにされ、切り落とされた首が串刺《くし》しにされてロンドン橋に並んでいる光景を思い浮かべた。

　そして、シャーロットが初めて秘密を打ち明けてくれた相手が自分だったことをうれしく思った。一三年の歳月を経て、あらゆる人のなかで、誰よりも自分を信頼してくれたことを。

「テランスがぼくを嫌っていることは、きみも気づいているだろう?」気がつくとスチュアートはそう言っていた。彼女はじっと動かなかったが、呼吸がわずかに乱れるのがわかった。

「どうしてなんだろうと不思議に思っていたんじゃないのかい?」

「無理に話してくれなくていいのよ」シャーロットがささやく。スチュアートは考えをまとめようとしながら待った。「でも、どうしてかしらとは思ったけれど」彼女は認めた。

「ぼくにも確信はないんだが」彼はゆっくり話しはじめた。「たぶんこれが原因なんじゃないかと思うことがひとつある。ぼくがまだ子供だったころ、ぼくらは祖父の所領地であるバロウフィールドに住んでいた。母は今も、年に一〇カ月はそちらで暮らしているんだ。社交シーズンのときだけロンドンに来るんだよ。祖父は母を溺愛しているからね。昔からずっとそうだった。ぼくの覚えている限りずっと。ぼくも学校にあがる年齢になるまではそこに住んでいた。その夏、テランスが珍しくバロウフィールドへやってきたんだ。ぼくは父親である彼のことをあまりよく知らなかった。ぼくにとっては祖父が父親代わりだったからね。でも、その年はテランスが来て、ぼくを乗馬に連れていってくれた。ぼくはちょうど馬を一頭、祖父から譲られたばかりで、乗馬の腕前には自信があった。テランスにそれを見せつけたかったんだろうな。小さな峡谷をまわりこむ細い道に差しかかるまで、彼はほとんど口を利かなかった。切り立った崖《がけ》のそばまで来ると、ようやくぼくに、馬からおりて縁まで歩くように命じたんだ。ぼくはもちろん、何度もその場所に行ったことがあった。たいていの男の子がそうなように、恐れを知らない向こう見ずな少年だったからね。でもテランスはぼくを崖っぷちに立たせ、これからはわたしを〝お父さん〟ではなく〝テランス〟と呼ぶように、と言った。ぼくはそうしたくなかったから――だってそんなの不自然だろう？――どうして、と尋ねた。すると彼はぼくを見つめ、頭のてっぺんから足の爪先まで視線をおろしていった。最後に会ったときから、ぼくはずいぶん背がのびていたんだよ。そんなぼくを見て彼は、自分の息子がこんなに背が高いはずはない、と言ったんだ。ぼくはただの冗談だと思っていたんだが、その日以来、ぼくが彼を〝お父さん〟と呼ぶと、必ず言いなおさせられるようになった」

シャーロットはそれまで黙って身じろぎもせずに話を聞いていたが、ついに頭を持ちあげて彼を見た。「理由は結局わからなかったの？　お母さまやおじいさまは、そのことをどう言ってらしたの？」

彼は肩をすくめた。「誰も教えてくれなかったよ。ぼくがそのことを訊くたびに、母は適当にはぐらかした。母は答えたくないのだとこっちが気づくまでね。祖父はいつも決まって両手を宙に投げだし、〝テランスの頑固者め〟とかなんとかつぶやくだけで、それ以上はなにも言わないんだ。ぼくが彼をテランスと呼ぶことをほかの誰もあまり気にしていないようだったから、そのうちにぼくも慣れてしまってね。そしてある日、ぼくが学校に戻る少し前だったと思うけど、メイドたちが話しているのを聞いてしまったんだ。祖父が母のためにしてやっていることを笑っていて――毎朝花を切ってきて部屋に届けたり、ときにはとても贅沢な贈り物をしたり。メイドのひとりが、ベルメイン子爵は――祖父のことだ――テランスより彼女を愛しているんじゃないかと言うと、残りのみんなが声をあげて笑った。すると別のひとりが、昔からそうだった、テランスがぼくのことを疎んずるのもそのせいだ、と言ったんだ」

彼女は眉をひそめた。「まさかそれって……」

「たぶんわかって言っていたと思うよ。父親がそこまで息子を嫌って、自分のことを父とも呼ばせないなんて、そういうことしか考えられないだろう？　息子が実は自分の息子ではなく、自分の父親の息子だとしたら？」

シャーロットは音を立てて息をのんだ。「それじゃ……あなたは彼の弟なの？」

目は合わせようとしないまま、スチュアートはまた肩をすくめた。「証拠はないんだ。でもそう考えれば、どうして母がシーズン中しかテランスとともに過ごさないのか説明がつく。もちろん、体裁をつくろうためさ。祖父があれほど母をかわいがる理由もそれでわかる。祖父が母を口説いたのは、母がテランスと結婚する前だったのか、それともしたあとだったのかはわからない。ぼくが生まれたのは、ふたりが結婚してからちょうど九カ月後だった。テランスにしてみたら、どちらのほうがより罪深いのか。ぼくはあとのほうだと思うけど。母はすでに結婚していたから祖父がひとり占めすることはできなかった、というほうが」

さまざまな思いがシャーロットの頭のなかで渦巻いていた。言われてみれば、たしかに納得のいく説明だ。なんともひどい話だけれど。「ああ、スチュアート……」

スチュアートはまた彼女を腕のなかに引き寄せ、肩を撫でた。「同情はいらないよ、シャーロット。なんのかんの言っても、ぼくは両親に愛されて育ったんだから」

「でも……みんなに疑惑の目で見られていることを知って――」

シャーロットの唇に指を押しあてて黙らせる。「いずれにしても、ぼくがベルメインの血を引く跡継ぎであることに変わりはない。テランスがいくらぼくを廃嫡したくても、祖父がそうはさせないだろうからね」彼は手をおろし、やさしいキスをした。「過去によって今の自分が変わるわけではない。人格形成に影響はあるかもしれないが、それによって未来が決まってしまうわけではないんだ、自分がそうさせない限り」

　スチュアートは彼女を抱いたまま、ふたりの体を覆うようにカバーを引っぱりあげた。一瞬、ふたりとも押し黙り、密着した肌のぬくもりを楽しんだ。心からお互いに信頼を寄せて。古傷はもう、それほど痛まなくなっていた。彼女の生々しい傷口と彼の生々しい傷口が合わさることで、互いの傷が癒《い》えていくように。

「ねえ、スチュアート？」シャーロットがためらいがちに口を開く。「オークウッド・パークのこと、話してくれる？」彼女の肩を撫でていたスチュアートの手がとまった。

「サマセットにあるんだ」彼の指はふたたび動きだし、彼女の腕を這いおりていった。「小さな農場で、一二〇エーカーほどしかないんだ。前の持ち主はスコットランド人で、一度もそこへは足を運んだことがなかったそうだ。ほかの所有地から数百マイルも離れているとかで、早く売りたがっていた。結婚のときの取り決めで持参金代わりにもらった土地らしいんだが、何十年も誰もそこには住んでいなかった」

スチュアートはその土地のことをシャーロットに語って聞かせた。長年ほったらかしにされてきたせいで荒れ放題だったが、土壌は豊かで、できれば来年の春には小麦や大麦を植えられるようにしたいと考えていることを。彼はそこに建つ屋敷についても話した。あちこち手を入れる必要はあるものの、基本的にはまだまだしっかりした建物だということを。ただし、屋根がなくなって崩れ落ちてしまった東の棟を除けば。

「それはもうほとんど解体済みでね」スチュアートはつけ加えた。声は相変わらず静かなままだが、シャーロットは彼の口調にプライドと熱意を感じた。「きれいに整地したあと、そこに温室を建てたいと考えているんだ。母もバロウフィールドに温室を持っているから。あとは果樹園もつくりたいと思っている。土地の名前にもなっている樫《オーク》が植わっているほかは、ほぼすべてが農地だから」彼はそこで口をつぐんだ。オークウッド・パークに注ぎこんできた労力と時間に思いを馳せているのだろう。彼はその土地を愛している。そのことに気づいた瞬間、シャーロットは小さな祈りを捧げた。どうか彼がその土地を手放さずにすみますように。彼にはそれだけの価値があるのだから。人生を新しくやりなおしたいと願う彼の気持ちを、どうして否定することができるだろう？　自分自身、同じように人生をやりなおそうとしているのに。

スチュアートが彼女をやさしく抱き寄せ、静かなため息をついた。首筋にあたたかい吐息がかかる。「あなたはもう行かなきゃいけないんじゃない？」彼女はささやいた。

すると彼が彼女のカールに頰をすり寄せてくる。「まだ平気だ」

「ありがとう」シャーロットは一瞬の間を置いてから、そう言った。「話してくれて」

スチュアートはほろ苦い笑みを浮かべた。「こちらこそ、話を聞いてもらえてうれしかった」妙なことだが、それは彼の本心だった。話をするうちに、やはりオークウッド・パークは手放すほかないと確信しただけだったにもかかわらず。あの土地にこれまでどれだけの時間と労力を注いできたか、自分がどんな夢と希望を描いていたかを話すことで、自分にとってどちらが大切かをあらためて知ることができた。あのちっぽけな土地と、腕のなかにいる女性と。どちらも愛してはいるものの、両方を手に入れることはできない。それなら、自分の愛に応えてくれるほうを選びたい。すなわち、シャーロットだ。

喪失感は不思議と感じなかった。もっとも、実際に土地を手放す手続きをするときが来たら、寂しさを覚えはするだろうが。しかし、シャーロットにこうして語って聞かせたおかげで、最後にもう一度あの土地を訪れてきちんと別れを告げることができたような気分になれた。あの土地を維持するために行動することはもうできない。明日からさっそく土地売却に必要な調査を始めよう。それでバークレーから借りた金を全額返済できれば言うことはない。その後は……ウェアに頼みこんで家令として雇ってもらうか、ほかの所有地の管理人にでもしてもらえないか相談してみよう。どうせいつかは自分がバロウフィールドを受け継ぐことになるのだから、オークウッド・パークでの経験はそのとき役に立ってくれるはずだ。うまく土地を管理することができれば、住む家と収入を確保できる——妻を養っていくには充分な。

そのとき、スチュアートはあることを思いだした。「シャーロット」やさしい声で呼びかける。「今夜、ピットニーから連絡があったんだ」蠟燭の明かりのもと、彼女が不安に青ざめた顔で振り向いた。「いい知らせだよ」彼は急いでそう言い添えて彼女を安心させ、探偵が知らせてきたことを報告した。「スーザンはきっともうすぐ帰ってくる」最後にそう言ってしめくくった。

感激のあまりものも言えなくなったシャーロットが、甘くやさしいキスをしてくる。そのときスチュアートは、オークウッド・パークを売る決心がついたと彼女に打ち明けようかと考えていた。だが、その気持ちを実際に言葉にするのはつらすぎたので、ウェアに話をして、土地を売る算段がつくまで待つことにした。自分にとって大切なものだからこそ、感情だけに流されて決めてしまうのではなく、こうすればきっとうまくいくという確証のようなものが欲しい。まずは、彼女にはっきりと約束できる、具体的な計画が必要だった。

シャーロットの呼吸が穏やかになっていき、眠りについたと確信できるまで、スチュアートは彼女を抱いていた。できればこのまま帰りたくなかったが、もしも自分がここにいることがテランスにばれたら、事態がまたややこしくなるだけだ。シャーロットが寝返りを打って腕から離れていくと、スチュアートは後ろ髪を引かれながらもベッドから立ちあがった。

床に脱ぎ捨てられていた服を選り分け、自分のものは着こみ、シャーロットのものは寝椅子に置いておく。ふたたび部屋のなかを見まわし、割れてしまった陶製の人形を拾ってポケットにしまった。母親に気づかれる前に、同じものを手に入れて代わりに置いておかないと。

そのあとスチュアートは彼女の体に毛布をしっかりとかけてやり、最後にもう一度だけ、こめかみに軽くキスをした。頰に涙のあとがついているのを見ると胸が痛む。彼女が泣くことなど、めったにないだろうに。そしてスチュアートはそっとドアをすり抜け、屋敷をあとにした。

15

「ぼくのベッドに忍びこんで、いったいどんな悪さをしてたんだ、ドレイク？」

スチュアートはごろりと寝返りを打ち、ぱちぱちとまばたきした。目を開けると、フィリップ・リンドヴィル卿が胸の前で腕を組み、兄の公爵にそっくりな顔でこちらを見おろしていた。「やあ、ピップ」スチュアートは寝起きのくぐもった声で言った。「おかえり」

「それはこっちのせりふだよ！　きみは怒ったパパに追いだされてロンドンから逃げていった、って聞いていたのに」

「そうじゃないんだ」スチュアートは起きあがり、顔をごしごしこすって眠気を飛ばそうとした。「ウェアが鍵を借してくれてさ」

フィリップは片手を振った。「気にするな、いつまでもいてくれてかまわないよ。ただし、このベッドはだめだ」彼は椅子にどさっと腰をおろし、その背にもたれかかった。「で、彼女は誰なんだ？」

「彼女？」スチュアートはローブに手をのばした。召使いたちが家のなかを忙しく歩きまわる音が、開いたドアの向こうから聞こえてくる。おそらく一時間も経たないうちに、こことは別の寝室がきれいに掃除され、ぼくのために用意されるのだろう。スチュアートは静かで孤独な暮らしに慣れてしまっていたが、フィリップはもちろん、大勢の召使いに囲まれた生活に慣れているはずだ。

「きみが町に連れ帰ってきたとかいう女性のことだ」フィリップがにやにや笑った。「どこかの女相続人か？　それとも妖婦のたぐいか？」シルクのパラソルを開いて頭上でくるくるまわしながら、まつげをしばたたいてみせる。スチュアートは顔をしかめた。

「どこでそんなことを聞いた？」

フィリップはパラソルを閉じ、鼻に近づけて匂いをかいだ。「これがホールに落ちていたのさ、帽子かけの下にな。あんなところにパラソルを忘れていくなんて、どういうレディーなのかと思ってね。だがまあ、きっとすてきな女性なんだろうな」

スチュアートはパラソルを奪ったが、匂いをかぐのはさすがに我慢した。シャーロットはパラソルがなくなったとは言っていなかったが、馬車で遠出に出かけたあの日に忘れていったものだろう。シルクと針金でできた繊細なパラソルを、スチュアートは大切そうに小脇に挟んだ。「気にしないでくれ」

フィリップが立ちあがる。「ところで、ぼくはきみにいつでも部屋を使ってくれていいとは言ったが、引っ越してきてもいいと言った覚えはないぞ。ベントンがさっき木箱をたくさん積んだ馬車四台を連ねてやってきて、今、階下で待っているんだがね。あれだけの荷物はここには入らないと思う。ぼく自身が持ち帰った分もあるから――」

「ベントンが来てるのか?」スチュアートは衣装簞笥からきれいな服をとりだした。床に転がっていたブーツを、フィリップが親切にもこちらへ蹴り飛ばしてくれる。「厨房で待たせてある。そこまで面倒を見てやれなくて申し訳ないが、ぼくの送った荷物がこっちに届いたら――」

「とんでもない、充分すぎるほどだよ、ピップ」スチュアートは髪をかきあげながら、考えをめぐらせた。馬車四台か! シャーロットはいったいどれだけの荷物をイタリアから持ってきたんだ? 彼女の家にあった虎の毛皮を思いだして、彼はぞっとした。「荷物はそのままクラパム小路のほうへ運ぶよう、ベントンに言うよ。できるだけ早くすべての箱を開けてみないといけないから」

「父上の家にかい? おまえ、気は確かなのか?」フィリップが大声をあげる。「あの家には一歩も足を踏み入れさせてもらえないんだろう?」

「母はいつだってぼくを歓迎してくれるから」スチュアートは肩をすくめた。「いろいろ世話になったな、フィリップ」

フィリップはまだ信じられないといった面持ちでこちらを見ている。「どういうことなんだ?」

スチュアートは話の一部だけでも説明しようといったん口を開きかけたが、結局は思いなおして頭を振った。「その件はまた今度。話しはじめると長くなるんでね」

「おおかた、エキゾティックな美女の絡む話なんだろう?」フィリップが厳しい視線を向けてくる。

スチュアートはウインクした。「もちろんさ、そうに決まってるじゃないか」

「ルチア!」

友人が笑顔で応接間に駆けこんできた。「カーラ、会いたかったわ! あらあなた、ずいぶん顔色が悪そうだけど、大丈夫?」

後ろで心配そうに様子をうかがっているミセス・ドレイクのことを気にして、シャーロットは微笑んでみせた。「この町の基準では、まだかなり朝も早い時間だから」ルチアが疑り深い目で見つめてきたので、シャーロットは慌てて友人をこの家の女主人に紹介した。ミセス・ドレイクはルチアと礼儀正しく、でもどこか神経質そうに挨拶を交わすと、そそくさと奥へ引っこんでしまった。

彼女の姿が見えなくなってから、ルチアが言った。「どうやらわたし、あまり歓迎されていないようね」スカートの裾をふわりと翻して椅子に座る。「まあ、いいわ。で、なにがあったの?」

「最後にあなたに手紙を書いてから、けっこう進展があったわ。探偵がスーザンの居た場所を突きとめてくれたの。といっても、今はもうそこにはいないんだけど」

「あらじゃあ、ピエロのコレクションはもう必要なかったってこと?」ルチアは目をくるりと動かしてみせた。「そんなことになるんじゃないかと恐れていたのよ。まるまる三日かけて、開けたばかりの荷物をまたつめなおしたのに。それからミスター・ドレイクの側仕えにロンドンまでの馬車を用意してもらって、おんぼろ馬車に揺られてはるばる届けに来てあげたのに、もう必要なかったなんて」

「いいえ、箱の中身はやっぱり確かめてみないといけないの」シャーロットはなだめるように言った。「スチュアートは、この家も誘拐犯に見張られているはずだと確信しているの。ピエロの荷物が馬車で届くのを犯人が見ていたら、自分の欲しいものもここにあるってわかるでしょう？　もしかすると犯人はそれ欲しさに、この屋敷にも忍びこんでくるかもしれないわ」

「あら？」ルチアが意味ありげに微笑む。「スチュアートって呼んでいるの？」

シャーロットは顔を真っ赤にした。「彼はいろいろな面で、わたしの助けになってくれているのよ」

ルチアがうなずく。「いいことだ《ブオノ》わ。あの人は女性がなにを必要としているか、よく心得ているのね」シャーロットがにらみかえすと、ルチアはうれしそうに肩をすくめた。

「それにしても、あなた自身が来てくれるとは期待していなかったわ」シャーロットは話題を変えた。「てっきり、例の背の高い紳士とケントで楽しく過ごしているとばかり思っていたから」

ルチアはけらけら笑って、煙草入れに手をのばした。その姿を見て、シャーロットはこらえきれずにため息をもらした。「あなたを助けるためですもの、あたりまえでしょ。ケントにはそろそろ退屈しはじめていたところだし。ミスター・ホイットリーもロンドンへ帰ることになってしまって、ほかに心惹かれるものもなさそうだったから。といっても、彼に惹かれつづけているわけでもないんだけれど。わたしもばかよね。あなたの言うことなんか聞かないで、もっとミスター・ドレイクとお近づきになっておけばよかったわ。彼が言葉よりも行動で示すタイプだってことは、ひと目でわかったのに」

「それじゃあなた、ロンドンまでミスター・ホイットリーと一緒に来たの？」

とたんにさっきまでのうれしそうな表情を変えて、ルチアはうなずいた。「どこかいいホテルを探しておいてと頼んで、追い払ったの。あの人、おしゃべりは得意なのよね。放っておいたら、一日じゅう声がかれるまでしゃべりつづけるわ、きっと」

「まあ、かわいそう」シャーロットは唇を嚙みしめて笑いをこらえた。ルチアが不満げに鼻を鳴らす。シャーロットが二の句を継ごうとしたとき、ホールのほうから騒がしい声が聞こえ、満面に笑みをたたえたスチュアートが勢いよくドアを開けた。

「おはよう。荷物を開ける準備はできているかい？」

気がつくとシャーロットは微笑んでいた。スチュアートと会うと、どうしても微笑みかえさずにはいられない。「おはよう。わたしのお友達を紹介するわ。ルチア・ダ・ポンテよ。ルチア、こちらがミスター・ドレイク」

ルチアが立ちあがると、スチュアートは恭しくお辞儀をした。「シニョーラ」

「お会いできてうれしいわ」ルチアが猫撫で声で答える。「いつもお噂を聞くばかりでしたから」

スチュアートは少しためらい、シャーロットをちらりと見た。「これからはお会いできる機会も増えると思いますよ」そう言って、さっそくドアのほうを手で示す。「無礼は承知のうえですが、急を要する件だということはご理解いただけると思うので。あちらのホールで箱を開けて、出したものはこの部屋に運ぶようにしましょう。中身の詳細を記してある目録のようなものはあるのかい？」シャーロットが首を振る。「じゃあ、誰かがつくっていったほうがいいな。箱をひとつ開けたら、中身を全部書きだしていくんだ」

「わたしがやるわ」ルチアが言って、ふたたび椅子に腰をおろした。「麦藁にはもうさわりたくないのよ」

シャーロットがスチュアートのあとについてホールへ向かうと、フットマンがふたりがかりで最初の箱を引きずってきたところだった。「まあ、大変」彼女は玄関の開いたドアから外に並んだ馬車を見て、そこに積まれている箱を目で数えながら言った。「忘れていたわ、あんなにたくさんあったなんて」

スチュアートは彼女の手をとり、口もとへと引き寄せた。「ゆうべはよく眠れたかい？」

その問いに、シャーロットは頬を赤く染めた。「ええ」

「後悔は？」

顔はますます赤くなったが、彼女は目をそらなかった。「していないわ」

スチュアートが微笑む。ほっとしたように。答えを聞くまで、彼女がどう思っているのか不安だったのだろう。彼はシャーロットの手の関節あたりにキスをしてから、その手を放した。「服を着替えておいで。そのドレス、ぼくはけっこう気に入っているから、汚してほしくないんだ」

しばらくしてシャーロットが階下へおりようとしたとき、スチュアートが母親と話をしているのが見えた。アメリアは両手をもみしぼるようにして、木箱やトランクがどんどん開けられていく様子を眺めている。シャーロットははっと立ちどまった。そのとき初めて、事の重大さに気づいたからだ。ほかにどうすることもできないのは間違いないが、泥棒が欲しがっているものがここにはない可能性はまだ残っている。スチュアートの言ったことは理にかなっていた。これらの箱を開けて中身を確認していた泥棒は、イタリアから届いたはずのなにかを欲しがっているはずだ。でも、それはいったいなんなのだろう？　泥棒はほとんどすべての箱を開けながら、探しているものはまだ見つかっていないようだった。なにかごく小さいものがどこかに隠されているのだろうか？　泥棒が発見できなかったものが、わたしたちに発見できるという保証はどこにもない。

そのとき、スチュアートがこちらを向いた。さもうれしそうな顔つきでシャーロットにしばし見とれてから、ぱちぱちとまばたきして、母親との話をすませ、階段を駆けあがってくる。その顔に浮かんだ表情が、なによりもシャーロットの心を落ち着かせてくれた。わたしはひとりではない。そばについていてくれる人がいて、スーザンが見つかるまで、しっかりと支えてくれる。

「やっぱりわたし、ご両親に謝っておかないと」シャーロットは小声で彼に言った。「こんなご不便をおかけして」

彼女が言い終えないうちに、スチュアートは首を振っていた。「誘拐犯はこの家を見張っている。荷物を積んだ馬車が到着したことも、どこかで必ず見ているはずだ。狙いの獲物がここに届いたこともね。この家には部屋がたくさんあるし、これはスーザンを見つけるために必要な作業だと母もわかってくれているから」

シャーロットは唇を嚙みしめた。「もしも見つからなかったら……」

スチュアートは彼女の手をぎゅっと握りしめた。「見つけるさ」

「でも、どうやって？　犯人はなんのヒントもくれていないし、誰かが欲しがりそうなものなんて、わたしはなにも思いつかないわ。ここには価値のあるものなどひとつもないとわかったら、どうすればいいの？　これらの木箱に入っているはずのなにかに姪の命がかかっているのに、それがなにか見当もつかないのよ」シャーロットが目を閉じると、こめかみに彼の唇がふれてきた。

「これらの箱のなかに入っているはずのなにかが、必ずやスーザンをとり戻してくれる」スチュアートはやさしくそう言いなおした。「それを信じるんだ」

シャーロットはふうっとため息をついてから、おもむろに目を開けた。「それじゃ始めましょうか」

それから何時間も作業は続いた。花瓶、塑像、彫像、絵画などが、藁のなかから次々と出てくる。ルチアがそれをひとつひとつ記録し、ベントンが応接間へと運んだ。シャーロットはそれぞれの品を注意深く手にとり、なにか少しでも不審な点はないかと確認したが、どれもイタリアにあったときと寸分変わらないように見えた。こんなことになるならやはり全部置いてくればよかった、と彼女は後悔した。ピエロの遺言には、遺贈品はすべて彼女が保管すること、という奇妙な一文が記されていたのだが、もしかすると彼はこれらの品々のなかに、こういう面倒な事態を引き起こしそうなものが含まれていることを知っていたのだろうか？

昼食の時間になるころには馬車一台分ともう半分の荷物がやっと開梱され、応接間は徐々にごちゃごちゃしはじめていた。午後もなかばになると三台めの馬車が空になって四台めの荷物が開けられ、応接間のほうはこれ以上入らないほどいっぱいになっていた。ペンを走らせつづけたルチアは指が痛くなってきたと訴え、シャーロットは荷物を全部表に放り捨てたい衝動に駆られ、スチュアートの笑顔もすっかり消えていた。

「そう言えば、マルチェラ・レスカティが歌っているって聞いたわ」単調な作業でよどんだ空気を打ち破るように、シャーロットは重たい壺《つぼ》を持ちあげながら言った。麦藁が床にばらばらと落ちる。メイドたちが定期的に掃いてくれてはいるのだが、床はすでに散らかり放題散らかっていた。

壺を見ていたルチアの眉が跳ねあがった。「マルチェラ・レスカティ？　あのポルチェリーナのこと？」

「ポルチェリーナって？」アメリアが無邪気に訊きかえす。今ではアメリアも手伝ってくれていた。応接間の絨毯を守るためにも、作業を早く終わらせたかったのだろう。だが、美しい作品が次々と目の前に現れると、アメリアは次第に夢中になって、今や髪に藁がつくのもかまわず作業に没頭していた。

「子豚という意味なんです」ルチアが説明した。「子豚みたいな鼻をしていて、声域も子豚と同じくらいだから。彼女はなにを歌ったの？」

「スザンナよ。《フィガロ》の」

「スザンナですって？」ルチアは片手を大きく振った。「舞台で笑い者になっただけなんじゃない？」

「いいえ、とても評判はよかったらしいわ」シャーロットは壺をベントンに手渡し、スチュアートを見やった。「この前のオペラ、あなたはどう思った？」

彼は肩をすくめ、鉄製のバールで次の木箱のふたを開ける作業にとりかかった。「ぼくにはとてもすばらしい歌声のように聞こえたけど」

「ふん」ルチアが鼻で笑う。「イングランド人の耳はこれだから」

「シャーロットの耳だって、そういう意味ではぼくと変わらないはずだ」彼は指摘した。

「彼女はミラノとヴェネチアにいたから、本物のオペラをたくさん聞いているもの」

「イングランド人は、そこにあるものをそのまま受け入れるしかないのよ」シャーロットは言った。「この国には本物のオペラ歌手なんてほとんどいないんだから」

「本物は世界じゅうにだってごくわずかしかいないわ。オペラを歌うには天与の才が必要なの。子豚がいくら頑張っても、大口を開けてキーキー騒ぐだけじゃ、歌になんかならないのよ」

「それはそうだけど。歌ってくれる人が子豚しかいないのなら、それで我慢するしかないでしょう？」シャーロットは肩をすくめ、今度は大きな彫像と格闘しはじめた。床の藁を蹴散らしながら、ずっしりと重いそれを前方へとずるずる押していく。すると像が木箱の縁に引っかかり、ぐらりと倒れそうになった。シャーロットはとっさに手をのばし、床にぶつかる寸前でつかまえた。とがった部分がてのひらにこすれ、すでにすり傷だらけの手にまた切り傷ができる。彼女が必死に押し戻すと、像はぐらぐら揺れながらもなんとか立った。

「気をつけて《アテント》！」ルチアが叫ぶ。「みんながこれだけ頑張ってくれているのに、あなたが壊してしまったら元も子もないでしょ？　それだって、ものすごいお宝かもしれないのに」

　体はほてって埃まみれになり、腕も背中も筋肉痛がひどかったが、シャーロットはその像を見つめた。昔からとくに嫌いだったメルクリウスの像だ。どこかにやけたその表情を見るだけで、彼女はいつもぞっとした。見つめかえされているような気がするからだ。ピエロはこれを寝室に飾り、ときどき話しかけたりしていた。今もこの像が自分を嘲笑っているような気がして、彼女はついに耐えられなくなった。「お宝でもなんでもないわ、ルチア。これはただの贋作だもの。ほかの美術品も全部そうなの」

「なんですって？」三人が声を揃えて言った。いつも無口なベントンまでもが、手をとめて彼女のほうを振りかえる。シャーロットはとうとう立っていられなくなり、階段に座りこんだ。

「ピエロは贋作者だったのよ」疲れた声で言う。片手を大きく振って、玄関ホールを埋めつくす像や絵画を示した。「ここにあるのはみんな偽物なの」

「間違いないのか？」スチュアートが問いただす。「なにか証拠でも？」

「彼自身がそう言っていたのよ」シャーロットは階段の手すりの小柱にもたれかかった。手になにも持たずにこうして座っていられるのは、とても気分がいい。ピエロの作品を、とうてい値のつけられない最高の美術品のように扱うなんて、もううんざりだ。最初からこんなものは欲しくなかった。箱からひとつひとつとりだして眺めるたびに、孤独だった年月の記憶がよみがえるばかりなのだから。スチュアートがゆうべ口にした言葉は、まさに言い得て妙だった。ピエロは己の妄想を叶えるためにわたしを利用した。そのお返しとして贅沢はさせてもらえたけれど、わたしにとっては彼を歓ばせることが自分のことより大切だった。でも、ありのままのわたしを愛してくれるスチュアートに出会ってしまった今、自分がイタリアでどれほど孤独だったかようやく気づいた。

これ以上、亡き夫の名を守ることはできない。これらのコレクションは本物だと人々が信じこんでいることを、ピエロはひそかに得意がっていた。これらの品々をすべてシャーロットに遺したのも、ほかの誰かの手に渡ったら偽物だとばれてしまうからだ。いちばん困っていたときに救いの手を差しのべてくれた夫のために、シャーロットはこれまで沈黙を貫いてきた。けれどもそれは過去のことだ。いくら死者の願いを叶えるためとはいえ、自分にとって大切な人々をこれ以上だましつづけるわけにはいかなかった。

「嘘だろう?」スチュアートが手にしていたバールをとり落とす。「全部そうなのか?」

彼女はうなずいた。「ええ、全部よ」

「まさか、そんなはずないでしょう、マダム・グリフォリーノ」大理石の小さな胸像を大事そうに抱えていたアメリアが口を挟む。「だって、こんなに美しいのに!」

シャーロットは苦い笑みを浮かべた。「彼にはそれだけの腕があったんです、想像力には恵まれませんでしたけれど。弟子がなにかを学ぶときは誰でも模作から入りますよね。ピエロの場合、いつまで経ってもそれをやめようとしなかった、ということです。美しいものを見るとどうしても欲しくなって、でもそれを手に入れるのが困難なとき——高価すぎるとか、古すぎてぼろぼろだとか、誰もが知っている作品だからとか、理由はさまざまですが——彼は自分でレプリカをつくって楽しんでいたんです」シャーロットは先ほど倒しかけた像を手で示した。「これはピエロのお気に入りの作品でした。寝室に置いてあったものです」

スチュアートは眉をひそめ、床に落ちている木箱の破片や藁の山をまたいで、像をよく見ようと近づいた。片手に竪琴《たてごと》を抱え、もう一方の手でそれを奏でている若者の像だ。月桂冠《げっけいかん》をかぶった頭は楽器のほうに少し傾いているが、視線は、自分を見守っている誰かを見あげるように上を向いている。そして官能的な口もとにはかすかな笑みが浮かんでいた。「そんなことは疑ってもみなかったよ。どうして彼は贋作なんかつくったんだ? これなんか、とてもすばらしい作品にしか見えないのに」

シャーロットは像の腕を指し示した。「左腕が右より若干長いわ。脚にも傷が残っているし。研磨が足りなかったせいでしょうね。それに、琴も少し小さすぎるし」

ルチアはペンを投げだした。「信じられない。あの老人、みんなをだましていたのね。わたしにも、プレゼントだと言ってたくさんのものをくれたのに」

シャーロットは小さく肩をすくめた。「売りつけられなかっただけでもよしとしないと」

「つまりきみは、誰がなにを盗んでいったところで貴重なものはひとつもないと、最初からわかっていたのか？」スチュアートが表情を曇らせながらゆっくりと訊いた。「何度も泥棒に入られながら、たいして策を講じようとしなかったのも、そのせいか？　いったいなにを考えていたんだ、シャーロット？　泥棒の狙いはなんだと思っていたんだ？」

「知らないわよ！　簡単に運びだせるなにか小さなもの、たとえば金のプレートとか、宝石のはめこまれた小箱とかを探しているんじゃないかとは思ったけれど。ほかはこういう彫像とか、額入りの絵とか、大きなものばかりだから。本物であれ偽物であれ、こんなメルクリウス像を抱えて表を歩いていたら、誰かに見とがめられるに決まっているでしょ」

スチュアートはさらに眉をひそめた。「それにしたって、危険を承知でわざわざ手をこまぬいている必要はないじゃないか」

「あなたがあそこで鉢合わせするまで、危ないことなんて一度もなかったもの」手遅れになるまで泥棒騒ぎを放置していたことに後ろめたさを覚えつつ、シャーロットは鋭い口調で言いかえした。犯人はピエロのつくった偽物にはだまされなかったけれど、彼女にとってなによりの宝物である姪のスーザンを奪っていった。これらの箱のなかから犯人の欲しがっているものをなにか見つけださなければ、スーザンは永遠に帰ってこないかもしれない。

「だったらどうすればいいって言うんだ？」スチュアートはお手あげのポーズをした。「これらがすべて無価値なものだとしたら、なにをもって誘拐犯と交渉すればいい？」

「それなら、いちおうすべてを鑑定してもらったらどうかしら、スチュアート」アメリアが甲高い声で割って入った。キューピッドの胸像をなおも大切そうに胸に抱きながら、あたりを見まわす。「もしかしたらひとつくらいは本物があるかもしれないでしょう」

「それはないと思いますわ」シャーロットは嫌悪感もあらわに言った。立ちあがって体をのばした拍子に、先ほど自ら欠点を暴いた彫像にぶつかった。憤懣《ふんまん》やるかたない思いを大理石の像にぶつけ、力任せに脇へ押しやる。するとそれはぐらりと傾き、床に倒れてがしゃんと砕けた。頭の部分がぱっくりとふたつに割れ、片方が床を転がって麦藁の山の上でとまり、もう片方は階段の裾にぶつかってとまった。

スチュアートがあたかも彼女を怒鳴りつけるかのような勢いで息を大きく吸いこんでから、ふうっとため息をつく。「在庫がひとつ減ったな」それだけ言って、頭のとれたメルクリウス像のほうへ体をかがめた。首のあたりをつかんでそれを立たせてから、驚きの表情を浮かべる。「あれ、なかは空洞になっているみたいだぞ」

「さすが贋作者のやることね」ルチアがあきれ顔で言った。「本物の彫刻家なら、ちゃんとした石以外を使うなんてこと、するはずがないもの」

「まあ、ある意味、似つかわしいけどな」スチュアートは壊れてしまった邪魔な像を壁際に動かそうとした。「詐欺師まがいの贋作者に、中身のない神の像」力をこめて像を押すと、ひびの入っていた大理石がさらに割れた。砕けたかけらをスチュアートが手で払うと、メイドがすぐにほうきを持って駆けつけてくる。そのとき、彼はその場に凍りついた。「シャーロット」

「どうかしたの？」愕然としている彼の表情を見て、シャーロットはメルクリウス像の胸をのぞきこんだ。スチュアートが言ったとおり、なかは空洞になっている。ただしそれはあとから開けられた穴のようだった。穴の表面はなめらかで平らだった。できあがっていた作品に、誰かがあとから穴を掘ったらしい。彼女はさらに奥までのぞきこんだ。「なにか……なかになにか入っているわ！」

みんながいっせいにあげた声がホールに響き渡り、全員が像をとり囲む。スチュアートは注意深く像のなかに手を突っこみ、筒状に丸められた紙のようなものを引き抜いた。かなり古いものらしく、全体が黄ばみ、縁は破れてしわくちゃになっている。彼はシャーロットを見た。「なんだかわかるかい？」

彼女は首を振った。「見当もつかないわ」

「なんなのそれは、スチュアート？」アメリアが興奮ぎみに顔を紅潮させて訊く。その様子を見てシャーロットは、若いころはさぞきれいな人だったのだろう、と思った。

「わかりませんよ、お母さん」スチュアートはそれを食堂へ持っていき、テーブルの上に慎重に広げはじめた。紙は薄いものの、端のほうがぼろぼろになっている以外は、まだけっこうしっかりしている。

「なにかの習作でしょうね」シャーロットが端を押さえ、スチュアートが紙を広げていく。するとなかから別の紙が何枚か出てきて、くるんと巻き戻った。画家がカンバスに筆で絵の具を乗せる前に描《か》く練習画か下絵のようだ。ただしそのイメージは鮮明で、実物大のものはさらに生き生きと描かれている。目をむいて猛《たけ》り立つ馬にまたがり、必死の闘いをくり広げる騎馬兵たち。荒れ狂う馬の蹄《ひづめ》の下で、鎧に身を包み、盾を掲げ、互いに槍を突き立てる男たち。さまざまな武器だけを模写した絵や、剣の柄を握りしめた手、首のない断末魔の死体などが描かれているものもあった。

「ずいぶんと野蛮な絵だな」切り落とされた腕のスケッチをしげしげと眺め、スチュアートがつぶやく。「どうしてこんなものが隠してあったんだろう？　これもピエロが描いたものなのかい？」

シャーロットは困ったように首を振った。「どちらかと言うと彼は彫刻のほうが得意だったわ、絵も描くには描いたけれど。これはたぶん油絵を描く前の下絵でしょうけれど、彼にはここまでやる辛抱強さはなかったと思うの」

スチュアートは小首をかしげ、隊を率いている男の横顔をじっくり眺めた。「もしかするとこれは彼の最高傑作なのかもしれないぞ。唯一、彼の創造性が爆発した作品なんじゃないのか？」

シャーロットは鼻で笑った。「それを貴重な宝だと思う人がどこにいるの？　ピエロ自身のほかに？」

そのときルチアがふたりのあいだに割りこみ、そこに描かれている紋章を指さした。「アンギアリだわ」

「アンギアリって？」

「フィレンツェの人間なら誰でも知っていることなんだけど」ルチアが意味ありげな目をシャーロットに向けながら説明する。「アンギアリというのはね、その昔、共和国軍がミラノ公国軍を打ち破った有名な戦場なの」シャーロットは黙って話を聞いていた。ルチアも、ピエロと同じくフィレンツェの出身で、そのことに大変誇りを持っている。「共和国は戦いの勝利を記念して、二枚の壁画を発注したの。アンギアリの戦いと、カッシーナの戦い。カッシーナのほうはミケランジェロが描く予定だったんだけど、結局それが描かれることはなかったわ。アンギアリのほうはレオナルド・ダ・ヴィンチが――彼もフィレンツェの出身だから――描いたものの、独自の技巧に欠陥があったらしくて、その絵は消えてしまったの」

「消えてしまったって、どういう意味？」

ルチアが指をぱちんと鳴らした。「文字どおり消えたのよ。絵の具が壁から流れ落ちてしまって」

四人はいっせいに、デッサン画に目を落とした。馬の鼻っ面に浮いた血管に至るまで実に細かく描かれたその絵は、驚くほど見事なものだ。「まさかあなた、これが彼の作品だと思っているの？　レオナルドの？」シャーロットは声をひそめて尋ねた。

ルチアは肩を片方だけすくめた。「わからないわ。彼の素描画は多くの人に模写されているから。生きている当時からレオナルドは有名な芸術家だったんだもの」

「つまり、これこそが犯人の狙っている宝なんじゃないの？」アメリアは畏敬《いけい》のまなざしで絵を見つめつつ、スチュアートの腕をつかんだ。「これが本物だとしたら、いったいどれくらいの価値があるのかしら？」

「もしもレオナルドの作品なら、値もつけられないほど貴重なものよ」ルチアが椅子にへたりこみながら言った。

スチュアートはシャーロットに向きなおった。「その可能性は？」

シャーロットはためらった。ピエロがどこかでたまたまこれらの貴重な絵を手に入れ、それをひとり占めしておきたくて隠したのだろうか？　あのピエロならそれくらいはやりかねない。だとすると、メルクリウス像は理想的な隠し場所だ。それにしても、彼はいったいどこでこれらの絵を手に入れたのだろう？　画廊へぶらりと入っていって買えるような代物ではない。「わからないわ」ついに彼女は言った。「だけど、とても信じられない。わたしの知る限り、彼は本物なんてひとつも持っていなかったから。なにもかもが偽物で」

「なるほど、それなら宝石のことも説明がつくな」スチュアートはつぶやき、押さえていた紙から手を放して、それらが勝手に巻き戻るに任せた。

「どういうこと？」シャーロットが驚いて尋ねる。

スチュアートはばつが悪そうに身じろぎした。このことはずっと自分だけの胸にとどめておくつもりだったのだが。「きみの持っている宝石のいくつかも偽造品だってこと、気づいていたかい？」

シャーロットは喉もとにぱっと手をやった。今日はネックレスをつけていないにもかかわらず。「いいえ！」

「いや、実はそうらしいんだ。ほら、あの、ダイヤモンドとエメラルドのネックレス……」ぽかんと口を開けている彼女をしり目に、スチュアートはわざと咳払いをし、あたふたと紙を巻きなおしはじめた。

「どうしてそんなことがわかったの、スチュアート？」母親が問いただす。

「彼が盗んでいったときね」椅子に座っていたルチアが言った。スチュアートは迷惑そうに彼女をにらんだ。今は冗談で返す気分ではない。

アメリアがはっと息をのむ。「あなた、盗んだの？」

「正確に言えば違うんですが」スチュアートはもごもごと言い訳した。「ちゃんと返しましたし」そしてふたたび絵を広げる。「個人的な意見を言わせてもらえば、ぼくもこれらの絵は本物なんじゃないかと思う。至宝の描写にあてはまるものだし、まさかこんなところにと誰もが思うようなところにわざわざ隠されていたし、さっきマダム・ダ・ポンテが言ったとおり、たいていの彫刻家はちゃんとした大理石のかたまりで作品をつくるはずだ。こんなところに穴がくり抜かれているとは誰も思わない」

「つまり、これで宝は見つかったということね」ルチアが言った。「本物ならもちろん、頭のいかれた犯人なんかに渡すわけにはいかないわね」

アメリアが両手をねじりあわせながら訊く。「それなら、これは誰のものになるの？」

「フィレンツェの人々のものですわ」ルチアが答えた。「彼らの戦いを描いた作品なんですから。お金だって、三世紀前に支払われているし」

「本物のはずないわよ」シャーロットが言う。「とにかくわたしは信じられないわ。たぶんこれはオリジナルを模写したものじゃないかしら。ピエロがこれを隠していたのは、コピーをつくって売ろうと計画していたからかもしれない。骨董《こっとう》品や古い絵画を偽造して売り払うようなこともやっていたみたいだから。本人はそうは言っていなかったけれど」彼女はスチュアートのほうを向いた。「わたしの宝石が偽物だったのなら、なおさらその可能性は高いと思うわ。彼は骨の髄まで詐欺師だったということよ」

スチュアートはふたたび絵を巻きなおした。「とにかく確証がないとね。まずは、ここにある箱を全部開けて、ほかになにか興味深いものがないかどうか確かめてみよう」

「それでどうするの？」シャーロットは彼を手伝いながら訊いた。

「これが本物かどうか、あるいは偽物だという証拠はあるか、鑑定してもらうんだ」スチュアートは巻き終えた絵を持って、玄関ホールへ戻った。シャーロットもあとを追う。

「それは難しいと思うわ」彼女は警告した。「精巧な偽造品は――」

彼が片手を突きだして黙らせる。「たとえそうでも、試してみるべきだよ。もしもこれが偽物だったとしても、誘拐犯には本物で通るかもしれないじゃないか。犯人はどれが本物の宝なのか知らないようだからね。きみの家に侵入したとき、犯人はこれらのものをほとんど目にしているのに――本来ものすごく危険な泥棒を放置したことに関してはまだまだ言いたいことがあるんだが、それはさておき――どれも持ってはいかなかった。だが、この絵はまだやつも見ていないはずだ」

「それなら、今すぐそれらの絵を取り引き材料にして、彼をおびきだせばいいでしょう？」シャーロットはじれったそうに叫んだ。「どうせ相手にもわからないなら、どっちだって関係ない――」

「いや、関係はある」スチュアートはそう訂正し、執事から帽子を受けとった。「もしも本物だったら、これはまさしくイタリアの至宝なんだよ。ひとりの人間が、なかでもとくに泥棒なんかが、ひとり占めしていいものではない。だからぼくらは、そういう危険がないということを事前に確認しておかなければいけないんだ」

「それはもちろんそうだけれど……」シャーロットは両手をぎゅっと握りあわせ、強いまなざしで絵を見つめた。「犯人に知らせるだけ知らせてはだめかしら？　念のために。きちんと鑑定してもらうとなったら、いつまでかかるかわからないでしょう？」

「知りあいにそういうことをやってくれそうな人がいる。ケンブリッジにいたときのぼくの恩師なんだ」

「わたしも一緒に行くわ」シャーロットはただちに言った。

彼がにやりと笑う。「そう言うと思っていたよ」

シャーロットは、そのときにはすでにふたりのあとを追ってホールに来ていたルチアとアメリアを振りかえった。「わたしたち、今からすぐに出かけて、これが本物かどうかを見てくださる方にお会いしてくるわ」

ルチアが片手を振る。「はいはい、どうぞ行ってらっしゃい。残りの荷物はわたしたちで開けておけばいいんでしょう？」

「ええ、お願い」シャーロットはうなずき、フットマンが急いで持ってきてくれたボンネット帽と手袋を受けとった。「なるべく早く戻るから」フットマンにドアを開けてもらい、ふたりは屋敷をあとにした。

「それじゃ、早いところ片づけてしまいましょうか？」ルチアが言うと、アメリアが愕然としたように息をのむのが聞こえた。

スチュアートは手をあげて辻《つじ》馬車を呼び、シャーロットを先に乗せた。「ねえ、スチュアート、犯人の欲しがっているものって、本当にこれだと思う？」馬車がなめらかに走りだすと、シャーロットは尋ねた。

「そう思いこませることができればいいと思っている。もしもやつが今も屋敷を見張っているなら、馬車に積んであった大量の荷物を運びこんだあと、ぼくらが慌てて出かけるところも見ているはずだ。運がよければ、今ごろぼくらのあとを追ってきているかもしれない」そしてふたりは、興奮を隠しきれない顔で見つめあった。

「もうじきスーザンをとり戻せるのね」シャーロットが静かに言う。「ああ、あなたのお知りあいがご自宅にいてくださることを願うばかりよ！」

16

残念ながら、その人物は不在だった。失望のあまり気分まで悪くなりかけ、シャーロットはスチュアートに抱えられるようにして馬車に乗りこんだ。あとから自分も乗りこもうとして、彼はふと足をとめた。「ちょっと待っていてくれ」そしてふたたび石段を駆け戻り、ドアのベルを鳴らした。先ほど彼女の希望を打ち砕いた執事とスチュアートがなにやら話している様子を、シャーロットはそっと見守っていた。しばらくすると、スチュアートが満面に笑みを浮かべ、こちらへと駆けてきた。

「シェリー教授はクラブのほうへ行っているらしい」勢いよく馬車に乗りこみながらそう言うと、彼は御者のほうへ身を乗りだし、住所を告げた。「念のため、ぼくはそっちへも顔を出してみるから」

「わたしも一緒に行きたいわ」

スチュアートが首を振る。「申し訳ないが、きみは入れないところなんだよ。いったんきみを家へ連れて帰って、ぼくひとりで行ってくる」

「でも――」

彼がキスで黙らせた。「だめだよ」やさしいけれど、きっぱりした口調だった。「きみひとりを馬車のなかで待たせるわけにはいかない。シェリー教授は気のいい人なんだが、ついつい話が脱線しがちだから、こちらの欲しい回答を得るまでにどれだけ時間がかかるかわからないしね」

シャーロットはイタリア語のなかでも最悪ののしり言葉を吐いたが、それ以上は逆らわなかった。ドレイク家に戻ると、スチュアートが手を貸して馬車からおろしてくれた。彼はしばらく名残惜しそうに彼女の手を握りしめていた。「ぼくらは犯人の欲しがっているものを見つけたと、ぼくは信じている。あれらの絵が本物かどうかはさておき。スーザンをとり戻せるのも時間の問題だと思うが、最後まで辛抱強く慎重に行動しなくてはいけない。こちらが突然妙な動きをしたら、犯人をパニックに陥らせてしまうかもしれないからね。だからきみも、ぼくが戻るまでちゃんと家で待っていると約束してほしい」

「だったらあなたも、一時間以内に戻ってくると約束して」彼女は言いかえした。

「シャーロット」スチュアートが目もとにしわを寄せながらたしなめる。

「わかったわ。でも、急いでね」

「できるだけ急ぐよ、ほかならぬきみの頼みだから」スチュアートは彼女の手を引っくりかえし、てのひらにキスをした。彼の口のぬくもりが、手袋越しに伝わってくる。

「おとなしく待っているわ、ほかならぬあなたの頼みだから」シャーロットは息を少しつまらせながら言った。スチュアートが一瞬、ゆうべのことを思いださせる表情を浮かべる。ゆうべ彼が言ったこと、彼がしてくれたことすべてが、彼女の脳裏に鮮やかによみがえった。それを見抜いたかのように、彼がブルーの瞳に明るい笑みをたたえて顔を近づけてくる。

「愛しているよ」スチュアートはささやいた。

シャーロットには、まだそれが信じられなかった。彼女は微笑み、彼のほうへわずかに身を寄せて、謎めいた絵のことを忘れた。この一週間と今からの一時間の緊張も、彼女の良心をさいなむ罪悪感や後悔や疑念も。スチュアートは彼女の唇にかすめるように軽くキスをしてから、馬車に飛び乗った。

うっすらと笑みを浮かべて、シャーロットは去っていく馬車を見送った。角を曲がるとき、スチュアートが身を乗りだして手を振ってくる。シャーロットがそれに応えて手をあげたと同時に、彼の姿は見えなくなった。くるりと向きを変えて屋敷の石段をのぼっていくと、フットマンがドアを開けて待っていてくれた。

玄関ホールはしんと静まりかえっていた。床に落ちていた藁は片づけられ、偽の財宝はそのままそこに放置されていた。頭のとれたメルクリウス像も。シャーロットはしばしそれを眺めて物思いに耽った。こそ泥にはふさわしい最期のように思えた。

アメリアがホールに出てきて、シャーロットを見て立ちどまった。「どうだったの？　なにかわかった？」

「いえ、なにも。教授はお宅にいらっしゃらなくて」シャーロットはボンネット帽と手袋を外した。「行きつけのクラブのほうにいるかもしれないということだったので、スチュアートが今、捜しに行ってくれているんですけれど」

「まあ、そうだったの」アメリアはがっかりした顔になった。「きっとそちらにいらっしゃるわよ。紳士はいつだってクラブにいるものだから」

「だといいんですが」シャーロットは言った。「ルチアはもう帰りました？」

アメリアがうなずく。「ええ、ホテルへ戻ったわ。さっきはああ言ったけれど、やっぱり残りの荷物を開ける意味はあまりなさそうだということになって」

シャーロットが応接間へ入っていくと、ベントンがピエロのコレクションをまた箱づめしていた。ただし扱いはさほど丁寧ではなく、スピードをより重視して。「あなたももう帰っていいわ」彼女は言った。「ここの片づけはあとでかまわないから。これだけの荷物をロンドンまであんなに急いで運んできてくれたんですもの、疲れているでしょう」

ベントンは一礼した。「ええ、マダム。お手伝いできて光栄です。それがもう少しお役に立てば、なおよかったのですが」

シャーロットはベントンを見送りながら、彼の言ったことを考えていた。これでスーザンが戻ってきてくれれば、いちおう役に立ったことにはなる。たとえ、これらの美術品が無価値なものだと証明されても。ピエロはいったいこれらの品々をわたしにどうして欲しかったのだろう？　ここに宝を隠しておけば、いつかわたしが見つけると考えていたのだろうか？あの絵以外に価値のありそうなものを、彼はなにひとつ遺してはくれなかった。彼女のほうもピエロが財産を遺してくれるとは期待していなかったから、なにかのときには手持ちの宝石類を売ってしのげばいいと考えていた。母から受け継いだ遺産はそれなりの収入をもたらしてくれているが、スーザンの捜索費用でかなりの現金をつかってしまった。そろそろ元手を切り崩すことを考えはじめないと、じきに現金は底を突いて、わたしもスチュアートと同じように文なしになってしまうに違いない。

そう思うと、唇に悲しげな笑みが浮かんだ。なんとお似合いのふたりなのだろう。日を追うごとに、ふたりともどんどん懐具合が苦しくなっていくなんて。彼に愛を告白した瞬間から、シャーロットは期待していた――夢見ていた――これからはお互いにとってものごとがうまく転がりはじめるはずだ、と。でも今は残念ながら、どうすればそんなことが可能なのかわからない。この調子でいくと、今週の終わりごろにはふたりの所持金を合わせても二シリング程度しか残らないかもしれない。

だが、シャーロットは現実主義者だった。愛のためなら自分はなにを犠牲にしてもいいけれど、スチュアートにオークウッド・パークをあきらめさせ、幸運をつかむチャンスをふいにさせるわけにはいかない。ずっと親の世話になって生きていく気はないと彼は言ったが、自立さえできればいくら貧乏してもいいという意味ではなかったはずだ。ふたりがどれほど愛しあっていようと、上流社会においてお金がないのがどれだけ苦しく惨めなことか。いつの日かスチュアートは、もっといい結婚相手を選んでいたら、と後悔するかもしれない。彼がわたしを責めることはないとしても、失望する彼を見てわたしは耐えられるだろうか？

たぶん無理だろう。

どのみち、スチュアートはまだなにも約束してはいないのだから。愛しているとは言ってくれたけれど、それがすなわち結婚したいという意味とは限らない。情熱がそのまま結婚に結びつくものではないことくらい、この年になればもうわかっている。今のふたりの絆を大切にし、これ以上の希望を抱くべきでないのかもしれない。スチュアートを失ったら、わたしはもう生きてはいけないだろう。スーザンを無事に――願わくは早く――とり戻すことができたら、姪の面倒をしっかりと見てやることに時間と労力を割かなければいけない。そのとき心の片隅に彼がいてくれたなら、それだけで納得できる。過去に失恋の痛手を負ったときとは違って、今回はそれだけの価値があったと思えるだろう。

アメリアがメイドに紅茶を運ばせて応接間へやってくると、シャーロットはありがたく思いつつ女主人に注意を向けた。あいにくアメリアが話したいのは、ピエロがいかにひどい手口でシャーロットをだまして偽物のコレクションを押しつけたか、ということばかりだった。ピエロ自身と彼の詐欺的行為についてはシャーロットとしても言いたいことがたくさんあるものの、いずれもミセス・ドレイクの前で話したいことではなかった。もしもこれらの絵画や彫刻にわずかでも本物が含まれていれば、それらをお金に換えて生活を支えることはできるかもしれない。贅沢はできないまでも、愛する人と結婚して人並みに暮らすことくらいはできるだろう。

「ご伝言が届いております、マダム」執事が入ってきて、メモを差しだした。シャーロットは安堵の胸を撫でおろしながら、それを受けとった。

「ああ、スチュアートからですわ」メモを読みながら、顔をあげてアメリアを見る。「すぐにこちらへ来てほしいと書いてありますけれど、なにかわかったどうかについては、なにも記されていません」

「なにも？」アメリアが意外そうに訊きかえす。「まあ、どうしたのかしら？」

シャーロットは眉をひそめつつ、メモを読み進んだ。「先ほどうかがったお宅とは別の住所ですね」スチュアートはたしか、今から行くクラブにはきみは入れないと言っていた。ミスター・シェリダンの自宅でもなく、そのクラブでもないのなら、この住所はいったいどこなのだろう？「彼はどこにいるのかしら？」

アメリアはソファーに座り、小さなため息をついた。「ここにあるものは本当にみんな偽物なの？」どうにもあきらめがつかないような口調で、ふたたびそう尋ねてくる。先ほどアメリアが抱きかかえていたキューピッドの胸像はマントルピースの上に飾られて、彼女たちに仕掛けたいたずらを楽しむかのように、清らかな微笑みをたたえていた。

シャーロットはなおも眉をひそめてメモを見つめた。なにか心に引っかかるものがあるのだが、その正体はわからなかった。もしかすると、スチュアートがなにも知らせてこなかったことが気に入らないだけかもしれない。伝言そのものに不自然なところはない。ただ、短いだけだ。短すぎるほどに。〝今すぐこちらへ来てくれ〟という簡潔な一文と、目的地が記されているだけ。これまでに彼が送ってきた伝言と同じく、鋭くはねるような文字で〝S〟とだけ署名されていた。

「ミセス・ドレイク」シャーロットはゆっくりと口を開き、メモを差しだした。「このメモ、どこかおかしいとお思いになりませんか?」

アメリアが身を乗りだしてメモをのぞきこむ。「おかしいって、どういうこと? たいしたことは書かれていないようだけれど……」ふたたび伝言を目で追っていくうちに、声が消え入った。

「なにか?」シャーロットは問いただした。女主人の態度に変化を感じとったからだ。

「いえ、ただ……なんとなくスチュアートの筆跡とは違うような気がするんだけれど」シャーロットがぱっと顔をあげると、アメリアは続けた。「とはいえ、わたしだってそうしょっちゅうあの子の文字を見ているわけではありませんからね。手紙なんてめったに送ってこないから。筆跡が変わったのかもしれないし、普段より急いで書いたせいで……」

「わたし、先日彼からもらったメモをとってありますから」シャーロットは言った。「比べてみましょう」アメリアがほっとしたような顔でうなずくと、シャーロットは急いで階段を駆けあがり、二階の自分の部屋へ行った。だが、目あてのメモが見あたらない。どこに消えたのかしら? 窓際のベッドの横の引き出しに、たしかにしまったおいたはずなのに。

シャーロットはいぶかるように目を細め、広い庭に面している窓を見つめた。ゆっくりと、慎重に、カーテンをめくってみる。窓の掛け金は外れていて、静かに押すだけで音もなく開いた。泥棒が壁にはしごでもかけてのぼってくれれば、難なく部屋へ侵入できる。スーザンの部屋に忍びこんだときと同じように。

今し方届いたメモをもう一度広げてみる。つまりこれは、スチュアートが送ってきたものではなく、誘拐犯が送りつけてきたものなのだ。ふたたび引き出しのなかを探ってみると、前に誘拐犯が送ってきたメモも消えていた。引き出しに残っているのは、スーザンからの楽しげな手紙だけだった。

シャーロットはその場に凍りつき、じっと動けなくなった。自分の心臓の鼓動がうるさく聞こえるほどだ。泥棒はこの部屋に侵入し、またしても彼女の荷物をあさっていった。ケントの家にくりかえし忍びこんでいたころのようになにもとらずに去っていくのではなく、姪をさらい、シャーロットのあとをロンドンまでつけてきたあげく、泊めてもらっている屋敷にまで侵入してくるなんて。この犯人から逃れられる日は来るのだろうか？

彼女は震える手で衣装簞笥を開け、拳銃をとりだした。慣れた手つきで弾をこめ、階下へととってかえした。

「見つかった……まあ！」シャーロットが手にしている拳銃を見て、アメリアが目を丸くする。「いったいなにをする気なの？」

「このメモは――」シャーロットはメモをひらひら振ってみせた。「誘拐犯からのものです。スチュアートのメモと誘拐犯が前に送ってきたメモは、どちらもわたしの部屋からなくなっていました。犯人がこのお宅に忍びこんで盗んでいったに違いありません。そしてわたしをおびきだすために、この偽のメモを送りつけてきたんです」

「だめですよ、そんな！」アメリアの顔が青ざめる。「スチュアートが戻ってくるまで待たないと！　もしもあなたが怪我でもしたら、あの子は一生わたしを許してくれないわ」

「わたしがどこへ行ったか知らないことにしておいてください」スチュアートが出かけてからまだ三〇分も経っていないのだから、彼が戻るまでのんびりと待つことなどできない。それに、自分の代わりにスチュアートを危険な目に遭わせるわけにもいかなかった。今すぐわたしが行かなかったら、犯人はわたしがだまされなかったことを悟り、スーザンを連れてまたどこかへ逃げてしまうかもしれない。シャーロットはもう一度メモを読みかえして住所を脳裏に刻んでから、メモをアメリアに手渡した。「ただじっと待つわけにはいかないんです。姪をとらえている犯人は、その気になればなんでもやれることを証明してきたんですもの。それに、危険な目に遭うかもしれないとわかっていながら、わたしの代わりにスチュアートを行かせることもできません」

「でも、あなただって危険な目に遭うかもしれないじゃないの！」

「誘拐犯のほうがはるかに危険な立場にあることは間違いありません」シャーロットは保証した。「それに、わたしが行かなければ、犯人はスーザンを傷つけるかもしれないんです」

彼女は廊下へ飛びだしていこうとして、ちょうど部屋に入ろうとしていたミスター・ドレイクにぶつかった。

「失礼しました、サー」シャーロットは彼の横をすり抜け、いったん執事に拳銃を預けて、マントを羽織った。

「まったく無礼な」ミスター・ドレイクがぶつぶつと文句を言う。彼は拳銃に目をとめ、顔をしかめた。「そんなものを持ちだして、いったいなにをするつもりだ?」

シャーロットは顎を突きだした。「これは父の形見なんです」質問の意味をわざととり違えたふりをして説明する。「兄から譲り受けたもので。これで、姪をさらった悪党を撃ってやるつもりですわ」彼女は拳銃をマントの下に隠した。「では、ごきげんよう、ミスター・ドレイク」そして背を向け、ミスター・ドレイクが妻に向かってわめくのを聞きながら、屋敷から出ていった。フットマンが慌てて呼びとめてくれた辻馬車に乗りこむころには、シャーロットの心は恐ろしいほど落ち着いていた。不安に怯えて待つだけの日々はもう終わりだ。どちらに転がるにせよ、とにかく前へ進まなくては。

〈カンタブリジアン古物研究協会〉の前で、スチュアートは馬車を降りた。歴史や骨董を愛し、古ければ古いほどよしとする、ケンブリッジ大学の校友が集うクラブだ。スチュアートが捜しているのはここの創設メンバーのひとりで、かつての教え子たちを熱心にクラブに誘った人物だった。スチュアートはどちらかと言うともっと別の活動のほうが好きだったので入会しなかったが、今もなお、それなりの興味は持ちつづけていた。

家具もまばらな明るい部屋をいくつか通り抜けて食堂へ入っていくと、会のメンバーがふたり、議論を戦わせていた。ひとりは立って、相手を突き刺さんばかりの勢いでフォークを握りしめた手を振りまわし、もうひとりは銀のナイフやフォークでテーブルの上に陣形を敷き、首を激しく振っている。スチュアートが近づいていっても、議論はいっそう熱を帯びるばかりだった。フォークを手にした男性がテーブルの上の陣営に攻撃を加えはじめると、もうひとりも立ちあがって、皿まで持ちだして応戦する。

「うかうかしているとワイングラスをとられてしまいますよ、シェリー教授」スチュアートは笑いながら言った。「敵はその塩入れの横からまわりこんでこようとしてますから」

「おや、ドレイクじゃないか！」ジャスパー・シェリダンが目を輝かせた。「やっとクラブに入る気になってくれたのかね？」

スチュアートは微笑んだ。シェリー教授は小柄で丸々とした体格で、その姿はまるでハリネズミそのものだ。ケンブリッジの学生のあいだでは、それが教授のあだ名になっていたほどだった。昔よりだいぶ白くなったつんつんの髪が、林檎のように赤い頬をした丸っこい顔を縁どっている。強い風でも受けているかのように、足の親指に体重をかけて少し前のめりになりながら歩く教授の姿が、スチュアートの脳裏によみがえった。そういう愉快な一面もあるシェリー教授だが、ローマ史に関しては超一流の学者で、芸術の分野にとくに造詣《ぞうけい》が深い。「残念ながら違いますよ。ぼくはそういうことに向いた頭がありませんからね」

「なにを言う！　必要なのは情熱だけだと言っているじゃないか」シェリー教授も笑いながらフォークを置いた。教授は相手の男性にひとこと断って、スチュアートをふたりがけのテーブルへと促した。「入会試験もないんだぞ。もっとも、きみはなかなか優秀な成績をおさめていたがね。まあ、たいていの場合は」

そのことはスチュアートも覚えていた。シェリー教授による歴史の最終試験の前日に、何人かの友人と深酒をしてしまい、翌朝は目もとに隈（くま）ができてひどい頭痛を抱えた状態で試験に臨んだせいで、優をとり損ねたことがあったのだ。学問で身を立てる気はなかったので、当時はあまり気にしていなかったが、胸のなかではそれからずっと、もしもあの晩に戻れるのなら決してあんなどんちゃん騒ぎはするまい、と後悔するばかりだった。「あのころのぼくにも、それだけの頭がなかったということですね」

「くだらんな。きみにはそれだけの頭はあった、足りなかったのは自制心だ」シェリー教授はパイプをとりだし、煙草をつめはじめた。「だからといって、きみを非難するつもりはないがね。きみの学友のほとんどが、学者になれるだけの自制心を持ちあわせていなかったからな。ケイトボロ出身のフィールディングなどはかなり勉強熱心だったが、悲しいかな、彼にはイチジクのプディングほどの脳みそしかなかった。まあ、そんなことはよかろう！　今日はいったいなんの用があって訪ねてきたんだ？」教授はパイプに火をつけ、椅子の背にもたれかかった。

「実は、教授にとっても興味深いと思われるものを持ってきたんです」スチュアートは言った。「ぼくの友人がつい最近発見したものなんですが、非常に珍しい素描画でしてね、これらの原作について知りたいと思いまして」

「ほう、そうか！　だが、わたしの講義の内容を覚えているなら、素描画は実に判定が難しいこともわかっているだろう。完成された作品ではないからね」

スチュアートはにんまり笑った。「いくらぼくでもすべてを忘れてしまったわけではありませんよ、シェリー教授。ですが、これらの素描画は……ちょっと珍しいもので」

「それはもう聞いたぞ」教授はパイプをくわえた。「どれ、ちょっと見せてもらおうか」ポケットから眼鏡をとりだし、耳にかける。そして、スチュアートが低いテーブルに絵を広げるのを待った。教授はしばし眉をひそめてそれらの絵を眺め、頭を左右にかしげた。

「なるほど、これはなかなかのものだな」そうつぶやきながら片手をのばし、絵に直接ふれないようにしていくつかの線を指でたどる。「このあたりの筋肉の描写……この遠近感……この髪の質感……」さらに紙をめくっていき、ほかの絵もしげしげと眺めた。「どこでこれを手に入れたんだ？」にわかに集中した面持ちになって問いただす。

「メルクリウス像のなかに隠されていたんです」それを聞くなり、シェリー教授の眉が跳ねあがった。スチュアートはうなずいた。「ええ、わかっています、泥棒の守護神ですよね？その像の前の持ち主は美術品の贋作者だった人物で、メルクリウス像自体はおそらく彼の手になるものだと思われます。その像をうっかり倒したところ、頭が割れてしまいましてね。というのも首の部分が空洞になっていたからなんですが、そこからこれらの絵が出てきたんですよ」

「ほうほう」シェリー教授はスチュアートが前には気づかなかった一枚の素描画に興味を示したかと思うと、立ちあがってポケットをぽんぽんと叩き、顔をしかめた。「ちょっと待ってくれ、鏡はどこだ？」

「鏡ですか？」

教授はベルを鳴らし、召使いを呼んだ。「鏡だよ。ほんのかすかに文字が書かれているようなんだが、どうやらそれが鏡文字になっているようだからな」ほどなく召使いがふたりのもとへやってきた。「小さな手鏡を持ってきてくれないか、それと拡大鏡も」教授は言った。「それから、ビングリーにこっちへ来るよう伝えてくれ」

「教授」スチュアートは素早く言った。「この件はできるだけ内密にしておきたいんです。ほかの方のご意見をうかがう前に、まずは教授のお考えをお聞かせ願えませんか?」

シェリー教授は鋭い目で彼をにらみつけ、手をさっと振った。「そうはいかん。これらの絵が本当にわたしの思っているものだとしたら——賭けてもいいが、実はきみも内心そうじゃないかと疑っているんだろう? きみは昔から、見せかけよりも頭の切れる男だったからな——ともかく、ビングリーの意見を聞いてみるほかない。ビングリーはイタリア美術に人生を捧げているような男なんだ」

「そういうことでしたら」スチュアートはしぶしぶながらもシェリー教授の生徒だったころの立場に戻り、素直に従った。教授がなおも熱心に絵を眺めていると、召使いが小さな鏡と拡大鏡を持って戻ってきた。ビングリーもすぐあとからついてくる。

「どうしました?」細い首に乗った頭を前後にせわしげに振りながら、ビングリーが訊いてきた。「なにか新しいものでも手に入ったんですか?」

シェリー教授がテーブルの上の絵を手で示した。「ちょっと珍しい作品でね。ビングリー、きみはどう思う?」

ビングリーはものすごい速さで絵の上に身を乗りだした。顔から絵に突っこみそうな勢いだったので、スチュアートも思わず手をのばして彼を押しとどめかけたほどだ。「なるほど、これはこれは」さも感心したようにつぶやく。「すばらしいものですよ、これは、実にすばらしい。それは鏡文字ですかね？」

「おそらくな」シェリー教授もテーブルに顔を近づけ、いちばん上の絵のあちこちに鏡をかざしては、拡大鏡をのぞきこんだ。スチュアートにはほとんどちんぷんかんぷんの言葉をふたりだけで交わしながら。

「なんともはや、これはすばらしいのひとことですね」さんざん絵を眺めたのち、ビングリーがようやく顔をあげて断言した。「いったいどこでこれを入手なさったんです？」

スチュアートは像が空洞になっていた話をまた語って聞かせた。ビングリーは終始うんうんとうなずきつつ、その話に耳を傾けた。シェリー教授がハリネズミなら、ビングリーはバッタだ。手足がひょろっと細長くて、いつぴょんと跳んでもおかしくないほど動きが激しい。

「メルクリウスとは、これまたふざけた話ですね」最後まで聞いてビングリーが言う。「おもしろい、実におもしろい。それで、これらは誰のものなんです？」

「メルクリウス像はぼくの友人が所有しているものでして」スチュアートはためらいながら答え、椅子の縁までお尻をずらして身を乗りだし、声を低くした。「実を言うと彼女はとある人物から、おまえの持っているイタリアの至宝をよこせ、と脅されているんですが、その至宝の正体がわからないんですよ。彼女はそのメルクリウス像が無価値なものであることは確信していて、これらの絵もおそらくたいした価値はないだろうと信じているんです。しかし、万が一脅迫者の要求に応えられなかった場合、その対価は非常に高いものになる恐れがありましてね。ですからぼくは、これらの絵が本物なのかどうか、財宝としてのなにがしかの価値があるものかどうかを知りたいんですよ。おふた方のお考えはいかがですか?」

シェリー教授はパイプをふかした。「わたしは本物だと思うよ。絵画を専門に研究しているわけではないが、これでも一生のあいだにかなりの数の絵を見てきた。わたしの見るところ、これらの絵はレオナルド・ダ・ヴィンチの描いたほかの素描画と共通するところが非常に多いという印象を受ける」

ビングリーは顎に手をあててつぶやいた。「ええ、ええ。わたしもこれはレオナルドの作品に非常に似通っていると思いますね。でも、確信はありません。ほかの専門家の意見もうかがえば、もう少しはっきりしたことが言えるでしょうが」

「その時間はないんですよ」スチュアートは言った。「すぐに答えが知りたいんです。人の命がかかっているので」

「きみはいったいなにに首を突っこんでいるんだね?」教授が好奇心をかきたてられた様子で尋ねる。「女性、脅迫者、謎めいた素描画、おまけに人の命がかかっているだって?」

スチュアートは片手を振って、その質問をあしらった。「つまり、これらの絵は専門家でも、本物か偽物かすぐには見抜けない代物なんですね? それだけわかれば充分です。ありがとうございました、シェリー教授、ミスター・ビングリー」彼は絵に手をのばした。

「いけませんよ、真実を突きとめなくては！」ビングリーが声高に言った。

スチュアートは手をとめて、何枚かあるうちの一枚を引き抜いて差しだした。「では、これをどうぞ。ここですべてをお渡しするわけにはいきませんが――もしもこの絵が本物だと鑑定されたら、残りもまたあらためて見ていただきますから」そして、残りの絵を丁寧にくるくると巻いた。

「たぶんこれらの絵は値がつかないほど貴重なものだ」シェリー教授が警告する。「注意深く扱いたまえよ、ドレイク」

教授が抱いている不信の念を振り払うかのように、スチュアートはにっこりと笑ってみせた。これらの絵を犯人との取り引き材料にすることは、おそらく避けられないだろう。ほかの美術品のなかからまた別の失われた名品でも発見されない限り、これだけが彼らに残された希望だからだ。これらの絵を守るために最大限の努力は惜しまないつもりだが、スーザンの命が危険にさらされている以上、とるべき道はひとつだった。少女の命に比べたら、歴史的には何世紀も前にとっくに失われたと考えられている数枚のスケッチに、どれほどの価値がある？「できる限り努力はしますよ、シェリー教授」

「もう少し確実な言葉が聞けると期待していたんだがね」教授がそっけなく言う。

スチュアートはうなずいた。「今のぼくにはそれしか言えません。その絵に関してなにか新しいことがわかったかどうか、二、三日後にまたうかがいにまいります」

不安そうなビングリーとシェリー教授をその場に残し、スチュアートは両親の家に戻った。

どうやら宝と呼べそうなものを見つけたことを、どうにかして誘拐犯に伝えなければいけない。ただし、その宝の正体について、詳しいことまでは言わずにおいたほうがいいだろう。少しでも相手を悩ませてやるために。そうやっておびきだせば、敵も現在身をひそめている場所から出てこざるをえないだろう。もっとも、向こうもそれなりに警戒はしているはずだし、たとえ犯人をつかまえたところで、スーザンを見つけなければ意味がない。

家にたどり着いたとき、スチュアートのなかではまだ作戦の半分もまとまっていなかった。巻いた絵を大切に抱えて、馬車から飛びおりる。とにかくまずは、これらの絵を安全に保管しておける場所を確保しなければ。ウェアに頼めば、それはなんとかしてくれるだろう。

石段を駆けのぼって家に入ると、玄関で母親が待っていた。「ああ、スチュアート!」不安に青ざめた顔つきで母親が叫ぶ。「やっと帰ってきてくれたのね。だから、もうじき戻ると言ったのに。わたしはちゃんと、あなたの帰りを待つようにと、マダム・グリフォリーノを引きとめたのよ。でも彼女は聞かなくて。こんなメモが届いたものだから。これをあなたに渡すように頼まれたの、あとから来てほしいって」

スチュアートは抱えていた絵をフットマンに手渡した。「なにがあったんですか、お母さん?」母親の肩をつかんで揺さぶりながら問いつめる。「シャーロットはどこへ行ったんです?」

「飛びだしていってしまったのよ」母親はしゃくりあげながら言った。「このメモが届いて、一見あなたが送ってきたもののように見えるけれど、でもそれは違うってすぐに気づいたの。

筆跡が違っていたから。そうしたら彼女は拳銃を持って出ていってしまって」母親がぶるぶる震える手でメモを開こうとする。スチュアートはそれを奪い、素早く目を通した。

「くそっ」彼はそのメモを握りつぶした。「なんてことだ！　ここで待っていると約束したのに」

「だから、わたしも説得しようとしたのよ！」母親は両手を握りあわせた。「あなたも早くお行きなさい――もしかすると彼女は今ごろ危険な目に遭っているかもしれないわ――スチュアート！」そのときにはもう、スチュアートはとっくに駆けだしていた。

17

閑静な住宅街に建つその家は、どことい って変わったところのない、立派なタウンハウスだった。シャーロットは誘拐犯のずる賢さに、感心さえした。もしもなにも知らなかったら、このまますんなりドアへ近づいていって、なんの疑いもなくベルを鳴らしたことだろう。見張られているのは間違いないので、なるべく自然に振る舞おうとしつつも、ベルは鳴らさずにドアを押してみた。ドアはなんの苦もなく開いた。マントの下に拳銃を忍ばせて、そっとなかに入る。

家のなかに人気はなかった。壁も床もむきだしだ。階段の支柱にはうっすらと埃が積もっている。シャーロットは靴を脱ぎ、足音が響かないようにした。どこかで待ち伏せしている人間がいないかどうか、聞き耳を立てつつ注意深くあたりに視線を走らせながら、一階部分を捜索していく。空っぽの家全体を、薄気味の悪い雰囲気が包みこんでいた。おそらく、ここは長いあいだ誰にも使われていなかったのだろう。だが、床に積もった埃のところどころに足跡がついている。ただし、カーテンが閉めきられているので、その足跡がどこへ続いているのか見定めるのは難しかった。

この階にはなにもなく、人っ子ひとりいないようだった。シャーロットは深呼吸をしてから、スカートをつまんで二階へ急いだ。階段のてっぺんまでたどり着くと、壁に身を寄せて息が静まるのを待つ。そののち、先ほどよりずっと激しい緊張と不安を感じながら、あたりを見渡した。通りのほうへ向かってのびている廊下。閉めきられたいくつものドア。どこに誰が隠れているかわからないから、ドアを開けるのも気が進まない。

そのとき、かすかな物音が聞こえた。誰かの足音？　階段のほうへ注意を向けながら、シャーロットはそっと足を踏みだした。角を曲がると、廊下のいちばん奥のほうにあるドアが開いていて、そこから光がこぼれでていた。罠かもしれない。そう考えながら銃をとりだし、先ほどよりもさらにゆっくりと前進した。

室内の様子が徐々に視界に入ってくる。明るく、大きな部屋で、壁は鮮やかな黄色に塗られている。そのなかで誰かが歩きまわっていた。コツ、コツ、コツ、休み。コツ、コツ、コツ、休み……。いらいらしながら誰かを待っているような足音だ。シャーロットは息をすることさえできないまま、戸口からおそるおそるなかをのぞきこんだ。

スーザンだった。シャーロットは思わず息をのんだ。そのとたん、姪が期待にあふれた笑みを浮かべてこちらを振り向く。だが、シャーロットが銃を持っていることに気づくと、慌てて口もとをてのひらで押さえた。

シャーロットは唇に指をあて、素早く周囲に目を走らせたのち、心臓をどきどきさせながら部屋のなかに飛びこんだ。ここはほかのどこよりも危険だ。第六感がそう伝えていた。しかし、室内にはスーザンしかいない。ほかの部屋と同じように室内はがらんとしていて、唯一置かれた低いテーブルの上に、いかにも不似合いなふたり分のお茶のセットが並んでいるだけだった。シャーロットはドアの陰に隠れ、指をおろした。

「シャーロット叔母さま！」スーザンが驚いて言った。「こんなところでいったいなにをなさってるの？」

「スーザン、逃げましょう」シャーロットは静かに、だがきっぱりと言った。

「いやよ！」スーザンは抵抗した。シャーロットは心配そうに姪の全身を眺めまわしたが、どうやら傷ひとつ負ってはいないようだ。服にはいささかしわが寄っているものの、悪党がスーザンの乙女の証を奪おうとしただけなのであれば、神にひざまずいて幸運を感謝しなければならないだろう。「絶対にいや！　わたしが勝手に消えたりしたら、ダニエルはきっと不安がるに違いないもの。叔母さまがこんなに早くここへいらっしゃるとは思っていなかったけれど、せっかくいらしたんだから、ここで彼に会っていって。彼はすばらしい男性なのよ、シャーロット叔母さま。わたしたち、もうすぐ結婚するつもりなの。ここに住むことになるかもしれないわ。どうお思いになる？　あんまりいい家ではないけれど――」

「そんなこと、あとになさい」シャーロットは姪の言葉をさえぎった。「ものすごく心配したのよ。どうしてなにも言わずにいなくなったの？　その男はあなたが考えているような紳士じゃないわ」

スーザンがむっとしたように顎を突きだす。「そんなことないわ。いい人よ！　叔母さまが知らないだけ！　とにかく、会ってみてくださらない？　彼は今、お茶うけ用のビスケットを買いに行ってくれてるところなの。ここでふたりで朝食をとったらどんな感じか、確かめてみたかったから」姪の頬がピンクに染まる。「ここはね、わたしの部屋になる予定なの。彼って、ロマンティックでしょう？」

シャーロットはもう耐えられなかった。だが少なくとも、あの男は家を出ている。「じゃあ、あとでまた戻ってくれればいいわ」彼女は口から出任せを言った。すべてはスーザンを無傷のまま連れ戻すためだ。「ぜひお会いしたいけれど、まずは、あなたが見つかったことをみんなに報告しないと！　まったく、あの謎めいた置き手紙を見つけたときは、肝が縮みあがったわ。でも、あなたが結婚相手とめぐり会えたのなら、そんなうれしい話はないわ！」

「叔母さま……怒ってらっしゃらないの？」スーザンが驚いた様子でぽかんと口を開けながら尋ねる。

シャーロットは目を丸くしてみせた。「怒るだなんて、とんでもない！　あなたはわたしに大切なことを教えてくれたんですもの。若い恋人たちの邪魔をする権利なんてわたしにはないということをね。あなたがいなくなって、すごく寂しくて、つらかったわ。だから、ほんの少しのあいだだけでいいの、わたしと一緒に来てちょうだい。これからはあなたの気持ちをできるだけ尊重するようにするわ。わたしのこと、許してくれるかしら？」

「ええ」スーザンが困惑したように眉をひそめる。「叔母さまがそうおっしゃるなら」

「あなたにまた会えて、本当にうれしいわ」シャーロットは早口であとを続けた。「結婚式用のドレスが必要ね。それにお嫁入りの道具も。そういうものを揃えるのには時間がかかるから、今からすぐに支度を始めないと、シーズンの終わりまでに間に合わないわ」

「ええ……」スーザンはまだためらっていた。「それじゃあ、せめてダニエルに手紙を書いていってもいいかしら?」

「わたしからすぐに彼宛の手紙を書くから」シャーロットはそう約束した。今は一刻も早く、この家を出たかった。スーザンの身の安全を確保すれば、あとはスチュアートとミスター・ピットニーにあの男をつかまえてもらえばいい。「すごく腕のいい仕立屋さんを見つけたんだけれど、その人、一見のお客とは夕方にしか会わないのよ。急がないと、もう店が閉まってしまうわ」

「わかったわ、行きます。でも、たしかどこかに紙があったはずなんだけど……」スーザンはくるりと一回転して、空っぽの部屋を見まわした。「あんなふうに内緒でケントを出てきてしまって、本当にごめんなさい。でも、わたし、自分の人生は自分で決めたいと思ったの。叔母さまだって、ニースを出てイタリアに向かったときはそう思ったでしょう? 生活をいきなり大きく変えることって、ときには——」

「スーザン、お願いよ」シャーロットは懇願するように言うと、スーザンの腕をとってドアのほうへ引っぱっていった。「わたしはもう何週間もあなたに会っていなかったんだし、ここへはすぐに戻ってこられるんだから。こんなドレスを着てちゃいけないわ。あなたのメイドはすぐに首にするべきね」彼女は姪を急がせようと、思いついたことをまくしたてた。スーザンはそれでもまだ迷っているかのように唇を嚙みしめ、ドアのほうへ数歩足を踏みだしたところで立ちどまった。その顔にぱっと輝くような笑みが浮かぶ。

「ダニエル！」スーザンがうれしそうに叫んだ。「ついにシャーロット叔母さまに見つかってしまったわ。でもね、うれしいことに叔母さまは、わたしたちのことをわかってくださったのよ」

「疑わしいものだな」細身で黒い巻き毛の男が、ドアにもたれかかって立っていた。手には銃を持っている。黒い瞳とオリーブ色の肌、高くとがった鼻と堂々とした雰囲気。傲慢な表情を浮かべた、小柄ながら屈強そうな若者だ。シャーロットが思っていたとおりの男だった。亡くなった夫のピエロも、四〇年前はこんな感じだったのではないだろうか。あらためて男の姿をじっくり眺め、彼女ははっと息をのんだ。これまでずっと気にかかっていた謎が一気に解けた気がした。男は部屋のなかに入ってくると、ぐいと押してドアを閉めた。「銃をおろしてくれませんかね、コンテッサ」

まばたきもせずに男を注視しながら、シャーロットはゆっくりと拳銃を小さなティー・テーブルの上に置いた。「あら、ダニエル」スーザンがからかうように言う。「あなたのほうも拳銃はもう必要ないでしょう？　叔母さまはすべてを許してくださったんだから。すばらしいことじゃなくて？　わたしたち、もうすぐ結婚できるのよ」

男はちらりとスーザンを見てから、紅茶のトレイに視線を移した。「お茶を飲んでいないじゃないか」

「あなたの帰りを待っていたのよ」スーザンはそう言って、不満げに口をとがらせた。「ダニエル——」

「例のものはどこだ？」男はまっすぐシャーロットを見つめながら言った。

「さっぱりわからないわ……ダンテ」いきなり本名を呼ばれて男はぴくりと体を動かしたが、それ以上の反応は示さなかった。

「彼の名前はダニエル・アルブライトよ、シャーロット叔母さま」スーザンはそう言ったが、先ほどの生き生きした感じはすでに影をひそめていた。「前にどこかでお会いになったことがおありなの？」

「いいえ」シャーロットは男の瞳を見かえしながら答えた。「でも、見かけたことならあります。この人はダニエル・アルブライトなんかじゃない。ピエロ・デ・グリフォリーノの弟の孫なのよ。本名は、ダンテ・ダルバリーニ。うちの別荘へも来たことがあったわよね。たしか、一年ほど前に——」

「イングランド人の売女《ばいた》め」ダンテがイタリア語で平然とののしる。「彼はすべてをあんたに与えて、おれにはなにも遺しちゃくれなかった。おれのお宝はどこなんだ？」

「あなたの宝なんて持ってないわ」シャーロットは英語で答えた。「ピエロが遺してくれたのは彼のコレクションだけ。どれも価値のないものばかりよ。あなただって知っているでしょう？　わたしの家に何度も忍びこんで調べたんだから」

「返せよ」彼は顎を引きながら言った。「あの宝はおれのものだ。あんたがそのありかを白状するまで、この娘は渡さないぞ」

シャーロットは一歩スーザンに近づいた。「いいえ、この子を安全なところへ逃がすまでは、いっさいなにもしゃべるつもりはないわ。姪を誘拐しておいて、わたしが持ってもいない宝を返せだなんて、いったいどういうつもりなの？ 愛してるから結婚してほしいなどと大嘘をついてだましたりして」

スーザンが息をのむ。「叔母さま、それってどういう意味なの？」そして、答えを待たずにダンテのほうを振り向いた。「ダニエル、宝ってなんのこと？」

彼はなんの感情も浮かんでいない顔でスーザンを見た。「さっさとお茶を飲めばよかったのに」彼は英語で言った。わかりやすいはっきりした言い方だったが、明らかに外国語っぽい訛《なま》りが聞きとれる。

「きっと毒が入っていたのよ」シャーロットは言った。

「まさか！」スーザンが否定する。「ダニエルがそんなことをするはずないわ！」

「そうかしら？」シャーロットは抑揚のない声で言った。「じゃあ、買ってくると言っていたビスケットはどこなの？」ダニエルの手にあるのは、シャーロットに向けられたままの拳銃だけだった。

「お願いだから銃をおろして、ダニエル」スーザンは拳銃をじっと見つめながらゆっくりと言って、自分の手をそっとシャーロットの手のなかに忍びこませた。スーザンを凝視するダンテの目には、かすかな悪意があった。

「叔母さんがすぐにお宝をとってきてくれるさ。きみはここで待つんだ。そして、おとなしくおれの言うことを聞いてお茶を飲むんだよ」ダンテは冷たい笑みを浮かべ、スーザンをたじろがせた。「そしてあんたは……」ふたたびシャーロットをにらみつけながら言う。「夜が来るまでに、この家へ例の宝を持ってこい。おれらはここを出ていくが、あんたがちゃんと持ってきたことが確かめられたら、この子を解放してやる。あんたの恋人と、金で買われた犬には、今夜は家でじっとしているように言っておけ。自分は家にこもったままで、あいつらにロンドンじゅうを捜しまわらせたのは、まったく賢いやり方だったよ。こっちは何日ものあいだ、あんたをさらうチャンスがないかとうかがってたんだからな。そう、あんたはいつだって、男を意のままに操る女さ」

「スーザンが一緒でなければ一歩たりとも動くつもりはないわ」シャーロットは言いかえした。スチュアートが到着していれば聞こえるように、できるだけ大声を出す。「それに、もしもわたしを撃ったりしたら、あなただって永久に宝のありかがわからなくなるのよ。そんなものが実際にあれば、の話だけれど。彼の遺してくれたものは、宝石類に至るまで、すべて価値のないものばかりだったわ。わたしたち、ふたりともだまされたのよ。ピエロはどうしようもない嘘つきのぺてん師だった。あなたには家宝が存在するかのように嘘をつき、妻には偽物の宝石を遺すなんて、いかにもあの人らしいと思わない？」

「でたらめ言うな」ダンテは嚙みつくように言うと、一歩シャーロットに近づいた。その目には憎しみの炎が燃えていた。「あんたが持ってるに決まってるんだ――本当はおれがもらえるはずだったものをな！　彼があんたにガラスのダイヤモンドを一〇〇〇個遺そうとどうしようと、そんなことはどうだっていい。けどな、あのお宝はもともとおれのものなんだよ！　あんたの手もとにあるのはわかってるんだ。ケントから馬車が到着するのを見たんだからな！」

「なんの話か、少しもわからないわ」シャーロットはそう答えたが、もしかするとあれらの素描画は本物なのかもしれないと思いはじめていた。「あなたは、いつ、どこで、宝の話を聞いたの？　どうしてそんなものが現実に存在しているってわかるの？」

「ピエロがザルツブルグの収集家をだまして盗んだんだよ。その男から修復を頼まれたとき、贋作をつくって、贋作のほうを相手に返したんだ」ダンテはぞっとするような笑い声をあげた。「まったく、大嘘つきのぺてん師だよな！　あんなやつ、地獄の業火に焼かれちまえばいいんだ」彼はふたたび真剣な表情に戻った。「今夜持ってこい。真夜中までにここに届かなければ、スーザンの身柄はいただいていく」

「どこへも連れてはいかせないわ」シャーロットはふたたび大声で言った。スーザンが震えながら腕にしがみついてくる。「今からふたりでここを出ていきます。もしもわたしを撃ったりしたら、あなたの言っているピエロの遺産は、すべて粉々に壊されるか燃やされることになるんですからね。彼のぺてんにだまされる人がこれ以上増えるなんて、わたし、もう我慢できないの」

「あんたを撃ったりはしないさ。撃つならスーザンのほうだ」どちらを撃ってやってもいいんだぞというように、彼は拳銃を左右に揺らした。スーザンが悲鳴をあげ、シャーロットの肩の後ろに身を隠す。

ダンテが目を細め、悪意に満ちた笑いをもらした。「おやおや、生まれたばかりの子供を守ろうとする母熊みたいだな。だが、母親ならもう少しそれらしくするべきだったよ。たった二、三行の詩を書いてやっただけで、スーザンはおれのあとを追ってきた。イングランド人の娘ってのは、普段からさぞかし退屈してるんだろうな。ちょっと夢さえ見させてやれば、ころりと引っかかってくれる」

シャーロットはなにも言わなかった。背後のスーザンが怯えておろおろしながら、シャーロットの肩越しにダンテを見つめる。ダンテは頭を傾け、残酷な笑みを浮かべながらふたりを眺めた。「スーザンはあんたを憎んでたからな。叔母さまなんて意地悪な偽善者だ、と言っててね。だからあんたには礼を言うよ、コンテッサ。スーザンがまるで暴君のようなあんたのもとから逃げだしたいと思っていてくれたおかげで、事が簡単に進んだんだから。ああもやすやすと荷物をまとめておれについてきてくれるとは、正直期待していなかった。イングランド人の女ってのは、いつもそんなふうに軽々しく男に身を任せるものなのか？　ピエロ伯父さんも、あんたのそういうところが気に入ってたのかもしれないな」

その言葉に激しい怒りと罪悪感をかきたてられながらも、シャーロットは動くまいとした。ダンテの言ったことには一理ある。たしかにわたしはスーザンに対して、必要以上に厳しく偽善的な態度で接してしまった。おまけに、スーザンは知らないことだけれど、スチュアートに対してはもっと偽善的な態度をとってきた。だから、ここでダンテの意見に反論などしないほうがいい。そんなことをしても、自分の弱点をさらけだすだけだ。今はとにかく落ち着いて、冷静さを保たなければ。

ダンテが突然、くるりと身を翻した。拳銃を大きく振りまわし、ふたりをドアのそばからティー・テーブルの後ろへと追い立てる。「お宝は絶対にいただくからな、コンテッサ」彼は言った。「どうすりゃあんたがその気になるのか、じっくり考えてみようじゃないか」

スチュアートは飛ぶように通りをひた走った。何度か辻馬車をとめようとはしたが、無駄な努力だった。シャーロットはここへ向かったと母親から聞かされた、大きな屋敷の立ち並ぶ閑静な住宅街にたどり着くまでに、永遠とも思える時間が流れたような気がしていた。まったく、なんと勇ましい女性なのだろう。ほんの一時間待つことすらできずに、頭のいかれた犯人と対決するために、ひとりで行ってしまうなんて。彼女をこの手でつかまえたら、がくがく揺さぶって目を覚まさせてやる。それからきつく抱きしめ、もう一度揺さぶり、さらにきつく抱いてやる……。

ようやく目指す家の前まで来ると、立ちどまって息を整えた。大きく開いたままのドアから、素早くなかへ滑りこむ。全身の神経がちりちりと興奮していた。じっと耳を澄ましてみると、二階からくぐもった話し声が聞こえてきた。できるだけ物音を立てないよう、足音を忍ばせながら階段をあがる。階段と逆向きに続く廊下の両側には、ドアがずらりと並んでいた。いつでも頭をすくめられるように用心しながら、じわじわと進んでいく。角を曲がると、わずかに開いたドアの前に人影が見え、スチュアートは思わず声をあげた。「テランス？」

父親がぱっと振り向き、唇に指をあてる。スチュアートは素直に従い、忍び足で父親のかたわらへ行って、室内の音に聞き耳を立てた。シャーロットの明確な英語が響き渡ったかと思うと、小声の外国語が聞こえてくる。イタリア語だ。それに気づいたとたん、彼のなかで興奮と驚愕が同時にわき起こった。ついに誘拐犯を見つけた！　そして、シャーロットは今そいつと一緒にこの部屋にいる。テランスに手招きされて、スチュアートは顔を寄せた。

「レディーがふたりいる」テランスがほとんど唇を動かさずに、耳もとでささやく。「犯人がふたりを脅しているようだ。おまえの友達の女性ははっきりしゃべってくれているんだが、男のほうがなにを言ってるのか、よく聞きとれなくてな」

「やつはイタリア人なんですよ」スチュアートも声をひそめながら言った。「いつここへいらしたんですか？」

「おまえの友達を家からずっとつけてきたんだ」

テランスの行動の是非を考えるのはあとまわしにしよう、とスチュアートは思った。「犯人はどんな武器を持っているんです？」

「やつが家に入ってくるところを見かけたが、拳銃を持っていた」

スチュアートはうなずいた。「あの男を部屋の外におびきださないと。一瞬でも彼女たちのそばから離れてさえくれれば――」

「おまえも拳銃は持ってきたのか?」テランスがさえぎった。スチュアートは顔をしかめ、首を振った。テランスは眉をひそめたが、いらだたしげな表情ではなかった。「あいつが出てきたらどうするつもりだ?」

スチュアートは視線をおろした。テランスはいつものように象牙《ぞうげ》の杖を突き、ライオンの頭部をかたどった把手《とって》の部分を、骨張った長い指で握りしめている。「その杖は、先が剣になっているものですよね?」

テランスはスチュアートの視線の先を追いながら答えた。「そうだが」

「ぼくが音を立てて犯人の気をそらします。階段をあがりきったところに大きな時計が置いてありましたから、あれを手すりに向かって倒しますよ。あなたはドアの陰に隠れていてください。そうして、やつが廊下に飛びだしてきてぼくのほうへ向かってきたら、後ろから剣先を突きつけるんです。お母さんは、シャーロットは銃を持っていったと言っていました。可能であれば、シャーロットも銃を構えて援護してくれるはずです」

「敵も拳銃を持っているんだぞ!」テランスが声を殺しつつ激しい口調で言った。「もしもおまえが撃たれたら?」

「とにかく、やつの背中に剣を突き立ててください」スチュアートは暗い表情でくりかえした。「お願いします。自分の身はぼくが自分で守りますから。ただ、あいつが部屋に戻らないようにさえしてもらえればいいんです」

テランスが信じられないといったような目で、まじまじと顔を見かえしてくる。父親とこんなに真剣に話をしたのはいつ以来だろう？　スチュアートはふと、いぶかった。それから首を振り、不安を覚えつつ顔をドアに近づけた。そんなことを考えるのはあとでいい、と心のなかで自分を叱りつけ、足音を忍ばせて廊下を戻り、彫刻の施された置き時計のところまでとってかえす。今はもう動いていない時計だ。振り子はとまったままで、背板も壁に向かってせりだすようにたわんでいる。スチュアートはなんとかその隙間に手を突っこみ、力をこめて動かそうとした。運がよければ、そのまま手すりを乗り越えて、階段の下まで真っ逆さまに落ちてくれるかもしれない。最悪、ただその場に倒れるだけでも、大きな物音はするはずだ。彼は筋肉にぐっと力をこめ、合図をしようとテランスのほうを振り向いた……。

だがそのとき視界に飛びこんできたのは、杖を前に突きだし、ドアを押し開け、部屋のなかへ入っていこうとするテランスの姿だった。

「やめないか！」テランス・ドレイクが怒鳴りながら部屋に飛びこんできたのを見て、シャーロットはショックを受けた。灰色の髪を逆立て、目を血走らせて、ダンテに向かって杖を振りかざしている。杖の先についた剣が、太陽の光を反射してきらめいた。「女子供に危害を加えるとは、どういうつもりだ！」

ダンテは一瞬、虚をつかれて目を見開いたが、すぐにわれに返り、拳銃を構えて発砲した。銃声が響いた瞬間、スーザンが悲鳴をあげながら崩れ落ち、シャーロットも引きずられるようにして床に倒れた。テランスも叫び声をあげる。とり落とした杖がからからと床で音を立てると同時に、テランスは丈夫なほうの脚を軸にして回転し、その場にうずくまった。泣きじゃくるスーザンにしがみつかれながらも、なんとか片膝をついたシャーロットだったが、弾丸がテランスのどこにあたったのかはわからなかった。ダンテは銃口をさげ、シャーロットに向かってにやりと笑ってみせた。「ばかな老いぼれだ」

「どうして——？」スチュアートが戸口に姿を現した。一瞬にして状況を理解した彼が、ダンテに向かって飛びかかる。ダンテもスチュアートの顔を殴ろうと銃を振りかざした。シャーロットはとっさに前へ飛びだし、テーブルに置いてあったティーポットをつかむと、ダンテの頭目がけて振りおろした。あたったのは肩の後ろだったが、それでもダンテは拳銃をとり落とした。銃は床で粉々になった陶磁器の破片のあいだを転がっていった。そのとき、スチュアートがダンテの胴のあたりに飛びつき、ふたりして倒れこんだ。

またしても、スーザンが悲鳴をあげる。シャーロットは姪をティー・テーブルの陰に押しこめ、自分の銃をとろうと身を躍らせた。ふたりの男は床の上を転げまわっている。ダンテがスチュアートの背中目がけてナイフを振りあげ、磨きあげられた刃のきらめきがシャーロットの目に入ったときだった。彼女はなめらかな素早い動きで銃の撃鉄を起こし、引き金を引いた。

手首が折れるかと思うほどの衝撃だった。あまりの轟音《ごうおん》に耳をつんざかれながらも、男のひとりが絶叫したのがかすかに聞きとれた。シャーロットは銃をおろし、まずは姪の無事を確かめた。スーザンは陶磁器の破片に囲まれるようにしてうずくまり、両耳を手でふさいでいる。「怪我は？」シャーロットが大声で尋ねると、スーザンは大きく目を見開いたまま小さく首を振った。それを見るやシャーロットは、硝煙の匂いに息をつまらせながらも、ティーカップの受け皿やテーブルを跳び越えるようにして、スチュアートとダンテのほうへ駆け寄った。

ダンテは胎児のように体を丸め、涙を流していた。自分の片腕をつかんだ指のあいだから、血が滴っている。よかった。あたったんだわ。小さいながらも殺傷能力の高いナイフが、部屋の向こう側、数フィートのところでぎらりと光っていた。シャーロットはダンテを放っておき、そのまま前へ進んだ。

スチュアートは仰向けに倒れていた。腕を大きく広げ、目を閉じている。シャーロットは思わず足をとめた。「スチュアート……」あえぐように言う。「スチュアート、だめよ！」彼の頭を膝の上に抱きかかえ、まだ息をしているかどうか確認するために顔を近づけつつ、必死の思いで上着やベストの前をはだけさせ、心臓の鼓動を確かめようと手を置いた。だが、自分の指が激しく震えているせいで、よくわからない。「死なないで！」シャーロットはほとんど悲鳴に近い声をあげた。

まぶたがぴくりと動き、次の瞬間、スチュアートが目を開けた。「きみって人は、鉄のごとき心臓を持っているんだな」彼がかすれた声でささやく。

「ああ！」シャーロットは涙声になりながら、しっかりと唇を重ねあわせた。彼も、頭を彼女の膝にのせたまま、キスを返してくる。シャーロットは涙をとめようと唇を離しながら言った。「あなたを殺してしまったのかと思ったわ!」

「まさか」スチュアートは床に手をついて上半身を起こすと、頭の後ろをさすった。「鼓膜が破れたかとは思ったけどね。あんなに近くで発砲されたのは初めてだったから」

「からかわないで」シャーロットはそう叫びながら、彼にしがみついた。「あなたの身にもしものことがあったら……」

スチュアートの表情が変わった。「しーっ」シャーロットを腕のなかに包みこみ、しっかりと抱き寄せる。「ぼくは大丈夫だ」彼はささやいた。「きみが救ってくれたんだよ」

「違うわ」彼女はスチュアートの肩を涙で濡らした。「わたしがスーザンにあんなに厳しくしていなかったら、あの子だってダンテの誘いには乗らなかったはずだもの。それに、わたしがあなたの忠告をちゃんと聞いて、家のまわりに警備の人間を置いていたら、ダンテだってうちに忍びこんでスーザンを連れ去ることもできなかったはずだし。そもそも、わたしがあなたのことをあんなに怪しんだりしなかったら――」

「だとしたら、きみがぼくに銃を突きつけてロンドンに連れ戻すことはなかったはずさ。そうなっていたら、こうしてスーザンを見つけることも無理だっただろうね」彼はシャーロットの言葉を引きとって、そう結んだ。「この町へ来る途中、ぼくを撃たずにいてくれたことを、きみに感謝しないといけないな。まさかそこまではされないだろうと思ってはいたものの、ぼくだって、いろんなところで過ちを犯してきたからね」

「ああ!」いったんスチュアートにぐったりもたれかかってから、シャーロットは慌てて身を起こした。「スーザン？　スーザン！　どこ――？」

「ここよ」姪が部屋の反対側から答えた。相変わらず青ざめた顔をして、うずくまって涙を流しているダンテのほうは見ないようにしている。シャーロットが姪に駆け寄ってぎゅっと抱きしめたとき、スチュアートも手をついて立ちあがった。父親に話しかけるスチュアートの声と、低くしわがれた声でそれに応えるミスター・ドレイクの声が聞こえてくる。

「シャーロット叔母さま、ごめんなさい」スーザンがくぐもった声で言った。「あんな人を信じてしまうなんて、わたし、本当にばかだったわ。叔母さまのこと、ひどい人だと思ったりして、ごめんなさい」

「いいのよ、もういいの」シャーロットは恐ろしさに身を震わせながらも、腕のなかの姪をやさしく揺すった。スチュアートがダンテのもとへ行って、なにかで腕のあたりを縛りつけるのが、視界の隅でぼんやり見えた。しばらくすると、階段をばたばたと駆けあがってくる足音と大きな声が聞こえ、大勢の人々が部屋になだれこんできた。銃声を聞きつけた近所の人たち。彼らに呼ばれてやってきた夜警。通りすがりの野次馬《やじうま》に、たまたま近くに住んでいたという外科医。スチュアートは苦労しながら野次馬や近所の人々を追いかえし、ダンテを運びだすのに力を貸してくれそうな人を呼んできてくれと夜警に告げ、それから、テランスとダンテの銃創を手あてしてほしいと外科医に頼んだ。そのあいだもシャーロットはずっと姪を抱きしめていて、スーザンのほうも叔母の腕のなかから離れようとしなかった。

ようやく騒ぎがおさまってくると、スチュアートは割れたティーセットを踏みしめながら、ふたりのほうへ近づいてきた。「大丈夫かい？」かたわらにひざまずきながら尋ねる。

シャーロットは片手でスーザンの髪を撫でてやりながらうなずいた。「ええ、もう大丈夫よ」そう言って彼の顔を見あげる。スチュアートは怪我ひとつしていなかったが、その表情はいかにも心配そうだった。すっかり力が抜けてしまったスーザンの体重が膝と肩にのしかかっているせいで、シャーロットは背中に痛みを覚えはじめていた。まだ耳鳴りもおさまらないし、手首はずきずきしている。それでもシャーロットは、かつて感じたことのない幸せに包まれ、いつのまにか涙をこぼしていた。「今はもう、なんの不安もないわ」

18

スチュアートはシャーロットとスーザンを抱きかかえるようにして一台の馬車に乗せ、もう一台の馬車に父親と外科医を一緒に乗せてから、自分はダンテの様子を見るためにあとに残った。まわりにたくさんの人がいたせいで、シャーロットは感謝の気持ちをこめたまなざしで彼を見ることしかできなかった。「ぼくもすぐに追いかけるから」スチュアートはそう言うと、馬車の屋根をコンコンと叩いて御者に合図した。シャーロットが笑みを返すと同時に、御者が鞭を使った。スチュアートはきっとこれまでどおり、うまくやってくれるだろう。ミスター・ドレイクが息子の素晴らしい働きぶりをきちんと見ていてくれたらいいのだけれど、とシャーロットは願った。

彼女たちが屋敷に戻ったときには、ミスター・ドレイクはすでに二階の自室へと運びこまれていた。ミセス・ドレイクの不安そうな声と、走りまわる人々の足音が、家のなかに響いている。廊下に人影がなくなったころ、シャーロットは階段をあがり、スーザンを自分の部屋へ連れていった。今はただ、静かなところでひと息つきたい。

しばらくして落ち着きをとり戻したスーザンが、閉じたドアの向こうから聞こえてくる騒ぎをよそに、室内をぐるりと見まわしながら尋ねた。「ねえ、シャーロット叔母さま？　ここって……ミスター・ドレイクのおうちなの？」

シャーロットはうなずいた。「彼のご両親のお宅よ。わたしたち、あなたがいなくなってすぐにロンドンに来たんだけれど、彼のお母さまが、ぜひここに泊まりなさいとおっしゃってくださって」

「そうだったの」スーザンはそのことをどう受けとめていいのかわからないように、横目を向けてきた。「てっきり、叔母さまは彼のことを嫌っているとばかり思っていたのに」

シャーロットは頬を染めた。「あなたをさらって逃げようとしているのかと思ったからよ。マーティン家で、彼に夢中になっているあなたを見たあとだったし」そこで言葉を切り、声が震えないよう気持ちを静める。「だからわたし、あなたが姿を消したのは彼のせいだと思いこんでしまった。でも、それはわたしの勘違いだったのね。彼はわたしが思っていたよりずっと紳士的な人だったわ」そして、わたしには不釣りあいなほどいい人よ、とシャーロットは心のなかでつけ加えた。

「そう」スーザンは小さく咳払いをした。彼女はシャーロットのすぐそばにある長椅子に腰をおろしていた。「他人の正体を見抜くのって、難しいことよね」

「ええ」ふたりは長いあいだ黙ったまま座っていた。シャーロットは、ここでいきなりスーザンに説明を求めるのはよくないと考えていた。そんなことをして、またこの子に憎まれでもしたら、これまでの二週間のとんでもない苦労が水の泡になってしまう。「本当にどこも怪我はないのね？」彼女はようやく、おずおずと尋ねた。「あの男に……ひどい目に遭わされたりはしていないのね？」

スーザンはスカートのひだをいじっていた。「ええ。ほかの人たちには、わたしは夫を亡くしたばかりの彼の妹だということにしていたし」姪はそこで言いよどみ、震える息を吐いた。「彼はわたしになにもしなかったわ。本当よ」

シャーロットは目を閉じた。「よかった」

「叔母さま？」スーザンは指を震わせながら、スカートのひだをつまんだり撫でたりしていた。「わたしのこと、怒ってらっしゃる？」まるで、ひとりぼっちにされて怯えている小さな女の子のような声だ。不安そうなまなざしで、ちらちらとこちらを盗み見ている。

シャーロットは首を振った。「いいえ。あなたのしたことは、いわゆる若気の至りだと思っているから。若いときって、誰にも理解してもらえなくて、自分が粗末に扱われているような気がするものよね。それは誰よりもこのわたしがよく知っているわ。そんなとき誰かに声をかけられ、退屈で息のつまる生活は捨ててわくわくするような外の世界を見てみないかと誘われたら、つい口車に乗ってしまうのも無理ないわ」そこでいったん言葉を切ってから続ける。「責められるべきはあなたではなく、わたしのほうよ。泥棒があなたを利用して目的を果たそうとするなんて、考えもしなかったんですもの。犯人は何度もうちに忍び入って、わたしの手もとにあるなにかを狙っていることを警告してきていたのに、わたしはそれを無視しつづけた。またあれらの箱を開けて、忘れたい過去の亡霊を引きずりだすのがいやだったばっかりに」シャーロットは暗い口調になった。「彼があなたに手をのばすなんて、想像だにしていなかったわ」

「叔母さまはわたしをどこかの寄宿学校にやってしまうつもりだって、彼に言われたの」スーザンは今や涙声になっていた。「あの夜、叔母さまと口論になったとき、彼はそれを盗み聞きしていたのよ。そのあと窓の外の格子垣をのぼってきて、こんなふうに言ったの。イタリアを旅しているとき、叔母さまの噂はいろいろと耳にした。叔母さまは自分の意見に逆らう人間を決して許そうとしない心の冷たい女性だ、って。わたし、マーティン家で叔母さまに叱られたあとだったし、あんなひどいことを言ってしまったばかりだったから、すっかり不安になってしまって。そんなとき、あの人が同情のこもったやさしい言葉をかけてきたのよ。わたしは家を離れて学校へなんか行きたくなかったけれど、ほかに行くあてもないからどうしようと思っていたら、あの人が、ぼくがなんとかしてあげるよ、って……」スーザンの声には、はっきりと動揺が表れていた。「きみはぼくがイングランドで出会ったなかでいちばんきれいな女の子だ、って言ってくれて。そんな女の子が、一日じゅう刺繍《ししゅう》と石鹸《せっけん》づくりしかさせてもらえないようなどこかのひどい学校に閉じこめられてしまうなんて許せない、って。まるで牢屋にでも放りこまれてしまうような、そんな言い方だった。わたし――わたし、叔母さまにあんな残酷なことを……」スーザンは目もとをぬぐった。「あんなひどいことを言ってしまって、もう二度と叔母さまの顔をまともに見られないと思ったの。無礼な態度をとったから、きっとひどい罰を受けるに違いないって。そんなとき、ハンサムな男性から心もとろけるようなことを言われて、ふと気がつくと、あの人と一緒に格子垣をおりているところだった」

「ああ、スーザン」シャーロットはささやくように言い、ゆっくり手を差しのべた。「あなたを遠くにやるなんて、そんなこと、できるわけないでしょう！　あなたの年でひとりぼっちになるなんて、なにより恐ろしいことだもの。そんな仕打ち、このわたしがあなたにできるはずがないわ……わたしがお父さまにされたようなことは」

「いったいなにがあったの？」スーザンが視線をあげた。目の縁が赤く染まっている。

シャーロットは唇を噛んでから、打ち明け話を始めた。「ちょうど今のあなたくらいの年ごろだったわ。ハンサムで優雅でとても魅力的な男性がわたしの前に現れて、求婚してくれたの。厳しい父親のもとを離れてロンドンで贅沢な生活をしよう、と言ってね。なのにその人は、お父さまが手切れ金を渡すと、わたしのことを振りかえりもせずにどこかへ消えてしまったわ。お父さまはわたしが駆け落ちをしたことでかんかんになって、わたしをパリへ追いやったの。許しがあるまで絶対に戻ってきてはならない、という命令つきでね」

「だけどパパは……」スーザンの声が消え入った。とまどっているようだ。「叔母さまは旅行好きなんだよ、と言っていたのに」

シャーロットはしばしためらってから、話を続けた。「旅をすることに慣れてしまったと言ったほうがいいかもしれないわね。実際、心から楽しいと思ったこともあったのよ。でもそれは、わたしが望んで選んだ生活ではなかった。お父さまとは、それ以来二度と会えなかったんだから」

「そんな……」スーザンが目を丸くする。「二度と?」シャーロットがうなずくと、姪の頬に涙が伝いはじめた。「それじゃ叔母さまは、本気でわたしを遠くにやろうと思っていらしたわけじゃないの? わたしはあんな憎まれ口を叩き、勝手に家まで飛びだして、叔母さまをさんざん苦しめたのに。それでも叔母さまはわたしを見捨ててイタリアかフランスに戻るつもりなんてなかったわけね?」

「スーザン、そんなこと、一度だって考えたことはないわ」シャーロットは心をこめて言った。「昔のことはすべて忘れたんだから、あなたのお父さまの遺志を耳にした瞬間にね。わたしはただ、いい叔母でいたかっただけ。そして、できればあなたのいい友達になりたかっただけなのよ」

「ごめんなさい」スーザンが小さな声で言った。「本当にごめんなさい。わたし、叔母さまはどうせいつかいなくなる人なんだと思っていたわ。わたしにうんざりしていると思っていたから。学校へ行かされてしまうぞ、と彼に言われて、ついその言葉を信じてしまったのもそのせいよ。叔母さまはきっとひとりでパリやローマみたいな楽しい町へ行ってしまって、わたしは住みこみの家庭教師ととり残されるか、退屈で仕方のない学校に行かされるんだろうと思っていたからなの」

「わたしはどこにも行きませんよ」シャーロットはそう誓いながら、ふたたび姪を抱きしめた。「ときにはあなたとけんかをすることもあるかもしれないけれどね」

スーザンはさらに鼻をすすり、手の甲で涙をぬぐった。「わたしが駆け落ちしたと思ったとき、叔母さまは本当に銃を突きつけて、ミスター・ドレイクを誘拐したの？」

シャーロットがかすかな笑みを浮かべた。「ええ、そうよ。あの人を脅して言うことを聞かせるのはけっこう骨が折れたけれど」

スーザンは心もとなげな笑みを返した。「でしょうね。ミスター・ドレイクは叔母さまにかなり腹を立てたんじゃない？」

シャーロットは軽く咳払いをした。スチュアートとの関係を、スーザンにどう説明したらいいのだろう？　いったいどこまで話せばいいのだろう？　この話をするのは別の機会に譲ったほうがいいのかもしれない。「きっと彼ももう忘れているわ」

「さっき叔母さま、ミスター・ドレイクを刺そうとしたダニエルを本当に撃ったのよね」スーザンはそう言うと、ふたたび口をつぐんだ。顔がすっかり青ざめている。「ありがとう、シャーロット叔母さま。そこまで本気でわたしを捜してくれて」

シャーロットはきつくスーザンを抱擁した。「感謝の言葉なんて必要ないわ」

すべての後始末をするのには、しばらく時間がかかった。ダンテはついに逮捕された。紳士を銃で撃ったのだから、当然だろう。だがスチュアートは、シャーロットがどこまでダンテの罪を追及したいと望んでいるのか、確信を持てずにいた。とにかくスーザンは無傷で戻ってきたわけだ。となると、あとは彼女に悪い噂が立たないよう、穏便に処理するのがいちばんなのかもしれない。ダンテのほうは、自分がなにを欲しがっていたのか正確には知らないまま、家宝を盗まれたのだと当局に訴えつづけていた。だがスチュアートはそれを、頭のおかしくなった人間のたわごとだろうと証言した。当局がようやくダンテを連行していくと、スチュアートは町を横切って、シャーロットのところまで歩いて戻った。

両親の家に到着しても、すぐにドアを開けてくれる者はいなかった。スチュアートが二度ベルを鳴らすと、ようやくメイドが玄関を開けてくれた。彼女はうろたえたような表情を浮かべ、慌てて膝を曲げて挨拶した。「まあ、スチュアートさま。ミスター・ブランブルから、スチュアートさま以外は誰も家に入れるなと言われておりましたもので」

「危険な状況はもう過ぎたよ」スチュアートはなかに入り、後ろ手にドアを閉めた。「父の具合はどうなんだ？」

「大丈夫でございます。奥さまがお医者さまにお尋ねになったところ、命にかかわるような怪我ではなかったということで――」そのとき、廊下の奥から鋭い声が響き、メイドが頬を赤らめた。「失礼いたします。湿布剤をお持ちしなければなりませんので」彼女はまた軽く膝を曲げ、早足で厨房のほうへ行ってしまった。スチュアートは階段をあがり、二階にたどり着いたところで、少しだけためらった。父親が銃で撃たれたのだから、息子が心配するのは当然ではないか。開いたドアの向こうから、てきぱきと召使いたちに指示を与える母親の声が聞こえてきた。スチュアートはしばらく考えこんでから、向きを変えてシャーロットの部屋へ行った。テランスは多くの人々にかしずかれている。今さらぼくが行ったところで、スチュアートはドアを開けた。シャーロットとスーザンは長椅子に並んで座っていた。

「どうぞ」ノックに応えて声が聞こえると、スチュアートはドアを開けた。シャーロットとスーザンは長椅子に並んで座っていた。

「ちょっと様子を見に来たんだ」彼はそれだけ言って、口を閉ざした。シャーロットは姪に寄り添い、その体に腕をまわしている。スーザンは疲れはてた様子だが、ふたたび叔母のもとに戻ることができてほっとしているようだ。そんなふたりを見ているうちに、みぞおちのあたりに奇妙な感覚が広がっていくのがわかった。シャーロットにはもう、ぼくなど必要ないのかもしれない。スーザンが戻ってきた喜びで、ぼくへの思いがかすんでしまったのだとしたら？　スーザンの存在によってぼくとの関係を変に意識してしまい、シャーロットが気まずい思いをしているとしたら？　もしもシャーロットが、ぼくとスーザンのどちらかを選ばなければならないとしたら……？

「ふたりとも元気よ」シャーロットはスチュアートの言葉に応え、まぶしいほどの笑みを向けてきた。その顔にはもう、ひとかけらの不安も浮かんでいない。いかにも幸せそうな、明るい表情を見せている。それを見て、スチュアートは思った。どんな困難を乗り越えてでも、この人の心を勝ちとってみせよう。これから人生が終わるまで、彼女にはずっとこんな表情でぼくを見ていてほしい。

「すべてあなたのおかげだわ」シャーロットが言った。

スチュアートは咳払いをした。「そんなことはないさ」

「シャーロット叔母さま」シャーロットの肩にもたれかかっていたスーザンが顔をあげて言った。「ミスター・ドレイクと少しお話しさせていただいてもいいかしら?」

「え……ええ、もちろんかまわないけれど」シャーロットは虚をつかれたように、とまどいがちに答えた。スチュアートは身構えた。いったいスーザンはなにを言おうとしているのだろう? スーザンは彼に近づいてくると、内緒話をするような調子でしゃべりはじめた。

「ミスター・ドレイク」そう呼びかけて、ぽっと頰を染める。

「なんだい?」

「ずっと考えていたんだけれど」スーザンはふたたび口を開いた。「ここまでいろいろしていただいたこと、きちんとお礼を言わなければいけないと思って――わたしは本当にばかだったわ――どうやってあなたにお返しをしていいのかわからないくらい」スチュアートは緊張したまま、伏し目がちなスーザンを見つめかえし、それから、好奇心を隠せずにいるシャーロットに目を移した。スーザンがさらに声を低くして続ける。「それと、タンブリッジ・ウェルズでの数々の振る舞いについても、お詫《わ》びしなければいけないでしょうね。わたしの行動は……とても子供じみていたわ。それって実は、叔母さまに嫉妬していたせいでもあったんだけれど」スチュアートが驚きに目をみはると、スーザンは顔を赤らめた。「初めてふたりを引きあわせた晩、あなたがたちまち叔母さまの美しさに惹かれたことは、ひと目で見てとれたわ。それがわたしには悔しかったの。だからマーティン家のパーティーでは、わざとあなたの気を惹くようなまねをしたのよ。さぞ、ばかな女の子だと思ったでしょうね」

「一時的な感情に突き動かされているんだろうと思っただけさ」彼はやさしく言った。

スーザンが表情を曇らせる。「そういう部分は、これから直していかなければならないと思っているわ。ともあれ、シャーロット叔母さまを助けてくださって、本当にありがとう」

「当然のことをしたまでだよ。だいいち、ぼくのほうにも借りがあったからね。その気もないのにきみに結婚を申しこんだりして。あれは、きみに対して失礼な行為だった」

「あのときもわたし、叔母さまの言うことが正しいとは信じたくなかったの」スーザンがささやくように言う。

「ミス・トラッター……待っていればいつか現れるよ」スチュアートがそうつぶやくと、スーザンは所在なげに目をあげた。「心からきみを愛してくれる人が。きみの叔母さまだって、ずっとそれを望んできたんだから」

スーザンは真っ赤に頬を染めた。「今なら、その言葉の意味が理解できるわ。ありがとう、ミスター・ドレイク」彼女はドレスの襟もとから細いネックレスを引きずりだした。その中央に、彼の母親の指輪がぶらさがっていた。スーザンはネックレスを外し、さらに頬を赤らめながら指輪を彼に差しだした。「これをお返ししたくて」

重いため息をつきながらスチュアートが指輪を受けとったとき、シャーロットがふたりのほうへ近づいてきた。スーザンが彼女に向かって言う。「叔母さま、わたし、少しお庭で風にあたってきてもいいかしら？　しばらくひとりになりたいの」

「もちろんよ」シャーロットは間髪を入れずに答えた。「わたしはここで待っていますからね」スーザンはうなずき、ふたりをその場に残して、そっとドアの外へ出ていった。

「あの子とはこれからいい関係を築けそうな気がするの」シャーロットはスーザンの後ろ姿を見送ってから言った。「わたし自身も、若くて夢がいっぱいあったころのことをもう少し思いだしてみることにするわ。そうすればあの子も、もう少しわたしの忠告を聞き入れてくれるかもしれない。なにしろ、あれだけ大変な目に遭ったんですもの」

スチュアートはとまどいながらもうなずいた。「彼女ならきっとわかってくれると思う」

シャーロットも同じようなとまどいを見せ、唇を噛んだ。「あの子が家出をしたのは、わたしがいつかイングランドを離れると思いこんでいたからだったんですって。わたしがイタリアに帰ってしまったら、自分はどこかの寄宿学校に入れられるか、あるいは家庭教師をつけられて家に閉じこめられてしまうと思っていたみたい」

「なるほど」スチュアートは自分の舌を呪った。これまで何度も窮地から救ってくれた舌なのに、今この瞬間に限って、少しもうまく動いてくれない。ようやく心から欲しているものの正体を突きとめたというのに、それを言い表す言葉が見つからないなんて。「きみはさぞかしほっとしたことだろうね」彼は言った。「あの子が戻ってきてくれて」

シャーロットはふたたび微笑んだ。純粋な喜びの輝く笑みだ。「すべてはあなたのおかげよ。あなたがいてくれなかったら、あの子を見つけることはできなかったんですもの。スチュアート、わたし……」彼女はそこで言いよどんだ。不安そうな影がその顔をよぎる。「どれだけお礼を言っても言い足りないくらい」彼女は静かに言い終えた。

彼は慌てて笑みを浮かべた。「きみが幸せになってくれさえすれば、ぼくにはそれで充分だよ」だが、そう言ったとたんに笑みは消えてしまい、ふたりは互いを見つめながら立ちつくした。スチュアートは大きく息を吸って、足を前に踏みだした。この話はもう少しあとにしようと考えていたのだが、どうしても自分が抑えられなかった。「シャーロット」彼女の手をとり、じっと見つめる。「ぼくらのことを考えていたんだ。これからどうすればいいんだろう、ってね」

シャーロットの笑みも消えてしまった。「そうね」

「このままずるずると恋人同士の関係を続けるのは間違っていると思う」彼は言った。「スーザンが戻ってきた以上、そういうことは望ましくない。きみはあの子の面倒を見てやるべき立場なのだから、彼女のためにも、尊敬されるように振る舞わなければいけないからね」

「ええ」彼女が小声で答える——その声ににじんでいるのは落胆だろうか？「当然そうすべきでしょうね」

「だが、ぼくはどうしてもきみをあきらめることなどできない」スチュアートは視線をあげ、シャーロットの悲しげなまなざしをとらえた。「多くのものを与えてはやれないが、ぼくにできる限りのことをして、きみを幸せにすると誓うよ」それから深く息を吸いこみ、彼女の手をぎゅっと握った。すると彼女はさらにきつく握りかえしてきた。「ずっと前から、ぼくの心はきみのものだった。だから、きみにもぼくの名を名乗ってほしい。できるものなら、ぼくを受け入れてほしいんだ」

「そ、それって、結婚してほしいということ?」シャーロットが口ごもりながら訊きかえす。

スチュアートはぎこちない笑みを浮かべた。「ぼくの過去は決して人に誇れるようなものではない。だが、これからはきみにならって行動を改めるようにするよ」彼はシャーロットがとまどったような表情を浮かべていることに気づいて言葉を切った。

「でも、スチュアート、あなたはなにも知らないのよ。ゆうべ、あの恐ろしい男は、わたしの過去を言いふらしてやると脅してきたの。わたしの評判こそ……」

「きみの評判がさがることはないさ」スチュアートは彼女の手を両手で包みこんだ。「ぼくが最後にミスター・ハイド・ジョーンズと会ったとき、彼はこれから大陸へ長い旅に出るようなことを言っていたからね」

「あなた、彼になにをしたの?」シャーロットは彼の顔をのぞきこみながら問いただした。

「してやりたかったことの半分もしてないさ。ただ、あいつがきみを困らせることは二度とない。それだけは請けあうよ」それまで身をこわばらせていたシャーロットがようやく安堵のため息をもらし、体の力を抜いた。「なにか反論は?」スチュアートは微笑みながら尋ねた。だがその笑みは、シャーロットの返事に対する不安を隠すためのものだった。

「オークウッド・パークはどうするつもり?」シャーロットが声を震わせながら訊く。「あ あ、スチュアート、あの土地を手放したりしないで。これまでさんざん労力を注ぎこんできたんでしょう? あなたにとって、なにより大切な場所なのよね?」

「シャーロット」スチュアートは彼女の唇にふれた。「あそこは売らなきゃいけないんだ。

金銭的な余裕がもうないんだよ。自分のものと呼べるのはあそこだけだから、できれば残しておきたかったんだけどね。自分の土地があることで——いや、あったことで、気持ちも豊かになったし、いろんな希望も抱くことができたから。だけど、きみがずっとそばにいてくれるなら、あの土地を失ったって後悔などしないよ」

「でも、スチュアート——わたしにもたいした収入はないのよ。スーザンが結婚するまではハニーフィールドで一緒に暮らせばいいけれど、でもそのあとは？　わたしたち、どこへ行けばいいの？　なにを——」

「シャーロット！」彼は悲しげな笑みを浮かべた。「ぼくでもできるような仕事はないか、ウェアに訊いてみるよ。もしかしたら、彼の地所のどこかを管理させてもらえるかもしれない。きみがハニーフィールドで暮らしたいのなら、それでもかまわないさ。つましい生活には、もうすっかり慣れているからね」スチュアートは彼女を抱き寄せ、頭のてっぺんに顎を乗せた。「もしもなにもかもがうまくいかなかったときは……」彼は片方の肩をあげ、部屋の反対側にある絵画や彫刻に目をやった。誰かがこの部屋に運び入れたらしい。「骨董品屋でもやればいいさ」

「でも、あれは全部、偽物なのよ！」シャーロットは反論した。

「じゃあ、本物を買うお金のない客を相手にする骨董品屋だ。財産に限りのある顧客のために、趣味のいい偽物を扱う店だよ」彼はゆがんだ笑みを浮かべながら提案した。シャーロットも笑い声をあげ、目もとをぬぐいながら、涙とともに疑いや不安をぬぐい去ったようだった。ふたりでいれば、なんとかやっていける気がした。ふたりともずっと長いあいだひとりで生きてきた。そんなふたりが力を合わせれば、きっとなんとかなるはずだ。

数分後、ドアをノックする音で、ふたりは現実に引き戻された。スチュアートは不満げなうめきをもらしたが、シャーロットはおかしそうに声をあげて笑った。「どうぞ」

顔を出したのはメイドだった。「お邪魔して申し訳ありませんが、マダム・ダ・ポンテがおみえです。それと、だんなさまもスチュアートさまにお会いになりたがっていらっしゃいまして」

「では、マダム・ダ・ポンテを応接間にお通しして。わたしもすぐに行きますから」メイドはうなずいて行ってしまい、シャーロットはスチュアートを見あげた。「お父さまの具合はどうなのかしら？」

彼は肩をすくめた。「きっと大丈夫だよ。母がつきっきりだからね」

「まだ顔を見せていなかったの？」彼女はあえぐように尋ねた。

スチュアートは彼女を見おろした。「まずきみに会いたかったからね」彼がぼそりとそう言うと、シャーロットの顔にまたしてもあの輝くような笑みが広がった。これまで何度も、さまざまな雰囲気のシャーロットを見てきたスチュアートだったが、これほど美しい表情を見るのは初めてだった。ドレスは汚れてしわくちゃだったし、髪には藁屑が絡まっていたけれど、そんなことはどうでもよかった。今の彼女は幸せそのものだ。スチュアートにはそれが見てとれた。ふたりが知りあって以来初めて、心から幸せそうにしている。

「わたしからもお父さまにお礼を言っておいてね」シャーロットが言った。「あそこで部屋に飛びこんできてくださるなんて、本当に驚いたわ」

「ぼくもだよ」スチュアートは眉をひそめた。「ぼくがダンテを部屋の外におびきだして武器をとりあげるまで、廊下で待っていてもらう手はずになっていたんだけどね」

「おびきだす？　どうやって？」

「古い時計を倒して音を出すつもりだったんだ。ダンテは父がドアの裏に身をひそめているとは思わないだろうから、父がやつの首筋に剣を突きつけるのも簡単だったはずだからね」

「でもそれでは、あなたの姿はダンテに見られたかもしれないじゃない」シャーロットはゆっくりと言った。「そうしたら撃たれていたかもしれないのよ」

スチュアートは肩をすくめた。「発砲されても、あたるとは限らないじゃないか。ぼくだってなにも、ぼうっと突っ立ったまま銃を突きつけられるつもりはなかったしね」

シャーロットは目をあげた。「でも、あたっていたかもしれないわ。万が一あなたが命を落としたりしたら、お父さまはどれだけ悲しんだかしら」

スチュアートはそのことを考えてみた。もしかするとテランスは、自分の身を挺《てい》してぼくを守ろうとしてくれたのだろうか？　あのときはそんな可能性など考えてもみなかった。今でも正直、信じることはできない。ぼくだったら、シャーロットやスーザンのために命を投げだすこともいとわないが、あのテランスがぼくを救うために命を投げだす？　これまでの二〇年間とは大いに矛盾した行為だ。

「まあ、いずれにせよ、悪党がニューゲートの牢獄に放りこまれたのはいいことだよ」彼はシャーロットの手を握りしめた。「さあ、それじゃきみは、ルチアがもっとほかに隠された宝はないかとほかの彫像を壊しはじめる前に、行ったほうがいい。少なくとも例の絵のほうは、本物である可能性が高そうだからね。だとしたら、あれこそイタリアの至宝だ」

彼女は目を丸くした。「なんとも信じがたい話ね」

「本当に本物だったらどうしようか？」

シャーロットはとまどいながら手を持ちあげた。「わからないわ。たぶん、ルチアの言うとおり、なんとかしてイタリアに戻すべきなんでしょうけど」

「ぼくも同意見だよ」スチュアートは彼女の手を放した。「だが、それを決めるのはあとでいい。もう何年も隠されたままだったんだから、あと数日遅れたところで問題はないさ」

シャーロットはやれやれと首を振りながら微笑み、立ちあがってドアまで行ってから、振りかえった。「さっき、スーザンからなにをもらったの？」

スチュアートはポケットから指輪をとりだし、シャーロットに渡した。「ぼくの母の指輪だよ。ぼくがロンドンから追いだされたとき、あなたが花嫁にしたいと思う女性に渡しなさい、と言って母がくれたものなんだ」

シャーロットの顔から笑みが消える。スチュアートは彼女の手をとり、手のなかにしっかり指輪を握らせた。「スーザンにこれを渡したときのぼくは、どうかしていたんだ」彼は静かに言った。「きみに出会う前から、愛してもいない女性に求婚するなんて間違っているということはわかっていた。だがあのときは、結婚さえしてしまえばあとはなんとかなると思いこんでいたんだよ」彼はシャーロットにキスをした。「この指輪がなかったら、ぼくらがここでこうして見つめあうこともなかっただろうな」その言葉の意味を探ろうと、シャーロットが眉のあいだにしわを寄せた。スチュアートはこれまでのことを思いかえし、思わず笑いをもらした。「きみの家に忍びこんだのは、これをとりかえすためだったんだ。そのおかげで、今度はきみがぼくの部屋にやってきてくれて、お互い、どれだけ完璧なパートナーになれるか確かめあうことができたってわけさ」

「まあ、本当かしら？」彼女の眉が楽しげに吊りあがる。スチュアートはにやにや笑いながら先を続けた。

「それからきみは、スーザンが行方をくらましたのはぼくのせいだと思いこんだ。なぜなら、ぼくの魅力に逆らえる女性などいないと思ったからで――」

「もういいわ！」シャーロットは笑いながら、彼をだまらせようとした。

「そしてぼくは、きみの魅力にあらがえぬまま、一緒にあの子の行方を捜しはじめた。そのおかげで、ぼくらはこうしてここにいるというわけさ。こうなるべくして、ね」

シャーロットが表情をやわらげ、彼はふたたび彼女にキスをした。

彼女が微笑みながら出ていくと、スチュアートはテランスの寝室の前まで行き、ドアをノックした。なにを言われるのかわからなかったが、あまりに幸せすぎて、そんなことはどうでもよかった。あれだけの怪我を負わせたのだから、きっとまた勘当を言い渡されるのだろう。テランスの側仕えがドアを開けた。「父の様子は？」スチュアートは尋ねた。

「安静にしておられます。どうぞなかへ」

スチュアートはためらった。「ぼくが顔を出したりしたら、疲れさせることになるんじゃないのかい？」

側仕えが首を振ったので、彼は部屋に足を踏み入れた。テランスは暖炉のそばのリクライニング・チェアに長くなり、片脚を別の椅子の上に乗せていた。包帯はキルトの下に隠れている。その顔は青白く、なかば閉じた目はぼんやりと窓のほうを眺めていた。

「様子を見に来ましたよ」スチュアートは声をかけた。空っぽのあの家で親子が力を合わせたのが、はるか昔のことのようだ。ふたりのあいだにはいろいろなことがありすぎた。たったの一度、意見の一致を見たくらいで、すべてを忘れることなどできるはずもない。「それと、感謝の気持ちを伝えようと思いましてね。手を貸していただいて、感謝しています。マダム・グリフォリーノやミス・トラッターも、心からお礼を言ってましたよ」

「彼女はヘンリー・トラッターの娘だ」テランスが言った。「そうだろう？」

「ええ」スチュアートは驚きつつ答えた。「そしてスーザンは、彼女の兄の娘です」

テランスはむっつりしたままうなずいた。「彼女の拳銃に見覚えがあったんだ。あれを彼女の父親に贈ったのは、ほかならぬこのわたしでな。トラッターとはずっと昔、親友同士だったんだ。いいやつだった。妥協をせずに信じた道を突っ走り、そのことを誇りに思うような男でね。だが、たったひとつの後悔を抱えて死んでいったよ。一瞬の激怒のあまり、娘を遠ざけてしまったことさ。彼はそのことを最後まで悔やんでいた」

スチュアートは身じろぎした。こんな話を聞かされるとは思っていなかったからだ。「彼はシャーロットに手紙一通書かなかったそうですよ。彼女は今も、父親には許してもらえなかったと思っています」

「彼は自分の過ちを認めようとしなかった。プライドが高すぎたんだ。娘のほうから、もう家に帰らせてくれないかという手紙が届くのを、長いこと待っていたよ。だが、そんな手紙は届かなかった。そうこうするうちに手遅れになってしまったんだ。いくら捜しても娘の行方はわからず、あいつのほうもすっかり健康を害してしまってな」

「お兄さんなら、彼女の居場所を知っていたはずです」スチュアートは語気を強めた。「もしもミスター・トラッターがプライドを捨てて、息子に尋ねてくれていたら――」

「わかっているさ」テランスはスチュアートの言葉をはねのけるように手を振った。「だがあいつはそうしなかった。娘のほうから許しを乞うてほしいと願っていたんだ」

「でも不幸なことに、娘も父親に負けないほど高いプライドを持っていた」

テランスがため息をついた。「そのようだ」彼はちらりと自分の脚を見おろした。「あの悪党を撃ったのも彼女だしな」

「そのとおりです。あの男がぼくの喉もとにナイフを突きつけようとした瞬間、まさにその手を撃ち抜いたんですよ」

「ふうむ」テランスが低い声でうなった。「いい目をしているんだろう」

「腕がいいんです」スチュアートはつけ加えた。

テランスが鼻を鳴らす――笑ったのだろうか？　そうしてついに、スチュアートに目を合わせてきた。「おまえは彼女を愛してるんだろう？」不意をつかれて、スチュアートは思わずうなずいてしまった。ぼくが誰を愛そうと、誰かと恋に落ちようと落ちまいと、テランスには関係ないはずではないか。「向こうもおまえのことを愛しているのか？」スチュアートはふたたびうなずいた。今度はゆっくりと、用心深く。「だったら、さっさと結婚したほうがいい。ほかの誰かにとられる前にな」テランスが言った。「あれはしっかりした女だ」

「ええ、そうですね」スチュアートは咳払いした。「もうすでに、結婚を申しこみました。彼女は喜んで受けてくれましたよ」

「よろしい」テランスは唇をすぼめた。「おまえの勘当は解くことにしよう。いい妻というのは、男をトラブルから救ってくれるものだ。わたしが感謝していたと、彼女に伝えてくれ。彼女はあの娘だけでなく、わたしたちふたりのことも救ってくれたんだからな」テランスがふたたび窓のほうを向いてしまったので、スチュアートは、これにて面談は終わりなのだな、と思った。予想よりもはるかにいい結末だ。しかし彼が立ち去ろうとしたとき、テランスがまたしゃべりはじめた。「彼女のおかげで、怒りを忘れることにも意味があると思い知らされたよ。トラッターは、本来男のほうに向けるべき怒りを娘に向けてしまい、彼女を罰したわけだ。それはトラッターにもわかっていたことなんだ。彼女にもそう言ってやってほしい。怒りがおさまってみれば、あいつもさすがに、娘は男に利用されていただけだということや、自分が娘を守ってやれなかったのだということに気づいた。だが、そのときにはもう遅すぎた。今さら後戻りなどできなかったわけさ……それでも彼は、過ちを犯したのは娘だけではないことくらい、重々わかっていたんだよ」テランスは気ぜわしげに指を動かし、そばの椅子を指し示した。「座ってくれ」

スチュアートはゆっくり時間をかけて腰をおろした。これからテランスがなにを言おうとしているのか、大方の予想はついた。だがそれは、スチュアートの聞きたいことではなかった。少なくとも、今は。

「おまえはわたしの実の息子ではない」スチュアートは努めて表情を変えないようにした。思ったとおりの言葉だった。「言っておくが」テランスは鋭い目でスチュアートをにらみながらつけ加えた。「おまえはわたしの父の子でもない。たぶんおまえは、長年それが真実だと思いこんできたのだろうし、ほかの多くの連中もそう思っているだろうがね」

スチュアートは驚愕のあまり、椅子の上で凍りついた。それじゃいったい、真実とは？

「おまえはな」テランスが言った。「わたしの兄の子なんだよ」

スチュアートはまばたきをしながら記憶をたどろうとした。「あなたのお兄さんの？　でも、彼はぼくが生まれる前に亡くなったはずですが」

テランスはうなずき、背中にあてた枕に寄りかかった。「正確に言えば、おまえが生まれる八カ月前だ。兄は、若くて世間知らずだったおまえの母親を誘惑した。おまえの母親はずっと兄のことが好きだったんだよ。兄はそれを自分の快楽のために利用したわけさ。きっとそれ以前にも、何度か女性をだましたことがあったんだろう。だが、娘を溺愛している父親を持つ女性をだましたのは、それが初めてだった。

娘が妊娠していることを知った父親は、わたしたちの父のところへやってきて、ナイジェルと娘を結婚させろと迫った。驚いたことに父はその意見をのみ、ナイジェルに自分で始末をつけろと命じたんだ。だがプライドの高かったナイジェルは、父の言いつけを一笑に付した。なぜなら、相手の女は農家の娘で、自分はベルメイン家の後継者だったわけだからな。わたしたちの父はかんかんになって怒ったよ。そして、一日だけ猶予をやるから、男らしく責任をとるか勘当がいいか考えろと言い渡したのさ。

ナイジェルは誰が見ても卑劣な男だった。だが、兄をそんな人間に育てたのは、ほかならぬ父だ。他人を見くだすような人間にな。父はそれでも自分の息子をコントロールできると思っていた。しかしナイジェルは誰の意見にも耳を貸そうとしないほど、気位ばかり高い男だったんだ。その女性と結婚しなければ勘当だと言われると、ナイジェルは激怒して、これからロンドンにでも行って金持ちの娘を見つけ、結婚してやると言って家を出た。いくら父が勘当だと言っても、相続権まで剝奪《はくだつ》するわけにはいかない。だから兄は、父が死ぬまで待つつもりだったんだろう。義務がどうの名誉がこうのと父がわめきちらすのを背中で聞きながら、兄は馬に乗って行ってしまった」

テランスはそこで少し口をつぐんでから、先を続けた。「ナイジェルが谷底で見つかったのは、翌朝のことだったよ。おそらく、なにかに驚いた馬もろとも崖から落ちてしまったんだろう。馬も兄も、首の骨を折っていてね。跡継ぎを失った父は、すっかり気落ちしてしまった。すると、自分の娘の評判を救うチャンスが消えかけていることに気づいた農夫がまたやってきて、二〇〇〇ポンドもらえれば娘にはどこか違う場所で子供と一緒に新たな生活を送らせることにする、と言ったんだ。だが父は、その子を手もとに置いておきたいと思った。ナイジェルの血を引く子供だからな。次の子爵になるはずの子だ。娘がいなくなったら、その子供の行方もわからなくなってしまう」

「それで、あなたが代わりに結婚したんですね？」スチュアートがほとんど消え入るような声で尋ねると、テランスは笑みを浮かべた。それは、スチュアートの目に初めて映った、テランスの心からの笑みだった。

「わたしはその娘のことを、一五のときから愛していたんだ。やさしくて気だてのいい娘でね。だが、ナイジェルがちょっかいを出しはじめると、彼女は私のことなど見向きもしてくれなくなった。兄のことを心から愛していたんだと思う。兄が死ぬと、彼女もすっかり変わってしまった。それでもわたしは彼女を愛していた。だから結婚したんだよ」

スチュアートは自分の足もとを見おろし、眉をひそめた。そんな状況だったのであれば、テランスが生まれてきた子供を憎むようになったのも無理からぬことではないだろうか。自分の妻がほかの男を愛していた証なのだから。もしもそれがシャーロットだったら……。彼は涙がこみあげてきた目にてのひらを押しあてた。たとえシャーロットが別の男の子供を身ごもっていたとしても、ぼくは彼女を愛することをやめられるだろうか？　それはわからない。だが、どちらにせよ、生まれてくる子供を愛情のこもった目で見ることはできないだろう。それだけは腹の底で感じられた。

それに、ああ、かわいそうな母！　傷心を抱えたまま、子供のために別の男性と結婚せざるをえなかったのだから。母はテランスもベルメイン子爵も愛してなどいなかった。すべてはぼくのためだった。

「なんとかなるんじゃないかと思ったんだよ。結婚さえすればね」テランスは先ほどと同じ、ぼうっと夢を見るような口調で続けた。遠い昔に失われたはずの幸せが表情をやわらかく照らしだしたせいか、テランスは若返り、ハンサムな容姿をとり戻したように見えた。「彼女はどうしてもおまえを産みたいと思っていた。そしてわたしは、彼女に幸せになってほしかった。おまえが生まれたとき、わたしは、もう一度やりなおせるはずだと自分に言い聞かせたよ。わたしたちの子供ができたら、彼女もきっと兄のことを忘れてくれるだろう、と期待してね。わたしは待った。なにも言わず、なにもせずに。ただ、おまえが生まれるのを待ち、彼女がわたしのほうを振り向いてくれるのを待ちつづけたんだ。だが、それはむなしい行為だった。彼女は出産で命を落としてしまった。そしてわたしは、この手で兄の子を育てなければならなくなってしまった」

その瞬間、スチュアートは、それまで足もとを支えていた床がふっと消えたような気持ちに襲われた。「なんですって？」

テランスが目をそらす。「おまえは乳飲み子だった。母親を必要としていたんだ。アメリアはおまえのお母さんの遠い親戚だったんだよ。父も認めてくれたので、わたしたちは急いで結婚した。おまえを彼女の子供として育てるためにな」テランスは膝にかけられていたキルトをつまんだ。「おまえはナイジェルとうりふたつなんだよ。だからおのずと、わたしはおまえに怒りをぶつけるようになってしまった。兄はわたしの愛した女を盗み、たぶらかし、彼女の人生をめちゃくちゃにした。しかも彼女は、兄の子を産むときに死んでしまった。おまえがまだ幼かったころは、できる限りおまえと兄とを心のなかで重ねあわせないように努めたよ。兄のようにはならないよう、きちんとしつけもしたつもりだ。だが、おまえを見るたびに、わたしの目にはナイジェルの姿が映るんだ。だから、父がおまえとアメリアをバロウフィールドに住まわせようかと言ってきたとき、わたしは同意したんだ。そのほうが、みんなが楽になれると思ったからね」

「どうしてそのことを、これまで誰も教えてくれなかったんです?」スチュアートは冷ややかな口調で詰問した。

テランスは目を閉じた。「あとになって、アメリアは子供の産めない体であることがわかったんだ。もしもわたしの子供ができていたら、おまえには本当のことを話したかもしれない。だがまあ、わからんがな。罪の子を身ごもってしまった女性と、自分は子供を産めない体でありながらおまえを愛し育ててくれた女性のどちらにとっても、真実はあまりに残酷すぎるものだったかもしれない」

スチュアートはすべてを理解しようとした。ある意味、それは納得できることでもあった。

祖父は母に対して――いや、アメリアに対して――いつもやさしかった。テランスとアメリアは、お互い、実に微妙な距離を保っていた。そう言えば、テランスが〝わたしのことを父とは呼ぶな〟と命じたのも、ナイジェルが命を落としたという谷にぼくを連れていったときのことではなかったか？　そしてなにより、テランスがぼくを冷たく突き放した理由がこれでわかった。イライザ・ペニーワースに悪い評判が立ったとき、テランスは究極の屈辱を味わったに違いない。テランスはぼくのせいで、何度も何度も深く傷ついてきたわけだ。

背後から聞こえてきたかすかな物音が、スチュアートの思考の流れを断ち切った。振りかえると、物陰にアメリアが立っていた。手にトレイを持ち、顔を青ざめさせている。「それは本当のことよ。ほとんどね」彼女は静かに言った。テランスはその声に驚き、妻を制するように手をあげた。

「アメリア、頼む――」

「テランス、あなた、すべてはわたしが子供を産めないせいだと思っていらしたの？」アメリアは部屋のなかに入ってきた。「そんなことだったら、わたし、もう何年も前にすべてをスチュアートに打ち明けていたわ。この子自身のことなんですから、知る権利があるはずですもの。でも、あなたがそれを許してくれなかったんじゃありませんか。あなたはまだ、彼女を愛していたから。わたし、その事実とまともに向きあうことができませんでした」彼女はスチュアートのほうを向き、顎を震わせた。

「あなたのことは、自分の子として愛しているわ。それは、自分が子供の産めない体であることを知ってからも、少しも変わっていないのよ。あなたにはなんの罪もないんですからね。あなたには、ナイジェルの罪もエイミーの罪も引き受けるいわれはないのだから」スチュアートは黙ったまま、本当の父と母の名前を心のなかでくりかえしていた。ナイジェルに、エイミー。

「エイミーのことなど、もうとっくに忘れたさ」テランスが言った。

アメリアは夫に向きなおった。「いいえ、まだ愛しているはずよ」彼女はやさしく訂正した。「昔からずっと。結婚したあとも、わたしのことなど少しも目に入らなかったんでしょう？　あなたの心は、彼女のことでいっぱいだったんだわ。でも、わたしがあなたと結婚したのは、あなたを愛していたからなのよ。なのにあなたは、わたしのほうを見てもくれなかった……そこにスチュアートがいなければ」

スチュアートは立ちあがった。ここから先は自分とは関係のない話――聞く必要のない話だ。「失礼します」彼は小声でそう告げ、ドアのほうへ向かいかけた。が、母親のかたわらで足をとめ、その頰に軽くキスをした。「ありがとう」

「ごめんなさいね、スチュアート。あなたには謝らなければならないことがたくさんあるわ。でも、わたしはいい母親でいようとしたのよ」スチュアートには、悲しみに満ちた笑みを浮かべている母親の気持ちが理解できた。彼女の愛した夫は、愛を返してはくれなかった。たったひとりの子供は、自分の腹を痛めた子ではなかった。アメリアはそんな状況のなかで生きてきたわけだ。スチュアートはちらりとテランスを振りかえった。いまだに驚いたような表情でアメリアを見つめている。テランスは今、いったいどんな気持ちでいるのだろう、とスチュアートは考えた。自らの手で幸せを捨て、苦い思いばかり噛みしめながら生きてきたことに、ようやく気づいた今。

「アメリア、知らなかったんだ……」ドアを閉めたとき、テランスがそう言う声が聞こえた。知らされたばかりの事実が、スチュアートの心のなかで渦巻いていた。彼はシャーロットを捜しに行った。

彼女は応接間にいたが、ひとりではなかった。ルチアのかたわらで、アンガス・ホイットリーが妙にそわそわしている。スチュアートがドアのそばで立ちどまったとき、ベルが鳴って、新たな客の到来を告げた。ホイットリーがはっと目をあげ、椅子から跳びあがった。そしてスチュアートの姿に気づくと、ほとんど疾走するように近づいてきた。

「ドレイク、よかったな」熱のこもった口調で言う。「すべてうまくいったんだろう？　そうだよな？　さあさあ、入ってくれよ。ほら、ここの椅子に座って。ぼくは約束があるんで、これで失礼するがね。もう何週間も両親に会っていないからさ」

「いったいどうしたんだ？」スチュアートはちらりとルチアを見た。「きみたちふたりは婚約したんじゃなかったのか？」

「いや、まあ……。つまりだな、ドレイク、彼女はぼくにはちょいとばかり重荷でさ」ホイットリーが早口のささやき声で説明する。「男に主導権を握らせてくれないんだよ。わかるだろう？　彼女についていくのはひと苦労なんだ」

「そんなことを心配してるのか」スチュアートは笑いを嚙み殺しながら言った。「きみはいくつになったんだ、ホイット?」

友人が眉を吊りあげた。「来月で三〇だよ。それがどうした?」

スチュアートはにやにや笑いながら首を振った。「たいしたことじゃないさ。じゃ、どうしても行きたいというなら、ここでお別れだ」

「ドレイク、それでこそ友達だよ」ホイットリーはスチュアートの肩をぽんと叩くと、最後にもう一度ルチアをちらりと盗み見てから、こっそりドアの外へと抜けだした。ルチアはシャーロットとのおしゃべりに夢中で、出ていく彼のことなど気にかけてもいない。スチュアートはふたりの女性のほうへ近づこうとしたが、聞き慣れた声に呼びとめられた。

「おい、ドレイク。あれはまさか、ぼくのベッドで寝ていた女性じゃないだろうな?」フィリップが目を丸くして、ふたりの女性のほうを眺めていた。スチュアートは眉をひそめ、フィリップの視線の先を追った。

「いや、彼女はぼくのベッドで……」フィリップの視線は、シャーロットの向こうで見事なスタイルを誇示するようにして座っているルチアに向けられていた。「ああ、違うよ。ルチア・ダ・ポンテじゃない。その隣の、小柄な美人のほうさ」

フィリップはルチアから目を離そうとしなかった。「そいつはすばらしい。よくやった。紹介してくれないか」彼はふたりの女性に近づいていくと、スチュアートも仕方なくそばへ行った。かつてピップのいた場所に、フィリップ・リンドヴィル卿が戻ってきたということか。町の若者が成長して、町の若き貴族になったわけだ。

スチュアートが近づいてきたことに気づいたシャーロットが、微笑みながら振り向いた。

スチュアートはほとんどいたずら小僧のような笑みを浮かべて、軽く会釈した。「ルチア、シャーロット、フィリップ・リンドヴィル卿を紹介するよ。ぼくの古い友人だ。フィリップ、こちらはミラノからいらした、コンテッサ・デ・グリフォリーノと、シニョーラ・ダ・ポンテだ」

「ミラノですか」フィリップはお辞儀をしてから言った。「すばらしい町ですよね」

「そのとおりですわ」ルチアがたちまち興味を惹かれたようなまなざしを向けて言う。ふたりは背丈も肌の色もそっくりだった。フィリップの髪は黒くて少しだけ長く、波打っている。瞳も黒くて、体つきは若者らしく引きしまって威厳に満ちていた。兄のウェア公爵の髪と瞳を黒くしたような男だ。シャーロットは、フィリップとルチアを見て、実にお似合いのカップルだと思った。「ミラノにいらしたことがおありなんですか？」ルチアの訛りがいつもより強くなる。

「ひと月ほど前に」フィリップの目には、もはやシャーロットの姿など映っていなかった。声もぐっと低くなっている。「またあの町へ行きたいと、そればかり考えていましてね。豊かな文化があって、すばらしい人々が住んでいる町ですから」

ルチアはなまめかしくうなずき、美しいうなじを見せつけた。「ええ、本当に。わたし、あの町に住んでもう二〇年になるんですのよ。でも、少しだけイングランドで冒険をしてみようと思って」

「すばらしいお考えです」フィリップが言った。「で、おもしろい体験はできましたか？」

ルチアがため息をつく。「それが、ちっとも。最初はそう期待していたんですけれど、どうやら考えが甘かったようですわ。このシャーロットがいてくれなかったら、退屈しすぎて今ごろ心もすっかりしおれてしまっていたかもしれません」

「それはいけませんね」フィリップが高らかに宣言した。「よろしければ、ぼくがあなたにぴったりのお楽しみを見つけて差しあげますよ」彼が肘を差しだすと、ルチアはそこにすっと自分の手を絡ませた。

「まあ、なんてご親切に。感謝しますわ」甘えた声で言う。フィリップは笑みを浮かべ、首をかしげて彼女に顔を近づけた。気持ちを隠すつもりなどさらさらないらしい。

シャーロットは、互いの存在に夢中になりつつあるふたりの後ろ姿を見送ってから、前に向きなおった。笑いをこらえようとするあまり、涙目になってしまう。ルチアはついに、お似合いの相手を見つけたようだ。この町で新しいピアノを手に入れなければならない日も近いだろう。

「あの方、おいくつなの？」シャーロットはスチュアートに抱きとめられながら尋ねた。

「二五歳だよ」彼がゆがんだ笑みを浮かべながら答える。「あと五年は楽しめるというわけさ」シャーロットははっと息をのみ、彼の腕にしがみついたまま大声で笑いはじめた。スチュアートも一緒になって笑う。ふたりの笑い声があたりにこだました。これからももっともっと彼女を笑わせてやりたい、とスチュアートは思った。ちらりと周囲を見まわし、邪魔者がいないことを確かめてから、シャーロットを抱きかかえるようにして庭へ出ると、生い茂った垣根に隠れたベンチに腰をおろした。

そこでスチュアートは、テランスから聞いた話を伝えた。彼女の父親のこと、そして自分の父親のこと。だが、まだ頭のなかで整理をつけられずにいることについては、言わないでおいた。それは、これからの長い人生のなかで、おいおい話せばいいことだ。シャーロットがこれから毎日ずっとそばにいてくれるなんて、今もまだ信じられない気がする。

「テランスが勘当を解いてくれたよ」スチュアートは最後にそうつけ加えた。「だからきみも、一文なしの男と結婚しなきゃいけないんじゃないかとびくびくする必要はないわけだ」

「ああ、スチュアート」シャーロットが微笑みながら首を振った。「だったら、オークウッド・パークも手放さずにすむのね?」

彼はうなずいた。「ああ。でも、スーザンが結婚するまでハニーフィールドで暮らしてもかまわない。そのころにはオークウッドの家も、また住めるようになっているかもしれないしね」

シャーロットは彼の手を握りしめた。「ほっとしたでしょう？　そのことだけじゃなく、すべてのことがうまくいって」

スチュアートは庭を見渡した。スーザンがアメリアの飼っているテリアと、棒を投げて遊んでいた。まわりをくるくる走りまわる子犬を眺め、笑みを浮かべている。フィリップとルチアが家のそばで、熱心に話しこんでいた。「みんなこれで安全だ。もう心配することはない。そのことが、いちばんほっとするよ。テランスだって、これからはもっと楽な気持ちで暮らせるかもしれない。ずっと前から妻は自分を愛してくれていたのだと、ようやくわかったんだからね。彼にはつらい目に遭わされたが、責めることなどできやしない。もう長いあいだ、テランスは他人の罪をあがなって生きてきたんだから」

「でも、愛してくれる人がいるってわかっただけでも、テランスにはよかったはずよ」

スチュアートはシャーロットをまっこうから見つめた。「じゃあ、きみは？　お父さんが心のなかではきみを追いだしたことを悔やんでいたとわかって、よかったかい？」

彼女は思いに沈むように、ふうっとため息をついた。「たぶんね。後悔しても手遅れだったかもしれないけれど。でも、わたし、これ以上悩んだりはしないわ。過去のことは過去のことですから」

「つまり、これからのことはこれから、というわけだね？」スチュアートは彼女を膝の上に抱きあげながら言った。「いつ結婚式を挙げたい？　どこで暮らしたい？　それから、今ここでぼくがきみにキスしたら、誰かに見られると思うかい？」

「見られたってかまわないわ」シャーロットはスチュアートにキスをした。長く、甘いキス。そして、彼の肩に頭をのせた。「スーザンも無事に戻ってきてくれたし。悲しい思いをしたかもしれないけれど、その分だけ賢くなって。しかも、傷ひとつ負わずにね。あなたのお父さまは自分の過ちを認め、今後はあなたにフェアな態度で接するとおっしゃってくれた。お母さまもう、夫と息子のあいだに立って苦しい思いをすることはなくなったはずよ。ルチアも新しい恋人を見つけたようだから、あと五年はロンドンにいてくれるでしょう。マルチェラ・レスカティに代わって舞台で歌いながらね。おまけにわたしの手もとには、本来わたしのものではないイタリアの至宝があるのよ。それと、美術館がひとついっぱいになりそうなくらいの、価値のない彫刻や絵も。それらのがらくたもすべて、わたしのものなのよ――悲しいことに。でもこれで、なにもかもめでたしめでたし、じゃない？」

「彫刻や絵だけじゃないさ」彼は言った。「忘れないでくれよ。ぼくだって、きみのものなんだから。あれらの彫刻よりも価値はさらに低いかもしれないけど」

「あなたのことを忘れたりはしないわ」シャーロットはささやくように言うと、彼の首に腕を巻きつけた。「だって、こんなにわたしの心を満たしてくれる人なんですもの」

著者による解説

『アンギアリの戦い』のフレスコ画を描くにあたり、レオナルド・ダ・ヴィンチはプリニウスの書に記されていた技法を再現しようと試みた。残念ながらそれは壁画の彩色にはふさわしくない技法だったが、レオナルドはその部分の記述を読み飛ばすか、あえて無視するかしたらしく、彼のつくった絵の具は壁からほとんど流れ落ち、かすかに残っていた絵も数年後には完全に消えてしまったという。その壁には、のちにジョルジオ・ヴァザーリが依頼を受けて新たな絵を描いた。レオナルドの絵画作品として現存しているのはごくわずかな点数のみだが、同時代の画家による模写などがいくつか残っている。なかでももっとも有名なのは、ルーベンスの手になる『軍旗争奪』の模写。一九七六年、ヴァザーリの壁画は超音波を用いて調査されたが、その下にレオナルドが描いたとされる絵の痕跡は発見されなかった。

訳者あとがき

アメリカでは二〇〇五年に刊行されていたキャロライン・リンデンのデビュー作を、このたび日本でも初めてお届けできることになりました。

幼いころは宇宙飛行士になりたいと願い、ファッション・デザイナーにも憧れて、できるものなら両方実現してピンクの宇宙服をつくりたいという夢を描いていたというキャロライン・リンデン。デザイナーになりたいというほのかな夢はやがて薄れていったものの、宇宙飛行士への夢は絶ちがたく、物理や数学の勉強に精を出していたそうです。

そのかたわら、キャロラインは読書で息抜きするのも大好きで、トマス・ハーディーやウィリアム・シェイクスピアから、ナンシー・ドリューやロマンス小説に至るまで、ありとあらゆる物語を図書館で読みあさっていたとか。にもかかわらず、学生時代は文章を書くのが大の苦手で、大学では論文を書かずにすむ数学をあえて専攻し、卒業後もソフトウェアのプログラマーとして働いていたほどの理系だったキャロラインが、今ではロマンス作家として年一作ずつコンスタントに作品を発表するようになったのですから、人生はどこでどう転がるかわからないものです。

キャロラインが作家としての道を歩みはじめるきっかけとなったのは、とある冬のこと。大学時代からつきあっていたボーイフレンドと結婚し、ふたりの子供にも恵まれていた彼女は、あたたかいフロリダから故郷のノースイーストに引っ越して初めての冬を迎えたある日、雪に降りこめられてしまい、たまたま手もとになにも読むものがなかったので、小さな女の子を主人公としたファンタジーを自分で書きはじめました。ちっとも言うことを聞いてくれない幼いわが子たちと違って、好きなように動かせる登場人物をつくりあげていく作業は思いのほか楽しかったらしく、それから徐々に創作活動にのめりこんでいったようです。そして習作を書いては何度も原稿を突きかえされること五年、いよいよ作品が出版エージェントの目にとまり、晴れてデビューを飾れることになったのだとか。それが本書、一九世紀のイギリスを舞台としたヒストリカル作品です。

作品を書きはじめる前はいつも膨大な資料を読みこみ、頭のなかでキャラクターとプロットを練りあげたあと、ようやく実際の執筆にとりかかるというキャロライン。本書においてもそれは例外ではなく、作品の鍵となる〝失われた芸術作品〟に関する本を山ほど読み進むうちに、『アンギアリの戦い』のフレスコ画にまつわるさまざまな歴史的事実や伝説を知り、もともと天才レオナルド・ダ・ヴィンチが好きだったこともあって、本書のなかでとりあげることにしたそうです。

ですが、残念ながら本書が刊行されたのは二〇〇五年だったため、本文や著者解説に記されている情報が少々古いものであったことを、ここでお断りしておかねばなりません。

ヴェッキオ宮の大広間にダ・ヴィンチが描いたとされる『アンギアリの戦い』。これまでは、著者解説にもあるとおり、ダ・ヴィンチの調合した絵の具に不具合があったせいで壁画が流れ落ちてしまったため、その上にヴァザーリが新たな絵を描いたと信じられてきました。ヴァザーリの壁画を超音波機器などで調査しても、絵の具が不自然に塗り重ねられている箇所などが見あたらないことから、ダ・ヴィンチの描いた幻の壁画はやはり失われてしまったのだろう、というのが通説になっていたのです。

ところが、二〇〇八年現在、イタリア文化庁とフィレンツェ市が大プロジェクトを組んであらためて綿密な科学調査を進めた結果、過去何世紀にもわたって信じられてきた言い伝えをくつがえす驚愕の新事実がわかってきました。現在ヴェッキオ宮の壁を飾っているヴァザーリの絵の後ろには、もう一枚の壁があるというのです。隠された壁の発見につながる手がかりとなったのは、ヴァザーリが絵のなかに書き残していた「探せ、さらば見つからん」という短い文言だったとのこと。壁画の注文を受けたヴァザーリはおそらく、尊敬する巨匠レオナルドの絵を自らの筆で塗りつぶしてしまうのが忍びなく、『アンギアリの戦い』の絵を完全に覆い隠す形でもう一枚の薄い壁をつくって作品を仕上げ、自分の描いた絵のなかに後世の人々へのヒントを残したのではないか、と推察されています。

この模様は先ごろ、日本のテレビの特番でもとりあげられたりしたので、それをご覧になった方もいらっしゃるかと思いますが、イタリアでは今、はるか昔に消滅したと思われていた巨匠レオナルドの巨大壁画発見のニュースに、国じゅうがわいているそうです。

本書訳了の時点では、同じく歴史的な名画であるヴァザーリの壁画はまだ移設されていないので、本当にその裏にダ・ヴィンチの描いた壁画が残っているのかどうか、残っているならどのような状態なのか、描かれた当時のままの色彩が保たれているのか、それとも絵の具は流れ落ちてしまったのか、などなど、詳しい事実はまだ伝えられていません。しかし、早ければ今年の夏か秋にも新たな調査結果が発表される予定になっているそうですので、〝レオナルド・ダヴィンチの幻の壁画発見〟の世界的大ニュースを、今から心待ちにしたいと思います。

二〇〇八年八月

ライムブックス

子爵が結婚する条件

著　者　キャロライン・リンデン
訳　者　斉藤《さいとう》かずみ

2008年9月20日　初版第一刷発行

発行人　成瀬雅人
発行所　株式会社原書房
〒160-0022東京都新宿区新宿1-25-13
電話・代表03-3354-0685　http://www.harashobo.co.jp
振替・00150-6-151594
ブックデザイン　川島進（スタジオ・ギブ）
印刷所　中央精版印刷株式会社

落丁・乱丁本はお取り替えいたします。
定価は、カバーに表示してあります。
 ISBN978-4-562-04346-0　Printed in Japan